JEUX DE MAINS

Du même auteur, chez le même éditeur :

Le Pouvoir médical (en collaboration avec Jean Judet), 1986.

RAYMOND VILAIN

JEUX DE MAINS

ARTHAUD

A Francine.

Photo de couverture : Pr Jacques Chalut, D. R.

ISBN 2-7003-0655-4. Imprimé en France.

PREFACE

La chirurgie plastique fut longtemps le privilège exclusif de quelques barbiers adroits qui recousaient les oreilles et les nez coupés en duel, avec un certain succès. Elle est née en fait au chevet des gueules cassées de la première guerre mondiale. Enfant, j'ai longtemps contemplé avec curiosité le menton de mon coiffeur de Sancoins, à l'époque où cette petite ville du Cher était la capitale du veau élevé au pis – c'est-à-dire au mieux. Le menton de ce figaro local, ancien combattant, ne ressemblait pas à celui du Berrichon moyen. Je compris beaucoup plus tard que les tissus d'origine, arasés à Verdun par un éclat d'obus, avaient été remplacés par ceux du gras du bras et camouflés par la pousse d'une barbichette asymétrique.

La chirurgie plastique a pris son essor pendant la seconde guerre mondiale et surtout pendant la campagne du Pacifique. Chirurgie reconstructrice de l'enveloppe cutanée et des formes, elle occupe aussi certains territoires plus ou moins partagés avec d'autres spécialités chirurgicales : la main, le pied, la face et les organes génitaux externes. La restauration de notre apparence étant peu de choses sans le retour à un aspect esthétique ou proche de la normale, elle s'associa très vite à la chirurgie esthétique, née clandestinement à la demande des femmes. Quelques pionniers et pionnières l'exercèrent avec un talent certain en bravant courageusement le mépris médical contemporain.

Pour de nombreux consultants, la chirurgie esthétique utilise des techniques très différentes de celles de la chirurgie plastique. Lorsque nous avouons notre impuissance ou les limites de notre action devant une disgrâce, ils nous interpellent : « Mais docteur, et la chirurgie esthétique ? » En fait, la chirurgie esthétique utilise les mêmes techniques que la chirurgie réparatrice. Seul son but diffère : le retour à la normalité ou à une apparence plus acceptable.

Lorsque nous nous efforçons d'atténuer les marques de l'âge et les caprices du programme génétique sur le visage d'une femme, il s'agit de chirurgie esthétique. Lorsque nous voulons combler un large trou associé à une fracture de jambe, nous sommes dans le domaine de la chirurgie réparatrice. Mais peut-on imaginer l'absence de tout souci esthétique ? Que serait la vie de cette jeune femme si la seule vue de la jambe sauvée de l'amputation fait fuir les petits amis, rend le port du pantalon obligatoire et conduit celle qui peut remarcher sur la route de la dépression et du suicide ? Parmi les nombreux procédés qui comblent la brèche, permettent de fixer solidement les os et barrent la route à l'invasion microbienne, le plasticien choisit le moins mutilant. Il saura aussi faire les retouches indispensables. Le critère esthétique a envahi toutes les spécialités chirurgicales. Le gynécologue, lorsque cela est possible, aborde les organes génitaux par une incision horizontale cachée par les poils pubiens. Les techniques conservatrices se multiplient dans le traitement du cancer du sein. Les ménisques endommagés sont retirés par une minuscule incision destinée à introduire l'arthroscope qui permet aussi bien de voir que de traiter. Mon maître Robert Judet disait : « Lorsque j'étais interne, il fallait qu'après une fracture de jambe, le membre soit solide. Lorsque j'étais assistant, il fallait que la jambe soit droite. Maintenant que je suis professeur, on me demande une cicatrice invisible. »

L'exercice de notre spécialité demande une formation complète. Nous devons d'abord être chirurgiens, puis apprendre la chirurgie plastique et acquérir la culture esthétique. Certains court-circuitent cette longue marche. Ils vont directement de la chirurgie générale ou d'une spécialité telles la stomatologie et l'oto-rhino-laryngologie à la chirurgie esthétique. Les patients font souvent les frais de cette accélération.

Ce livre n'est pas une histoire de la chirurgie plastique et esthétique. Il résume l'expérience d'un chef de service parmi d'autres, assisté d'une équipe assemblée à l'amiable, soudée par le travail en commun et une réelle affection. Son contenu ne fait allusion aux acquis de notre spécialité que dans la mesure où il les a choisis et expérimentés. Le biais est évident, le style voulu. Nous avons choisi de parler plaisamment des choses sérieuses. Sans cette élémentaire précaution, l'inflation guette le cerveau aussi sûrement qu'elle atteint l'économie moderne. Le lecteur désireux d'en savoir plus ou de connaître des opinions différentes est prié de se reporter à la littérature spécialisée ou à son chirurgien plastique et esthétique attitré. Ils sont excellents et nombreux dans l'Hexagone.

CHAPITRE I

JE VOULAIS ETRE CHIRURGIEN

Comment je suis entré dans la carrière alors que mes aînés y étaient encore et que mes condisciples en bouchaient les issues.

Quoi que pourraient en penser certains esprits malintentionnés, Vilain vient de paysan. Mes ancêtres possédaient, sous Louis XIII, au centre de la France, quelques arpents de terre. Ceux qui élevaient cent moutons ou plus payaient l'impôt. Lassé de ne rencontrer que des troupeaux de 99 ovins, le collecteur royal décida que 99 moutons et le Berrichon faisaient cent bêtes. On ne m'a laissé en héritage que des chromosomes sur l'exacte nature desquels je nourris quelques inquiétudes. Mes arrière-grand-mères, exposées au flux et au reflux des invasions, ont-elles été bousculées par quelque Goth, Wisigoth ou Ostrogoth, et de surcroît mises au parfum des mœurs musulmanes par des cavaliers arabes fourrageant avant la bataille de Poitiers? Je ne saurais dire.

A l'âge de sept ans, je déclarais vouloir être chirurgien. J'autopsiais les petits oiseaux morts, ouvrais mes furoncles et jouais au docteur avec ma cousine. Mon père et ma mère, instituteurs sous la IIIe République, firent ce qu'ils purent et plus pour que cette vocation précoce se réalisât. Mais la République payant peu sa valeureuse infanterie, ce fut ma grand-mère, libraire, qui ajouta ce qui ne pouvait venir de leurs maigres salaires, les seuls du village à être assujettis au nouvel impôt sur le revenu. La déclaration de la guerre écarta les étudiants de province de la faculté de Médecine de Paris. Ma mère, devenue veuve, me choisit un hôtel confortable à Clermont-Ferrand, place Chapelle de Jaude, où je pris mes quartiers en compagnie de quelques Nivernais.

Nous découvrîmes très vite que les chambres donnant sur la cour faisaient face aux alcôves particulières des pensionnaires de la maison close chic : *L'Escale*. La conversation s'engagea entre ceux qui planchaient sur leurs cours et celles qui tricotaient l'après-midi en attendant la ruée nocturne des artilleurs de Chamalières et des affectés spéciaux. Ces relations familières, je n'ose écrire familiales, connurent leur apogée quand Madame nous invita à un thé-petits gâteaux. Inlassablement, ces dames, décemment vêtues, nous interrogèrent sur nos études pendant que Madame, au piano, assassinait les Strauss. Un de mes amis faillit gâcher une si émouvante réception : il entendait consommer. Madame, lâchant son piano reconnaissant, lui fit rapidement comprendre le caractère insolite de ses prétentions.

L'indispensable diplôme obtenu, je pris en catastrophe le dernier train pour arriver à Nevers avant les Allemands, qui avaient commencé leur grand rallye. J'embarquai la famille et les indispensables matelas dans une traction avant. L'embrayage rendit l'âme trente kilomètres plus loin, au milieu d'une colonne de chars Renault lilliputiens, sortis d'un musée consacré à la guerre de 14-18. Peu rassuré sur la nature des forces opposées sur le front de la Loire aux envahisseurs, je partis avec mon frère sur des bicyclettes de femme jusqu'au fond du Périgord. J'y découvris Pétain, les fèves, et appris à garder les oies.

De ma vie d'étudiant passée rue des Écoles à Paris, hôtel Claude-Bernard, ne me restent guère que quelques souvenirs : l'attente de la petite bonne du boulanger qui, contre un accompagnement chez elle, juste avant le couvre-feu, nous donnait des tickets de pain dérobés à sa plantureuse patronne, la combustion des meubles ou tout au moins de leurs faces postérieures, des volets et des pancartes : « rue barrée – entreprise Montcoccol », dans la cheminée où une flambée collective permettait des révisions emmitouflées.

Le grand virage fut la nomination à l'internat des hôpitaux de Paris. Qui dira l'angoisse de ces concours où nous planchions pendant des heures après le tirage au sort des fatidiques questions! Je n'ai jamais abordé ces séances sans avoir acheté à la pharmacie Wagram l'indispensable élixir parégorique qui jugulait rapidement mes douleurs intestinales. Recalé aux concours spéciaux des militaires, je ne fus admissible qu'au premier concours civil de l'après-guerre. J'eus la chance de tirer au sort parmi les membres du jury d'oral le professeur Fèvre, qui avait commandé l'ambulance chirurgicale mobile où j'avais servi. Certes, nous avions en commun quelques situations intéressantes tel le siège de notre hôpital par les troupes allemandes refluant de la Forêt-Noire. Il est rare de pouvoir assister en direct à un combat de chars tout en endormant un blessé sur une table d'opération. Mais ce patron me vouait une grande reconnaissance, car j'étais le popotier. Même pour un authentique héros des deux guerres comme lui, la table comptait, surtout après quatre années d'Occupation. Je fus donc reçu à l'oral. Je n'appris les difficultés de cette nomination que trois ans plus tard, par l'aveu d'un patron légèrement éméché après un tonus de salle de garde. La fixation de la note d'oral était à chaque fois un combat entre les différents membres du jury, car le nombre de places était très limité. Pour vaincre, mon maître avait commencé un long panégyrique de mes activités militaires, laissant de côté ma prestation de cinq minutes sur la coqueluche. « J'ai demandé à Fèvre : tu veux le nommer à l'internat ou à Saint-Cyr ? » Mars l'emporta sur Esculape.

A Marmottan, la mort m'attend,
A Marmottan, l'amour m'attend.

Tel était le slogan qui définissait pour nous ce petit hôpital de briques rouges, à l'époque très bien fréquenté. La porte de la mort était celle de l'hospitalisation, vouée aux urgences. La porte de l'amour était celle de la salle de garde où nous poursuivions de sérieuses études anatomiques *in vivo*. Les chemins ne se confondaient qu'au sous-sol où la morgue jouxtait la douche, à nous réservée. Je me suis toujours demandé ce que pensaient les familles encombrées de fleurs en nous croisant avec nos serviettes de bain autour du cou.

Mes collègues et moi passions des jours glauques à aider Alain Mouchet, le chef de service, qui retirait des œsophages cancéreux. Avec mes trois années d'internat retenues dans des services de chirurgie digestive aussi prestigieux que ceux de Jean Charrier, aidé de son assistant-vedette Jean Loygue, de Jacques Hepp, ma voie était toute tracée. Je serais un raccommodeur convenable d'estomacs ulcérés, d'intestins petits ou gros et de queues du pancréas en détresse.

Le destin me fit un clin d'œil. Paul Tessier, devenu depuis le spécialiste internationalement connu et admiré des malformations cranio-faciales, était venu en forain greffer une jeune blessée, hospitalisée à mon étage. Paul était un ancien interne des hôpitaux de Nantes. Pour mes collègues, il comptait pour du beurre, je veux dire du petit-beurre. Intéressé par cette technique nouvelle, je me présentai à lui civilement. Lorsque vint le moment de prélever sur la cuisse de la patiente un fragment de peau destiné à cicatriser rapidement la plaie sans handicaper trop la région donneuse, il me tendit, suprême honneur, le rasoir plat, seule arme disponible à l'époque. « Prenez un greffon de trois dixièmes de millimètres d'épaisseur. » Comment refuser ? Ce premier geste m'a tellement marqué que je ne puis voir prélever une tranche de saumon fumé sans retrouver mon émotion originelle. La greffe prit en quatre jours. Je fus pris pour la vie. Ainsi adoubé, je devins plasticien. Je fus automatiquement chargé, là où j'étais, de tout ce qui se nécrosait, suppurait, sentait mauvais ou simplement dérangeait, car n'entrant pas dans le cadre de la chirurgie viscérale noble. Jean Charrier, dont les magnifiques yeux bleus troublaient la directrice de l'ancien hôpital Bichat, m'encourageait. « Mauvais, me disait-il – Mauvais, car il ne se souvenait jamais de mon nom –, la poubelle dont vous vous occupez contient de l'or. Vos collègues sont avides de chirurgie abdominale majeure. Un jour viendra où certaines maladies guériront médicalement. Il y aura toujours des patients pour vous. »

Je voue une gratitude éternelle à ces rois de la chirurgie viscérale majeure qui chaque jour sauvaient des vies aussi différentes que celle du marchand de tapis de Barbès et de l'émir moyen-oriental. Ils m'ont enseigné, aidé, presque nourri, amusés par mon caractère, intéressés par mon activité. J'admire leur clairvoyance. Les nouveaux médicaments ont réduit à presque rien la chirurgie des ulcères d'estomac. Le développement des spécialités a vidé les lits de chirurgie générale de tout ce qui n'est pas affection du tube digestif. Nos listes d'attente pour la chirurgie non urgente s'allongent au-delà du supportable. Timidement, l'administration nous fait occuper des lits vides dans un service consacré précisément à la chirurgie digestive. Il faut que l'adéquation entre les besoins réels des patients et les lits disponibles soit réalisée. La chirurgie et la médecine ne sont pas l'un des Beaux-Arts. Un peintre, un musicien, un sculpteur peuvent toujours rêver à une reconnaissance posthume qui les transformera de marginaux incompris en artistes reconnus. Nous ne pouvons accrocher notre titre aux cimaises d'un hôpital-musée vide. Sans patients, nous ne sommes rien. La suppression des sanatoriums est un exemple à suivre là où il est nécessaire.

Le destin me fit à nouveau signe deux ans plus tard. La nuit avait été agitée. Économe, c'est-à-dire chef des trente-cinq internes de l'hôpital Bichat, j'avais organisé un tonus (comprenez un banquet très tonique) qui avait duré la nuit entière. Mon collègue Pébrier avait opéré, la veille, le dompteur vedette du cirque Pinder, mis à mal par un lion vicieux. Une centaine de points de suture avaient remis sur pied le blessé et sauvé la recette, car notre homme était reparti directement dans la cage. Le directeur, très reconnaissant, nous demanda ce qui nous ferait plaisir. Je demandai une parade d'éléphants sur le boulevard et dans l'hôpital pour lancer ma campagne électorale. Le poste d'économe est en effet attribué par le suffrage des internes. Pour une malheureuse histoire de soupe ratée par une cuisinière pocharde, j'avais été débarqué et préparais ma revanche. Un défilé d'éléphants portant autour du cou : « Votez pour Vilain », était une assurance certaine de réélection. Tout était prêt lorsqu'une stupide question fit capoter le projet. Les bureaux de l'assurance spécialisée dans la réparation éventuelle des dégâts éléphantins étaient fermés. Le directeur m'informa qu'en deux heures, ses bêtes étaient capables de me ruiner. Je refusai la trapéziste pourtant fort appétissante et obtins l'orchestre au grand complet. A la fin de la représentation toute proche sur les « fortifs », l'entrée à minuit des trente-deux musiciens en tenue jouant l' « Entrée des gladiateurs » mit tout le quartier en émoi, les patients valides aux fenêtres. La directrice se barricada chez elle. La nuit fut somptueuse. Alors que l'orchestre faisait une sortie difficile dès potron-minet entre les chariots laitiers tintinnabulants, je courus vers la salle d'opération où Jean Charrier ne plaisantait pas. Un collègue me cria : « Veux-tu aller aux États-Unis ? » Je répondis oui sans réfléchir.

Au cours de l'épreuve d'anglais, obligatoire avant l'acceptation de mon dossier, je ne compris rien à la dictée. Jacques Hepp fit passer ma note du zéro pointé à la moyenne. Après avoir fait connaissance sur le *Queen Mary* avec la nourriture anglaise (dans les deux sens...), j'arrivai au Massachusetts General Hospital dans le département de recherche dirigé par Oliver Cope. Il m'apprit l'esprit scientifique en opposant à mes « je pense », « je crois », « je suppose » un « How do you Know? » (Comment le savez-vous?) sans réplique.

Ma rentrée en France fut fracassante. Le comité de l'Internat des hôpitaux de Paris fêtait le cent cinquantième anniversaire du décret consulaire fondant l'internat. Joséphine avait été choisie : Solange Troisier. Femme chirurgien, titre rare à l'époque, Solange avait l'abattage nécessaire et le charme efficace pour l'emploi. Je fus choisi pour être Bonaparte. Un magnifique costume m'attendait chez un costumier de théâtre. L'habilleuse, adorable petite vieille de quatre-vingts ans (« Vous l'avez connu, grand-mère, vous l'avez connu ? »), tint à me mettre en garde : « Méfiez-vous, mon petit docteur. Napoléon est un rôle maudit. Ceux qui l'ont tenu, même une seule fois, s'y accrochent. Ils veulent continuer à le jouer. Ils paient pour cela. » J'ai échappé à la malédiction. Dieudonné, lui, s'est oublié à dire, en traversant le champ de bataille de Waterloo lors d'une tournée en Belgique : « Une heure de plus, et je gagnais. »

L'arrivée du couple consulaire à la Maison de la Chimie, ci-devant hôtel La Rochefoucault d'Estissac, ne fut pas aussi majestueuse que le voulait le protocole. Le capitaine de chevau-légers responsable des calèches était allé prendre d'assaut le pont d'Arcole, ajoutant à la désertion une erreur historique. (Il n'a rien à voir avec MA victoire.) La traîne de Joséphine balayait le goudron. Mais le brusque face à face avec deux mille personnes en costumes d'époque et la fanfare à cheval de la Garde républicaine décibélisant avec brio fut intéressant. Un redoutable problème nous attendait sous la forme du professeur Mondor en académicien, seul sous le porche. Quelle pouvait être la conversation entre ce couple d'internes, les petits, les sans grade et le maître tout-puissant? Je grommelai dans la direction de Joséphine quelques mots dans les franges de mon cadogan. « Qu'est-ce qu'on lui dit? » La réponse de la future impératrice fut brève : « Démerde-toi. » Arrivé devant celui qui représentait l'Esprit de Paris, je lui pinçai brusquement l'oreille et lui dit : « Corvisard, on m'a beaucoup parlé de vous. » L'effet fut prodigieux. Le professeur Mondor, transporté, me répondit : « Mon cher petit consul, ah! mon cher petit consul chéri! » De ce jour naquit une complicité définitive, malgré une absence totale de nouvelles rencontres. Dans tous les jurys, le professeur votait pour moi, au grand scandale de ses élèves. A leurs questions, il répondait, superbe : « Il m'a fait rire. »

L'internat finissant, l'aventure commençait. Une carrière me fut offerte : celle de proxénète. L'hôpital Bichat où j'exerçai mon sacerdoce avait d'étranges paroissiennes. Salpingites, avortements et autres problèmes féminins nous mettaient en rapports constants avec tout ce qui gravitait autour du célèbre petit jet d'eau de la place Pigalle : femmes de mauvaise vie, de bonne fortune, de réputation douteuse. Me promenant un après-midi place Clichy en famille, j'avais été salué amicalement par de nombreuses gagneuses en maraude. Ma mère en avait déduit ingénument que j'étais un médecin fort connu. Je n'avais pas osé l'affranchir. Parmi les blessés du soir, nous reçûmes une nuit le cadavre encore chaud de François le Sicilien, victime, selon le conducteur du car de Police-Secours, du gang corse rue de la Charbonnerie. Nous vîmes bientôt affluer les veuves venues rendre un dernier hommage à leur tirelire. Mais la favorite, redoutant quelque avatar, avait jugé prudent de se faire hospitaliser dans mes lits. Fleur de pavé mais fleur quand même, sa fraîcheur et sa jeunesse tranchaient avec la décrépitude et l'aspect usagé des habituées. Je dus certainement être plus gentil avec elle. Peu de temps après sa sortie, je reçus une curieuse ambassade. Une chanteuse russe moitié-blinis moitiè-crème fraîche vint accompagnée d'un superbe jeune homme très gravure de mode avec épingle de cravate apparente. J'appris au milieu des roulements caractéristiques de l'accent slave que ma cliente avait décidé de se mettre au travail et d'embrasser le plus vieux métier du monde, faveur dont elle avait jusque-là été dispensée. Elle avait besoin d'un jules. Je lui paraissais le plus digne de ce rôle étant, selon ses dires, un jeune savant pauvre. Elle travaillerait pour moi et viendrait me verser tous les samedis soirs sa paye. Suivait une estimation des gains attendus qui me laissa pantois. Savant m'allait assez bien, mais pauvre avait un côté agaçant. Cette offre fut examinée sérieusement en salle de garde. L'étrangeté de la situation enthousiasmait ceux qui souhaitaient un sujet original pour un prochain tonus. L'importance de la somme tentait ceux qui voyaient le couvert gratuit et les alcools couler. Les prudents, dont j'étais, voyaient déjà les Corses envahir nos locaux où nous venions justement d'installer une piste pour ski nautique sur bidet de tôle émaillée. Il fut décidé qu'on inviterait l'impétrante pour lui expliquer courtoisement les difficultés d'un tel marché. La veuve de François le Sicilien vint avec une amie. Le repas fut fort joyeux. J'avais heureusement pris la précaution de remplacer d'urgence le mousseux rosé abominable que ces demoiselles avaient apporté par un breuvage plus adapté. L'amie fit le tour de la maternité avec un fils de patron qui en perdit sa virginité. La Sicilienne comprit que la médecine ne mène pas à tout. La question de mon avenir restait posée.

J'avais indiscutablement certains dons pour faire rire. Je pouvais mener un tonus toute la nuit sans problèmes. J'avais le goût et le sens du public. On ne fait pas rire de la même façon cinq personnes et deux cents convives. J'avais passé de longues soirées au théâtre de Dix-Heures à apprécier le travail de mes amis chansonniers. Faire rire les honnêtes gens et la banlieue le samedi soir est un étrange et difficile métier. Vous pouvez endormir pendant trois heures cinq cents spectateurs avec *L'Annonce faite à Marie*. Mais si vous êtes réputé comique, vous avez une minute pour déclencher les premiers rires. Sinon, on vous flanque dehors. Le cymbaliste du cirque Pinder m'avait dit en partant, après notre mémorable rencontre : « Vous êtes un vrai clown. » Je n'osai pas prendre ce compliment pour vérité. Il me rassura : « J'ai trente-deux ans de piste : vous faites votre numéro sur trois cent soixante degrés comme au cirque. » J'avais remplacé Jean Rigaux dans certains galas et touché son cachet. Je vivais grassement aux sports d'hiver en me produisant dans les cabarets. Cette activité faisait le désespoir de mes maîtres. Je finis par comprendre que je payais le succès immédiat par une réaction de mépris à long terme. Je n'étais qu'un rigolo. Tous les comiques sentent bien cet effet pervers de leur activité. Même les plus grands veulent tôt ou tard être pris au sérieux et finissent par parler de Bergson. Je me décidai à échafauder des plans d'avenir plus sérieux, sans soupçonner que cette aura douteuse allait rendre ma lente ascension plus facile. Pourquoi se méfier d'un rigolo ?

L'alternative était précise : s'installer ou concourir. J'avais fait l'objet de plusieurs tentatives de marieuses. Il ne manquait pas de filles de chirurgiens possédant un père fatigué et une clinique en état de marche. Mais ces futures mariées n'étaient guère appétissantes. Mon maître Charrier m'avait prévenu : « Mauvais, épouser une femme riche est le plus discutable moyen de gagner sa vie. » Rester à Paris était bien tentant. Je rencontrai Jean Grignon, qui m'offrit de partager ses locaux. L'adresse était prestigieuse. Je passais du boulevard Ney au 17, avenue Montaigne. Emprunter l'argent nécessaire fut une rude épreuve. Personne n'avait jamais fait de dettes dans la famille. Un robuste éleveur de Charolais, reconnaissant des soins donnés à son fils, me prêta l'argent nécessaire. Une poignée de main résuma la transaction. Mes maîtres m'adressèrent des patients. Je commençai à sortir la tête hors de l'eau.

Concourir était un tout autre sport. Le but était simple : être nommé chirurgien des hôpitaux, puis lors de la vacance d'un service hospitalier, patron. Y arriver était plus difficile. Il fallait, pour commencer, passer une série de concours comportant les épreuves les plus diverses mais toujours jugés par un jury tiré au sort et composé de patrons. J'eus la chance d'être récupéré à la retraite de mon maître Roger Gueullette par

Gaston Cordier, à l'époque doyen de la faculté de Médecine de Paris. Mon travail l'intéressa. Il prouva sa puissance en nommant un plasticien chirurgien des hôpitaux de Paris.

Mai 1968 me surprit chef de consultation à l'hôpital Bichat. Je vis quelques mandarins se précipiter devant des amphithéâtres logorrhéiques et bruyants, en quête d'un plébiscite populaire. J'eus l'insigne chance d'obtenir un des derniers services mi-temps, mais dans quel état! Ma visite à Boucicaut fut déprimante. Les locaux d'hospitalisation étaient misérables quoique sanctifiés par la présence de trois religieuses. La salle d'opération était située de l'autre côté de la cour. Les opérés devaient suivre un long trajet dans d'obscurs couloirs où rôdaient les rats et les cafards. L'hôpital Boucicaut était condamné par le nouvel hôpital du XVe arrondissement. Aidé par une directrice pugnace, Mme Henriet, et un directeur général de l'Assistance publique, Gabriel Pallez, amical et compréhensif, je pus faire aménager un service complet et décent. Certes, je n'aurai jamais eu de locaux convenables. Mais j'aurai eu la joie de voir affluer les patients attirés par la compétence de mes équipes et l'inlassable dévouement de mon personnel.

CHAPITRE II

LA CICATRISATION

La chirurgie plastique est comme les mathématiques, à la fois reine et servante. Servante, elle bouche les trous, maroufle les aspérités, retaille le costume cutané. Reine, elle étudie la cicatrisation et l'infection. La première répare bien ou mal. La seconde détruit et parfois s'éternise. Les autres spécialités chirurgicales tablent sur la première et redoutent la seconde. Lorsqu'il a suturé le colon, ouvert le cerveau, recousu la paroi, le chirurgien sait que la soudure autogène va fonctionner. L'infection postopératoire est un coup de tonnerre dans un ciel serein. Elle surprend l'équipe chirurgicale, le patient et sa famille, les condamnant tous à l'angoisse. Nous sommes obligés de connaître toutes les possibilités de la cicatrisation, ses pannes et ses échecs, pour mieux voler à son secours. Appelés souvent à nous occuper de patients infectés, nous devons connaître les règles de la polémologie ou science de la guerre antimicrobienne, afin de ne pas résumer notre action au ruissellement d'antiseptiques inopérants et au gavage par des antibiotiques handicapés. Les avatars des parties molles, nom spécifique, permettant d'ailleurs les plaisanteries les plus douteuses, doivent nous être familiers. Le retour à la normale de cette masse tissulaire qui emballe, protège, nourrit les organes essentiels est notre devoir quotidien. Nous sommes les derniers généralistes. Tout chirurgien devrait passer un semestre là où sont enseignés et respectés les programmes de restauration. Il n'y a guère que les dents et l'œil qui s'offrent sans barrière au praticien.

Connaître sa peau pour mieux la défendre

La peau est notre carrosserie, souple, sensible et chauffée. Ma première rencontre scientifique avec elle eut lieu au lycée de Nevers. L'inspecteur général, accompagné du proviseur, visitait la classe de sciences naturelles. Il avait commencé par nous mettre en joie involontairement en déposant son melon sur la surface brillante de l'aquarium, prise pour un miroir. Les poissons rouges avaient vu avec surprise descendre l'auguste couvre-chef vers les fonds abyssaux. Notre professeur, terrorisé, subodorait que ses chances de promotion suivaient le même chemin. Le calme revenu avec la siccité relative de la coiffure, il interrogea les meilleurs élèves. Ils se distinguèrent. M. l'inspecteur général sortait d'un bon déjeuner à la Préfecture. Il demanda à interroger le fils de son hôte. Nous sortîmes au plus vite le fils du préfet de sa sieste habituelle. « Parlez-moi de la peau » fut la question qui atteignit ce distingué cancre de plein fouet. Sa réponse est restée historique. « La peau, monsieur, comprend deux couches : le sperme et l'épisperme. » L'inspecteur, interloqué, arrêta là son sondage et repartit pour des horizons moins humides.

La peau comprend bien deux couches : le derme et l'épiderme. Leur nature, leur fonction, leur réparation sont bien différentes. L'épiderme est très mince. Il dépasse rarement cinquante millièmes de millimètre d'épaisseur. Sa couche la plus profonde est faite de cellules polygonales. Leur multiplication les pousse lentement vers la surface. Elles s'aplatissent, deviennent des tuiles plates et cornées. Puis elles partent au gré des contacts et des lavages. La fabrication de corne est une réaction normale. Surprise par un frottement excessif mais étalé dans le temps, la peau épaissit sa couche cornée : c'est le durillon. Agressée, elle développe une ampoule (phlyctène en langage médical.) Du liquide plasmatique issu des vaisseaux sépare l'épiderme du derme. Vous avez porté certainement une paire de chaussures trop étroites un jour, madame.

Le derme est la doublure résistante. Son épaisseur varie

entre cinq et neuf dixièmes de millimètre. Sa constitution évoque celle du pudding. La substance fondamentale est la pâte. Les cellules conjonctives, les fibres élastiques et collagènes sont les cerises et les raisins secs. La mollesse de la substance fondamentale, nécessaire aux mouvements, aux tractions, aux glissements, est compensée par la présence du réseau fibrillaire qui donne l'élasticité et la résistance nécessaires. Les cellules viennent du sang et sont normalement en résidence secondaire. Qu'un événement désagréable survienne, elles quittent leurs aires de repos pour se précipiter sur les lieux du crime. Elles sont l'équipe de premier secours, suivie bientôt par d'autres rameutées quasi immédiatement. Un réseau de capillaires court sous le derme pour assurer l'intendance. Il se ramifie dans l'épaisseur du derme et nourrit l'épiderme par imbibition. Les nerfs donnent naissance à des capteurs aux fonctions bien définies : douleur, tact, pression, chaleur et froid. Le liquide lymphatique, sang moins les cellules et les grosses molécules qui nous baigne complètement, est évacué par les lymphatiques prêts à devenir rouges de colère si quelque microbe se mêle à la distribution de la nourriture.

La peau marie donc pour le meilleur et pour le pire deux tissus complètement différents, incapables de se remplacer l'un l'autre. Mais celui qui nous a faits a tout prévu, semble-t-il. L'épiderme, nécessaire couverture sans laquelle il ne saurait y avoir de coexistence pacifique entre notre corps et l'environnement, est mince et fragile. Une simple couche de vernis! Si nous voulions être méchants avec les entreprises chargées d'alimenter les voyageurs, nous dirions que l'épiderme représente la couche de beurre d'un sandwich S.N.C.F., le pain étant le derme. Imaginons un instant que les rapports entre les deux couches de la peau soient aussi simples. La plus petite blessure, arrachant sans difficultés l'épiderme-vernis, créerait une large brèche dont le fond serait composé de derme. Or, pour refermer le trou, il ne faut pas compter sur le derme. Il ne saurait donner naissance à des cellules épidermiques. Elles doivent venir des bords de la brèche. Nées par division des cellules présentes, elles rampent lentement sur le derme. Cela demande du temps, des soins, de l'énergie. Notre fabrication a été plus soignée. Si la tranche de pain ferroviaire comporte assez de trous et si le couteau est suffisamment garni, le beurre s'enfonce en profondeur. Il en va de même dans la peau. L'épiderme s'enfonce dans le derme, y développant de multiples prolongements ou *annexes cutanées*. Vous les connaissez bien. Les glandes sudoripares produisent la sueur des travailleurs et celle des angoisses. Les glandes sébacées sécrètent le sébum qui graisse la peau et donne leur odeur aux vestiaires sportifs. Ces glandes, comme les racines des poils virils, des duvets charmants et des barbes existentielles, sont faites de cellules épidermiques enfouies dans le derme. Si la couche épidermique superficielle est abrasée, ces cellules respectées par la blessure abandonnent, qui sa fabrication, qui ses plantations, pour se diviser et venir à la surface remplacer les cellules sœurs disparues. Cette réserve épidermique est plus abondante dans le derme superficiel que dans le derme profond où n'existent guère que quelques racines de poils. Cette distinction entre derme riche en inclusions épidermiques et derme pauvre n'est pas une notion scientifique indifférente au profane. La blessure en derme riche se referme vite, pratiquement sans cicatrice définitive. En derme pauvre, la soudure sera plus lente, la cicatrice définitive. Il n'est pas une mère d'enfant brûlé, une jeune femme ébouillantée, un candidat à une greffe de peau qui ne désire être éclairé sur les résultats de la cicatrisation.

La peau repose sur une couche de graisse mince ou épaisse, isolateur thermique apprécié, coussin indispensable et tremplin pour phantasmes sexuels. L'élasticité propre de la peau, jointe au glissement possible sur la graisse, donne au chirurgien un excédent bien utile lorsqu'il s'agit de refermer un trou après quelque sacrifice cutané. Apprécier ce prêt est un devoir pour le chirurgien. Pallier son absence est le rôle de la chirurgie plastique.

La plaie et ses problèmes

La plaie cutanée est le premier problème auquel est confronté le jeune étudiant en médecine.

Si nous laissons provisoirement de côté le problème microbien étudié dans le prochain chapitre, la technique de suture n'est pas aussi simple que la remise en place d'un bouton arraché. Il faut d'abord vérifier que les structures sous-jacentes n'ont pas été atteintes, que les berges sont saines, qu'il n'y a pas de corps étrangers inclus. Pour aider le jeune thérapeute (surveillé de près par un chirurgien « adulte »), nous avons divisé les plaies de la vie courante en trois catégories bien tranchées :

• La *coupure simple* : le morceau de verre, le couteau, l'arête métallique ont sectionné quasi chirurgicalement la peau et un peu de graisse. Les bords sont saignants, donc vivants. Le fond est visible sur toute son étendue. La suture est facile, le bon résultat certain si les règles techniques sont bien suivies.

• La *plaie pénétrante* est une tout autre affaire. L'éclat de verre acéré comme une pique d'infanterie espagnole, la pointe du couteau de l'écailler ou du boucher autopsieur de Charolais refroidi, les ciseaux de la couturière maladroite, le cutter du dessinateur distrait ont pénétré loin en profondeur. Si notre jeune thérapeute se fonde sur l'étendue de la porte d'entrée pour juger des dégâts profonds, il fait la même erreur que le soupirant qui jauge les appâts de son vis-à-vis en se fiant au volume du soutien-gorge. Une exploration complète minutieuse est nécessaire pour suivre à la trace l'instrument blessant et contaminant. Refermer sans explorer est une erreur souvent grave. Inexcusable, elle est cependant compréhensible devant la résistance de certains patients. Ils admettent difficilement qu'une intervention nécessitant souvent une anesthésie générale soit nécessaire pour traiter une aussi jolie petite plaie.

• La *contusion ouverte* n'est que le premier acte d'une pièce à suspense. Le patient montre une petite plaie, insiste peu sur les circonstances de l'accident, toujours stupide, et réclame un secours immédiat par des soins simples. Le chirurgien peut lui aussi considérer que la plaie est l'essentiel et oublier l'écrasement qui l'a créée. Dès lors, les conséquences de la contusion sont gommées. Une suture est imprudemment placée sur les berges cutanées. Dans les jours qui suivent, les résultats de la destruction des capillaires apparaissent en vraie grandeur. La peau devient bleue, puis noire. Si des microbes ont été enfermés au chaud, ils commencent à se multiplier dans cette pourriture-gâteau.

Le nouveau chirurgien ne peut que constater le désastre. Certes, les lésions ne sont pas dues à l'acte chirurgical. Mais les paroles rassurantes du chirurgien résonnent encore aux oreilles de celui qui a laissé son doigt se prendre dans une portière de voiture ou a reçu un coup de marteau après ses achats chez M. Bricoleur. Nous avons résumé ce drame en trois actes : la plaie, la nécrose et l'amputation, en enseignant que la plaie était un passé regrettable et la contusion un futur redoutable.

Il n'est pas inintéressant que les futurs contus soient au courant. Jeune interne, j'eus un jour à suturer une petite plaie de la jambe. La blessée était une ravissante jeune fille capable de réveiller l'animal qui, paraît-il, sommeille en nous. J'utilisai le fil le plus fin pour réparer la beauté. Huit jours plus tard, à l'ablation du pansement, je vécus un Waterloo chirurgical : les bords de la plaie étaient noirs, les fils désunis, le fond de la plaie encombré de pus. La mère devint quérulente. La cicatrisation demanda deux mois pour un résultat peu esthétique. Je ne compris que quelques mois après les raisons de mon échec. Le traumatisme avait frappé la peau de la jambe là où elle repose directement sur le tibia. Elle avait été écrasée comme une coquille entre les branches du casse-noix. J'avais suturé des tissus moribonds, dépourvus de l'énergie nécessaire à réaliser une soudure...

La conduite à tenir est simple pour celui qui se fait préciser les circonstances de l'accident. Devant une peau éclatée, il limite l'acte chirurgical au minimum (le bistouri n'a jamais réparé les vaisseaux sanguins) et met en garde le blessé contre des lendemains difficiles.

L'ablation des corps étrangers paraît évidente. Lorsque les plaies pénétrantes ne sont pas explorées complètement, il arrive que reste un morceau de bois ou tout autre débris. Nous avons retiré des éclisses de tableau de bord, entrées deux ans auparavant dans la cavité orbitaire d'une jeune femme, sans avoir lésé l'œil. Les corps étrangers les plus fréquemment rencontrés en pratique courante sont les morceaux de verre après rupture du pare-brise lors d'un accident de voiture. Il est pratiquement impossible de les retirer lors de l'intervention en urgence. Explorer chaque petite plaie sur un visage tuméfié et parfois chez un blessé plus ou moins conscient entraînerait des dégâts supplémentaires. Ces morceaux de verre sont perçus après cicatrisation. Les plus petits sortent spontanément, parfois poussés au-dehors par les doigts habiles du masseur. Les plus gros, palpés sous la peau, sont retirés par la voie d'abord la moins inesthétique.

Très tôt, l'homme a refermé les plaies, avec plus ou moins de bonheur d'ailleurs. Lorsque j'ai débuté dans ce métier de cousette nocturne, nous avions à notre disposition des agrafes métalliques et des aiguilles à enfiler. Les agrafes reviennent en force. Les aiguilles sont maintenant serties. La mésaventure survenue lors d'une de mes gardes à l'hôpital Marmottan ne risque plus d'arriver. J'avais laissé l'externe de garde face à une plaie du cuir chevelu portée par un clochard familier anesthésié par une bonne dose de vin rouge. Fils de famille déjà âgé, cet externe m'inspirait confiance. Dix minutes après, j'entendis la galopade d'une infirmière, haletant dans l'escalier de la salle de garde. « Venez, venez vite! » fut le seul message intelligible. Arrivé sur les lieux, je me fis expliquer l'incident. Le blessé dormait du sommeil du juste. L'externe avait eu du mal à enfiler le fil de lin torsadé dans le chas de l'aiguille. Après un certain nombre de tentatives infructueuses, il avait porté le fil à sa bouche, l'avait humecté avec soin. L'aiguille enfin enfilée, il s'apprêtait à coudre la plaie. L'externe fut rayé de la liste de garde, placé sous haute surveillance et confiné à la rédaction des dossiers. Je l'ai rencontré vingt ans après au bar des Théâtres. Il est docteur en médecine, mais P.-D.G. d'une importante affaire... de textile. C'est mieux ainsi.

Cicatrice m'était contée

Le blessé s'inquiète peu des problèmes techniques de la suture. Ce qui préoccupe les hommes coquets, les femmes et les mères de famille pour leurs enfants est la qualité esthétique de la cicatrice, que la plaie siège au visage ou sur les parties du corps que la civilisation actuelle dénude dès les premiers rayons du soleil. Pour eux, des soins compétents doivent assurer une « belle » cicatrice. Comment n'en serait-il pas ainsi ? Il ne se passe pas de semaines où les téléspectateurs n'assistent en direct – souvent mieux placés que l'aide pour observer – à la réimplantation de membres sectionnés, à des transplantations cardiaques, à des greffes de rein ou de foie. Comment pourraient-ils admettre que nous ne pouvons modifier le programme qui régit la formation et la maturité de la cicatrice ?

De fait, un bon traitement chirurgical obtient la cicatrisation, c'est-à-dire la soudure autogène des berges tissulaires, séparées par la plaie et réunies par les fils. Par sécrétion des cellules soudeuses spécialisées, naît une colle naturelle qui cimente les deux faces. Selon la région atteinte, l'âge, les tractions exercées alentour, la prise est suffisante pour que les fils puissent être retirés cinq jours, une semaine ou deux semaines après. Lors de leur ablation, tout va bien. La ligne de suture est presque invisible. Dans la grande majorité des cas, la colle biologique que nous appelons régénérat (ensemble des nouveaux tissus) n'augmente que légèrement de volume. La cicatrice devient rouge, plus épaisse et plus dure. Des démangeaisons surviennent. Mon maître J. Hepp a joliment appelé cet état l'âge ingrat de la cicatrice.

Au cours des mois suivants, tout rentre dans l'ordre. La cicatrice devient blanche. Certes, elle n'est jamais totalement invisible. Elle résiste au hâle solaire. Mais elle est acceptable et acceptée. La maturité ne succède pas toujours à l'âge ingrat. Sous les yeux de la patiente infortunée, apparaît un cordon rouge de plus en plus dur et épais. Cette évolution implacable se poursuit pendant six mois environ, pour s'arrêter enfin. L'abondance de la littérature scientifique consacrée à cette disgrâce n'a d'égale que la profondeur de l'ignorance de ses causes.

Cette cicatrice hypertrophique est plus fréquemment rencontrée chez l'enfant du second âge et la jeune femme, plus rarement observée après trente ans, exceptionnellement après quarante, ce qui permet toutes les audaces chez la femme d'un certain âge. Cette vilaine cicatrice se rencontre surtout dans une zone maudite qui va d'une horizontale passant par la commissure des lèvres à l'ombilic. La partie inférieure du visage, le moignon de l'épaule, le décolleté, zones les plus visibles, sont malheureusement les plus menacés.

Pour expliquer cette évolution, il serait tentant d'accuser le terrain, c'est-à-dire le patient, en invoquant une aptitude particulière, un programme inné. Las! Ses aspects sont souvent fort déroutants. Cette cicatrice hypertrophique, que nous avons appelée, pour stimuler nos étudiants, contestation conjonctive, peut n'atteindre qu'une partie de la suture. Curieuse disposition individuelle qui épaissit une cicatrice sur trois centimètres et laisse tranquilles les autres. Si, en général, la cicatrice hypertrophique récidive après son ablation, suivie d'une nouvelle suture, sa disparition peut être observée. Nous avons suivi chez une patiente l'évolution des cicatrices de trois césariennes consécutives. La première cicatrice et la dernière furent normales. La deuxième était restée rouge, épaisse et douloureuse pendant un an et demi. Or il s'agissait de la même patiente, du même chirurgien et de la même technique de suture dans la même région anatomique.

Je rencontrai très tôt la cicatrice hypertrophique. Lors d'un remplacement de chirurgien à Blois, la directrice de la clinique m'avait confié sa fille, porteuse d'une telle cicatrice sur l'épaule, séquelle disgracieuse d'une vaccination effectuée par un médecin peu soucieux des problèmes d'image corporelle. Je me précipitai avec l'enthousiasme de la jeunesse sur cette masse conjonctive. Je fis, après excision, la suture la plus minutieuse. Lorsque je revins six mois plus tard sur les lieux de mon crime, la directrice me fit grise mine. Une nouvelle masse était apparue, plus grosse et plus large que la première.

Cru avant, cru après

Lorsqu'une consultante inquiète ou une mère de famille angoissée nous demandent une suture esthétique, nous devons être très précis dans notre réponse. Nous ne sommes pas totalement dépourvus de moyens d'action sur la cicatrice. Suturer des bords bien vivants, reposant sur une couche de graisse saine, sans tension excessive, avec des fils les plus fins possible, telles sont les bonnes règles. La technique de passage des points de suture dans la peau joue indéniablement un rôle dans la qualité de la cicatrice finale. Les points séparés, passés d'une berge à l'autre, sont responsables de cicatrices transversales supplémentaires en échelle de perroquet.

Pour limiter ce fâcheux supplément, deux moyens : des points séparés limitant le débord sur la peau et le surjet intradermique. En chargeant sur l'aiguille courbe le derme d'un côté et de l'autre côté la peau totale, le fil n'apparaît que sur un millimètre, juste ce qu'il faut pour qu'on puisse sectionner le nœud et retirer la suture au bon moment. Le surjet se faufile dans l'épaisseur de la peau des berges et ne sort qu'aux deux extrémités de la plaie. De toute évidence, il limite le mieux les dégâts, mais n'est pas toujours possible à utiliser pour diverses raisons : minceur de la peau, plaies irrégulières, etc. Le dernier point achevé, le destin de la cicatrice nous échappe complètement. Même prévenues, les patientes admettent difficilement cette absence de contrôle. J'ai l'habitude, lors de l'ablation des fils, devant le mince régénérat cicatriciel si joli, de le comparer à un œuf à couver. Que va-t-il se passer au cours du premier mois postopératoire ? Qui sortira de l'œuf, un poussin ou un canard boiteux ?

Nous sommes souvent interrogés sur la valeur de sutures de plaies de la face, effectuées la nuit par un interne d'un service d'urgence après un accident. Dans la plupart des cas, les sutures sont bien faites, à l'aide de fils fins. Il ne faut pas demander plus à ce moment-là. Sacrifier de petits morceaux de peau irrégulièrement coupés aboutirait à des sacrifices inutiles ou dangereux. De même, s'il manque un morceau, il faut éviter des sutures sous tension défigurante. Six mois après, une réparation à visée esthétique peut être envisagée, supprimant ici une bosse, là un creux, ou encore une surface irrégulière.

Peut-on prévenir l'hypertrophie de la cicatrice ? Nous avons un pouvoir certain lorsque nous avons le choix de l'emplacement et de la longueur de la cicatrice, lors d'interventions réglées. Elle sera ici réduite à un centimètre, là dissimulée dans les cheveux, dans la partie colorée du mamelon, là alignée dans le sens où la peau incisée ne s'écarte pas spontanément. Mais, dans de très nombreuses situations, nous ne pouvons rien, ou presque. Si nous devons enlever une large étendue de peau, comment limiter la longueur de la cicatrice? Si nous devons reprendre une cicatrice, comment la changer d'orientation sans l'allonger considérablement?

Faute de pouvoir prévenir la cicatrice hypertrophique, nous devons prévenir la patiente. Interloquée, celle-ci cherche à nous rassurer. « Je cicatrise bien », dit-elle en exhibant une cicatrice d'appendicectomie que le temps a réduite à une minuscule ligne blanche. Or chaque localisation comporte ses propres risques. Aucune région ne peut témoigner pour une autre. D'autres patientes nous suggèrent de faire un essai. L'obtention sous le sein qui tombe d'une cicatrice calme à souhait, de un centimètre de long, ne saurait nous garantir que les longues cicatrices nécessaires à l'obtention d'un joli sein seront de même nature. Je passerai sous silence les efforts de cette patiente libanaise qui me promettait un bakchich au cas où je lui ferais une « belle » cicatrice ou encore les reproches de celles qui m'accusent d'avoir laissé les aides recoudre à ma place.

Il fut un temps où la mode était d'irradier la suture chirurgicale immédiatement. Les rayons X sont certainement capables de juguler quelque peu la contestation conjonctive. J'ai obtenu ainsi, il y a plus de vingt ans, un de mes plus jolis résultats. Une jeune starlette au minois plein de taches de rousseur était venue me consulter pour une très vilaine cicatrice, rouge et épaisse, sur la pommette. Les films d'horreur n'étant pas encore à la mode, cette disgrâce lui interdisait tout espoir. Attendri par son aspect chat écorché et son désespoir, je repris la cicatrice et fis appliquer immédiatement une forte dose de rayons. L'opérée a depuis fait une belle carrière. Mais les rayons X, même maniés par des spécialistes compétents, sont trop dangereux pour être utilisés dans un but strictement esthétique. Les lésions de radiodermite : peau dure, rétractée, parsemée de rougeurs et de kératose, n'apparaissent que dix ou quinze ans après l'application. Nous réservons depuis longtemps cette arme au seul cancer.

D'autres conseillent l'application de pommades contenant des dérivés de la cortisone. Ces produits, longuement appliqués, ne sauraient empêcher l'apparition de l'hypertrophie. Ils ont en outre de fâcheux effets secondaires : atrophie cutanée, pousse de poils superflus, développement de petits vaisseaux rouges définitivement visibles. La compression prolongée de la cicatrice est plus efficace, non dangereuse mais bien difficile à mettre en place et à faire supporter.

Lorsque la cicatrice commence à boursoufler, quinze jours à trois semaines après l'intervention chirurgicale, il est tentant d'agir. Piquer le cordon cicatriciel pour y injecter un corticoïde est une entreprise risquée, même si on utilise une aiguille très fine et une seringue permettant de développer la forte pression nécessaire. Le risque de surdosage est grand. A la place de la cicatrice hypertrophique, peut apparaître, au cours des mois suivants, une plage déprimée, ressemblant à la déchirure d'un collant là où les mailles ont filé. Toute fuite du produit dans la peau saine est suivie d'atrophie et de raies rouges. Tout passage dans la graisse entraîne une nécrose et un trou souvent définitif.

Notre réponse partielle à la cruelle question de la prévention est relativement simple : la survenue d'une cicatrice hypertrophique est assez rare, même chez les sujets jeunes. Mais ce risque doit être discuté avec chaque patient.

La seule excuse d'une cicatrice hypertrophique est la correction d'une disgrâce insupportable. La patiente, avertie de ce cruel pari, doit décider elle-même. La survenue d'une cicatrice hypertrophique modérée ne saurait être traitée que par une longue attente : un an à un an et demi. Des injections de cortisone, effectuées à l'aiguille ou au pistolet à air comprimé ou dermo-jet, la remplaceront par une cicatrice plate mais plus large. Seul le temps affaisse et fait blanchir. La largeur n'augmentera pas. Le résultat final sera acceptable.

Si la cicatrice hypertrophique atteint un volume insupportable, il est logique de tenter quelque chose. Pour ce faire, il convient de la retirer, de faire une suture sans points externes à l'aide d'un surjet et d'attendre les débuts de la repousse. Toute injection dans la peau lorsque les fils sont encore en place ou sont à peine retirés entraîne une atrophie fort laide. Mais l'injection précise, prudente de corticoïdes dans le petit cordon résurgent permet souvent de limiter l'hypertrophie. Il faut savoir attendre six semaines avant de recommencer, pour ne pas créer un surdosage local. Notre dermatologiste consultant à Boucicaut, le docteur Bazin, est passé maître en la matière.

Une réelle action thérapeutique est possible lorsque la cicatrice hypertrophique devient une bride rétractile, qui déforme le pourtour d'un orifice naturel ou limite les mouvements d'une articulation. La disparition de la tension exercée sur la cicatrice par l'emploi d'un lambeau ou d'une greffe suffit souvent à ramener le calme. Il semble que les mouvements incessants subis par la cicatrice placée sur cette zone mobile soient responsables de l'hypertrophie et de sa pérennité.

La chéloïde est diabolique. Tous et surtout toutes la redoutent. Il ne se passe pas de semaine sans un coup de téléphone angoissé : « Docteur, pouvez-vous me recevoir rapidement : j'ai une calloïde. » Rétablir le véritable nom de cette évolution cicatricielle désastreuse ne saurait représenter un motif suffisant de satisfaction ni pour le chirurgien ni pour sa patiente. La seule véritable définition de la chéloïde est d'être une cicatrice hypertrophique à titre définitif. Non seulement le temps n'a aucune influence sur sa masse, mais encore elle est sujette à de brusques poussées évolutives qui augmentent encore le désastre. De nombreux chercheurs ont traqué sous le microscope optique et électronique sa substance, pour lui arracher sinon ses secrets, du moins les critères de son originalité. Or rien ne ressemble plus à une cicatrice hypertrophique qui s'atténuera spontanément qu'une chéloïde éternelle. La traque s'est poursuivie sur le plan chimique sans autres résultats que le noircissement de feuilles de papier et l'endormissement de congressistes blasés.

Cependant, son aspect clinique est un peu différent de celui de la cicatrice hypertrophique. La chéloïde prend la forme d'une véritable tumeur enchâssée dans les tissus sains, comme calcul dans un rognon. Ses limites sont précises, sa forme arrondie, sa dureté prodigieuse. Elle succède en général à de petites lésions : grattage de la région sternale, percement du lobe de l'oreille, extraction traumatisante d'un comédon, vaccination un peu trop profonde. Elle est le privilège des individus jeunes, mais ne les quitte pas à l'âge adulte. Son territoire est le même que celui des cicatrices hypertrophiques : la zone maudite va de la bouche à l'ombilic. Son ablation est suivie d'une récidive plus importante. Les essais d'excision intra-chéloïdienne se sont révélés vains. La pose d'une greffe après ablation l'empêche de revenir, mais gare aux berges et à la zone donneuse. C'est plus souvent double que quitte.

Fort heureusement, la chéloïde succède exceptionnellement à une incision. La chirurgie, les brûlures sont responsables de cicatrices hypertrophiques. Seules, certaines interventions ont le triste privilège de donner de vraies chéloïdes ou, tout au moins, des cicatrices hypertrophiques si grosses et si tenaces que la distinction paraît trop subtile aux porteurs. Ce sont les grandes incisions verticales nécessaires à l'abord du cœur et de l'abdomen. Il est triste de voir en consultation des enfants sauvés d'une mort atroce ou du nanisme assurés d'une vie sans problèmes de santé, mais définitivement assombrie par une cicatrice détestable. Plus jeune, j'avais l'envie meurtrière de faire avaler aux experts médecins, aux directeurs de laboratoires pharmaceutiques et aux visiteurs médicaux les médicaments proposés sans vergogne, mais avec vignette, pour combattre « efficacement » les désordres de la cicatrice. Un dermatologiste, pourtant réputé, n'a pas craint de recommander un produit qui assassinait sauvagement les cellules sanguines mais laissait construire sans permis ces murs de lamentations.

De temps à autre consulte, dans les services de chirurgie plastique parisiens, un de ces malheureux porteurs de chéloïdes tropicales venant de Madagascar, des Mascareignes ou des Caraïbes. Certains sont recouverts sur toute la moitié supérieure du corps d'une véritable carapace, les faisant ressembler à des tortues. L'un d'eux, dont le cas a été publié et considéré comme un succès, après une thérapeutique qui a eu son heure de gloire – ablation de la chéloïde et irradiation avec un fil radioactif placé dans l'intimité de la cicatrice –, a récidivé peu après la publication de l'article qui relatait sa guérison.

Les chéloïdes les plus fréquentes sont celles qui surviennent après percement des oreilles pour permettre le port des boucles d'oreilles (à mon époque réservé aux femmes). Imaginez un peu la tête du malheureux bijoutier qui voit pousser une tumeur grosse comme une amande autour du petit trou créé à la perforatrice! A Dakar se produit une Africaine porteuse de chéloïdes succédant à ce geste banal. Mais elle gagne largement sa vie, car pendent de chaque côté de sa tête deux véritables noix de coco. La région auriculaire est certainement un peu plus maudite que les autres.

La cicatrice postérieure de l'incision nécessaire à la cure des oreilles décollées peut, elle aussi, être le siège d'une inflation bolivienne. Nous avons réussi à guérir un certain nombre de patients en faisant suivre l'ablation de la banane cicatricielle d'injections répétées de corticoïdes. Mais nous ne saurions garantir les résultats. Un malheureux ouvrier agricole de la Lozère avait espéré arranger son apparence « brut de décoffrage » en se faisant recoller les oreilles. Pendant deux ans, j'ai piqué et repiqué les chéloïdes récidivantes après ablation. J'ai fait innocenter le chirurgien recolleur, mais n'ai pu juguler le retour des cicatrices épaisses. Récemment, un père m'amène sa fille, porteuse de la même complication. J'explique mes possibilités et les astreintes du procédé : excision sous anesthésie locale, injections tous les mois et demi pendant... Pointilleux et perfectionniste, le père acquiesce mais profite de la consultation pour me demander de corriger une petite disgrâce sur son nez. J'arrive à récuser cet enragé de la perfection mais accepte d'opérer la fille en me souhaitant bien du bonheur au cours des consultations suivantes. Un miracle s'est produit. La fille est revenue sans être accompagnée. Comme un bonheur n'arrive jamais seul, la chéloïde a complètement disparu après ablation sans qu'aucune injection soit nécessaire.

Si d'aventure le percement des oreilles de votre fille chérie ou de votre fils branché est suivi d'un gonflement suspect, faites-lui porter un clip compressif pendant plusieurs mois. Cette astuce d'un chirurgien israélien mérite attention.

L'hypertrophie n'est pas le seul aspect déplaisant de l'évolution des cicatrices de suture. Chez les femmes à peau mate, la cicatrice reste souvent blanche. Elle résiste au bronzage sauvage qui commence dès le mois de mai chez les civilisées, et se poursuit en cabine toute l'année chez celles que tente l'apparence mille-feuilles. Chez les blondes à peau très blanches mais aux pommettes rosées, même en l'absence de conversations osées, la ligne cicatricielle peut rester rouge des années durant.

Lorsque la tension locale après suture cutanée est excessive, ou bien encore si la soudure autogène cicatricielle n'a pas la solidité requise, la cicatrice peut s'élargir. La patiente comprend mal cette modification secondaire et a tendance à accuser le chirurgien d'ignorance ou de malfaçon. Précisons immédiatement que nous n'avons pas les moyens de changer le programme cicatriciel de l'individu. Cette fragilité du régénérat qui explique le relâchement secondaire est d'origine génétique. Comme disait ce chauffeur de taxi pressé à un conducteur maladroit : « Amène ta mère que je te recommence. » La cicatrice est le siège d'une rétraction dès que la dernière cellule épidermique est en place et que les phénomènes inflammatoires ont cessé. Elle se rétrécit parfois dans le sens de la longueur, créant des friselis disgracieux mais habituellement transitoires. Elle peut aussi s'amincir et se rapprocher des plans profonds. Cet enterrement de la cicatrice est du plus fâcheux effet, sa correction chirurgicale n'est pas toujours facile.

La cicatrisation secondaire

La cicatrisation secondaire est à la cicatrisation primitive de la plaie suturée ce que le rechapage est à la soudure autogène. Les traumatismes, certaines interventions chirurgicales, les nécroses et les gangrènes sont responsables de trous dans notre carrosserie. Il manque de la peau, mais aussi de la graisse et parfois du muscle. Le trou est trop large pour pouvoir être refermé par suture. L'alternative est claire : il faut utiliser soit un procédé plastique de fermeture, très exactement la matière de notre spécialité, soit laisser faire la cicatrisation secondaire que les patients appellent la nature.

Un ingénieur égyptien barbu traverse la Méditerranée en toute hâte. Un accident a sectionné l'extrémité de son index exactement comme l'aurait fait la guillotine. Il reste assez de longueur à la dernière phalange pour que l'ongle puisse continuer à pousser droit, sans se recourber en griffe gênante autant que disgracieuse. Nous connaissons bien l'évolution spontanée, nous devrions dire programmée, de ce type de perte de substance : la cicatrice définitive reforme une nouvelle pulpe. Elle est un peu plus courte et un instant le siège de petites sensations électriques lors des contacts. Mais, rapidement, elle est parfaitement utilisable. J'ai, à la fin de mon internat, été un des premiers à avoir publié un article sur le traitement des pertes de substance des doigts à l'aide de lambeaux locaux. Après en avoir pesé avantages et inconvénients, nous les réservons désormais à des lésions incapables de cicatrisation spontanée ou trop étendues. De nombreux bricoleurs, des guitaristes et des violonistes de talent peuvent témoigner de nos dires. A l'énoncé de notre traitement (pansements gras et mobilisation), la mine du barbu s'allonge. Il n'a pas pris l'avion pour s'entendre signifier une solution aussi simple. Il disparaît et trouve rapidement un chirurgien qui réalise une plastie locale. Je ne suis pas du tout certain que la présence définitive d'un lambeau au bout du doigt soit préférable à celle d'une cicatrice rapidement invisible, sans séquelles sensitives appréciables. Mais cette anecdote illustre bien les difficultés de faire admettre son point de vue thérapeutique et la grande diversité des solutions.

Les étonnantes possibilités de la cicatrisation secondaire étaient le seul recours des barbiers puis des chirurgiens avant la naissance lente de la chirurgie plastique. Mal comprise, mal aidée, la cicatrisation secondaire se voyait confier des situations impossibles soit du fait d'un nettoyage trop étendu, soit à cause de l'importance du trou à combler. De brusques accès infectieux émaillaient de surcroît l'évolution. Venu des chirurgiens généralistes chez les plasticiens, nous n'avons jamais oublié les reconstructions de la cicatrisation secondaire. Ébloui par l'efficacité des armes nouvelles, nous avons pratiqué un moment plus de greffes et de lambeaux qu'il n'aurait fallu. Mais, très vite, nous nous sommes attachés à découvrir le programme de ces réparations spontanées pour le respecter et éventuellement l'aider. Les plasticiens américains n'aiment guère ces guérisons « naturelles ». Il a fallu qu'une technique d'ablation de cancer vînt leur prouver la qualité de ces réparations spontanées. Les cancers cutanés sont assez souvent dépourvus d'agressivité. Encore faut-il adapter le traitement à leur degré de malignité et donc en enlever assez largement pour faire place nette. Certains dermatologistes imaginèrent donc de brûler progressivement la lésion chimiquement, de prélever fond et bord de la plaie pour les examiner sous microscope et de recommencer cette technique aussi souvent que les prélèvements resteraient positifs.

Cette sage lenteur, qui n'allait pas sans nous rappeler les cautérisations des temps héroïques, ne fit pas de nombreux adeptes. Mais la vue des cicatrices finales, obtenues par de simples pansements, là où existaient de vastes brèches et la qualité esthétique du résultat obligèrent à prendre en compte les étonnantes possibilités de l'abstention chirurgicale même aux États-Unis.

Le programme n'est pas dans la salle... d'opération mais dans la plaie

Il y a deux espèces de trous : les trous nets et béants et les trous à venir dus à la destruction de la peau sur place puis à sa lente élimination. Dans la première éventualité, la réparation peut commencer immédiatement. Dans la seconde, il faut d'abord démolir et nettoyer avant de reconstruire. Intéressons-nous à cette situation fréquente et à son évolution souvent mal comprise.

La peau se meurt, la peau est morte sous un choc violent, une brûlure thermique chimique, électrique, une injection sous-cutanée d'un produit toxique ou d'un médicament anticancéreux sorti de sa veine, la compression prolongée des fesses chez un comateux. Le deuil ne se fait pas en vingt-quatre heures comme dans les teintureries de ma jeunesse. Il est précédé par des modifications qui renseignent le chirurgien : ampoules, aspect sec et jaunâtre ou violet. Dix jours plus tard, la plaque noire est là. Elle doit disparaître pour que la reconstruction commence. Imaginons que l'état du patient ou toute autre raison empêchent de retirer chirurgicalement cet obstacle prolongé à la cicatrisation. La « nature » va se débrouiller.

Un appel d'offre est fait aux entreprises locales de nettoyage : les enzymes. Ces ferments digèrent les ponts cellulaires qui unissent le mort et le vif. Ils sont sécrétés par les cellules vivant aux bords des dégâts, stimulées par la réaction inflammatoire qui mobilise à tous les échelons.

L'activité digestive de ces frontalières est faible, lente sa mise en route. Cela témoigne peut-être d'une certaine méfiance à laisser jouer un rôle aussi grave à nos propres cellules. Heureusement, les microbes viennent à la rescousse. La plaque cutanée noire n'a pas la même élasticité que la peau saine. Les incessants petits mouvements de notre enveloppe cutanée induisent des déchirures aux frontières. Les microbes s'y engouffrent. Sous leurs coups, la graisse fond. La plaque noire flotte sur un pus malodorant. Un simple geste lors du pansement : elle part. Déjà, derrière un petit repli élastique, la graisse s'est organisée et fabrique les bases de départ nécessaires à la reconstruction. Hormis invasion progressive ou déferlement sauvage de la gangrène, les dégâts sont limités au strict minimum. Il est possible de reprocher à ce nettoyage que nous appelons détersion suppurée sa durée, son odeur, les contraintes du pansement. L'excision d'ailleurs escamote aussi souvent qu'elle le peut ce temps malodorant. En son absence, l'infection se comporte en auxiliaire habile et non en envahisseur délictuel.

Le problème est tout autre lorsque la nécrose dépasse la graisse et atteint les tissus profonds par trop vulnérables à la présence des éboueurs microbiens. Il n'est pas avisé de laisser les microbes flirter avec une aponévrose musculaire. Il serait grave de laisser baigner les tendons, l'os, le cartilage, les ligaments dans cette purée microbienne faite de cadavres, certes, mais aussi de guerriers bien vivants. Nous ne pouvons pas laisser tous les territoires à la détersion suppurée. Il ne faut lui abandonner que ceux où elle fera le ménage sans mise à sac. Cela impose au chirurgien la connaissance dès le début des frontières du mort et du vif et donc la nature du sous-sol qui sera en première ligne. Cela est en général facile si l'on tient compte des circonstances de l'accident, de la nature du traumatisme et de l'anatomie de la région atteinte.

Apparition, vie et mort du bourgeon charnu, le maître d'œuvre

Le mort éliminé, le vif ne reste pas inactif. Affleurent dans le sous-sol de petits vaisseaux sanguins, les capillaires, comme autant de conduites techniques dans les terrains viabilisés. Se fabriquent des boucles de plus en plus longues et nombreuses. Ainsi pousse un véritable fourré vasculaire qui ne tarde pas à se couvrir de feuilles et de fruits. Des cellules sortent des vaisseaux, quittant le sang pour s'installer dans ces nouvelles zones de peuplement. Les fibroblastes, emballeurs habiles, sécrètent la substance fondamentale du tissu conjonctif que nous avons étudié plus haut. D'autres cellules s'occupent de la sécurité. Progressivement se dresse, s'épaissit un échafaudage, le bourgeon charnu destiné à recevoir la couverture nécessaire : l'épiderme.

Il serait injuste de ne créditer le bourgeon charnu que du remplissage. Notre maçon est bien plus malin : il rétrécit en même temps le trou à combler. Se recroquevillant sur lui-même, il entraîne vers le centre les berges de la plaie. Si celles-ci sont mobiles, si les tissus voisins glissent aisément sur la graisse sous-cutanée, si la présence d'un orifice naturel amarrant solidement la peau ne vient pas limiter cette migration salvatrice, alors les dimensions du trou diminuent de façon impressionnante. Cette réduction de la brèche à combler a toujours intrigué les chirurgiens. Les hypothèses les plus doctes mais aussi les plus farfelues ont été avancées pour expliquer son mécanisme. Selon un chercheur de l'université de Harvard, Grillo, venu prêcher à Paris il y a une vingtaine d'années, le cadre de la plaie était le siège de cette action. Il n'hésitait pas à le comparer à un sphincter. C'était prendre l'effet pour la cause. Un histologiste, l'Italien Gabbiani, a récemment identifié le responsable. Parmi les fibroblastes occupés à l'emballage, certains se prennent pour des fibres musculaires. Ils ne sauraient copier les fibres des muscles biceps que vous essayez de faire gonfler sur les plages. Mais ils réussissent à ressembler d'assez près aux fibres musculaires lisses qui tapissent nos intestins. Merveille des merveilles, ils apparaissent tôt au cœur du bourgeon, en nombre suffisant pour être utiles, aux points névralgiques pour être efficaces. Leur travail fini, ils démissionnent et retrouvent leur premier emploi : l'emballage. Admirons ce petit chirurgien qui réduit de 50 à 70 % le volume des trous à combler lorsque la peau est suffisamment mobile.

Il peut avoir des effets pervers. Le premier est simplement inesthétique : tirant sur les berges, il les étale et les amincit. Le centre de la cicatrice définitive se trouve placé en contrebas. Il peut y avoir pire. A force de tirer à chaque minute, jour et nuit, le myofibroblaste, puisqu'il faut l'appeler par son nom, peut utiliser une aisance cutanée indispensable. Chez les brûlés, il peut souder le menton au sternum, fixer le coude en flexion complète, faire disparaître le rideau des paupières. Il faut donc l'utiliser avec précaution.

Chez notre ingénieur barbu, la rétraction du bourgeon à l'extrémité de l'index ne pouvait avoir que des effets bénéfiques en rétrécissant la brèche et en arrondissant le bout du doigt. Mais si la brèche se trouve à proximité d'un pli articulaire, il faut éviter à tout prix une rétraction catastrophique. Ainsi toute perte de substance de la face palmaire des doigts doit-elle être surveillée de près si elle est laissée à la cicatrisation secondaire. Au moindre signe de rétraction, une attelle dynamique faite d'un ressort fixé à la face dorsale du doigt arrête cette mobilisation tissulaire dommageable à la fonction d'extension. Le pire, du point de vue esthétique, est la création d'une rétraction venant modifier le pourtour des orifices naturels.

Une jeune adolescente se désespère. Une vilaine tumeur cutanée, un nævus noir et pileux, enlaidit le sillon qui sépare son nez de la joue gauche. La tumeur n'est pas grande mais bien mal placée : elle déborde sur la paupière inférieure, en dedans. De nombreuses techniques chirurgicales ont été proposées. Elles vont de l'excision totale suivie de greffe de peau à de vastes lambeaux mobilisés sur la joue. Très honnêtement, les inconvénients de ces procédés ne lui ont pas été cachés. La greffe peut laisser une plage à jamais dyschromique. Les cicatrices des lambeaux seront définitives. Les chirurgiens consultés ne lui ont pas paru très emballés. La forme ovoïde de la tumeur m'incite à tenter une excision partielle répétée. Ainsi la cicatrice sera limitée à la hauteur de la tumeur. Mais la peau prêtera-t-elle sans déformer la paupière inférieure ? Sous anesthésie locale, j'excise un bon morceau. La suture est effectuée sans encombres en bas. Hélas, la mise en place des deux derniers points entraîne une déformation évidente de la paupière inférieure. Je sens mon aide surpris. N'ai-je pas l'habitude de répéter que la création par suture sous tension d'une bride crée des déformations définitives que le temps ne saurait diminuer ? J'insiste également sur les difficultés de la correction d'une telle erreur de jugement. J'enlève les deux points coupables. La paupière redevient normale. Le trou étant minime, je me demande si sa rétraction progressive portant sur toute la périphérie ne pourrait pas éponger le manque de peau dans le sens transversal. Je me décide à laisser cette plaie ouverte en haut. Il me reste à convaincre la patiente et sa mère de reprendre le TGV avec une plaie ouverte. Dix jours plus tard, le TGV me ramène une opérée fort satisfaite. Le trou est comblé sans déformation alentour. Ouf! On peut enlever le reste sans problèmes.

Un beau matin, le bourgeon charnu est rouge vif, peu suintant, véritable tapis rouge des grandes premières, prêt à recevoir l'épiderme. Comme toute les vedettes, celui-ci se fait prier. L'épidermisation commence par un fin liseré épidermique périphérique. Les cellules progressent lentement comme les automobiles dans les bouchons et sont sujettes aux mêmes arrêts périodiques. Enfin tout est recouvert. Le bourgeon a terminé son rôle. Il s'amincit pour laisser place à la cicatrice. Le rideau tombe sur la cicatrisation mais pas sur la cicatrice.

Quand le bourgeon charnu va, tout va, sinon...

Les impasses de la cicatrisation secondaire se rencontrent à tous les stades. Ici, le nettoyage est impossible. Les plus affamés des microbes ne peuvent entamer un bloc tissulaire trop coriace, encombré d'os. Le feraient-ils que le morceau d'os mort pourrait rester prisonnier à l'intérieur du fût comme un sinistre grelot sonnant le glas de la cicatrisation. Là, c'est le manque d'énergie qui réduit le nombre, modifie la qualité et les aptitudes des microbes. La distribution sanguine est mauvaise du fait d'une maladie artérielle ou veineuse, locale ou régionale. Mais le facteur déterminant est la présence de capillaires sanguins dans le sous-sol. Sans eux, pas de bourgeon. Nous avons rencontré un patient que cette situation affectait fort.

Veuf, nanti, bénéficiant d'un teint rose plaisant, cet exploitant agricole du Sud-Ouest regrettait un visage et surtout un front burinés par des plis profonds où la responsabilité de l'âge se mêlait à celle des chromosomes. Mal renseigné, il vint à Paris livrer ses rides sur la foi des petites annonces à un soi-disant chirurgien esthétique connu sur la place de Paris pour avoir été l'élève de Doc Halliday et de Calamity Jane. Il lui fit subir un large décollement de la peau du front et une résection de la peau excédentaire. Mais cette technique dangereuse avait du même coup condamné la peau restante à mort. L'os frontal fut bientôt mis à nu sur une large surface. Ayant perdu sa membrane nourricière, le périoste, la corticale osseuse devint sèche. Sur le territoire de cette vallée de la mort, aucune cellule ne s'aventurait. Aucun bourgeon n'y annonçait le printemps. L'apparence de notre homme était saisissante.

Elle évoquait le résultat d'un scalp maladroitement exécuté et avait de quoi rebuter un parti féminin même intéressé. Nous lui demandâmes par pure curiosité déontologique ce que lui avait dit le chirurgien scalpeur. « Il m'a conseillé de porter une casquette » fut la réponse de cet homme simple.

Lorsque le bourgeon charnu est devenu le tapis idéal pour épiderme migrateur, il ne conserve pas indéfiniment cet état de grâce. Pour peu qu'il règne à sa surface un micro-climat chaud et humide du fait, par exemple, d'un pansement trop gras, il devient la proie de l'anarchie. Le voilà mou, œdémateux, hémorragique, suintant, impropre à toute installation épidermique. Si la cicatrisation a été trop laborieuse et le sous-sol souffreteux, la cicatrice définitive est instable. Elle s'ulcère au moindre contact et fait tôt ou tard le lit du cancer cutané.

Devant chaque patient porteur d'une perte de substance cutanée se pose le problème du choix des moyens : cicatrisation secondaire ou chirurgie plus ou moins complexe. Il y a une petite place à la cicatrisation secondaire. Inutile de recourir à la magie. Beaucoup restent tentés par le mythe de l'onguent de la bohémienne qui guérit le preux chevalier. La bohémienne maintenant est une société multinationale, le chevalier est assuré social et l'onguent est remboursé. Nous verrons que les choses sont beaucoup plus simples, au moins sur le plan thérapeutique. Car les difficultés peuvent à tout moment surgir.

Même sans erreur diagnostique, le choix n'est pas forcément aisé. Seule l'expérience nous a souvent guidés. Nous avons vu que la condition préalable au développement du bourgeon charnu est le nettoyage du trou. Il arrive que cette condition soit, sinon impossible, du moins difficile à réaliser. Faut-il toujours désespérer de la cicatrisation ? Jusqu'à ces dernières années, nous étions assez souvent confrontés avec une complication particulière de la chirurgie du tendon d'Achille.

Une boulangère entre deux âges se rompt le tendon d'Achille en faisant un mouvement violent. Sa saillie sous-cutanée s'efface. La boulangère ne peut se tenir de ce côté-là que sur la pointe du pied. Dépourvus de cette corde solide quoique maudite, les muscles du mollet sont inefficaces. Le tendon est réparé chirurgicalement. La plaie ne tarde pas à se désunir. Elle est resuturée. Elle s'infecte alors. Elle est ouverte et grattée. Le trou persistant, sont pratiqués une greffe de peau puis un lambeau : tout cela en vain. Affolée par l'éventualité d'une chirurgie plus obérante encore, la patiente vient me consulter. Elle est plâtrée au-dessus du genou depuis six mois. Deux robustes infirmiers la déposent en attendant, pensent-ils, une hospitalisation indispensable. Par la fenêtre du plâtre apparaît une vaste brèche longitudinale dont le sous-sol jaunâtre est en fait une partie du tendon. Les microbes butent sur sa dureté.

Heureusement, j'ai l'expérience de cette situation. Il y a bien longtemps, pressé par un patient très occupé, j'ai abandonné la chirurgie pour les pansements. A ma grande surprise, j'ai vu le bourgeon envahir les restes jaunâtres du tendon et progressivement les remplacer. J'ai vu la pousse de l'épiderme puis, ô miracle, la contraction de tout ce régénérat sous l'influence des myofibroblastes refaire, sinon un tendon parfait, du moins une masse dure capable de mouvoir le pied en transmettant la force des muscles du mollet. Ce miracle n'en était pas un, puisque j'ai pu le reproduire une vingtaine de fois. Je l'ai même publié à la Société d'Orthopédie où mon ami Jacques Michon, de Nancy, a eu le bonheur de juguler une opposition de principe : « Nous n'avons pas de complications. »

Tout est donc en place pour le dernier acte. Je demande qu'on enlève le plâtre. Je recouvre la plaie par une compresse de tulle gras et un pansement compressif. J'y ajoute une bande élastique qui empêche l'œdème de s'installer dans la région lors de la marche. Puis je dis théâtralement à la boulangère en chemise : « Lève-toi et marche. » Interloquée, elle s'exécute. Elle repart assise à côté du chauffeur, reprend place à sa caisse dès le lendemain et guérit en deux mois. La chirurgie réparatrice du tendon d'Achille a « malheureusement » changé. Le plus souvent, sa réparation est confiée à la cicatrisation sous simple plâtre. Adieu, consultations spectaculaires. J'eus cependant un jour l'occasion de reprendre les oripeaux du guérisseur dans mon propre service. Un robuste quinquagénaire m'était montré avant une plastie complexe nécessitée par une vaste brèche où suppurotait un tendon d'Achille agonisant. L'ablation rapide du plâtre, la sortie immédiate du patient sur ses pieds firent mieux connaître les mérites de la cicatrisation dirigée à mes collaborateurs que tous mes écrits.

Maurice Mercadier, alors chef de service de chirurgie à la Pitié, me confia un jour un ingénieur américain qui travaillait à la protection pétrolière en Afrique. Une plaie traînait à la face antérieure de la jambe. Le patient l'attribuait à un accident relativement récent et expliquait sa persistance par des soins exotiques et un climat trop humide et trop chaud. Le trou est petit, bien propre et bien rond. Je me précipite bêtement sur les ressources de la chirurgie plastique. Je pratique une greffe... qui échoue lamentablement. L'ingénieur ne m'en veut pas. Il repart pour les États-Unis et m'adresse un mois plus tard une lettre amicale. Il s'agissait d'une leishmaniose. Due à un parasite africain, cette maladie crée de petites lésions cutanées indéfiniment persistantes, jusqu'à la mise en route du traitement spécifique.

Pour ma plus grande honte, cette erreur diagnostique n'est pas restée seule. Je fus trompé ensuite par ceux qui s'automutilaient. Mais cela est une autre histoire. Retenons qu'en l'absence de causes exceptionnelles, la cicatrisation secondaire des petites pertes de substance est laïque et obligatoire.

CHAPITRE III

RENCONTRE AVEC NOS PARTENAIRES SOCIOPROFESSIONNELS : LES MICROBES

Pasteur, Lister, ce chirurgien anglais qui embrasse notre grand homme au milieu de l'amphithéâtre de la Sorbonne (dans le film de Sacha Guitry), Koch, Terrier, leurs élèves, leurs émules, leurs successeurs, ont isolé et identifié les ennemis invisibles qui condamnaient les blessés, les femmes en couches et les opérés à suppurer et souvent à mourir. Ils ont démonté les mécanismes de l'infection, défini les moyens de prévention et de traitement en mettant au point vaccins et sérums. Le monde chirurgical a longtemps dansé sur leur chorégraphie. Mais un nouveau « maître de balai » est arrivé : l'antibiotique. De nombreuses maladies infectieuses ont disparu ou sont réduites à quelques semaines du fait d'un traitement adéquat. Les levures ou champignons n'ont pas pris la place des microbes : ils sont trop difficiles sur le choix de leur nourriture. Les virus, en revanche, ont largement profité de la mise sur la touche des microbes. Le bilan des antibiotiques est très largement positif, même si des effets pervers nous ont rendus prudents. Leur emploi en chirurgie doit être réglé en fonction des conditions particulières des conflits infectieux. Nous ne pouvons copier les prescriptions médicales qui correspondent certes aux mêmes ennemis, mais engagés sur d'autres terrains. Les antibiotiques ont peu changé la guerre microbienne en chirurgie. Étudions de près les combattants.

L'écologie microbienne

L'écologie microbienne est la science qui étudie tous les microbes présents sur un biotope et les facteurs d'équilibre. Le biotope, c'est vous ou moi à partir du moment où nous sommes vivants. L'équilibre définit la bonne santé vis-à-vis de ces petites bêtes. Connaître les facteurs de cette paix provisoire nous intéresse. Nous pourrons éviter la guerre et, si nous sommes obligés de l'affronter, préparer une bonne paix.

Nous offrons aux microbes deux territoires étendus : la peau et les muqueuses. Le tube digestif a l'originalité d'être ouvert aux deux bouts. Tunnel chaud et humide, il est plutôt surpeuplé. Les autres biotopes muqueux sont en impasse : trachée, urètre, vagin. Les défenses sont bien organisées mais, au moins pour les muqueuses génitales, le tourisme est dangereux. Il ne faut pas que la simple découverte d'un microbe lors d'un examen bactériologique déclenche une panique chez le porteur. Nous sommes normalement habités par des microbes, partout où les conditions de vie sont bonnes ou simplement acceptables. Pour que nous nous inquiétions, il est nécessaire que le germe soit pris en flagrant délit et reconnu coupable. Les microbes forment en effet une interface grouillante qui sépare normalement notre corps du monde extérieur. Location, métayage, squattérisation, effraction sont les différents statuts de notre relation journalière avec eux.

Les bactéries, organismes unicellulaires, ont été les premiers habitants de notre planète. Elles ont laissé leurs traces dans les roches primitives. Elles vivaient et se multipliaient en se coupant en deux. La sexualité n'avait pas encore été inventée. Cette donation-partage peut se faire à grande vitesse ou s'arrêter pour de longues périodes. Nourries dans la soupe primitive de l'Univers, elles fabriquaient de l'oxygène à titre de déchet. La quantité de ce gaz-ordure devenant de plus en plus importante, il leur fallut bien s'organiser pour survivre. Certaines, irréductibles, vivant là où l'oxygène ne pouvait pénétrer, continuèrent le régime qui leur réussissait. Ces survivantes ont été appelées anaérobies. Les autres évoluèrent. Certaines se convertirent complètement et devinrent dépendantes de cet oxygène-déchet, élevé à la hauteur de principe vital. Elles sont dites aérobies. Beaucoup se décidèrent à vivre selon les deux modes, appréciant l'oxygène lorsqu'il y en a, mais pouvant s'en passer. Lorsque les animaux apparurent, un nouveau destin s'offrit. Les microbes virent les reptiles sortir prudemment des mers de l'ère secondaire. Volontaires ou embarqués malgré eux, certains microbes tentèrent leur chance. Délaissant l'humus ombreux sous les fougères arborescentes, les feuilles et les arbres destinés à devenir du super ou de l'ordinaire, les mousses battues par les flots, ils suivirent ces véhicules amphibies. Deux options s'offraient pour cette croisière : la surface écailleuse ou les profondeurs digestives, le pont promenade ou les soutes encombrées. Seuls les aérobies vrais ou anaérobies facultatifs pouvaient survivre au-dehors. Tous, mais surtout les anaérobies, choisirent l'obscurité chaude, nutritive et pestilentielle des tripes. Devenus parasites, incapables ou presque de retourner à leur patrie d'origine, ils passèrent d'un animal à l'autre au gré de l'évolution, de leurs appétences particulières et des catastrophes naturelles. Ils préféraient l'abondante fourrure des grands singes mais n'hésitèrent pas à coloniser un modèle moins velu, bipède à temps plein, l'homme. Il est vrai que nos ancêtres chasseurs ignorèrent longtemps le rasoir jetable du baron Bich et ressemblaient à nos écologistes dont l'hirsutisme est la base de la philosophie.

L'enfant naît stérile. Il est rapidement contaminé par les microbes dès le début de sa sortie par les voies naturelles. Mis au monde par césarienne, il reste indemne un peu plus longtemps mais ne perd rien à attendre. En réalité, il n'accepte pas n'importe quel microbe de l'environnement. La bouche, office d'immigration le plus tolérant qui soit, doit être placée sous haute surveillance. Le lait maternel est stérile et contient les armes de défense. Il est de bonne règle de stériliser les biberons. Sur la peau, mise à l'air, recouverte de la layette ou culottée par les couches, s'installe dans la majorité des cas une flore paisible dont les éléments viennent des espèces parentales et ancillaires. Les bactériologistes ont étudié ce peuplement progressif et sélectif en surveillant les enfants nés par césarienne et soustraits aux contaminations extérieures par une bulle. Nous avons notre flore microbienne personnelle exactement comme nos empreintes digitales. Bien entendu, les naissances groupées en milieu hospitalier ne sont concevables qu'avec la mise en route et la surveillance de règles d'hygiène strictes. Il faut laisser au petit de l'homme le temps d'aiguiser ses armes avant d'affronter le monde microbien des adultes.

Les microbes sont classés en nombreuses espèces. Mais une coloration permet d'en distinguer deux catégories assez distinctes pour que leur connaissance nous intéresse tous. Un bactériologiste avisé, Gram, avait l'habitude de colorer les microbes en bleu pour les examiner sous la platine de son microscope. Il eut l'idée farfelue, un jour, de les tremper dans l'alcool. A sa grande surprise, il s'aperçut que les uns étaient grand teint, qualité essentielle pour un T-shirt et pas forcément pour une bactérie, et que les autres redevenaient incolores. Pour les revoir, il les colora en rouge. Depuis ce jour sont baptisés gram positif les microbes restés bleus et gram négatif ceux qui ont été recolorés en rouge. Cette aptitude à garder ou non la couleur bleue après passage dans l'alcool aurait pu n'être qu'une curiosité à peine capable d'alimenter des plaisanteries politiques. Elle témoigne en fait de différences très importantes dans la structure de la coque microbienne. Gram positif et gram négatif ont des nuisances, des modes de vie, des résistances aux antibiotiques dissemblables. Les gram positif aiment la lumière, une relative sécheresse, la fraîcheur. La peau leur offre un gîte privilégié, une pitance délectable. Ils sont très vulnérables aux antibiotiques. Les gram négatif prospèrent dans l'ombre, la chaleur et l'humidité. Le tube digestif est leur Terre promise. Ils collaborent à la fabrication des selles et résistent souvent aux antibiotiques.

Pour aller voir de près ces populations qui s'interposent entre la lame du bistouri et le corps humain et dont nous avons bien du mal à nous débarrasser provisoirement, réduisons-nous un instant à l'échelle de la bactérie et inscrivons-nous pour un circuit de grand tourisme cutané. La visite commence par le front. Le paysage est assez semblable aux steppes de l'Asie centrale, plus ou moins desséchées. La terre craquèle sous le soleil. De larges écailles de kératine se forment et se détachent. De minuscules roseaux, le duvet, émergent de-ci, de-là. Une manne providentielle suinte le long de la tige et s'étale alentour : le sébum. De petits puits, oasis en réduction, parsèment le terrain. Un geyser de sueur jaillit de temps à autre avec moins de régularité que le célèbre Old Faithful de Yellowstone. Sueur et sébum forment un limon dans lequel nous patinons si le front est exposé au soleil. Mais nous sommes venus voir les bêtes, comme au Kenya. Elles sont groupées en petites colonies autour des points d'eau. D'autres sont accrochées aux écailles de kératine que le vent emporte. Le guide nous montre des billes rondes et des bâtonnets, plus ou moins garnis de protubérances mobiles et changeantes. Certains microbes s'accrochent comme les calamars. Les billes sont des staphylocoques dits blancs par opposition à d'autres, dorés. Ces staphylocoques blancs sont habituellement inoffensifs. Ils sont dépourvus de mâchoires agressives (comprenez que leur équipement enzymatique est sans danger pour les cellules vivantes). Les bâtonnets sont de débonnaires bacilles, parfois impliqués dans un conflit juvénile : l'acné. Tous sont gram positif. Si nous campons sur place, nous pouvons constater que ces quelques tribus (deux millions de germes au centimètre carré) se nourrissent paisiblement, se reproduisent rapidement, mais que leur nombre reste remarquablement stable. Les plus hardis des touristes profitent de l'arrêt pour faire un peu de spéléologie. Ils descendent encordés dans les entonnoirs des glandes sudoripares et pitonnent le long des poils. Ils peuvent voir les cavernicoles groupés en petit nombre le long du poil et au fond des creux, à l'abri de la douche et du savon. Après les ouragans hygiéniques, assez rares, dit-on, en France, ils envoient quelques-uns des leurs repeupler la surface un moment déserte.

Nous longeons ensuite une épaisse forêt, les cheveux. Nous ne nous y aventurerons pas, surtout s'il s'agit d'un de ces appendices capillaires de type mérovingien dont la résurgence a permis le retour des poux. Grouille dans les futaies une flore composite nombreuse et féroce. Elle résiste bien aux nouveaux shampooings de plus en plus parfumés et vitaminés mais de moins en moins antiseptiques. Nous allons directement à l'aisselle en traversant le thorax, savane herbeuse chez l'homme où paissent de nombreux troupeaux. La traversée de l'aisselle comble les touristes les plus blasés. Dans cette forêt tropicale luxuriante, sous les pluies torrentielles et fréquentes, de nombreuses espèces gram positif et gram négatif s'accrochent aux branches, jouent les Tarzans entre les lianes, patrouillent dans les marais. Le car est heureusement climatisé car les senteurs y sont fortes.

Le grand tour continue par la visite du cratère géant : l'ombilic. Peu d'animaux aux alentours de cette décharge privée géante où sédimentent les poussières champêtres et urbaines, les débris textiles les plus divers et quelques résidus alimentaires à l'abri des orages salvateurs. Les Frères Jacques ont chanté les petits cabinets de province. Quel poète rimera sur les ombilics de nos contemporains que les panseuses curieuses et attentives explorent dans le petit matin des journées chirurgicales : ombilics bretons : moitié varech, moitié goémon; ombilics berrichons : moitié crottin de Chavignol, moitié limon; ombilics de la Grande Ceinture : moitié fast-food, moitié peinture; ombilics des femmes bien : moitié crasse, moitié parfum!

Nous traversons avec un petit frisson le désert de la soif : l'ongle. Rien n'y pousse. Rien n'y vit. Une grande corniche nous amène au-dessus des gorges du Tarn, je veux dire le périnée. Passent sans s'accrocher des hordes sauvages accompagnant les selles. Retournant à notre point de départ après cette visite du mètre carré et quelque chose de surface cutanée, le guide nous explique que les microbes que nous avons vus sont des résidents. Ils naissent, se nourrissent et se reproduisent sur place. Leur nombre, leurs espèces sont remarquablement fixes pour un individu donné, à un endroit précis, sous un microclimat stable. Cet équilibre est assuré par les qualités du sébum et de la sueur, nourritures pour les uns, poisons pour les autres, et par la présence même des habitants qui luttent pour conserver leur territoire.

Cet équilibre démographique presque parfait et ce peuplement ethniquement homogène ne sont pas dus qu'au contrôle rigoureux des naissances. La lutte contre les envahisseurs est continuelle et sans merci. Il n'y a pas plus raciste que les germes résidents. Les microbes venus par les multiples contacts de la vie quotidienne ne sauraient s'éterniser là où ils ont été parachutés. Ils disparaissent en quelques heures. Mais ce temps est suffisant pour que la main ainsi contaminée aille dans une coupable partie de ping-pong hospitalier contaminer quelque crudité, tétine de biberon ou aiguille à injection intramusculaire. Nous élevons nos propres envahisseurs du territoire cutané. A la jonction des muqueuses et de la peau des narines vivent des staphylocoques dorés, dotés d'enzymes à la gloutonnerie bien connue. Ils sont responsables des furoncles, des septicémies, des panaris, de l'infection au début de l'évolution des brûlures, de la très grande majorité des infections post-opératoires. De leur gîte narinaire, ils défilent sur toute l'aire cutanée en colonies si nombreuses qu'il y en a toujours une, quel que soit l'endroit où se produit la plaie. Certains d'entre nous élèvent plus de staphylocoques dorés que d'autres. S'ils sont pâtissiers, ils peuvent, en déposant ces chiots dans une crème anglaise, envoyer une noce à l'hôpital, les enfants d'une cantine scolaire en vacances forcées. Mais en dehors de circonstances bien particulières, ces staphylocoques ne font que passer. Compte tenu du nombre d'automobilistes parisiens qui récurent leurs narines avec application et parfois appétit, en attendant le passage au vert des feux de signalisation et de la faible proportion de porteurs de furoncles, on peut faire l'économie d'une désinfection systématique de ce repaire.

Les streptocoques vivant dans la gorge, les germes gram négatif des selles rejoignent ces touristes sans avoir, eux non plus, la possibilité de s'installer à demeure.

La connaissance de l'écologie microbienne est indispensable, aussi bien à celui qui s'occupe d'hygiène alimentaire qu'au chirurgien ou au fabricant de déodorant. Admirons la sagesse de l'école de la IIIe République, qui obligeait les enfants à se laver les mains avant de manger. Un hygiéniste pessimiste a écrit qu'avant Pasteur, les médecins se lavaient les mains après les soins, qu'après Pasteur, ils se lavaient les mains avant, et qu'après l'arrivée des antibiotiques, ils ne se lavent les mains ni avant ni après.

Polémologie microbienne

Elle étudie les conflits qui se déroulent sur le champ de bataille corporel entre les microbes et nos moyens de défense. Nous avons dans notre enseignement préféré ce terme à celui de traitement de l'infection. En effet, ce mot à peine prononcé, le patient s'affole. Une antibiothérapie est aussitôt prescrite dans le triple but de réduire l'anxiété, de faire céder la fièvre et de tarir la suppuration. Or les antibiotiques, quotidiens faiseurs de miracles en pathologie médicale, achoppent bien souvent chez les infectés chirurgicaux. A ce réflexe thérapeutique événementiel et parfois délictuel, nous préférons l'étude des situations pré, per et postconflictuelles. La référence à la stratégie et à la tactique militaires induit une meilleure étude de l'arsenal thérapeutique disponible et de ses possibilités. Elle évite une focalisation abusive et dangereuse sur l'antibiothérapie.

Les ennemis sont les microbes et le plus souvent ceux qui ont choisi de vivre sur nous. L'instrument coupable introduit dans l'intimité tissulaire ceux qui subsistent sur notre peau et nos muqueuses mais surtout ceux qui y passent en dangereuses caravanes. Dans l'aquarium obscur humide et tiède de la plaie, ils ne sont jamais seuls. Mais leur appétence particulière pour la chair du parasite qu'ils ont choisi leur assure une victoire rapide sur la piétaille de contamination. Les défenses sont échelonnées. Localement, les polynucléaires, globules blancs (mais ni neutres ni disposés à un cessez-le-feu) spécialisés dans le corps à corps et le casse-croûte immédiat, font de leur mieux, au prix de pertes importantes dissimulées dans le pus. Régionalement, les ganglions lymphatiques, véritables forteresses à la Vauban, résistent longtemps et bien. Tout le corps participe enfin à la neutralisation des toxines, armes chimiques redoutables des envahisseurs, et à l'intendance nécessaire aux armées. Le champ de bataille présente des vulnérabilités surprenantes et des résistances inattendues et méritoires. Le conflit, c'est-à-dire l'infection, est en chirurgie localisé en foyers plus ou moins bien circonscrits. Il est possible, en simplifiant, de distinguer deux situations bien différentes : l'infection primitive et l'infection secondaire.

L'infection primitive

L'infection primitive succède à une inoculation septique. Une écharde, un clou, un morceau de verre introduisent sous la peau, dans les parties molles (tout sauf les os et les viscères), une charge microbienne de composition et de nuisance potentielle inconnues. Les parois du forage ainsi créé sont peu abîmées. Les tissus sains sont tout près. La réaction inflammatoire, mobilisation de l'armée d'active et des réserves, prend un certain temps mais dispose d'excellents moyens de transport et de communication en bon état. Les envahisseurs sont reconnus, sinon cernés. Pas de doutes diagnostiques. L'infection est une complication dommageable pour les tissus et, si elle n'est pas stoppée, pour le corps entier. Le jeu subtil des nuisances déroute parfois des défenses efficaces. Une simple effraction cutanée peut entraîner le débordement des lignes. Une petite plaie peut être ainsi responsable d'une septicémie. Les germes occupent le sang et peuvent dès lors installer ailleurs de redoutables colonies. Mais une large brèche très spectaculaire suppure « localement », réduisant ses effets à distance à des accès fébriles et à une augmentation des dépenses métaboliques. L'expérience chirurgicale permet d'établir un pronostic après étude des conditions qui ont déterminé le conflit, des nuisances connues des agresseurs et de la qualité des moyens de défense. L'adulte sain, bien nourri, lutte vaillamment avec toutes ses chances au départ. Le diabétique offre une vulnérabilité particulière dont profitent aussitôt les microbes si le diagnostic n'est pas fait et si le traitement tarde. Le sujet dénutri, fatigué, ou soumis à un traitement immuno-suppresseur résiste mal et a besoin d'une aide rapide. La nature du terrain joue aussi un rôle important. Le germe choisit parfois son terrain comme Napoléon à Austerlitz. Ainsi le staphylocoque doré qui vit dans nos narines arrive parfois à faire le siège victorieux de la racine d'un poil. Il en résulte un furoncle si la défense est bonne, un anthrax si elle est médiocre, une septicémie si des souterrains relient la place investie à des centres névralgiques. Un furoncle de l'aile du nez, plus ou moins traumatisé, peut être mis en communication par le biais d'un caillot sanguin infecté avec une veine de la face puis la banlieue cérébrale. Dans ce cas précis, chirurgien et patient sont fort heureux de disposer des antibiotiques, seuls capables d'arrêter la progression et d'éviter la mort.

Le plus souvent, la rencontre entre les microbes agresseurs et nos défenses se produit au petit bonheur la chance. Les chances de survie puis de multiplication des germes inoculés sont comparables à celles de parachutistes largués en pleine nuit par un pilote désorienté ou à celles du corps expéditionnaire américain à Grenade. La couche profonde et épaisse de la peau, le derme, résiste bien et justifie son emploi de gilet pare-balles. La graisse permet en général un atterrissage dans de bonnes conditions immédiates. Les germes sont installés entre les troupeaux paisibles des adipocytes, cellules de la graisse, bardés comme des chanoines après prélèvement de la dîme. Mais la réaction est prompte. Les vaisseaux, délaissant leur rôle de transporteurs de nos surplus alimentaires à destination de ces docks, déclenchent le plan Orsec : rougeur, chaleur, douleur et tuméfaction. La bataille s'engage. Polynucléaires, adipocytes et microbes fraternellement réunis par la mort forment le pus dit louable par les anciens auteurs : son apparition signifiait la fin proche des combats et une éventuelle guérison. Aux frontières de cette lutte finale se dresse la coque de l'abcès, muraille élevée à la hâte. La guérison survient vite si la peau est incisée et le pus évacué par curetage ou lavage intensif. Elle est plus lentement acquise si on a attendu l'ouverture spontanée de la peau : la fistule ainsi créée coule longtemps. Tissu de comblement, d'arrondissement, de matelassage, la graisse est statistiquement un bon tissu de défense contre l'agression microbienne. Un court repli élastique au prix de quelques sacrifices permet la création d'un front, puis un assaut victorieux. Certains germes anaérobies peuvent se jouer de cette tactique. Introduits dans la graisse par une plaie insignifiante, ils peuvent envahir de grands espaces. Ils détruisent la graisse directement mais aussi indirectement en bouchant ses vaisseaux nourriciers : cette gangrène tue encore.

Le muscle se défend. Il est très bien nourri par de nombreux vaisseaux, train des équipages particulièrement performant. Mais écrasé et infecté, il peut être le siège d'une gangrène gazeuse obligeant à de pénibles sacrifices. Les tendons les ligaments, les capsules articulaires ont perdu en dispositifs de sécurité ce qu'ils ont gagné en solidité. Au contact des germes, ils se nécrosent lentement. Le feu microbien y court comme dans un cordon de mine. Cette progression peu bruyante peut passer inaperçue. Elle n'est évidente que trop tard, au moment où la peau cède et où ces ficelles si importantes pour le jeu articulaire ont fait profiter les os sur lesquels elles s'attachent de leur charge empoisonnée. Les défenses quasi inexpugnables de l'os intact sont tournées par cette trahison. L'os peut être atteint par un apport microbien sanguin : c'est l'ostéomyélite, triomphe de l'antibiothérapie. Mais les fractures le rendent vulnérable. L'infection s'y développe lentement à la façon et à la vitesse d'une carie dentaire.

Prévention et moyens de traitement de l'infection primitive

Il existe de nombreux moyens théoriques d'empêcher l'infection primitive. Peu sont réellement efficaces. Supprimer l'ennemi est logique. Abattre les avions transportant les parachutistes est mieux qu'espérer les tuer un à un au sol, alors qu'ils sont plus ou moins retranchés. Il est malheureusement illusoire de désinfecter la peau de la ménagère, du menuisier, de l'enfant, avant l'accident, en la badigeonnant avec un antiseptique. Même si cela était réalisable, il faudrait stériliser tout ce qui les entoure et est souillé par des germes d'origine humaine ou animale. En revanche, il est nécessaire d'apporter le plus grand soin à la désinfection lors des soins avec effraction : piqûres, ponctions, sondages de toute nature. Il existe deux catégories d'antiseptiques : ceux qui coagulent, donc tuent instantanément les microbes (alcool à 70 volumes, alcool iodé à 1 %), et ceux qui sont plus respectueux des cellules vivantes (ammonium quaternaire, iode en solution aqueuse, hibitane...). Les solutions alcooliques sont faites pour désinfecter la peau saine, les autres pour laver les plaies. Les premiers sont très efficaces. Les autres sont plus ou moins inhibés par l'albumine contenue dans le plasma sanguin et présente dans les liquides qui sortent de la plaie. Leur action est faible et très limitée dans le temps. Augmenterait-on la teneur en produit actif dans la solution qu'on aboutirait à un massacre des cellules corporelles vivantes, celles précisément qui nous défendent. La désinfection cutanée après une piqûre est un simulacre. L'antiseptique ne saurait entrer en contact direct avec les microbes introduits. Le lavage de la plaie à l'antiseptique est un geste inadéquat. Il introduit une confusion redoutable entre la désinfection chimique et ce que nous pourrions appeler la dégermation mécanique. Comptant sur la première, dont il surestime l'efficacité, le chirurgien est tenté de limiter la seconde qui s'apparente au ménage et apparaît comme triviale, inutilement longue et source de pataugeage. Ce geste est pourtant, et de loin, le plus important. Il est impossible lors d'une piqûre dont il faut attendre sous étroite surveillance l'évolution favorable ou non. Il nécessite dans les plaies à ouverture étroite mais à profonde chambre d'attrition une incision cutanée supplémentaire pour y voir mieux. Il doit s'accompagner du parage, geste difficile consistant dans l'élimination de tout tissu dévitalisé ou trop souillé, incapable de cicatriser sans suppurer ou sans cicatrices trop fibreuses. L'irrigation au jet des parois permet de débarrasser la plaie de l'immense majorité des germes introduits en les empêchant d'adhérer aux tissus. Comme beaucoup d'autres chirurgiens attachés à ce geste classique, nous réalisons ce super-lavage en employant le jet puissant d'une seringue emplie de sérum physiologique ou d'eau distillée stériles. Notre joie a été grande de voir récemment de grands placards publicitaires vantant les mérites d'un canon à eau (aspirant et foulant) dans les revues américaines.

Qu'en ces temps où l'antibiothérapie est reine se vende bien ce type d'instrument montre mieux que les statistiques la valeur d'un lavage complet.

Sans faire de finalisme primaire, force est de reconnaître

quelque valeur aux mesures du plan tissulaire Orsec. La douleur bien localisée (nous disons curieusement exquise) invite à limiter les mouvements et même à les cesser complètement. Elle témoigne de la pression excessive exercée par un foyer infectieux en expansion mais à l'étroit. Pulsatile, empêchant le sommeil, la douleur est le symptôme clé des panaris. L'immobilisation du segment de membre atteint est encore utilisé comme thérapeutique adjuvante, notamment pour les infections des membres inférieurs. La rougeur qui témoigne de la dilatation des vaisseaux transporteurs des troupes combattantes et de leur ravitaillement est depuis l'aube des temps considérée comme bénéfique. De là vient notre amour souvent immodéré et assez souvent inutile pour les bains chauds et les phlogistiques, ces médicaments d'usage local destinés à faire mûrir rapidement le foyer. Nous avons dans notre jeunesse fait bouillir la marmite de Lucas-Championnière qui envoyait sur les anthrax débutants un jet de vapeur de température tolérable et d'effet calmant indiscutable. Mais nous avons mieux à faire actuellement. La marmite est désormais au Musée de l'Assistance publique. Il y a aussi un moyen de limiter le passage des hordes microbiennes lorsque l'ennemi est bien défini et son point d'attaque précis. Il nous a été possible d'arrêter plusieurs cas de furonculose récidivante en désinfectant le nez, source des staphylocoques maraudeurs de racines de poils, avec une pommade à la bacitracine-néomycine. Certes, la désinfection est temporaire, mais au prix d'un geste bénin, sans conséquence grave sur l'écologie cutanée du patient, nous obtenons un arrêt de la récidive des furoncles. Il est fréquent que, le temps passant, la vulnérabilité des follicules pileux au staphylocoque-maison disparaisse et que le traitement puisse être arrêté sans inconvénients.

L'antibiothérapie est incapable d'empêcher une plaie inoculée de s'infecter. Elle est pourtant souvent utilisée en guise de premier secours et de dernière pensée thérapeutique. Nous voyons les blessés consulter pour des suppurations plus ou moins atténuées dans leur tableau clinique mais graves à cause des dégâts tissulaires. En général, les germes responsables sont, *in vitro* (c'est-à-dire dans les boîtes du laboratoire), sensibles aux antibiotiques prescrits et effectivement utilisés.

Curieux paradoxe! Nous ne débattrons pas ici de cette question qui oppose depuis de longues années les tenants de la guerre chimique à ceux qui combattent par le fer et le feu. La seule question qui puisse intéresser l'infecté potentiel est l'habituelle rengaine : « Si ça ne fait pas de bien, cela ne fait pas de mal. » Voire! J.-C. Richard, notre ancien chef de clinique à l'hôpital Boucicaut, revoyant environ 500 cas de panaris, avait conclu ses longs travaux par deux remarques. Contrairement à notre enseignement qui n'écartait pas la possibilité d'action bénéfique d'une antibiothérapie lors des premières alarmes, il indiquait qu'il n'avait jamais retrouvé un cas où cette thérapeutique ait montré une efficacité réelle. Par ailleurs, il accusait formellement l'antibiothérapie prescrite dès le début de camoufler les signes de gravité, de gêner le mûrissement du foyer infecté et de retarder le traitement. En revanche, toutes les fois où les germes, au lieu de s'assembler en foyer accessible aux activités obsidionales des défenses, s'égaillent en cohortes nombreuses en oubliant de défendre leurs flancs, l'antibiothérapie adaptée et prescrite avant tout dégât irrémédiable peut arrêter l'invasion. Elle gomme la lymphangite où des traînées rouges et des ganglions gros et douloureux témoignent des infiltrations microbiennes. Surtout, elle peut stopper des phlegmons gravissimes, juguler une septicémie à germes gram positif dont le foyer de départ est à la fois petit et accessible.

Prescrire l'antibiotique alors que le foyer ouvert spontanément ou chirurgicalement continue à suppurer est délictuel. Au mieux, cela empêche de parfaire le geste chirurgical incomplet. Au pire, il fait peser sur les flores présentes une pression de sélection qui autorise la nuisance des germes de second plan. Ces artistes de complément gavés des petites boules ou plasmides qui les rendent résistants aux antibiotiques peuvent induire des situations conflictuelles dramatiques. Longtemps continuée en pure perte, cette antibiothérapie peut aussi favoriser l'apparition des champignons pourtant bien difficiles à nourrir et peu désireux d'occuper la place des microbes. Nous ne parlons pas des effets secondaires parfois graves des antibiotiques.

L'infection primitive en chirurgie doit être traitée par la chirurgie. Ce n'est là ni le résultat d'un choix personnel ni une attitude définitive. Hippocrate incisait la peau, les muscles et la plèvre pour drainer les pleurésies purulentes. Il volait au secours des moyens de défense, devançant la longue, difficile et tardive fistulisation spontanée qui permettait parfois l'issue du pus et la guérison. La mise au point du geste salvateur amena son cortège d'améliorations. Retirer les débris de flèche, de lance, d'épieu, les balles de mousquet, de pistolet de carabine Winchester, est apparu comme le seul moyen d'empêcher une suppuration interminable et surtout une gangrène progressive et mortelle. L'empirisme, au cours des siècles, montra clairement aux médecins, avant qu'ils abandonnent la chirurgie aux barbiers, que la mise à plat calmait immédiatement les poussées extensives de l'infection locale et permettait éventuellement la guérison au prix de longs soins locaux. Les résultats de ces activités manuelles étaient trop évidents pour que le magique et l'irrationnel envahissent la chirurgie comme ils le firent en médecine. Lorsque le roi Louis XIV appela à son chevet Félix pour traiter sa fistule anale, Sa Majesté savait intuitivement que les saignées, les remèdes ésotériques et obsolètes de ses médecins ne seraient d'aucun secours. Félix mit la fistule à plat, empêchant ainsi toute claustration des germes, responsable de poussées douloureuses et de pérennité de la suppuration. La lenteur de la cicatrisation, peu aidée dans ces temps, l'obligea à rafraîchir les tranches de la plaie royale qui faisait un peu trop de couennes. Avec les progrès de la chirurgie et surtout la mise à notre disposition de l'anesthésie et de la réanimation per et postopératoire, la mise à plat du foyer infectieux est complétée toutes les fois où cela est possible par une excision des tissus infectés encore accrochés aux tissus vivants et les infestant. Inciser les tissus de revêtement et drainer laisse en place ces séquestres et ne réalise qu'un secours d'urgence arrêtant la diffusion mais incapable de traiter rapidement le foyer. Certains bactériologistes ont comparé la chirurgie de l'infection à un coup de pied dans une fourmilière. Ils conseillent d'associer toujours un traitement antibiotique à cette éradication chirurgicale *manu militari*. Nous ne l'avons jamais fait, puisque nous enlevons, sinon toute la fourmilière, du moins sa plus grande partie. Notre position sur le traitement des panaris est bien connue. Sous anesthésie générale, une excision enlève tout le foyer. La plaie est laissée ouverte. Au pansement du lendemain, le panaris doit être guéri. La plaie restante cicatrise progressivement. Si l'excision se limite dans les cas traités tôt aux parties molles, elle doit être complète lorsque le panaris est vu trop tard. Il ne faut pas hésiter à pratiquer l'ablation des ligaments, tendons, cartilages ou segments osseux atteints. Il en est de même devant le spectacle trop fréquent de panaris déjà opérés continuant à suppurer. Il faut y retourner sans perdre de temps et exciser tout ce qui suppure. Nous amputons encore des doigts atteints de panaris mal soignés. L'antibiothérapie per et postopératoire est toujours inutile.

Malgré notre amour de la chirurgie de l'infection, nous souhaitons qu'elle disparaisse un jour sous les coups répétés des agents anti-infectieux. Si la suppuration à ce que nous appelons les germes pyogènes banaux (staphylocoque, streptocoque et tous les autres gram positif et gram négatif amateurs de chair humaine) reste chirurgicale, nous avons vu disparaître ou presque la chirurgie de la tuberculose. Lobectomies, pneumectomies, pariétectomies sont désormais exceptionnelles. La tuberculose pulmonaire n'a pas complètement disparu, mais elle résiste mal aux traitements médicaux. Le traitement du Mal de Pott ou tuberculose de la colonne vertébrale, celui de la coxalgie ou tuberculose de l'articulation de la hanche sont exceptionnellement programmés. Vivrai-je assez vieux pour voir guérir les panaris sans coup de bistouri ?

Peu de temps après mon installation, je reçus un appel pressant de mon maître J. Hepp. Une de ses amies, pianiste de grand talent, réclamait des soins urgents. A la fin d'un concert en Allemagne, elle avait reçu de nombreuses gerbes de roses. En les emportant, elle s'était piqué la pulpe de l'index de la main gauche et souffrait depuis lors terriblement. Le chirurgien local voulait l'opérer. La pianiste devenait folle à la pensée de voir ouvrir sa pulpe. La survenue d'une douleur « atroce » immédiatement après la piqûre me paraissant très anormale et peu conforme au schéma habituel des panaris, je demandai à l'interprète de Schubert de revenir rapidement à Paris. L'interrogatoire, l'examen montrèrent avec évidence qu'il s'agissait d'une souffrance d'angoisse. Je lui dis théâtralement : « Vous êtes guérie et vous ne le savez pas. » Ma comédie mit fin à la tragédie.

L'angoisse peut également compliquer l'évolution d'un vrai panaris guéri. Vladimir Mitz, le responsable de S.O.S. Main, opère en garde le panaris de la femme d'un homme politique fort important. Tout se passe bien, chirurgicalement. Les jours suivants, cette jolie femme continue à souffrir. Ne voyant aucune raison organique à ce symptôme, Vladimir Mitz me la confie pour passer à l'effet « gourou ». Je convoque dès potron-minet, quand dorment encore les employées de banque et que se couchent enfin les femmes de mauvaise vie, le couple célèbre. Le décor était solennel à souhait. A cette réunion du matin, toutes les équipes sont là : chirurgiens des équipes de nuit, les paupières lourdes, les anesthésistes, réveillés, les panseuses, affairées, les patients prémédiqués allongés sur les chariots. Je fis asseoir l'épouse souffrante et le mari agacé à la pensée qu'on ne pouvait me faire valser comme un sous-préfet. J'examinai soigneusement le doigt délinquant et n'y vis que les signes d'une bonne santé retrouvée. Je répétai la formule expérimentée pour la première fois sur la pianiste. Mais, conscient de la suspicion ambiante, je donnai en cette veille de week-end tous les numéros de téléphone où l'on pouvait me joindre, sans oublier les courtes interruptions dues au trajet automobile. J'ajoutai : « Téléphonez-moi devant tout signe suspect. » Le mari, de plus en plus irrité par mon cinéma, réclama la description de ce que j'appelais un signe suspect. Je refusai catégoriquement de m'expliquer davantage. A une nouvelle requête poliment mais fermement présentée, je répondis que dans ce domaine j'étais le maître et que ma discrétion avait ses raisons. La belle guérit et le mari comprit enfin que si j'avais indiqué l'ombre d'un symptôme suspect, sa femme l'aurait présenté dès son retour à la maison.

Il arrive aussi qu'on soit trahi

Tous les chirurgiens spécialistes de la main dénoncent la chirurgie des coins de table, c'est-à-dire un acte chirurgical fait à la va vite sans bonne anesthésie ni compétence nécessaire. Une harpiste internationalement connue vint me consulter un jour pour un panaris developpé près de l'ongle de l'index droit. La malheureuse musicienne était extrêmement angoissée. Au premier coup d'œil, je compris qu'elle et moi avions de la chance. La chair de l'index n'était pas gonflée. Il ne s'agissait que d'une ampoule pleine de pus, sans sous-sol inquiétant. Le tableau réalisé était spectaculaire mais sans gravité. Sous le prétexte fallacieux de mieux voir, je saisis le doigt et j'enlevai sans douleur le couvercle de l'ampoule. Sous le pus, le derme était rose comme le derrière d'un ange de Bellini. Le panaris était guéri! « N'annulez pas le concert », téléphona-t-on à l'imprésario. J'eus droit à un bel enregistrement. Malheureusement, une année plus tard, notre artiste fut interrogée par une équipe de télévision qui désirait son témoignage sur les petites misères de la main. Notre harpiste commença par charmer tous les techniciens en jouant. Puis elle déclara tout de go : « Le traitement des panaris est d'une grande simplicité : un coup de ciseaux sur un coin de table. » Vingt-cinq années de campagne pour une chirurgie correcte des panaris, un film intitulé : « Touchez pas au panaris : opérez-le! », voyaient leur message effacé. Il faut se méfier des faux miracles.

L'infection secondaire

Les ennemis sont les mêmes que ceux de l'infection primitive. Nos moyens de défense sont identiques. Mais le champ de bataille est bien différent. Les microbes ne sont pas brutalement inoculés dans des tissus sains à peine bousculés par le traumatisme. Ils pénètrent lentement aux frontières d'un bloc tissulaire dévitalisé, exposé à la contamination microbienne. Nous avons expliqué comment se dévitalise progressivement la peau et comment cette zone se sépare des tissus sains, autorisant ainsi la pénétration des microbes. L'effet de surprise nécessaire à une victoire facile n'existe pas ici. Aux frontières du mort et du vif, la réaction inflammatoire a commencé. Un cordon sanitaire a été mis en place. L'armée d'active et la réserve sont au bout d'une semaine sur le pied de guerre. Aussi, lorsque arrivent les microbes qui polluent la peau, il ne saurait être question d'une campagne éclair. Les assaillants sont bloqués entre les tissus sains où grouillent les polynucléaires, digèrent les enzymes et circule une quantité accrue de sang d'un côté, et de l'autre. Ils font face aux tissus dévitalisés, piètre pitance qui ne saurait les attirer, car elle est incapable de les nourrir. Ils vont donc rester sur cette frontière sinueuse où leurs enzymes digèrent les cellules mourantes, les ponts cellulaires encore solides. Ils y profitent des substances nutritives du plasma, manne céleste qui nourrit mieux les polynucléaires que les microbes, mais reste une aide vitale pour ces affamés. Cette population microbienne ressemble peu aux fiers guerriers responsables de l'infection primitive. Elle évoque une troupe faite prisonnière et condamnée à des travaux d'assainissement. Ces prisonniers-éboueurs sont d'ailleurs spécialisés. Au début s'affairent les microbes gram positif (staphylocoques, streptocoques), puis ils sont progressivement remplacés par les gram négatif venus des selles. Ces derniers sont plus performants en profondeur dans les espaces humides et chauds, peu riches en oxygène, qui leur rappellent leur milieu de culture naturel : les selles.

Chacun sait que la principale préoccupation des prisonniers est l'évasion. Chez l'adulte sain, une nécrose tissulaire localisée à une petite surface cutanée et à la couche de graisse correspondante ne saurait offrir des occasions de fugue. Cette situation conflictuellement gérable étant fréquemment rencontrée dans la pratique, nous avons proposé un slogan pour définir notre point de vue thérapeutique : « Paix sur la plaie aux germes de bonne volonté. » L'activité microbienne est un bistouri chimique qui retire progressivement les tissus morts en laissant pousser le bourgeon charnu. Favorisons-la pour gagner du temps mais sans cesser de la surveiller. Certaines évasions sont stoppées mais les tentatives microbiennes ne sont pas sans dégâts. Si la frontière entre tissu vivant et tissu dévitalisé passe par quelque structure vulnérable au contact microbien, l'infection ménagère peut devenir invasive. Nous avons tous connu des femmes de ménage qui, faisant le gros ou la poussière, cassaient. L'infection peut atteindre et démolir un tendon, un ligament, une articulation superficielle (cela se voit surtout à la main), une cavité virtuelle : gaine tendineuse, bourse synoviale. Pour ne pas courir ce risque d'aggravation, le chirurgien doit imaginer le tracé des frontières. S'il s'y trouve une structure trop sensible, l'excision de la nécrose suivie d'un recouvrement plastique doit être envisagée rapidement.

Mais la tentative d'évasion peut devenir révolte. C'est le cas où les microbes mettent à nu une conduite dont l'intégrité est vitale, telle la cavité remplie de liquide céphalo-rachidien et bordée par les méninges. Le rapport des forces en présence bascule lorsque la surface de la zone dévitalisée atteint un pourcentage trop élevé de celle du corps. Le nombre des prisonniers dépasse alors celui des gardiens. Les germes passent dans le sang et peuvent entraîner une mortelle septicémie.

L'agent responsable de la dévitalisation tissulaire et les conditions dans lesquelles il entre en jeu peuvent modifier le programme biologique. Les gelures, les maladies des artérioles des extrémités des membres, sont responsables de gangrènes sèches d'apparition progressive, restant longtemps solidement accrochées en place, sans suppuration décelable. L'occlusion d'une artère de gros calibre entraîne une gangrène humide, c'est-à-dire assortie de phénomènes infectieux extensifs, particulièrement dangereux.

Prévention et traitement de l'infection secondaire

L'application d'antiseptique désinfecte seulement la peau saine pour un temps. Elle ne saurait améliorer la situation des surfaces en proie à la détersion suppurée. L'usage des antibiotiques par voie générale ou locale paraît illogique. Même actifs, ils ne sauraient stériliser le chantier. Ils sont seulement capables de modifier (dans le mauvais sens) la nature des microbes présents. En revanche, le lavage (douche, jet, immersion) à l'eau permet d'aider l'évacuation des tissus partiellement détachés et celle du pus. Deux méthodes thérapeutiques méritent un développement particulier : la diététique, car elle est fréquemment oubliée au pays du « bon manger », et la technique des pansements laissée trop souvent à des soins subalternes.

Mais le seul moyen d'escamoter tout ou partie de cette saga microbienne est l'excision suivie de greffe ou de cicatrisation spontanée. Choisir la voie la plus longue, celle de la détersion suppurée et de l'épidermisation progressive, ou les raccourcis, est précisément le domaine de la chirurgie plastique.

Une bonne diététique reste le seul moyen d'équilibrer le budget du corps en guerre.

Les apports intraveineux de sang et de solutés plus ou moins nutritifs permettent de gérer au mieux les situations de crise où aucun retard n'est permis. Les anesthésistes-réanimateurs ne cessent d'améliorer leurs techniques. Ils augmentent les apports et diminuent le danger infectieux que représentaient les cathéters, à la fois pièges et distributeurs de microbes dans le courant sanguin. La plupart de nos patients ont un tube digestif en bon état. Il suffit d'accorder à la courbe des calories effectivement absorbées et au poids du patient menacé de déficit dans son commerce « extérieur » la même importance qu'à la courbe de température. De fait, si nous avions à choisir entre les deux chez un infecté menacé d'une longue évolution, nous abandonnerions volontiers la courbe des températures tout juste capable de nous inquiéter.

Nous avons découvert la diététique à l'époque où cette science était quasi clandestine. « Chez nous, on mange bien » résumait les connaissances alimentaires du Français moyen et supérieur. Les familles compatissantes apportaient aux malades l'orange qui nourrit peu et éventuellement le bordeaux ou le gros rouge cicatrisant dont chacun sait qu'il vaut un verre de sang (... en France!).

Les grands prêtres de la nutrition raisonnable et raisonnée étaient le doux professeur Trémollières qui chevauchait une curieuse motocyclette, heureusement guidée par un regard de poète, et son assistante Mme le docteur Pecquignot. Interne insolent comme un page, je commençai par définir la diététique comme une nourriture froide, de goût désagréable, arrivant en retard. Mais j'appris très rapidement que le point le plus important était de connaître avec exactitude la teneur de la ration effectivement absorbée par le patient. On m'expliqua que les malades dénutris sont anorexiques, c'est-à-dire dépourvus d'appétit. Leurs efforts pour avaler une faible partie de ce qui leur est servi sont si spectaculaires que les infirmières et la famille croient les gaver. Or la quantité effectivement absorbée est minime. De plus, l'anorexique s'ingénie à réclamer et à n'avaler que des mets sans valeur nutritive. Trente ans après ce constat, il nous arrive encore de découvrir dans un lit un patient qui absorbe des rations de famine au pays de Brillat-Savarin.

Nous reçûmes à Boucicaut, il y a une dizaine d'années, une enfant de huit ans, brûlée, en fort mauvais état. La surface atteinte n'était pas très importante mais la suppuration était abondante et fétide. Elle sévissait non seulement sur la zone brûlée, mais encore au niveau des zones donneuses de greffes (qui avaient échoué), dans les poumons et dans les urines. Croyant bien faire et suivant en cela l'enseignement officiel, le chirurgien avait prescrit dès les premiers jours une association antibiotique très efficace sur les microbes gram positif de première invasion. Mais il n'avait pu évidemment stériliser le foyer auto-alimenté. Rapidement, du fait de la pression de sélection très forte due à cette antibiothérapie agressive, les germes avaient changé. Nous étions passés aux microbes gram négatif : cela se sentait! Et même aux pires d'entre eux, les pyocyaniques, ce qui se reconnaissait à la couleur verte du pus. L'enfant était maigre et fatiguée. « La mort est dans le jardin », dit le fils Bismark à son père malade qui voulait être informé. Nous demandâmes à la mère d'occuper en permanence le lit vide de la chambre où était hospitalisée sa fille. L'administration me laissa bien volontiers violer les règlements en vigueur. La diététicienne du service se chargea de fournir à la maman les aliments les plus nutritifs sous le plus petit volume possible, en tenant compte au maximum des goûts de l'enfant. Jour et nuit, la mère et sa fille anorexique jouèrent au jeu bien connu d'une bouchée pour papa, une bouchée pour maman, à ceci près qu'il s'agissait de sauver une vie et non de gaver l'enfant en bon état d'une famille anxieuse. Huit jours après, la situation n'avait guère évolué. Nous demandâmes au professeur Rapin, spécialiste bien connu des infections à gram négatif, de venir voir celle qui justifiait les plus graves inquiétudes. Sa première question, après examen de l'enfant et étude du dossier, fut : « As-tu arrêté les antibiotiques ? » C'était la première mesure que j'avais prise lors de l'hospitalisation. Il me conseilla alors, à regret, de reprendre une antibiothérapie différente, peut-être capable de succès. Tel fut l'ordre donné à notre surveillante, Sœur Claire-Marie. Huit jours après, l'enfant souriait. Trois semaines après son entrée, elle avait les joues roses, des plaies rouges où proliférait l'épiderme des berges. Rapin revint pour voir celle qui maintenant jasait en permanence. « Je partage tes vues sur les indications abusives de l'antibiothérapie en chirurgie, me dit-il pour me consoler. Mais il faut, ici, nous résoudre à l'évidence, ils ont sauvé l'enfant. » Sœur Claire-Marie s'étrangla brusquement et devint rose comme le petit Jésus des crèches. « Quels antibiotiques ? » La sainte femme avait oublié la prescription. Cette faute était fort compréhensible dans un service où ces médicaments n'étaient pas... en odeur de sainteté. Rapin et moi comprîmes brusquement que seule l'augmentation de la ration alimentaire était responsable du succès. Les agresseurs, débarrassés des coups de fouet des antibiotiques, avaient enfin rencontré des défenseurs bien nourris. Je n'étais pas obligé de faire une dramatique révision de mes conceptions thérapeutiques et tenais une anecdote pédagogique. Mais il s'agissait d'une faute : Sœur Claire-Marie fut morigénée d'abord puis... félicitée. Le calcul de la ration alimentaire effectivement absorbée est devenu routinier. Ses bénéfices furent et demeurent innombrables. La résurrection de la centenaire mérite d'être contée.

Je fus un jour appelé boulevard Saint-Germain pour examiner une presque centenaire, orgueil de la famille. Distinguée, parfaitement présente, précieuse comme une dentelle de Calais sur une robe de baptême, elle était bloquée au lit depuis un mois par une petite suppuration du pied et des prescriptions médicales abusives. L'infection du pied n'était rien. Mais la grande fatigue de l'aïeule rendait difficile la remise sur pied que je préconisais. Je fus frappé en quittant la chambre par le désintérêt certain de cette patiente, visible au cours de la visite, alors même que tous me vantaient sa vivacité habituelle. Perplexe, j'étais fort embarrassé devant la famille qui voulait tant l'amener à cent ans. Sur le pas de la porte, je pensai heureusement à faire calculer la ration alimentaire. Quatre jours après, le diagnostic était évident : l'octogénaire se prenait pour Gandhi. Une ration alimentaire convenable la remit debout rapidement. Elle put fêter ses cent ans sans que l'on songe à m'accuser d'acharnement diététique.

Le docteur Étienne Lévy, le talentueux réanimateur du professeur Jean Loygue, mit un jour au point une pompe qui débite goutte à goutte dans l'estomac grâce à un petit tuyau qui passe par le nez. Remplissez le réservoir avec un mélange nutritif adéquat. Utilisez un modèle muni d'un réfrigérateur, car il fait chaud dans les chambres de nos hôpitaux et de nos cliniques. Manipulez le tout avec propreté et discernement, et vous tenez la plus merveilleuse machine à engraisser votre prochain. Ronronnant jour et nuit, fêtes et dimanches, grèves et ponts compris, se moquant des goûts alimentaires mais pas des interdits religieux, indifférente aux états d'âme des patients, elle apporte des rations alimentaires équilibrées pouvant monter à 4 000, 5 000 calories et plus par jour, sans diarrhée et sans efforts. Le patient reprend vie en dix jours. Le combat microbien s'essouffle. La graisse sous-cutanée se reconstitue. Aucun tapage médiatique n'a salué cette découverte, aussi importante en chirurgie que celle des antibiotiques. Mais si tous les patients sauvés par cette pompe et son super se donnaient la main, cela ferait une jolie ronde autour du docteur Lévy.

L'absolue nécessité d'une ration alimentaire capable de faire survivre l'organisme, d'éponger le déficit quotidien dû à la combustion du foyer infectieux, d'apporter l'énergie nécessaire à la défense mais aussi à la reconstruction est désormais admise. Mais de temps à autre, il faut sonner le tocsin.

Récemment, une de mes amies fut atteinte d'une métastase rectale après une longue histoire de cancer aigu du sein, plus ou moins facile à tenir en laisse. Les progrès de la chimiothérapie permettent de ne pas abandonner ces patientes et de leur offrir une chance de survie. Je la confiai à un prince des viscères. L'intervention fut dramatique mais réussie. Comme cela est malheureusement fréquent, une désunion de la suture pariétale abdominale se produisit. Cette complication spectaculaire jointe au chagrin de se voir affligée d'un anus artificiel entraîna une dérive psychologique grave et une grève de la faim camouflée. A toutes les sollicitations, la patiente répondait par des efforts méritoires, même si, comme elle l'avoua plus tard, elle cachait la viande dans sa bouche pour la recracher discrètement. Passant un matin, je la trouvai avec le masque de la mort sur le visage. Aucune raison chirurgicale n'expliquait cette menace. Soupçonnant la famine chez une opérée occupée toute la journée à « manger », j'exigeai la mise en route immédiate de la nutri-pompe, refusée jusque-là avec obstination. Je menaçai, tempêtai, aidé par les souvenirs d'une vieille amitié. Quinze jours plus tard, la mourante sortait sur ses pieds. Il faut manger pour vivre et pour guérir.

Le pansement : « Je le pansai, Dieu l'a guéri » (Ambroise Paré)

Notre grand-ancêtre voyait dans le pansement un acte qui, bien fait, permettait à l'action divine de s'accomplir. La laïcisation de la thérapeutique est-elle responsable du mythe du pansement cicatrisant ? Pour certains thérapeutes, la composition du pansement était devenue aussi importante que l'insuline pour le diabétique et la vitamine C pour le scorbut. Une grande partie de nos travaux a été consacrée à la simplification progressive des moyens utilisés. Nous avons alors constaté que la cicatrisation dépendait d'un programme biologique précis qu'il ne faut surtout pas contrarier. Notre technique a été baptisée en dehors de nous la « cicatrisation dirigée ». Nous aurions préféré la « cicatrisation assistée ». Mais personne n'est maître du destin de ses enfants.

Jeune chef de clinique, je voulais publier aux Entretiens de Bichat mes travaux sur le pansement des pertes de substance cutanée. Le responsable de la section chirurgie refusa. « C'étaient soins accessoires à abandonner à des mains subalternes. » La réplique sonnait bien mais elle couvrait et pérennisait une détestable situation. Le choix des produits à mettre sur les plaies était à cette époque laissé à l'initiative des infirmières. Elles ouvraient l'armoire à pharmacie où s'accumulaient en strates colorées les topiques donnés par les représentants des différents laboratoires pharmaceutiques. Les plaies étaient tartinées de pommades, occultées par des gels, saupoudrées des produits les plus divers. En fait, aucun de ces onguents miraculeux n'avait la possibilité de s'opposer à la cicatrisation. Mais on croyait à la vertu des vitamines, des extraits placentaires (mis à toutes les sauces et notamment à celle des rides), des extraits embryonnaires et d'une infinité de fariboles pharmaceutiques. En fait, les plaies se refermaient. Nous ne répéterons jamais assez qu'en médecine, la guérison n'est pas une preuve : c'est juste une bonne nouvelle. Elle fait le bonheur du patient. Mais elle ne saurait constituer à elle seule un argument scientifique suffisant. *Post hoc ergo propter hoc.* Cela signifie en latin : *après cela, donc à cause de cela.* Cette équation est bien souvent fausse. Nous devons absolument savoir si le traitement est nécessaire, utile ou superflu. Agit-il par effet chimique, physique ou psychologique? L'esprit scientifique l'exige. L'économie le demande.

Les microclimats

Lorsque, pour des raisons diverses, nous décidons de ne pas exciser au bistouri la zone nécrosée due à une contusion, une brûlure, une injection de médicament anticancéreux à côté de la veine, le premier devoir du pansement est d'aider à la séparation du mort et du vif. Nous ne pouvons augmenter la formation des enzymes fouisseurs. La seule aide possible ne peut venir que des microbes. Comment s'allier avec eux pour le meilleur en évitant le pire? Le bacille tétanique étant éliminé par vaccination, il nous reste à parlementer avec nos partenaires socioprofessionnels, les microbes spécialistes du nettoyage. Nous ne pouvons compter sur les germes résidents de la peau. Population aux mœurs généralement paisibles, ils sirotent au bord des puits glandulaires leur boisson favorite, la sueur, avec un zeste de sébum. Seuls les germes en transit ont le matériel enzymatique capable de rompre les amarres du bloc dévitalisé. Il faut les promouvoir. Nous tromperions le lecteur si nous lui faisions croire que cet arguement fut à la base de nos choix thérapeutiques. Nous avions été trop marqués par l'enseignement officiel : le pansement doit prévenir l'infection. Comment aurions-nous pu imaginer des pansements-couveuses pour microbes... Et pourtant!

Nous avions constaté que quel que soit le produit utilisé comme topique, nous obtenions après un certain temps d'application des bourgeons charnus et cela d'autant plus vite qu'il s'agissait d'une pommade et non d'un gel ou d'une poudre. Nous en vînmes à penser que seul l'excipient était important. Nous choisîmes d'utiliser uniquement la vaseline. Nous avons commencé par appliquer des compresses vaselinées. Très imprégnées, imperméables, occlusives, elles déclenchèrent des phénomènes de macération. La plaie soumise à cette tornade se nettoyait vite, mais la peau saine des bords trinquait. Il existait dans le commerce des gazes imprégnées de vaseline mélangée à des essences végétales odorantes et à de la chlorophylle. A cette époque écologiquement balbutiante, cette dernière passait pour déodoriser. Les résultats furent bons. La gaze tissée, placée sur des plaies encombrées de tissus mortifiés, permettait un nettoyage progressif sans macération, même si le changement de pansement n'était pas quotidien. Mais la présence des essences végétales et de la chlorophylle finit par nous agacer. La chlorophylle, à notre connaissance, n'avait jamais modifié le parfum bien particulier de la bouse de vache.

Les essences végétales, capables de déclencher des allergies bien inutiles, témoignaient de conceptions pharmacologiques désuètes. Nous n'étions pas encore arrivés aux temps de l'adoration de Dame Nature et de ses plantes à utiliser par toutes les voies et prônées par ceux qui causent ou chantent dans le poste.

Aussi nous accueillîmes avec faveur le directeur des Laboratoires Lumière. Il avait beaucoup souffert de mon engouement pour la gaze verte et s'était décidé à venir à Canossa. En fait, c'était la première fois qu'un laboratoire pharmaceutique venait me demander ce dont j'avais besoin. Le P.-D.G. n'eut ni à se mettre en chemise ni à renier l'héritage des deux célèbres frères. Je désirais une compresse imprégnée de vaseline pure mais tissée avec des mailles assez larges pour permettre au pus de s'écouler en direction du coton proche.

La trame du tulle fut modifiée. J'acceptai (et je le regrette) de laisser 1% de Baume du Pérou. Personne ne croyait plus à son activité cicatrisante. Mais il donnait de la tenue à la compresse lorsqu'il faisait un peu chaud. Malheureusement, le baume est responsable de quelques cas d'allergie cutanée. Dès lors, une centaine de produits cicatrisants, dont certains existent encore et dont d'autres essaient de tourner les nouveaux règlements qui régissent les autorisations de mise en vente, furent considérés comme inutiles. Sur les nécroses, le tulle gras marchait bien. Un pharmacien, Marcy, publia que la vaseline avait une action bénéfique sur la naissance du bourgeon charnu. Ce témoignage inattendu nous aida beaucoup. Ce n'est que plus tard que nous avons proposé une autre explication à l'action du pansement gras aéré. Entre la plaie et la compresse de tulle est créé un microclimat humide et chaud *particulièrement favorable* au développement et à l'activité de nos éboueurs microbiens.

Nous avons vu précédemment les règles de prudence qui doivent présider à ce bouleversement météorologique. Mais pour les petites nécroses de la pratique journalière, il n'existe aucun danger à engager, rassembler et nourrir ces joyeux compagnons. Comment ne pas troubler le médecin et l'infirmière en leur expliquant que la pose de tulle gras est faite pour favoriser ceux qu'un pansement bien occlusif est supposé laisser aux frontières ? Il est possible que notre explication soit fausse. Ce ne serait ni la première fois ni la dernière fois qu'une hypothèse fallacieuse tente d'expliquer de bons résultats cliniques. Nous verrons bien.

L'eau du robinet

J'ai traité plusieurs plaies avec l'eau seule, et étant aux armées dépourvu de tout autre remède en ai vu des succès très heureux. D'en dire la raison, je n'en suis pas tenu. Mais je pense qu'un des principaux moyens pour obtenir la guérison des plaies est de les tenir bien nettes. Or est-il que l'eau les nettoie et déterge fort bien.

Ambroise Paré (1509-1590),
Chirurgien des rois.

Alcide Jolivet, déchirant son mouchoir, fit de la charpie, prit de l'eau à un puits... lava la blessure et disposa avec beaucoup d'adresse les linges mouillés sur l'épaule d'Harry Blount. « Je vous traite par l'eau », dit-il. Ce liquide est encore le sédatif le plus efficace que l'on connaisse pour le traitement des blessures. Les médecins ont mis six mille ans à découvrir cela!

Jules Verne,
Michel Strogoff.

Restait à trouver le liquide idoine pour laver les plaies. Nous avions appris de nos amis bactériologistes le peu d'efficacité des solutions antiseptiques. Leur action nous faisait penser à celle de la vieille dame anglaise qui essaie en balayant devant sa porte d'arrêter la marée du siècle. Nous limitâmes leur usage à la désinfection de la peau saine à la périphérie des plaies.

Restait la liqueur de Dakin. Violette comme robe ecclésiastique, elle est encore le symbole vivant de la guerre contre l'infection durant la Première Guerre mondiale. Les infirmières ont déversé des tonneaux de ce liquide sur les blessures de nos parents et grands-parents qui n'ont pas tous fini au fronton des monuments aux morts. Le Dakin passait pour avoir gagné le combat contre la gangrène et la pourriture d'ambulance. Il avait contribué à la victoire comme le vin Mariani (que Pétain n'hésita pas à vanter). Interrogeant ceux qui savent, nous apprîmes que cette liqueur était bien peu antiseptique et qu'en cas de manipulations imprudentes, elle pouvait être souillée et devenir un bouillon de culture pour germes pathogènes gram négatif. Étudiant discrètement la fabrication de cette rescapée de la grande guerre, nous en vîmes de belles. Parfois la fabrication n'était pas faite stérilement : la contamination était réalisée dès le départ. La détestable habitude de conserver de grosses bonbonnes de cette liqueur sous le couvert de bouchons de liège à moitié pourris suffisait à contaminer ce qui était resté jusque-là sans locataires. Mais il y avait mieux. Un fabricant ingénieux, mais peu familier des règles de l'hygiène, avait mis sur le marché des flacons-pissette. Une pression faisait jaillir commodément le liquide mais permettait l'entrée d'air ambiant en retour. D'où poussières. D'où pollution. Si ces détails me servirent à faire disparaître en de nombreux endroits l'utilisation du Dakin, la présence des germes au fond des flacons ne me gênait guère. Ne le répétez pas. Mais le cycle microbien qui préside au nettoyage des plaies n'accepte pas n'importe quel germe. Ceux qui viendraient du Dakin ne pourraient se loger. Du reste, aucune situation épidémique n'a été signalée en milieu hospitalier où abondaient pourtant des solutions aqueuses et colorées souvent polluées.

La liqueur de Dakin n'agissait que comme liquide de lavage. Il m'apparut illogique de laisser croire à mes infirmières de Boucicaut qu'elle avait une action efficace sur les germes par simple contact. Cela risquait de les rendre moins attentives à leur seul rôle : celui de lavandière des plaies. Nous supprimâmes donc l'antiseptique ancien combattant et le remplaçâmes par le sérum physiologique, sans aucun inconvénient. Mais les partisans inconditionnels du Dakin crièrent au scandale. Le professeur Sournia, à l'époque directeur de la Sécurité sociale, pourfendit un jour du haut d'une tribune officielle ceux qui ont osé abandonner le Dakin. Averti par des amis fidèles, je l'invitai à passer la revue des plaies du service au petit matin. La controverse cessa.

Malheureusement, le sérum physiologique était contenu dans des flacons destinés aux perfusions. Il était nécessaire, pour en disposer, d'enlever les capsules métalliques et de faire sauter les bouchons de caoutchouc. Cette activité achevait les ciseaux des infirmières, d'ailleurs peu aiguisés, entraînait quelques blessures et faisait perdre du temps. Mme Enjalbert, brillant professeur de bactériologie de la faculté de Médecine de Toulouse, m'incita à aller plus loin : « Laissez tomber le sérum physiologique. Ce que vous voulez est vous débarrasser des microbes. Là où ils sont, seule, l'eau pure peut les mettre à mal. » L'eau bien sûr, mais quelle eau ?

En bon Français, je pensai à l'eau minérale distribuée par flacon pulvérisateur. Je demandai à la Compagnie de changer l'embout des flacons chargés de réhydrater la peau de nos belles pour un plus large. Les plaies rougirent de plaisir. Mais il fallait obtenir le remboursement par la Sécurité sociale de ce nouveau topique. La démarche capota rapidement. La Compagnie ne désirait pas passer sous les fourches caudines du contrôle des prix pour un conditionnement qui se vendait si bien en parfumerie. L'autre raison était plus inquiétante. L'eau minérale des pulvérisateurs n'était pas stérile. Elle contenait même plus de microbes que l'eau du robinet, javellisée. Ce contenu microbien, sans nocivité pour la consommation, sans nuisance pour les pansements, pouvait être reproché à un produit médical.

Nous en sommes tout naturellement arrivés à l'eau du robinet. Nous fîmes faire dans le service une thèse sur l'eau du robinet pour bien la connaître et nous mettre à l'abri de quelques traîtrises. Nous apprîmes avec satisfaction qu'elle était remarquablement surveillée et, sur le plan bactériologique, plus fiable que l'eau « stérile » débitée par des appareils souvent coupables d'erreurs. Dans la foulée, nous ajoutâmes le savon de Marseille, ce qui nous valut de recevoir quinze ans plus tard notre poids en savon à la chambre de commerce de cette ville. Nous tenions la trinité thérapeutique : l'eau, le savon et le tulle gras. Un film baptisé *Ainsi soigne-t-il* fut tourné pour convaincre nos collègues. A la réflexion, notre retour à l'un des quatre éléments fondamentaux aurait dû être beaucoup plus précoce. A Boston, dans le service d'Oliver Cope, les grands brûlés étaient, dès 1951, baignés dans l'eau de la ville.

Le paradoxe était que les porteurs de petites plaies suppurantes se voyaient refuser les bains et les douches sous prétexte de surinfection possible. Au début de notre période aquatique, nous fûmes appelés auprès d'un professeur de médecine aussi célèbre par sa compétence que par son esprit. A la retraite, handicapé par les séquelles de graves blessures de guerre, il souffrait d'un ulcère de jambe. Un collègue de l'Académie de Médecine le traitait depuis longtemps sans succès. J'expliquai à ce génial interniste que l'utilisation d'une bande élastique portée lors de la déambulation guérissait ce type de lésion chez les patients et même chez les professeurs. Je lui conseillai de prendre un à deux bains par jour pour faciliter le nettoyage de l'ulcère. Le professeur honoraire s'étonna : « On m'a toujours défendu les bains, cela surinfecterait mon ulcère. » Je tins bon. Le professeur m'assura que ces bains repris après un arrêt aussi long étaient un réel plaisir. L'ulcère guérit. Cet homme de cœur et d'esprit est mort comme Louis XIV, entouré par ses fils, tous médecins. Le lendemain, je reçus un coup de téléphone de l'un d'eux. « Mon père m'a dit, avant de mourir, téléphone à Vilain pour le remercier de m'avoir permis de me baigner toutes ces années durant. » « Nous devons un coq à Criton », a dit Socrate.

Tant que l'eau du robinet sortit d'un robinet chromé, ornement respecté d'un lavabo chirurgical, elle fut bien acceptée. Tout se gâta brusquement lorsque les infirmières de la consultation banalisèrent le procédé et se mirent à laver les plaies sous des robinets ordinaires. Les patients protestèrent. Il nous fallut mater la rébellion. Nous fîmes aux rebelles un cours public de polémologie microbienne. Très vite les blessés s'habituèrent. Ils se mirent même à faire les pansements chez eux entre deux consultations tant le geste était simple. Tout ce que je leur demandais était de bien laver le lavabo à l'eau de Javel après et bien entendu aussi leurs mains. Les microbes sur la plaie sont de bonne volonté mais ils peuvent changer de comportement si on les met dans la salade verte ou, pis, sur la tétine d'un biberon.

Le dernier séquestre éliminé, la plaie est recouverte d'un bourgeon rouge, ferme, à peine suintant, prêt à recevoir l'épiderme ou à accepter une greffe mince. Cet état correspond à une autodésinfection. Sans aide extérieure, le nombre des microbes présents a été réduit. Il est passé en dessous de 10^5 microbes par gramme de tissu. Ce taux soigneusement calculé, régulièrement vérifié, est celui d'une cohabitation harmonieuse entre les ci-devant éboueurs et les défenses. Le suintement est limité. La température du corps est retournée à la normale ou presque. L'application d'un topique agressif massacrerait inutilement les éléments de l'échafaudage conjonctif. Mais cette trêve ne saurait durer indéfiniment. Le bourgeon doit être impérativement recouvert d'épiderme, le plus tôt étant le mieux. Si la surface à recouvrir est petite, laissons pousser l'épiderme marginal. Une surface plus étendue fait problème. Certes, la greffe mince prend toujours sur un terrain aussi favorable et met ainsi un point final au programme de la cicatrisation secondaire. Mais la greffe n'est pas une thérapeutique sans inconvénients. Dans les cas limites, il est possible de négocier avec le bourgeon *et de jouer sans inconvénients les prolongations.*

Laisser passer l'état de grâce conduit tôt ou tard le bourgeon à un stade granulomateux. Il devient mou, œdémateux, surélevé, saignant et visiblement suppurant, réalisant un obstacle mécanique et biologique à la pousse de l'épiderme et à la prise des greffes. Cette transformation est rapide si le pansement appliqué est très gras. Cette mauvaise influence d'un microclimat trop chaud et humide explique la désaffection historique à l'encontre du tulle gras. Tissé trop serré, peu malléable, trop imprégné à l'origine, il cessait d'être utile dès que le bourgeon était apparu et devenait franchement nuisible en favorisant le développement du granulome. Lorsque nous avons commencé nos études, le tulle gras était réputé « macérateur ». Très vite je me heurtai au problème thérapeutique posé par le granulome. Détruit provisoirement par des applications de nitrate d'argent, il se reproduisait rapidement. Son grattage était très hémorragique et laissait une surface peu favorable à la prise des greffes minces.

Vint enfin la cortisone. Howes, un bon géant américain,

découvrit son rôle anti-inflammatoire. J'eus le bonheur de le recevoir avec un de ses collègues de la faculté de Kiev. Ni l'un ni l'autre antialcooliques, ils rivalisèrent sur ma terrasse de chansons à boire. J'eus le temps d'apprendre que le résultat du traitement à la cortisone était une réduction du nombre et du volume des vaisseaux sanguins dans les foyers inflammatoires. C'était exactement ce que je souhaitais sur mon bourgeon charnu granulomateux.

Je venais justement de faire hospitaliser un blessé qui gardait depuis un an de petites plaies désespérément bourgeonnantes sur le bras. Je demandai dès le lendemain matin à l'infirmière de mettre le patient sous cortisone, je voulais dire à un traitement par la bouche. Mais l'infirmière s'intéressait comme moi, et à cause de moi, à la technique des pansements. Elle trouvait à la manipulation expérimentale des topiques une activité rompant agréablement avec celle des soins aux anus artificiels. Elle chercha un composé liquide contenant de la cortisone et trouva la suspension d'hydrocortisone. Elle humecta une compresse avec ce produit destiné à être injecté et l'appliqua sur le bourgeon rebelle. Quelques jours après, je reprochai véhémentement et fort injustement cette « erreur » à la malheureuse. J'essayai de retirer la compresse incongrue. Mais elle adhérait fortement à la plaie. Nous attendîmes. Douze jours après, avec un sourire en coin, l'infirmière vint me dire que la compresse était tombée toute seule et que la plaie était guérie. Le pansement aux corticoïdes était né.

La technique était facile. Une simple épaisseur de compresse était étalée sur le granulome. Elle était mouillée d'hydrocortisone puis laissée à l'air. Elle collait rapidement aux bourgeons qui s'aplatissaient. Le suintement était stoppé. L'épidermisation repartait à partir des bords. Voulait-on poser une greffe qu'on était assuré de sa prise. Ce pansement connut un vif succès. Il permettait de fermer provisoirement des surfaces suintantes et de stopper la suppuration. Il ramenait à la raison le granulome. La technique réclamait des soins attentifs et journaliers mais les résultats étaient gratifiants. Une thèse que j'inspirai à l'un de mes internes, Perdu, devint classique : le « pansement-greffe à l'hydrocortisone ». Mais le prix de revient était élevé : l'hydrocortisone n'était pas donnée.

Très vite, les laboratoires pharmaceutiques comprirent l'intérêt de ce topique. Les laboratoires de la gaze verte créèrent une gaze grasse imprégnée d'hydrocortisone et d'antibiotiques à usage local. Ce pansement fut très rapidement adopté. Son effet était moins spectaculaire que celui de la compresse mouillée, mais il permettait de gagner du temps et de l'argent. Malheureusement, ce topique, mal utilisé, avait des effets pervers comme tout médicament actif. La compresse imprégnée d'hydrocortisone et d'antibiotiques mise par erreur sur une plaie non nettoyée stoppait le ménage immédiatement. Elle massacrait les éboueurs microbiens et coupait les vivres en réduisant le nombre et le calibre des vaisseaux nourriciers. Combien ai-je vu de brûlures ou d'ulcères arrêtés dans leur évolution par cette application intempestive ? Je multipliai les articles, les films, les conférences postuniversitaires. Je répétai qu'il ne fallait pas confondre le pansement du début, pro-inflammatoire, destiné à favoriser les activités microbiennes, fait de tulle gras, créateur d'un microclimat humide et chaud, avec le pansement anti-inflammatoire destiné à ramener dans le droit chemin de l'épidermisation une structure saine fourvoyée dans l'inflammation à cause du lapin posé par l'épiderme et le maintien abusif d'un pansement gras. L'épiderme, comme les chats traversant la cour après une ondée, aime les surfaces sèches. Mais le combat fut long et difficile. Mon agacement fut porté à son comble par la réflexion d'un de mes collègues qui me dit un jour : « Pour que tes deux pansements soient bien utilisés, tu devrais les numéroter. » Je me crus revenu au temps où les adjudants commandaient côté foin et côté paille pour éviter des problèmes aux recrues en sabots, ignorant leur droite de leur gauche. Mais les difficultés de ces piètres jardiniers du bourgeon charnu me firent accueillir avec faveur la demande des Laboratoires Lumière de créer un tulle à la cortisone. Je leur demandai de laisser coloré en gris le tulle gras ordinaire et de tinter en rouge le cortico-tulle, couleur du bourgeon qu'il était chargé de remettre dans le droit chemin. Ces deux formules limitaient les méprises. Du premier coup d'œil, nous pouvions savoir de quel tulle il s'agissait et corriger éventuellement le tir lors d'une première consultation. Récemment, une lutte bien inutile contre certains additifs (en l'occurrence, le colorant rouge inoffensif aussi bien pour le bourgeon, notre corps et notre... linge) a fait supprimer le tulle rouge. Il se distingue à peine de l'autre par un petit fil trop discret.

La transformation des microbes de la suppuration due à l'emploi inadéquat des antibiotiques par voie générale au cours des suppurations prolongées a diminué l'efficacité de ce pansement. Nous ne saurions trop recommander à ceux qui veulent faire cicatriser sans greffe une perte de substance d'éviter toute poussée de sélection sur les flores microbiennes.

Avant de terminer ce chapitre, je désire conter la première complication due à l'emploi de mon pansement à la cortisone. Mon maître J. Hepp était un grand spécialiste des fistules digestives. Il opérait hebdomadairement des malheureux dont le tube digestif s'ornait d'autant de trous que les flûtes des orchestres. Il les refermait avec une sage lenteur et leur assurait des suites d'appendicite chronique. Un jour, il me demanda de faire cicatriser une paroi abdominale avant de la réopérer. Il s'agissait d'une éviscération en voie de guérison. Comprenez que le sujet opéré par un chirurgien exotique avait vu sa plaie opératoire se désunir dès le troisième jour post-opératoire. L'estomac et le duodénum avaient bien voulu rester à l'intérieur du ventre, malgré les efforts de toux et de vomissement. La fistule qui faisait communiquer le duodénum et l'extérieur s'était lentement tarie. Des bourgeons avaient poussé et réuni les berges de la plaie. L'affaire durait depuis un an. Les bourgeons avaient une sale tête. L'heure d'un pansement à la cortisone semblait venue pour permettre une épidermisation rapide. Les tulles à la cortisone n'étaient pas encore fabriqués. Je n'avais à ma disposition que le pansement à la compresse collée d'une redoutable efficacité. Les deux premiers jours, le patient fut enthousiasmé. La compresse collait à la plaie. Le suintement était supprimé. Il pouvait s'habiller et sortir. J'étais un grand docteur. Malheureusement, l'effet de la cortisone continuait. Les bourgeons, ciment qui bloquait les viscères et bouchait la fistule, s'amincissaient tous les jours sans que je m'en aperçoive. Un beau jour, la fistule réapparut, privée de son bouchon providentiel. Le contenu de l'estomac inonda la moquette neuve de ma salle d'attente.

Penaud, je téléphonai à M. Hepp qui reprit le patient et le guérit. Mais je me méfiai désormais de l'efficacité de mon pansement.

L'infection postopératoire

Le premier devoir du chirurgien est d'empêcher l'infection après l'acte chirurgical, qu'il soit destiné à traiter une blessure en urgence, ou à effectuer un acte chirurgical réglé. Nous avons proposé plus haut un schéma exposant nos options thérapeutiques. La coupure franche au fond visible et aux berges saines peut être refermée simplement après un lavage efficace et un parage limité mais attentif. La plaie pénétrante doit être explorée tout le long de son trajet, si profond et tortueux soit-il. La contusion ouverte par éclatement de la peau doit être respectée : ses lendemains peuvent déchanter. Dans tous ces cas, l'antibiothérapie est inutile.

Ma femme et moi avions ramené à nos frais une bonne à tout faire originaire d'une île de rêve de l'océan Indien. En une semaine, nous découvrîmes avec stupeur que cette femme réputée célibataire avait en fait cinq enfants nés de pères différents et qu'elle achevait un avortement dans l'escalier de service. Nécessité faisant loi, nous l'avons gardée le temps nécessaire à épuiser les joies de la cuisine créole. Un après-midi, entre deux grossesses, elle réussit à plonger sa main dans un mixer pourtant doté d'un système de sécurité. Je la conduisis à la consultation d'urgence de mon service. Il existait cinq à six plaies peu profondes mais bien saignantes de la pulpe des doigts. Devant l'interne, perplexe, je demandai une cuvette d'eau stérile. Je nettoyai la main à l'eau et au savon. Puis je lavai soigneusement toutes les plaies à la seringue en écartant bien les berges. L'hémorragie avait été arrêtée par la pose du brassard de l'appareil à tension artérielle gonflé un peu au-dessus de la tension maximale. Je refermai les plaies en posant des rubans de papier autocollant. Une heure après, la blessée était de retour. Jamais cicatrisation ne fut obtenue aussi rapidement. J'avais utilisé la technique des bouchers lorsqu'ils se coupent la peau en travaillant. Mais j'avais la certitude de soigner une plaie localisée à la peau et à la graisse sans lésion nerveuse, tendineuse ou, pis, articulaire. Qui peut le plus doit savoir faire le moins.

Dix ans après, je me retrouvai confronté avec un problème voisin. Je m'étais laissé embarquer dans un échange d'adolescents avec un de mes collègues américains. Peu désireux de me séparer de mon fils, j'avais demandé à recevoir le rejeton unique de ce plasticien. A peine débarqué de l'avion et arrivé au pied de notre immeuble à Saint-Cloud, ce citoyen de la libre Amérique se précipita sur le mur de clôture du parc et se mit en demeure de l'escalader. Moins habitué que les cascadeurs d'Hollywood, mon nouvel hôte chut lourdement. Son genou droit présentait une blessure de douze centimètres de long. La peau retroussée montrait la rotule. J'étais dans de beaux draps. Le blessé étant mineur, il me fallait absolument l'autorisation familiale pour l'endormir. Compte tenu du décalage horaire, il me fallait réveiller le père qui exigerait certainement le rapatriement ou prendrait le premier avion. Tout cela retarderait et compliquerait le geste chirurgical nécessaire qui n'est jamais si simple que sur les plaies « du jour ». Le souvenir de notre employée de maison me suggéra la solution. J'emmenai l'alpiniste amateur dans mon service. La plaie fut lavée au jet d'eau stérile. Un parage très limité et la suture cutanée furent menés sous anesthésie locale (le sudiste était insupportable mais courageux). La famille apprit en même temps l'accident, la guérison et... l'absence d'antibiothérapie. Cela fut peut-être inscrit au crédit du niveau (honorable) de l'hygiène en France. Sa réputation ne devait pas être très bonne car un coup d'œil involontaire sur la valise de ce *problem-child* (enfant qui crée des problèmes) nous avait montré qu'elle était remplie à moitié de rouleaux de papier hygiénique made in U.S.A.

Le corps étranger est microbieux. Entendez par là qu'il facilite la survie puis le développement des microbes qui le contaminent habituellement. Un bactériologiste new-yorkais a joliment dit que le corps étranger mystifiait les polynucléaires. Il apparaît en effet aussi efficace que le leurre qu'emploient les Mirages pour se débarrasser d'un missile. Apparemment, les microbes se collent sur le corps étranger, avec d'autant plus de facilité et de chances de succès qu'il est recouvert d'aspérités. Les polynucléaires rôdent sans débusquer les germes, s'arrêtant comme autrefois les archets du roi à la porte des églises. Les risques de suppuration immédiate sont considérables si ce sacré refuge n'est pas supprimé. Cette absolue nécessité explique les efforts du médecin à la recherche d'une balle chez les blessés des westerns. Mais ce ne peut être que partie remise. Les conditions locales d'environnement ne permettent pas la multiplication des intrus. Réduits à l'effectif d'un commando et tenus en échec, les microbes se transforment en souches minus. Cette dénomination n'implique pas une débilité intellectuelle mais, au contraire, illustre des facultés d'adaptation fort regrettables. Les emmurés cessent de se reproduire, diminuent leurs besoins en réduisant leur métabolisme. Combattants devenus par la force des choses « cinquième colonne », ils attendent des jours meilleurs en conservant intacte leur virulence.

Malgré notre vigilance, la persistance de corps étrangers après une intervention d'urgence n'est pas exceptionnelle. Il s'agit le plus souvent d'enfants porteurs d'une petite plaie. Ils oublient de signaler l'introduction accidentelle d'un morceau de bois.

Des parents inquiets nous amènent un enfant dont la région du poignet suppure. Six mois auparavant, il s'est fait, en jouant, une petite plaie immédiatement suturée sous anesthésie locale. Les suites immédiates ont été favorables. Récemment, après une rougeole, la plaie s'est ouverte et suppure malgré un traitement antibiotique prolongé. Jeune et donc moins enclin à la nécessaire indulgence qui nous vient progressivement en vieillissant sous le poids de nos fautes, nous déclarons tout net : « Il y a un corps étranger. Nous allons le retirer et votre fils sera guéri. » Le lendemain, sous anesthésie générale et garrot pneumatique, nous retirons une grosse écharde, mouillette au milieu d'un pus louable. Triomphe! Mais... les parents reviennent deux mois après : « Ça recommence. » Très gênés, nous avons réopéré et retiré une autre écharde, plus profonde, cachée sous les tendons. Quelle leçon! La rougeole avait diminué les défenses du petit blessé. Les germes collés aux échardes en avaient profité pour sortir de leur long sommeil et ces princes au bois dormant avaient aussitôt commencé à guerroyer.

Je suture un jour une plaie du tendon extenseur du cinquième doigt chez un de mes copains de maquis. Nous avions circulé en moto entre les lignes passant des derniers Allemands aux premiers Américains, canardés au fusil de chasse par des paysans porteurs de brassards FFI, malgré notre dossard Croix Rouge. Ces choses-là vous unissent. Je soigne bien la suture tendineuse aux fils non résorbables chez ce secouriste devenu dentiste. Quinze ans après, mon ami vient me revoir. La plaie du dos du doigt suppure... Porteur d'un sarcome qui finira par le tuer quelques années après, il sort d'une chimiothérapie qui met à mal les cellules cancéreuses mais aussi les défenses de son organisme. Quelques germes déposés là ont retrouvé une nouvelle jeunesse. L'ablation des fils le guérit facilement. Mais quelle survie pour des souches minus!

Le traitement de l'infection postopératoire

Le professeur Robert Judet a, au moins provisoirement, fixé notre ligne de conduite : « Toute infection que la chirurgie a laissée se développer après une intervention en urgence ou a créée lors d'une intervention réglée doit être traitée par la chirurgie. »

L'éventualité la plus grave est la survenue d'une gangrène gazeuse. Un laveur de carreaux tombe de son échelle et entaille profondément son avant-bras par les débris de verre. Il est opéré avec vigilance. Dès le lendemain apparaissent les signes locaux de cette redoutable complication : légère douleur, pâleur de la peau, crépitation lors du palper de la région blessée, due à la présence de gaz sous la peau. Le blessé est immédiatement réopéré sans attendre les signes généraux : fièvre, angoisse, chute de l'état général et surtout l'odeur fétide si particulière. Dès l'ablation des fils, nous voyons les masses musculaires livides de la face antérieure de l'avant-bras. Il faut les retirer en bloc. Les doses de pénicilline sont augmentées. Le patient guérit mais restera gravement handicapé. Cette éventualité est rare mais dramatique. La gangrène gazeuse ne survient pas forcément chez un blessé sévèrement contaminé : chute dans le fumier ou dans la fosse d'aisance par exemple. Ses germes anaérobies se trouvent aussi dans une plaie urbaine presque propre. Ont même été signalées des gangrènes succédant à des interventions chirurgicales réglées (ostéosynthèse d'une fracture de jambe fermée). Notre blessé n'était ni diabétique ni dénutri. Il n'était même pas alcoolique. Le seul élément favorisant que nous avons retenu est la pose de fils de suture résorbables sur les tranches musculaires. Cette striction limitée a peut-être été suffisante pour faciliter le développement de ces anaérobies si amateurs de rosbif.

Les consignes de prévention et de détection de la gangrène gazeuse sont précises mais ne sauraient en empêcher complètement la survenue. Toute plaie musculaire doit être suspectée de contamination anaérobie. Le parage doit être sans faiblesse, le lavage prolongé. Il ne faut pas placer de fils de suture sur les muscles, mais seulement sur les aponévroses et les tendons. La prescription de pénicilline est conseillée mais n'est pas une protection absolue. Il faut éviter de placer un pansement occlusif. La région blessée doit être accessible à la vue et au palper dans les heures qui suivent l'intervention. Il faut déceler immédiatement toute crépitation. Elle impose un retour en salle d'opération et l'excision de tout tissu musculaire contaminé. Le caisson hyperbare ne nous a jamais semblé avoir une action favorable.

Le premier devoir du chirurgien en période postopératoire est de déceler les premiers signes d'une infection. Cette complication est à la fois primitive et secondaire. Primitive, puisqu'elle atteint des tissus peu dévitalisés malgré l'exposition à l'air, à la lumière et à la chaleur du scialytique, les petits traumatismes des écarteurs, du dissecteur, les brûlures hémostatiques ponctuelles du bistouri électrique. Secondaire, car elle est souvent déclenchée par un bloc tissulaire agonisant pour des raisons diverses (dissection imprudente, maladie locale, déficits circulatoires...) et favorisée par la présence de corps étrangers biologiques (greffes momentanément en survie alimentaire mais non défendues) ou industriels (prothèses articulaires, osseuses, vasculaires, fils de suture non résorbables). La discrétion des signes contraste souvent avec la gravité de la situation conflictuelle qu'ils dénoncent.

L'apparition, quelques jours après une suture ou une greffe de tendon fléchisseur d'un doigt, d'une gouttelette de pus entre les fils de suture paraît peu inquiétante. Certains pensent qu'un peu d'antibiothérapie ramènera la paix. En fait, la situation est dramatique. Toute la surface de la plaie opératoire suppure. Le tendon très vulnérable à la présence microbienne est déjà condamné. Il faut sans retard réopérer, exciser tous les tissus infectés et notamment réséquer la plus grande partie du tendon, retirer la greffe et laisser cicatriser. La jurisprudence n'a jamais condamné un chirurgien à la suite d'une infection postopératoire pour faute chirurgicale, mais a retenu sa responsabilité en cas de retard de diagnostic et surtout en l'absence d'un traitement rapide et adéquat. Précisons que dans l'immense majorité des cas que nous avons vus, une antibiothérapie « préventive » avait été prescrite.

En chirurgie orthopédique, une réintervention rapide permet parfois de laisser ou de remettre le matériel d'ostéosynthèse en place. Sinon, il faut l'enlever, exciser largement les tissus infectés et drainer. Une antibiothérapie prolongée est habituellement utilisée à titre thérapeutique lorsque le staphylocoque est en cause. Elle est considérée comme inutile lorsque des gram négatif sont responsables.

Un exemple récent montre bien la nécessité d'un acte chirurgical dans l'infection postopératoire. Au tout début de la chirurgie cardiaque, notre maître, le professeur Mathey, nous avait demandé de traiter un cas de suppuration. Le patient, opéré d'un rétrécissement de la valvule mitrale, allait bien mais suppurait depuis trois mois malgré une antibiothérapie changeant au gré des flores. Il approuva mon plan : excision des tissus infectés et fermeture. Le patient avait été incisé horizontalement et son thorax restait ouvert comme une coquille d'huître les mois en R. Au fond s'apercevait le cœur soulevant rythmiquement la surface sanieuse médiastinale. J'excisais et curetais sans complexes, lorsque le chef de clinique qui m'aidait me dit d'un ton tranquille : « Là, il faut y aller mou. C'est l'oreillette. Si vous faites un trou dedans, je n'ai pas le moyen de le boucher. » Récuré et suturé, le patient guérit. La chirurgie cardiaque prit le développement que l'on sait. Elle continue de voler de victoire en victoire. Mais malgré les précautions prises, il existe un taux faible, incompressible, de suppuration. Un matin, réclamant mes deux assistants, j'appris sans surprise excessive que l'un d'eux était parti prendre en charge l'infection d'une greffe de rein, et l'autre celle d'une greffe de cœur. Cela faisait déjà un certain temps que nous recevions à Boucicaut des opérés porteurs d'une longue cicatrice de sternotomie médiane plus ou moins ouverte et suppurante. Moins ambitieux que leur patron (les microbes avaient changé, because les antibiotiques), mes équipes se contentaient d'exciser les tissus infectés : cartilages costaux se consumant inexorablement au feu microbien, fragments de côtes, plus résistants mais où la limite de la carie est bien difficile à voir. Ces vastes plaies cicatrisaient ensuite lentement, sous pansements.

Par le bouche à oreille qui fonctionne si bien dans les hôpitaux de l'Assistance publique, nous avons un jour appris que des patients infectés étaient traités dans les services de réanimation cardiaque par un arrosage prolongé d'antibiotiques. Nous fîmes connaître notre opinion sur cette technique de soins qui consiste à arroser la façade alors que le feu dévore les réserves combustibles de la cave. Notre message fut bien reçu. Nous vîmes arriver de nombreux patients guéris du handicap qui aurait raccourci leurs jours, mais empêchés par la suppuration d'apprécier pleinement ce supplément de vie. Jean-Pierre Lemerle, agrégé de chirurgie orthopédique du service, voulut bien consacrer une partie de son temps à des excisions longues, difficiles, souvent répétées et parfois périlleuses du fait des matériaux surajoutés, tels de gros vaisseaux en matière plastique. Lorsque le nombre des interventions dépassa 80, je lui conseillai de publier nos résultats aux États-Unis. Fait selon les normes américaines, bien traduit dans la langue de Bukowski, montrant de bons résultats, assorti de vues saisissantes de thorax ouverts, l'article nous fut renvoyé. Un court commentaire accompagnait notre manuscrit : « Vous avez trop de suppurations postopératoires. Vous devez revoir les règles d'hygiène et la technique. » Réellement, nous étions tombés sur un de ces Américains pour qui le Zoulouland commence après la zone hors taxes des aéroports domestiques! Comment pouvait-il penser que nous avions opéré 80 patients du cœur et obtenu 80 suppurations? Nos résultats, et surtout l'absence d'antibiothérapie nécessaire pour les obtenir, l'auraient pourtant instruit.

Actuellement, nos collègues de chirurgie cardiaque ne se débarrassent plus de leurs suppurations pariétales en les adressant aux services de réanimation. Ils les traitent et utilisent pour les formes mineures un lavage interne aux antiseptiques. Comment les persuader que seule l'eau est utile? Il ne nous reste plus que les cas qui ne veulent pas se fermer. Sylvain Staub, à ma demande, a opéré deux patients porteurs depuis deux ans d'une vaste plaie médiane que les mouvements des côtes, lors de la respiration, empêchaient de cicatriser. Imaginez le supplice d'un pansement quotidien à l'hôpital. En décollant les grands pectoraux en même temps que la peau de chaque côté, il a réussi à fermer en un temps ces brèches bourgeonnantes. Notre seul problème fut de calmer le premier patient transformé par la chirurgie cardiaque mais exaspéré par l'inefficacité de soins quotidiens dispensés pendant deux ans. Lors du déjeuner qu'il nous offrit chez Lipp un an après, sa première question fut : « Mais enfin, pourquoi ne parlez-vous pas aux réanimateurs de votre méthode? » Grâce au bouzy de cette excellente maison, nous sommes arrivés, Sylvain Staub et moi, à calmer ce rédacteur en chef d'un grand quotidien parisien. Nous lui avons expliqué : un, que ce n'était pas « notre » méthode; deux, que nous avions eu de la chance; trois, qu'en médecine, les changements thérapeutiques devaient se faire lentement, ce qui est préférable.

Tels sont nos rapports avec les microbes. Le chirurgien doit définir très vite et précisément leur rôle lorsqu'ils attirent son attention. Sont-ils des métayers rentables, des hordes touristiques potentiellement dangereuses, de fiers combattants lancés dans une guerre éclair ou une longue campagne de sièges, des éboueurs turbulents à surveiller de près? L'antibiotique n'est pas la peine de mort. Il ne saurait, en chirurgie, tuer tous les délinquants. Il faut gérer au mieux les situations, pallier les pertes excessives par des importations rapides et recourir toutes les fois où cela est possible aux traitements les plus simples.

CHAPITRE IV

LES ESCARRES DE DECUBITUS

Ne rien mettre sur l'escarre, surtout pas le malade

Une jeune fille se suicide un samedi soir. Son petit camarade n'est pas venu pour l'emmener au bal. Elle a avalé deux tubes de somnifère. Dès son entrée à l'hôpital, une infirmière robuste et entraînée la fait vomir. L'interne de garde fait le diagnostic facilement. Qui, de ce sexe, avec des ongles rouges et bien faits, un samedi soir... si ce n'est la classique amoureuse déçue des week-ends solitaires. Deux jours de ronflements. Puis la belle enfant émerge. Le petit camarade, repentant, vient à son chevet avec des fleurs. Le pronostic n'est pas mauvais. Il n'y a pas d'histoires de suicide dans la famille. Les sautes de courant à cet âge ne condamnent pas forcément à des lendemains qui déchantent.

Mais en retournant la jeune fille, les infirmières font une découverte. Une plaque noire sur la fesse et sur le talon du même côté. Il s'agit d'escarres qu'il faut traiter. Deux mois d'hospitalisation en chirurgie sont nécessaires pour enlever ces blocs cutanés mortifiés et les remplacer par de la peau saine. C'est cher payé.

Lorsque j'étais interne, les escarres de décubitus étaient la nouvelle pourriture d'hôpital. Elles survenaient chez les vieillards très handicapés, les opérés fatigués, les paralysés. Les moyens de prévention étaient aussi inefficaces que saugrenus : rond de caoutchouc cher aux fonctionnaires de Courteline, peau de mouton ou de chamois, peau d'orange. Était accusée la macération de la peau du siège dans les urines et les matières fécales, car trop souvent les sphincters étaient insouciants. La solution la plus préconisée était la cynocéphalisation du derrière des allongés, c'est-à-dire la peinture au mercurochrome des fesses. Malheureusement, rien n'y faisait. Les plus renseignés conseillaient le changement de position toutes les trois heures. Mais comment l'obtenir sans dommages ni douleurs chez un opéré et avoir le personnel nécessaire à cette mobilisation ?

Gros plan sur la fesse

Le professeur Justin-Besançon me fit un jour appeler. Le traitement des escarres de son service m'était confié depuis mon retour des États-Unis. Il me demanda de mettre en route la prévention et me donna les pleins pouvoirs. Je me rendis à la morgue pour connaître l'aspect des lésions au moment de l'apparition de la croûte noire. La peau morte enlevée, je fus surpris de voir une large quantité de graisse plus ou moins dévitalisée. Les muscles paraissaient sains mais à leur surface émergeaient des vaisseaux bourrés de caillots et manifestement hors d'usage. L'escarre était donc due à ces lésions vasculaires profondes. L'application d'un mélange d'urines et de matières fécales, même prolongée, ne pouvait créer des lésions aussi profondes. Toutes les méthodes proposées étaient stupides. Le retournement, seul logique, étant mal rythmé, il condamnait les patients à des escarres multiples. Je commençai donc la prévention en disant : « Laissez- les pourrir sur le dos, je n'aurai à faire face qu'à une escarre sacrée et deux escarres talonnières. » Je décidai donc les infirmières de jour et celles de garde (qui fermaient à clé leurs placards au cas où leurs collègues de veille auraient besoin de quelque chose) à injecter sous la peau le médicament miracle de l'époque : l'héparine. Adieu phlébites, adieu ou presque embolies pulmonaires! Pourquoi ne pas sauver du bouchon la circulation du siège chez mes alités? Le résultat fut catastrophique. Hémorragies en surface, puis escarres quand même. Une kinésithérapeute à l'insolente présence me regardait passer la revue des derrières et jouer à Niépce et Daguerre. Elle n'était pas la seule. Une vieille dame m'avait déclaré un jour où je photographiais son postérieur : « Vous faites là un joli métier! », sur un ton sans équivoque. Certaines familles me demandaient une photo de groupe. Exaspéré par les moqueries de cette manipulatrice d'articulations en souffrance, je lui demandai de masser deux fois par jour les derrières sous surveillance. Elle refusa tout net. Le professeur Justin Besançon continuait à me faire confiance. Il avait même affiché une carte postale que je lui avais adressée de Martinique. Elle représentait une plage recouverte de naïades. La partie correspondance portait : « Beaucoup de fesses, très peu d'escarres. » Je retournai le voir pour obtenir l'obéissance nécessaire à mon programme. Belle joueuse, la kinésithérapeute entreprit, avec l'aide de ses collègues, le massage-pétrissage des fesses de tous les patients immobiles dans leur lit. Je commençai à trouver une légère amélioration. Mais rien n'est plus difficile à prouver que l'efficacité d'une méthode de prévention. Comment être certain que le moyen préconisé empêche réellement la survenue du deuil tissulaire?

Un après-midi d'hiver, je vis arriver mon ancienne ennemie en pleine excitation. « Nous avons la preuve, monsieur. » Les salles communes des services de chirurgie débordaient. La chapelle était alors désaffectée. Les statues type Saint-Sulpice des martyrs et de la Vierge étaient recouvertes de voiles mauves. Des lits remplaçaient les chaises. Les internes prétendaient que l'hospitalisation des vieillards égrotants à la chapelle gagnait du temps. Quoi qu'il en soit, une partie de mes patients, massés jusque-là régulièrement deux fois par jour et même le dimanche, était passée à la chapelle. L'administration n'avait pas prévu de postes supplémentaires pour les kinésithérapeutes. Les massages-pétrissages du siège et des talons avaient été brusquement supprimés. Huit jours après cet arrêt, les escarres étaient apparues chez tous ceux dont l'état général ne s'était pas amélioré. Chez les massés, rien de pareil. La preuve était faite.

Je recommandai le massage-pétrissage du siège et des

talons chez tous ceux que l'insensibilité aux douleurs de pression prolongée et l'immobilité, du fait du coma ou de toute autre maladie, condamnent à écraser leurs tissus. La visite des masseurs avait d'autres avantages. Ils mobilisaient les patients et empêchaient les raideurs articulaires et les attitudes vicieuses. Consécration finale : le massage-pétrissage du siège fut admis parmi les actes paramédicaux et remboursé. Il me restait à convaincre les autres. Mon maître Roger Gueullette, opérateur habile adoré par son personnel et choyé par ses patients, me permit de présenter mon travail à l'Académie de Chirurgie. Le professeur Hamburger m'invita aux Journées de Néphrologie. Je devins le consultant obligatoire des derrières en péril, qu'ils soient pauvres ou riches, gras ou fripés. Le professeur Lenègre m'envoya un jour en consultation au nord de l'Ile-de-France examiner les fesses écorchées d'une vieille dame fort riche. A la gare, un chauffeur comme il n'en existe plus que dans les séries télévisées m'attendait. Un valet-maître d'hôtel type butler anglais m'introduisit avec condescendance auprès de sa maîtresse. J'examinai longuement le derrière plus coté en bourse qu'à l'argus, y découvris l'écorchure inquiétante. Mais je n'en comprenais pas la raison. La vieille dame digne bougeait et parlait, même si elle laissait son petit personnel répondre aux questions du spécialiste. Je compris lorsque le valet lâcha la peau du dos capitaliste qu'il avait relevée pour me montrer le *casus belli*. Une brutale avalanche rassembla sous la fesse une série de plissements hercyniens si nombreux qu'ils s'écrasaient l'un l'autre. J'expliquai gravement au maître d'hôtel comment remettre en place toutes ces vagues lorsque sa patronne s'asseyait. En tirant la peau vers le haut, il pouvait venir à bout de cette grande marée. La patiente mourut sans escarres.

Arrêter l'usage du mercurochrome fut aussi difficile que d'empêcher un enfant de sucer son pouce. Il me fallut faire disparaître les flacons des chariots qui sillonnaient les salles communes avec leurs bocaux tintinnabulants. Je menaçai de les jeter par la fenêtre. Je découpai les ronds de caoutchouc aux ciseaux pour être certain de ne pas les voir resurgir. Reportant la pression chez l'allongé à la périphérie du siège, ce rond arrêtait le peu qui restait de la circulation périphérique. Il fabriquait l'auréole pour le martyr des téguments sacrés. Compte tenu de l'intérêt suscité par la prévention de l'escarre, apparurent de nouveaux produits ou d'anciens, remis à la mode. On m'apporta un jour une pommade aux silicones, proposée par une nurse anglaise, surveillante dans un service de gériatrie. Je traduisis ma mésentente cordiale dans un article intitulé « Siliconneries ». Refusé par le professeur Lucien Léger à la *Presse médicale* pour incongruité, il fut accepté au *Concours médical* par Cyrill Koupernik. La pommade aux silicones retourna chez Monsieur Bricolage. Je vis arriver des peaux de mouton. Le produit était beau, plaisant. Les poils étaient longs et blancs. Voilà qui pouvait plaire à un ménage, pourvu d'une cheminée tirant bien et intéressé par la bagatelle. Malheureusement, cette peau de mouton ne pouvait soulager la pression sous le siège des alités. Un autre article dans le *Concours médical* intitulé « La peau de mouton ne prévient les escarres que chez les patients nés sous le signe du bélier » stoppa cette hérésie ovine et condamna à la faillite ceux qui avaient misé dessus. Vinrent les sous-culs type utilisé pour les corridas ou les matches de tennis, les cicatrisants de tout poil. J'assassinai ces combattants d'arrière-garde avec un dernier slogan : « Ne rien mettre sur l'escarre, surtout pas le malade. »

On n'arrête pas le progrès

Un industriel américain, bientôt relayé par un Français, vint me proposer un matelas antiescarre. Il était fait de boudins à gonflement rythmique et alterné. Théoriquement du moins, il était capable de soulager la pression exercée sur un patient immobile dépourvu des sensations douloureuses de l'écrasement et de la possibilité de se mouvoir pour les faire disparaître. Ce dispositif connut un succès que je trouve rétrospectivement immérité. Les boudins étaient facilement crevés par le contact avec l'épingle de nourrice, d'utilisation constante à cette époque. Mais surtout, ils étaient beaucoup trop petits pour soulager de façon efficace les zones d'appui et améliorer réellement la circulation. Je mis des planches sous les matelas pour rendre les boudins plus performants. J'obtins un matelas à gros boudins, efficace, lui, mais vite inconfortable pour ceux qui émergeaient de l'inconscience ou de la torpeur.

Un matin, Olivier Degrémont vint me présenter un lit dit « en apesanteur ». Il s'agissait d'une cuve métallique remplie de minuscules billes de céramique. Cette poussière qui ressemblait au plus fin des sables corallien était mobilisée par une soufflerie localisée au fond de la cuve. Un filet de nylon empêchait ce « sable » de quitter la cuve. Mais l'effet était surprenant. Le patient couché sur cette piscine sèche flottait comme le bouchon du pêcheur sur l'eau. Je tenais l'arme absolue. J'eus le premier lit de ce type puis deux autres. Les Américains, inventeurs du procédé, ont racheté l'affaire qu'ils avaient au départ laissé tomber. Non seulement un patient couché sur ce lit ne peut faire d'escarres, mais encore s'arrête l'aggravation de celles qui sont apparues. Le lit supprime les douleurs de décubitus chez les fracturés et les brûlés. Il autorise les greffes de la face dorsale sans changement de position du sujet. Le lit fut la vedette d'un journal télévisé. La séquence fut achetée par vingt-deux télévisions étrangères.

En revanche, je me suis opposé à l'emploi du matelas à eau. Les touristes français sont intrigués, aux États-Unis, par des panneaux publicitaires à l'entrée des Ramada Inns : « Water bed, King size » (matelas d'eau, format royal). Le propriétaire du motel avertit ainsi ses futurs clients de la particularité du gîte. Au moment de s'allonger, le couple légitime ou non grimpe sur une énorme bulle d'eau. Il s'enfonce quelque peu et, s'il bouge, voit ses tentatives modifiées de façon aléatoire. Il paraît que c'est aussi amusant que le *Kamasoutra.*

Le malade posé sur un matelas d'eau déforme indiscutablement l'enveloppe, élargit la surface d'appui et voit diminuer la pression exercée sur les zones de contact. Mais cet effet reste extrêmement limité, même si le matelas est fait de nombreuses poches indépendantes. Je n'ai eu que des déboires lors de son emploi. Pour moi, le patient flotte mais la peau coule. Avant d'excommunier ce matériel, j'ai interrogé mon collègue Brody du Rancho Los Amigos, centre très célèbre en Californie, spécialisé dans le traitement des paraplégiques. Brody a confirmé mon oukase. Seul, me précisa-t-il, un matelas de boue répartit bien les pressions. Malheureusement, la commercialisation de ce matelas est impossible : trop lourd pour le lit, transport coûteux...

La prévention fit un nouveau pas en avant avec le matelas mousse à usage unique. Très épais, découpé comme un casier à œufs, il évite 90 % des escarres s'il est placé sous le patient avant toute lésion. Hélas! la prévention est parfois oubliée. Nous recevons encore des escarres de certains services de neurologie, de soins intensifs et de chirurgie cardio-vasculaire : ces collègues feraient bien de se mettre au parfum.

L'escarre, drame cutané chez le paraplégique

J'ai longtemps été responsable du traitement des escarres chez les paraplégiques hospitalisés à l'hôpital Raymond-Poincaré de Garches. La prévention y était bien faite. Mais étaient hospitalisés souvent des patients traités ailleurs au début. L'absence totale de précautions, la pratique d'interventions sur la colonne vertébrale les avaient condamnés à des escarres étendues du siège et des talons. Nous avions également à prendre en charge des paraplégiques réadaptés, retournés chez eux et souvent dans la vie active. Une position assise trop prolongée, une forte fièvre, un accident intercurrent avaient entraîné la récidive des escarres fessières ou ischiatiques, rançon de l'usage excessif du fauteuil roulant.

La cicatrisation des escarres chez les patients médicaux est pratiquement toujours possible, même si les délais sont parfois très longs. En territoire insensible, la cicatrisation secondaire est considérablement retardée. Les escarres du paraplégique cicatrisent exceptionnellement de façon spontanée. Il faut presque toujours opérer. La chirurgie de comblement de ces brèches a fait beaucoup de progrès. Nous sommes passés des lambeaux cutanés simples aux lambeaux musculo-cutanés très fiables sur le plan de la vascularisation et assurant de plus un rembourrage satisfaisant. L'hospitalisation est souvent mal tolérée par ces patients qui ont gardé un mauvais souvenir des nombreux séjours hospitaliers quelles qu'aient été la chaleur et la gentillesse qui les ont entourés. Nous faisons notre possible pour écourter au maximum le séjour à l'hôpital. Mais nous devons leur répéter sans cesse qu'ils sont menaçés toute leur vie par la récidive des escarres ischiatiques dues à la position assise. Il n'existe pas de coussin miracle. Seule une vigilance de tous les instants peut les mettre à l'abri.

CHAPITRE V

LES BRULURES

Le feu purifie, provisoirement...

Avant mon année américaine, je n'avais pas d'opinion bien arrêtée sur le traitement des brûlures. Dès mon arrivée à Boston, je devins membre du laboratoire de recherche d'Oliver Cope au Massachusetts General Hospital. L'incendie d'un cabaret, le « Coconut », avait amené dans son service une telle quantité de brûlés graves qu'il était devenu le grand spécialiste. Il me confia un sujet de recherche intéressant : l'étude de l'œdème de la patte de chien après brûlure. Il m'adjoignit une collègue, Anne White, qui faisait partie des plus célèbres familles de la capitale de la Nouvelle-Angleterre. Son aïeul était, me confia-t-on, réellement arrivé par le *Mayflower*. On me précisa même qu'il s'agissait du charpentier de ce célèbre bateau venu d'Europe. Ivre mort, il était tombé, un matin, par-dessus bord mais avait été heureusement repêché à temps. Comme je ne savais pas tondre les chiens, une volontaire fut désignée pour m'aider. J'étais déjà tout émoustillé lorsque je vis arriver sa Cadillac rutilante. Mais la propriétaire était laide comme les sept péchés capitaux moins la luxure. Cette riche héritière m'apprit la tonte des chiens avec une grande gentillesse.

Le protocole de nos recherches était simple. Dans une immense pièce, pourvue de tables d'opération et d'un matériel scientifique à faire rêver, Ray, le garçon de laboratoire, m'amenait tous les matins un chien. Il fallait l'endormir. Le premier matin, le cœur me manqua. Anne comprit. Elle m'envoya chercher quelque chose à son bureau. Lorsque je revins, le chien dormait. Sa patte était rasée. Nous pouvions commencer.

Sitôt la brûlure effectuée, la patte augmentait de volume. Celui-ci était soigneusement mesuré par l'immersion dans une éprouvette graduée. Nous apprîmes vite que l'œdème (c'est-à-dire l'enflure) est immédiat, augmente rapidement, passe par un maximum, six heures après la brûlure, reste en plateau trente heures, puis se résorbe lentement. La seconde partie de l'expérience fut consacrée à l'étude chimique du liquide d'œdème. Anne, à l'aide de loupes, plaça dans les canaux lymphatiques de petits tubes de verre qui permettaient la récolte. Nous pouvions mesurer le débit et étudier la composition assez voisine de celle du plasma sanguin. Le volume total de l'œdème était mesuré en introduisant un produit radioactif. Puis nous essayâmes de répondre à une question binaire : la formation et le rapide développement de l'œdème étaient-ils responsables de la mort des brûlés au cours des deux premiers jours ? Nous devions pour cela déterminer une brûlure expérimentale mortelle, empêcher immédiatement la formation d'œdèmes et comparer. La volontaire à la Cadillac se mit à raser toute la partie postérieure des chiens. La brûlure, pour être mortelle, devait porter sur la totalité des deux pattes arrière. La formation de l'œdème était empêchée chez la moitié des chiens par l'application immédiate d'un plâtre circulaire très moulant ! Les résultats furent statistiquement significatifs. La prévention de l'œdème d'une brûlure expérimental mortelle sans traitement empêchait l'issue fatale au cours des deux premiers jours. La sortie des liquides du sang et leur stagnation dans la zone brûlée était bien la cause de la mort précoce. Il ne s'agissait pas de la libération d'une toxine créée par la carbonisation des tissus. Pour sauver les brûlés graves, il fallait soit arrêter l'œdème, soit compenser les pertes subies. Malheureusement, la rapidité avec laquelle l'œdème apparaissait rendait inopérant toute tentative de compression. Il aurait fallu munir chaque individu d'un nécessaire à plâtre de façon qu'il puisse, où qu'il se trouve, s'envelopper dans un corset moulant en une heure ou deux après la brûlure. Par ailleurs, la compression n'est efficace que là où elle trouve des conditions idoines. Nous voit-on comprimer la face, le thorax ou l'abdomen ?

Quelques jours avant la fin de mes travaux expérimentaux, Oliver Cope me fit appeler : « Ray, vous êtes français. Utilisez tout votre charme continental pour empêcher la Société Protectrice des Animaux de la Nouvelle-Angleterre d'arrêter nos travaux. Ces dames viennent visiter le laboratoire demain matin. »

A l'heure dite, dans mon petit costume blanc, avec mon badge bien en évidence, j'attendis de pied ferme et d'un œil calin mes visiteuses. Mon chien du jour, tondu et brûlé, dormait. Anne, la rousse et moi ne chômions guère entre le compteur Geiger et les ruisseaux lymphatiques. L'ascenseur vomit une quinzaine de ladies en grande tenue, naviguant à l'estime réciproque et gréées de la hune à l'artimon. La ménopause café-déca largement dépassée, elles avaient les cheveux ondulés aussi régulièrement que les toits de cabane à lapins, les diamants coruscants, les bagues étincelantes, les couleurs des vêtements inattendues, mais beaucoup d'allure. Diable ! nous sommes à Boston et non au Middle West, « I introduce myself. » Comprenez que je me présentai moi-même et surtout n'essayez pas d'imaginer quelque chose d'autre. J'épelai mon nom strictement incompréhensible en anglais, avec lenteur, pour la rangée qui ne voyait que ma calvitie débutante. Devançant la question rituelle, j'indiquai immédiatement mon temps de séjour aux États-Unis et ma satisfaction d'y vivre et d'y travailler. La devise pour les étrangers est simple : *Love it or leave it* (Aime ou va-t'en). La présidente, semblable à un arbre de Noël, ne put reconnaître mon pays d'origine immédiatement. Placé en immersion linguistique entre toutes les ethnies et tous les dialectes de cet hôpital cosmopolite, j'avais un peu perdu l'accent de Maurice Chevalier. « D'où êtes-vous, docteur Vilain ? » me dit-elle. « De Paris, madame. » Interloquée de ne pas reconnaître le gazouillis français et les zézaiements de rigueur, elle continua : « Paris du Minnesota ? » « Non, madame, de Paris, France. » Le mot magique était lâché. Une demi-heure passa en parlant chiffons et parfums. J'admirai les toilettes de ces dames. Le sauvetage du projet expérimental se présentait bien. Mais la présidente, quelque peu agacée de voir sa troupe lui échapper, découvrit alors mon chien dormant au milieu des grésillements du compteur Geiger. Elle pointa un index bagué vers la table et me demanda : « What are you doing exactly, docteur Vilain ? » (Que faites-vous exactement, docteur Vilain ?) « Madame, répondis-je, I am making hot-dogs. » (Madame, je suis en train de faire des chiens chauds.) Je n'aurais jamais pensé à faire un jeu de mots aussi stupide si, en entrant dans la gare de Montréal, je n'avais découvert une pancarte qui proposait des chiens chauds pour cinq piastres. En m'approchant, intrigué, je découvris des hot-dogs, comme on dit en français. Mon mot fit le tour de l'hôpital. Non dépourvues d'humour, ces dames donnèrent le feu vert à la bonne continuation des expériences.

La mort de tous ces chiens n'a pas été inutile. Nous avions prouvé que la production brutale de l'œdème dans la région brûlée était la principale cause des malheurs immédiats du brûlé étendu. Tout se passait comme si les capillaires de la région devenaient troués. Par ce « trou capillaire » passait une grande quantité de sang. Mais ce trou était un filtre : il gardait à l'intérieur des vaisseaux les cellules, les plaquettes et une partie des grosses molécules. Le volume de l'œdème atteignait son maximum en six heures, et n'était limité que par la capacité de distension tissulaire. Le brûlé mourrait de soif à côté de la piscine créée par ce lac extravasculaire. Il fallait lui apporter des liquides pour que la pompe continue, que la pression artérielle se maintienne, que le rein fonctionne. Mais trente-six heures après, le trou capillaire commençait à se boucher. Les canaux lymphatiques, jusque-là débordés, repompaient les surplus dans la circulation générale. Il y avait risque de trop-plein, puisque s'ajoutaient progressivement les liquides thérapeutiques donnés par voie veineuse, et le liquide de l'œdème dont la source était enfin tarie. Il fallait rester du côté sec de la réanimation, c'est-à-dire éviter les inondations qui avaient comme premier effet de mettre en péril deux organes très sensibles à ces histoires d'eau, le poumon et le cerveau.

Au début de mon travail expérimental, j'avais fait remarquer à Oliver Cope que des chercheurs anglais s'étaient livrés aux mêmes expériences sur des chèvres. Lorsque Anne et moi présentâmes nos résultats à la conférence du laboratoire, il nous fit remarquer que nous étions d'un avis diamétralement opposé aux brûleurs de chèvres et que nous avions certainement raison. Jusqu'à ce jour, nos résultats sont toujours valables en effet.

La recherche est ingrate. Mon voisin de bureau, Dick, s'occupait de brûler la queue des rats et d'examiner au microscope les modifications tissulaires d'un jour sur l'autre. La queue de rat se débite très bien en tranches. Comme elle est longue, il est possible de faire des économies. Pour pouvoir connaître l'évolution des lésions tissulaires les jours suivants, il fallait mettre les rats en pension dans l'« animal farm » commune à toutes les équipes de recherche. Dick alla porter ses rats où ils étaient surveillés et nourris. Le malheur voulut que deux nouveaux pensionnaires vinssent occuper la grande pièce où dormaient les animaux d'expérience. Il s'agissait de deux macacus rhesus qui furent aussitôt enfermés dans deux belles cages. Ces singes observèrent avec intérêt le manège de la préposée à la nourriture de cette arche de Noé. Kathy ouvrait les cages pour y déposer des nourritures différentes : ici très abondantes et hypercaloriques, là dépourvues de vitamines, là additionnées de quelque drogue à expérimenter. Chiens sans pancréas, chats sans thyroïde, souris goitreuses, cobayes radioactifs bénéficiaient tous d'une carte précise. Seuls les rats de Dick étaient au menu. La nuit venue, les macaques ouvrirent leur cage, ce qui n'était qu'un jeu d'enfant. Mais ils refirent dans le même sens le parcours de la bonne hôtesse. Ils n'oublièrent qu'un détail : refermer les cages. Au matin, on vint chercher Dick pour qu'il tente de reconnaître ses rats au milieu de la mêlée. Pour lui, la tâche était facile à partir du moment où il arrivait à les prendre par la queue. Mais de nombreuses équipes passèrent un mauvais moment. Heureusement, les chats sans thyroïde sont peu agressifs.

Le pire des incidents fut d'ordre culinaire. Tous les chercheurs de Boston suivaient les travaux de T. Moore sur le métabolisme des opérés. Sans entrer dans des détails oiseux, le jeu consistait à noter tout ce qui entrait et tout ce qui sortait. De superbes courbes exprimaient le cheminement du sodium, du potassium et de l'azote. Il était ainsi possible de deviner les déficits sanguins pour les corriger vite et bien.

Un de nos brûlés les plus graves était depuis son arrivée placé sous cette surveillance. Deux techniciennes et une diététicienne collaboraient tous les jours et toutes les nuits pour peser ce qui entrait, et emporter aux fins d'analyse ce qui sortait. Le jour de la guérison, la conférence de laboratoire fut consacrée à l'étude des courbes. Les graphiques faisaient le tour de la pièce. Le personnel convoqué pour le final commença par la vérification des données. Avait-on bien tenu compte de toute la ration alimentaire et des boissons parmi laquelle figurait en bonne place le Coca-Cola ? Une jeune infirmière se pencha longuement sur les listes d'aliments et de boissons et dit innocemment : « Je ne vois pas mentionnée la soupe aux clams. » Cette simple remarque fit l'effet d'une bombe. Tous se précipitèrent. La soupe aux clams ne figurait pas dans les entrées. L'infirmière, au supplice, expliqua que ce mets favori des Bostoniens avait été réclamé par le patient dès qu'il avait pu s'alimenter. La cuisine de l'hôpital n'offrant pas de bonne soupe aux clams, il avait demandé à sa femme de lui apporter celle dont il avait l'habitude, soupe hélas faite à la maison, bien meilleure que celle des boîtes. Mais son contenu en sodium, potassium et autres électrolytes était éminemment variable. Pendant six mois, la soupe aux clams avait été introduite clandestinement. Tout le travail était à refaire. Si vous passez par Boston, n'oubliez pas de goûter au *clam chowder*. Il s'agit d'une soupe de clams excellente. Le mot anglais *chowder* viendrait de chaudière, celle que les pêcheurs bretons utilisaient sur la plage pour faire bouillir les poissons qu'ils n'avaient pas vendus. Cette *chowder* a coûté cher à notre programme de recherche. Oliver Cope et le plasticien du service m'apprirent l'excision et la greffe immédiate des brûlures profondes. Mobilisés en Angleterre, ils avaient donné leurs soins aux aviateurs souvent brûlés dans leur cockpit.

Les trois sortes de brûlures

Rentré en France, je butai immédiatement sur la classification de gravité des brûlures. Le premier degré n'était qu'un bon coup de soleil. Le deuxième degré respectait la partie germinative de la peau. Caractérisé par une ampoule, il cicatrisait sans cicatrices définitives. Le troisième degré était la carbonisation de toute l'épaisseur de la peau. Mais il fallait ajouter un deuxième degré profond qui, laissant quelques cellules épidermiques vivantes, cicatrisait très lentement au prix de cicatrices abominables. A force de photographier régulièrement les brûlures, mes idées devinrent plus claires. Il y avait en fait trois catégories de brûlures chirurgicales.

• La *brûlure superficielle* guérit en vingt et un jours sans cicatrice définitive. Douze heures après l'accident, elle est recouverte d'ampoules ou phlyctènes. Seule la partie de la peau aisément remplacée par la repousse des enclaves épidermiques est détruite.

• La *brûlure profonde* semble au début très bénigne. La peau, de couleur jaune chamois, paraît à peine léchée par les flammes. Or dix jours après, cet aspect laisse la place à une escarre noirâtre bientôt soulevée par la suppuration sous-jacente. La destruction cutanée est totale.

• La *brûlure intermédiaire*, de loin la plus fréquente, atteint les couches de la peau où le derme ne contient qu'un peu de cellules épidermiques. Elle se nettoie lentement : le plan de clivage est dur à avaler par les enzymes des microbes. Des zones bourgeonnantes poussent là où la destruction est totale. Des îlots de cellules épidermiques essaient de voir le jour çà et là. La cicatrisation est lente et les séquelles très inesthétiques.

« *Pouvez-vous vous prononcer, docteur ?* »

Je n'étais d'accord avec l'enseignement officiel que sur un point : le diagnostic de profondeur était impossible à l'œil avec précision au cours des premiers jours. La réalisation d'un film sur l'excision-greffe des brûlures profondes vint éclairer ma lanterne. J'avais besoin de prises de vue immédiates pour bien montrer l'aspect faussement rassurant de la peau brûlée profondément en urgence. Comment déplacer toute l'équipe de Pierre Gaillard, le réalisateur, sans être certain de pouvoir mettre en boîte de bonnes images? Il m'apparut rapidement que la connaissance des circonstances de l'accident et de l'agent causal permettait une approximation suffisante.

L'ébouillantement par un liquide très chaud peut inonder la peau nue. S'il s'écoule sans gêne ni retenue, la brûlure est superficielle. Si le liquide imprègne un vêtement même léger, le temps de contact est suffisamment allongé pour que la brûlure soit toujours intermédiaire. En revanche, l'immersion cause des brûlures profondes. C'est le cas des petits bébés bloqués dans une baignoire, ouvrant le robinet d'eau chaude en l'absence de leur mère et de ce charcutier que j'ai soigné d'une brûlure profonde en chaussettes. Il était resté suspendu au-dessus de sa cuve à boudin.

Le contact avec un solide très chaud est responsable de brûlures profondes localisées. Les flammes causent des brûlures différentes selon les circonstances de l'accident. L'inflammation brutale d'un liquide telle l'essence entraîne une explosion. S'il n'y a pas combustion des vêtements, la brûlure n'atteint que les parties découvertes et reste superficielle. C'est la brûlure face-main, spectaculaire mais bénigne.

La combustion des vêtements est une catastrophe. La brûlure est profonde partout où le textile a disparu.

Le maintien accidentel ou volontaire dans les flammes, le gaz enflammé jaillissant de bouteilles ou de citernes carbonisent ceux qui y sont exposés : aviateurs bloqués dans leur cockpit, automobilistes enfermés dans leur voiture, sujets profondément endormis et enflammant leur matelas avec une cigarette non éteinte, épileptiques, enfin, plongés dans un court coma.

Le risque vital

Plus la brûlure est étendue, plus il y a d'œdème et donc de risque de catastrophe circulatoire. Il faut perfuser rapidement : assez pour éviter la chute de la tension, la cessation de la filtration rénale, mais pas trop car deux jours après, le sujet va récupérer le liquide d'œdème dans la circulation. Les nourrissons, les vieillards sont très vulnérables. Nous avons vu mourir quelques mamies, brûlées de façon intermédiaire sur une petite surface à la suite de la chute de la tablette supportant le petit déjeuner et son thé bouillant, servi au lit.

La profondeur de la brûlure joue également sur le pronostic vital à court terme. Brûlure superficielle et brûlure profonde ne sont pas la même maladie.

Je fus appelé auprès d'un enfant de huit ans, ébouillanté alors qu'il était nu. La brûlure dépassait nettement les 10 % de la surface cutanée, frontière au-delà de laquelle tous les livres conseillent l'hospitalisation et la mise en route de perfusions. Le réanimateur de garde à l'Hôpital américain de Neuilly commençait à mettre en place ses aiguilles. En fait, l'atteinte était légère. J'enveloppai le riche héritier, enfant unique, d'un vaste pansement gras, indiquai qu'il ferait quelque fièvre sans gravité, et demandai qu'on me le ramène dans trois jours pour changer le pansement. Rétrospectivement, le consultant que je suis devenu juge sévèrement cette bravade. Aucun incident même mineur ne m'aurait été pardonné, aussi bien par la famille que par l'anesthésiste frustré, je dirai même froissé. De bonnes suites et une absence totale de cicatrices, prévue et annonçée, me donnèrent raison.

Un manœuvre algérien se déshabillait dans son vestiaire, à l'usine. Pendant ce temps, un de ses compatriotes nettoyait le plancher à l'essence. Content de son travail, il alluma une cigarette qui fit tout exploser. L'Algérien fut amené aux urgences dans la tenue d'Adam, enveloppé par la couverture des pompiers. L'interne de garde était occupé à compter les trous faits par une balle corse dans un colon nord-africain de Pigalle. Comme chacun sait, il est conseillé d'en fermer un nombre pair, sinon gare à la péritonite. Le brûlé fut admis et oublié. Au petit matin, le collègue, affolé, vint me chercher pour aller voir le brûlé. Je fus extrêmement surpris de le trouver en bon état général avec une brûlure atteignant environ 70 % de la surface cutanée. Une enquête minutieuse montra qu'il devait sa survie à deux facteurs. Il était nu lors de l'explosion. La combustion des vêtements l'aurait inévitablement condamné. Leur absence fut responsable d'une brûlure superficielle. Dès son hospitalisation, il avait réclamé sans cesse à boire à une infirmière compatissante. De nombreux cadavres de bouteilles d'eau minérale gisaient autour de son lit. Notre homme sortit sans une cicatrice trois semaines plus tard.

Les explosions ont souvent des conséquences plus graves. Deux assistantes sociales d'un certain âge fêtaient la promotion de l'une d'entre elles dans un petit restaurant de quartier. Elles demandèrent au dessert des crêpes Suzette. Lorsque le patron voulut enflammer le mélange cognac-Grand Marnier qui devait être le feu d'artifice final d'un bon repas, ce fut le bouquet. Une explosion terrible renversa les chaises et les tables, cassa les carreaux. Les pompiers et Police-Secours amenèrent à Bichat les blessés par éclats de verre et les deux amies brûlées. Assistant au déshabillage, je constatai que les vêtements n'avaient pas brûlé. Mais les collants avaient disparu sur les jambes. De ce tissu de nylon, emblème actuel d'un érotisme triste, il ne restait rien en bas. Le haut était intact au-dessus d'une frontière noirâtre qui se trouvait au niveau de la jupe, en position assise. La brutale fonte du collant sur les jambes fut responsable d'une brûlure intermédiaire. La détersion fut lente, la cicatrisation par petits îlots, prolongée. Les cicatrices finales furent améliorées par la compression élastique. L'enquête expliqua l'incident. Un poêle à Butagaz chauffait le restaurant. Éteint, il présentait une petite fuite. Le gaz s'était lentement accumulé au plancher, étant plus lourd que l'air. Au dessert, le niveau était arrivé à celui des tables. Mes deux assistantes sociales ne peuvent regarder les exercices de pyrotechnie culinaire sans un petit frisson rétrospectif.

Une bonne prophylaxie des brûlures profondes par combustion des vêtements serait la mise au point de vêtements peu inflammables donnant le temps de les retirer ou, mieux, d'étouffer le feu avec une couverture par exemple. Malheureusement, tous les vêtements brûlent. Non seulement les bleus de travail, imbibés d'essence ou d'huile, mais les plus innocents des vêtements de repos. J'ai soigné une pauvre femme qui, en s'approchant dans sa salle de bains d'un radiateur électrique à filaments portés au rouge, a vu flamber sa robe de chambre avec une telle rapidité que ses brûlures l'ont condamnée à six mois de clinique et à une défiguration définitive. Il fut un temps où de bonnes ménagères, désireuses de faire des économies, nettoyaient à l'essence les vêtements de leur mari, ou encore du matériel de camping. Les vapeurs d'essence s'accumulaient lentement dans la pièce. Il suffisait qu'un fumeur entre ou qu'il y ait un bec de gaz allumé dans la cuisine voisine pour que l'explosion se produise et que tout brûle. Le teinturier est plus économique.

Un mauvais usage de la lampe à alcool peut être responsable de drames. Une de mes premières brûlées graves fut une jeune fille de dix-huit ans qui avait fui le domicile familial pour suivre son Roméo dans une mansarde sous les toits. Notre Juliette cuisinait sur un réchaud. Un jour, elle le réalimenta en alcool alors qu'il venait juste de s'éteindre. Il faut bien savoir que dans ces conditions, la chaleur du réchaud déclenche une explosion. Je la traitai de longs mois. Elle était ravissante. Elle sortit couverte de cicatrices rouges et épaisses Je l'ai suivie quatre à cinq mois. Roméo l'avait, bien entendu, immédiatement abandonnée. Juliette s'est suicidée. Ce genre d'accident arrive aussi au cours des fondues bourguignonnes. J'ai même soigné les participantes d'une réception pour première communion transformée en minibazar de la Charité par l'imprudence d'un serveur réalimentant lui aussi une lampe à alcool encore chaude.

Curieusement, la brûlure profonde étendue transformant la peau en une carapace de cuir noir inextensible empêche l'œdème au niveau des membres et retarde (un peu) l'issue fatale. Je reçus un jour une chiffonnière de la zone. Cette bande de terre en friche était couverte de cabanes où vivait une faune pittoresque. Ma patiente était, m'assura-t-on, la reine de ceux qui arrachent des trésors aux poubelles. Elle était célèbre, car elle avait été l'enjeu d'un duel au sabre entre deux chiffonniers, anciens légionnaires. Ivre morte, elle s'était endormie sur sa paillasse en fumant. Le feu avait pris au matelas. Elle était cuite à l'étouffée. Seule la face était intacte. La peau, des orteils au cou, était devenue un cuir noir et sec. Pendant une semaine, la reine s'était refusée à tout transfert à l'hôpital Bichat, pourtant proche. Ses sujets lui avaient donné à manger et surtout à boire. En guise de pansement, elle était enveloppée dans du papier de toilette fantaisie. L'étendue de la brûlure à elle seule interdisait tout espoir. L'âge n'autorisait aucun optimisme. Réanimer cette femme de quatre-vingts ans, brûlée depuis huit jours, était à la fois inutile et impossible ou presque. Elle continua à vider les bouteilles que lui amenait sa cour et mourut le treizième jour, après un brusque coma, lorsque les brûlures profondes du dos, macérant, ouvrirent les espaces sous-cutanés à la horde microbienne qui piaffait en surface.

La cigarette, le verre de whisky ou le somnifère tuent encore, même dans les meilleures cliniques.

Le traitement local des brûlures : nettoyer et recouvrir

Accident fréquent, la brûlure est le plus souvent superficielle ou intermédiaire. Elle peut guérir, éventuellement, sans traitement adéquat. Cette possibilité explique qu'elle ait été, comme l'a écrit le baron Dupuytren, l'objet des tentatives empiriques les plus bizarres. Sous les pharaons, il était conseillé de recouvrir la zone atteinte par un mélange de gomme odorante, de poils de bouc et de lait de femme ayant mis au monde un garçon (le machisme n'est pas né avec ce siècle). Ma grand-mère « pansait » les brûlures derrière son comptoir par une courte prière entre les piles du *Petit Parisien* et du *Temps.* Il m'a fallu longtemps avant de me rendre compte que la brûlure superficielle guérissait malgré le traitement. Cela suffit à mettre à leur vraie place les prétendues victoires obtenues avec l'application de tannin, de mercurochrome, d'acide picrique et de stéarine.

Le nettoyage de la zone brûlée est le préalable nécessaire à la cicatrisation lorsque la brûlure est intermédiaire ou profonde. Les enzymes des cellules encore vivantes aux frontières de l'agression thermique, associés à ceux des microbes plus actifs, séparent le mort du vif. Si cette activité est bien tolérée lorsque la surface brûlée est peu étendue et le patient résistant, elle risque de provoquer une infection plus ou moins généralisée chez les brûlés graves. Certains chirurgiens ont cru pouvoir limiter l'infection en plaçant les brûlés dans une atmosphère stérile. Ébouillantée ou léchée par les flammes, la peau brûlée est peut-être un instant dépourvue de germes. Mais, rapidement, elle devient une si belle pâture qu'il est impossible d'éviter une pullulation microbienne intensive. Stériliser l'air, les draps et les couvertures, isoler le brûlé aussi complètement que possible ne saurait empêcher les microbes transitaires de sa peau d'envahir la zone brûlée et, subsidiairement, de séparer le mort du vif.

Désireux de me moquer de ce paradoxe, je déclarai au Congrès international de Chirurgie plastique de Melbourne : « Si vous avez un Centre de brûlés, brûlez-le. » C'était dire de manière provocante que le seul moyen pour un brûlé d'acquérir des microbes très virulents était d'être hospitalisé là où l'emploi des antibiotiques permet l'élevage, sur ceux qui sont traités, de germes très résistants.

Pour limiter la gravité de l'infection locale quasi inévitable, les chirurgiens choisissent entre les antibiotiques, les lavages répétés et les excisions. L'utilisation par voie générale des antibiotiques est condamnée par presque tous les spécialistes. Elle ne saurait empêcher les plaies de suppurer et entraîne une sélection des microbes présents. Elle n'est utile que pour juguler de courtes infections à streptocoques, fréquentes chez l'enfant (scarlatine des brûlés). En revanche fleurissent les pommades les plus variées où se mêlent les sels d'argent, certains antibiotiques à action locale et même des antiseptiques. En fait, tous les centres pratiquent le lavage à grande eau des brûlés. Il permet de faire commodément le pansement dans de grandes baignoires en trèfle où le brûlé est plongé grâce à un hamac manipulé par un treuil. Une douce irrigation décolle les croûtes et retire le pus. Chez les grands brûlés, le bain est toujours une épreuve : douleurs rendant l'anesthésie parfois nécessaire, hémorragies obligeant à des transfusions.

L'excision telle que me l'a enseignée mon maître Cope retire la peau brûlée et laisse une surface vivante soumise aux lois de la cicatrisation secondaire : bourgeonnement et épidermisation par les berges ou par greffe. Il s'agit d'une intervention majeure très hémorragique, justifiée uniquement par une brûlure profonde. Il est souvent nécessaire de la faire en plusieurs temps si la surface est importante. Les éditions successives du film que j'avais consacré à cette technique furent classées dans les films de terreur. Beaucoup d'étudiants se trouvaient mal à la vue du couteau retirant de grandes tranches de peau brûlée. Il était recommandé au projectionniste de s'abstenir de le regarder depuis la chute de l'un d'eux à l'amphithéâtre de la nouvelle Faculté.

Que la peau brûlée ait été excisée ou qu'elle se soit lentement éliminée dans les bains et la suppuration, la grande urgence est le recouvrement de la perte de substance. Seule la peau du brûlé peut fabriquer cette couverture. Tout autre matériel ne saurait avoir qu'un effet transitoire. Lorsque la surface brûlée est relativement peu étendue, le chirurgien peut trouver assez de zones donneuses de greffe. Il est possible de faire de bonnes récoltes même au niveau du cuir chevelu préalablement rasé, et de la plante des pieds lorsque les membres et le tronc sont brûlés. Mais une brûlure étendue pose de redoutables problèmes tactiques. La couverture de toute la surface est dans l'immédiat impossible. Diététicienne et réanimateurs s'essoufflent à pallier les pertes plasmatiques dues à l'absence de couverture cutanée.

Il n'existe actuellement aucune peau artificielle satisfaisante. La seule hétérogreffe qui ait eu son heure de gloire fut la peau de porc. Fraîchement prélevée ou conservée, elle est capable de prendre transitoirement. Mais son utilisation se heurte à des inconvénients majeurs. Si nous la laissons en place, elle fond lentement, laissant un magma sanieux où l'application d'une greffe est longtemps impossible. Le mieux est évidemment son ablation journalière, mais au prix de pansements longs et douloureux. Nous arrêtâmes l'abattage des cochons en salle d'opération. Cela faisait pourtant du bon pâté pour la salle de garde. Le seul pansement réellement utile est l'homogreffe ou greffe prélevée sur un humain. Elle ne saurait prendre définitivement, sauf si le donneur est un vrai jumeau, éventualité exceptionnelle.

Prélevée rapidement sur le cadavre après tous les examens nécessaires et placée sur la zone d'excision ou sur des bourgeons charnus, elle prend et tient plusieurs semaines, les forces de rejet étant diminuées par la faiblesse du brûlé. Durant ce temps, la fuite du liquide plasmatique a été stoppée et un temps précieux a été gagné. Il suffit parfois à la cicatrisation des zones donneuses du brûlé. Elle peuvent être à nouveau sollicitées. Nous avons abandonné le prélèvement sur la famille ou sur des donneurs volontaires. Nous mutilions des adultes sains pour essayer de sauver des cas désespérés.

Pour éviter de retrouver lors de la chute des homogreffes une large surface à nouveau ouverte et suintante, Mowlem et Jackson, deux chirurgiens plastiques anglais, ont imaginé de découper homo et autogreffes en lanières. Tel un zèbre, le brûlé est recouvert par ces bandes alternées. Pendant que la bande d'homogreffe fond, la bande d'autogreffe pousse. Cet artifice a permis à une équipe chinoise de gagner la première place dans le traitement des brûlures étendues. On s'attendait à voir en tête des centres supérieurement équipés où seraient utilisés les antibiotiques les plus performants et les plus nouveaux. En fait, la victoire est venue d'un hôpital sous-équipé.

La brûlure profonde est excisée en plusieurs séances pour limiter l'agression et l'hémorragie. Après chaque excision, la zone saignante est recouverte d'une large plaque d'homogreffe de cadavre taillée sur mesure : manche pour un bras, gilet pour le thorax, culotte pour le bassin. Cet « habit » d'homogreffe de cadavre est perforé de trous équidistants où sont placés de petits morceaux d'autogreffe, seuls capables de repeupler la surface après fonte de l'homogreffe. La suppuration est limitée par l'exposition des brûlures à une rampe chauffante qui crée un climat sec peu encourageant pour les microbes. Voilà très brièvement résumée la technique qui a permis la guérison de patients brûlés à 70 % et même, dans un cas, à 90 % de la surface cutanée.

Récemment, une équipe de chercheurs de Boston a mis au point la culture d'épiderme. A partir d'un morceau de peau prélevé sur un humain, il est possible d'obtenir trois semaines après, par culture, une surface très étendue de cellules épidermiques. Il s'agit d'un magnifique travail qui, malheureusement, ne débouche pas sur une utilisation pratique réellement intéressante. Le brûlé a le temps de mourir pendant les trois semaines nécessaires à la moisson. Par ailleurs, la couche d'épiderme est une couverture trop fragile. Il faudrait lui associer du derme obtenu par culture séparée. Il est permis d'espérer.

Si les brûlures graves et étendues observées après des imprudences domestiques ou des accidents spectaculaires et dramatiques continuent à poser de difficiles problèmes thérapeutiques, il ne faut pas oublier que les accidents les plus fréquents sont les ébouillantements chez les enfants. Ils sont responsables de cicatrices parfois abominables, toujours laides quel que soit le traitement. Il faut répéter sans cesse les mises en garde nécessaires à un début de prévention :

L'eau chaude brûle.
Tous les vêtements s'enflamment.
L'essence, le gaz explosent.

Les brûlures électriques

L'amélioration progressive des installations électriques de nos habitations a fortement diminué ces brûlures. Il était temps. Le 110 volts piquait. Le 220 volts brûle. Nous voyons moins souvent de petits enfants atteints par des brûlures profondes localisées aux lèvres (ils imitaient avec un prolongateur branché les chanteurs de rock) et aux doigts (ils démontent encore les interrupteurs).

Avec le courant à haute tension, les dégâts sont beaucoup

plus importants. Les blessés qui survivent portent des brûlures étendues et profondes aux points d'entrée et de sortie. Le courant circule le long des vaisseaux et les bouche. Artères et veines sont atteintes loin de la brûlure visible. La suppuration s'étend lentement le long des axes vasculaires et se complique de brusques accès de gangrène. La solution thérapeutique consiste à ne pas se laisser abuser par la brûlure visible et pourchasser l'invisible, sous la peau saine. Il faut éviter le geste du charcutier qui coupe des tranches de saucisson et imiter celui du maître d'hôtel qui retire les arêtes d'une sole.

Un jeune enfant m'est confié après une brûlure électrique par contact avec une ligne à haute tension. Il est déjà amputé au tiers supérieur de l'avant-bras. Mais la tranche suppure depuis trois mois. Deux incisions latérales me permettent un ménage profond. Je suture ensuite et obtiens une cicatrisation rapide. Mon seul souci fut d'échapper à la mère qui me suppliait à genoux de sauver le coude de son petit. Heureusement, la salle d'opération est un havre de paix doué d'exterritorialité. Le contact avec la famille revient bien assez vite.

Peu de temps après, je reçus un appel au secours provenant d'un buraliste parisien. Lors d'une partie de chasse, il avait ramassé un fil tombé à terre. Mais le courant n'avait pas été coupé. Les brûlures, toutes profondes, siégeaient aux jambes et aux pieds. La main et la majeure partie de l'avant-bras droit avaient été amputées rapidement, car la gangrène menaçait. Il restait à traiter les brûlures cutanées des membres inférieurs et à assécher la brûlure du coude qui continuait à suppurer. Désireux de ne pas subir une autre amputation, le buraliste était décidé à changer de thérapeute. C'était son droit. L'équipe qui le soignait n'avait pas d'expérience particulière dans le traitement des brûlures. J'acceptai le transfert. Tout se gâta lorsqu'il m'expliqua ses désirs. Il voulait être transporté dans une ambulance stérile et hospitalisé dans une chambre elle aussi stérile. Telle était et reste encore la mythologie qui préside au traitement des brûlures dans certains centres... Aux États-Unis coexistent les centres de brûlés où on ouvre les fenêtres lorsque le temps le permet et ceux où l'air est filtré complètement. J'expliquai à mon patient que le seul problème était un risque possible de contamination pour ses voisins dans la clinique. Une excision rapide et une greffe immédiate devaient rendre cette période assez courte pour être non dangereuse. Ainsi fut fait. Le coude fut sauvé par la même opération que chez l'enfant. Il fallut enlever les vaisseaux bouchés et infectés qui truffaient le moignon comme l'ail un gigot.

Les brûlures chimiques

« Le lavabo est encore bouché », dit aimablement ou hurle l'épouse. Arraché au *Parisien libéré* et aux pronostics du tiercé, Pépère va chercher la soude caustique. Un morceau lui tombe sur le pied à la jonction chair-charentaise. Crac, c'est la nécrose, heureusement limitée. « Il n'y a pas que le lavabo de bouché chez moi », me précisa la première femme de brûlé à la soude caustique que je reçus en urgence.

En milieu industriel, la manipulation de bases et d'acides concentrés produit des brûlures habituellement localisées aux mains et aux pieds. L'excision et la greffe immédiate sont le plus souvent possibles et couronnées de succès. Les responsables de la sécurité et les médecins du travail savent qu'il faut, dès le contact nocif, inonder la région atteinte d'eau courante pendant au moins dix minutes. Il serait stupide d'essayer de neutraliser l'acide par une base et inversement. Quel temps perdu sans compter les erreurs possibles!

Je ne sais pourquoi, le vitriol est l'arme des amantes déçues. Je n'ai pas soigné de journaliste brûlé par cet acide, comme cet Américain célèbre par ses articles où il dénonçait les scandales des syndicats. Mais j'ai reçu à vingt ans d'intervalle deux vitriolés par amour.

Le premier était un bellâtre de petite banlieue. Roi des bals du samedi soir, il promettait tout pour obtenir rapidement l'essentiel, puis changeait de victime. Il avait certainement trop entendu chanter la célèbre chanson « L'épervier farouche ». Une de ses victimes lui jeta un beau soir un verre de vitriol à la face. Il vint avec une brûlure allant de la pommette au cou. Ses yeux avaient échappé de justesse au jet vengeur. Il s'en tira avec une cicatrice jaunâtre sur la joue et une grosse bride rétractile au cou. Lorsque je voulus, quelques mois après, corriger les cicatrices, le Don Juan de Tremblay-les-Gonesses refusa. Avec ses cicatrices, ses affaires allaient encore mieux. Dans le cœur de toute femme, une infirmière sommeille. Les cicatrices la réveillaient.

L'autre aventure est plus pittoresque. Quadragénaire à la brioche débutante, aux tempes argentées, aux yeux bleus charmeurs, ce financier avait décidé brusquement d'en finir avec le célibat. Il avait trouvé l'âme sœur. Désireux de rompre avec un passé fort encombré, il liquida facilement quelques âmes demi-sœurs, mais eut des difficultés avec la maîtresse en titre. La conversation téléphonique fut longue et violente. A la fin, l'abandonnée lui rendit la liberté à une condition : il viendrait lui dire adieu. Notre homme se rendit le lendemain soir, trois jours avant son mariage, au domicile de la délaissée. « On ne pouvait se quitter comme cela. » Elle lui fit des propositions (mal)honnêtes qu'il eut le tort d'accepter. A peine eut-il sortit ce qui distingue anatomiquement l'homme de la femme qu'elle renversa sur l'ensemble un verre de vitriol. Le financier fit ce qu'il fallait faire, il se précipita sur le lavabo et lava son matériel à grande eau. Un car de Police-Secours commandé par un sous-brigadier goguenard m'amena l'homme... en question. Mes réponses calmèrent la panique. Grâce à l'aspersion d'eau, les brûlures étaient superficielles. Dans trois semaines, le service trois pièces serait comme neuf. La racine des cuisses cicatriserait au cours des semaines suivantes. La récupération d'une virilité tangible serait plus une affaire de moral que de physique, comme presque toujours dans ces cas. La seule chose que je ne pouvais arranger était le mariage, qui n'eut lieu qu'un mois plus tard. Beau joueur, le financier ne porta pas plainte. Mais quel enterrement de « vît » de garçon!

Les brûlures par radiations

La manipulation imprudente des sources radioactives et des appareils de rayons X fut rapidement responsable de brûlures moins préoccupantes par leur étendue que par leur incapacité à guérir spontanément et leur fâcheuse tendance à donner naissance à des cancers cutanés envahissants et métastasants.

Lorsque nous avons commencé notre exercice de la chirurgie plastique, les grands pionniers des rayons X étaient morts plus ou moins entiers. Mais de nombreux médecins continuaient à s'exposer sans précautions, oubliant que toutes les doses s'accumulent, sans effacement possible. Les radiodermites des mains fleurissaient. Lagrot inaugura en France le seul traitement possible proposé par les plasticiens américains : l'excision et la greffe. Encore fallait-il faire le diagnostic. Mon premier médecin porteur de telles lésions avait consulté un an auparavant un dermatologiste qui, diagnostiquant un « eczéma », avait conseillé (oh! horreur!) de la radiothérapie désensibilisante.

Je choisis le sujet comme Entretien de Bichat lors de cette grande foire médicale annuelle qui rassemble médecins de famille et généralistes. A la fin de mon exposé, une dizaine de médecins m'agressèrent dans la salle réservée aux discussions. « Pourquoi exagérer ainsi ? Nous faisons tous de la radioscopie depuis de longues années. » Je leur demandai de s'aligner contre le mur et de montrer leurs mains. Je trouvai sur tous les lésions caractéristiques : perte de poils dorsaux de la deuxième phalange, crevasses cutanées, cannelures et fragilité des ongles. Toute exposition nouvelle aux rayons leur était désormais absolument interdite. J'avais gardé leur porte-parole pour la fin. Il restait virulent. Il me demanda assez rudement : « Eh bien, que voyez-vous chez moi ? » « Un cancer cutané en évolution, monsieur! »

Les malades n'étaient pas épargnés. Il était assez rare qu'on les maintienne assez longtemps sous radioscopie pour les brûler. Ce fut ce qui arriva pourtant à un personnage important de l'Assistance publique qui était allé consulter le maître du foie et de ses annexes. Pour bien montrer les lésions à sa nombreuse cour, le professeur fit marcher très longtemps l'ampoule. Il me fallut exciser six mois après une large ulcération et combler par un lambeau. Les seuls menacés étaient en fait ceux qui présentaient un corps étranger difficile à retirer : éclat métallique, aiguille brisée. La recherche sous écran se soldait trop souvent par des ulcérations définitives apparaissant des années plus tard. Un jeune enfant, après recherche prolongée d'un fragment d'aiguille intramusculaire minuscule resté dans la fesse, perdit la verge et les testicules.

Les brûlures graves par les rayons X ou radionécroses sont en fait l'apanage des traitements radiothérapiques soit pour lésions bénignes, soit pour cancer.

La fréquence et la gravité de ces accidents ont pratiquement supprimé le recours aux rayons en dehors du traitement des cancers. Les radiologues ne pratiquent plus des épilations aux suites désastreuses et ne traitent plus aux rayons les lésions inflammatoires aiguës ou chroniques. Nous avons eu à nous occuper d'un enfant grec porteur d'une radionécrose grave du crâne. Les os de la voûte étaient à nu. Cette situation succédait à une épilation pour traitement de la teigne effectuée à Athènes. Il fallut transporter la peau du ventre sur le crâne en faisant relais sur l'avant-bras. Les os de la voûte crânienne, morts à l'évidence mais recouverts par une peau saine, jouent encore leur rôle chez notre patient devenu expert-comptable à Athènes. Entre-temps, il a, avec mon aide, gagné son procès contre la radiologue. Quand je suis intervenu, il était menacé d'un procès en diffamation. La lésion avait été causée, disaient les médecins, par d'abusifs lavages au savon! Faut pas pousser!

Une autre localisation de radionécrose, pour être moins spectaculaire, n'en était pas moins extrêmement agaçante. Elle succédait au traitement par les rayons X d'une supposée verrue. La verrue était en fait un durillon témoin de souffrance cutanée. Les rayons achevaient d'assassiner la peau. Certains patients traités pour de prétendues verrues plantaires furent rendus infirmes pour de longues périodes.

Les radionécroses après traitement de lésions cancéreuses ne sont pas très fréquentes. Outre les interventions complexes d'excision et de recouvrement que cette brûlure demande, il existe le risque toujours présent de voir ces lésions se cancériser. Les atteintes les plus fréquentes siègent au niveau du thorax et de l'aisselle, là où sont appliqués les rayons dans l'espoir de stériliser une récidive possible, et les ganglions axillaires après traitement d'un cancer du sein. Je me souviendrai toute ma vie d'un cas particulièrement dramatique. Il s'agissait d'une femme encore jeune traitée par irradiation bilatérale successive pour deux cancers du sein par un radiothérapeute célèbre. La radionécrose dévastait les deux seins et le sternum, la base du cou. Odeur putride et douleurs faisaient de la survie de cette patiente un cauchemar. J'aurais dû refuser. Mais où s'arrêter? Après de multiples excisions, la lésion était toujours présente et la malade finit par mourir des suites de sa radionécrose. Son mari m'adressa des pamphlets où le mot assassin était une petite douceur à côté des autres épithètes. La Bible dit: « Laissez les morts s'occuper des morts. » J'avais trop de vivants dans mes lits pour m'arrêter.

Les lésions cutanées ne sont pas les seules complications des rayons X. L'application du rayonnement sur l'aisselle peut atteindre les vaisseaux des nerfs du bras et le tissu qui les englobe. Dans cet environnement et avec ce handicap vasculaire, les malheureux nerfs finissent par ne plus transmettre correctement les ordres. Les muscles se paralysent. Des douleurs parfois insupportables apparaissent. Aller les dégager ne résout pas le problème. De plus, la cicatrisation de la brèche est malaisée. Il est nécessaire de pratiquer de vastes plasties qui ajoutent leurs séquelles aux maux existants.

Il est vrai qu'une meilleure connaissance des effets des rayonnements, l'amélioration technique de leur délivrance ajoutent à la valeur de cette thérapeutique et diminuent les complications. Il n'en faut pas moins rester vigilant, car les radiodermites n'apparaissent que des années après l'application des rayons.

Les radionécroses aiguës

Malgré toutes les précautions prises, il n'est pas impossible qu'un incident ou même un accident dans une centrale atomique française soit responsable un jour de lésions d'irradiation aiguë. Ces lésions ne sont pas chirurgicales, à ceci près qu'il est souvent nécessaire de faire des greffes de moelle. La chirurgie plastique ne saurait traiter que les lésions locales. Je dois à la confiance du docteur Jamet et du docteur Gongora de l'Institut Curie d'avoir eu à soigner certains patients victimes d'un Hiroshima privé ou d'un Nagasaki industriel.

Outre-Méditerranée, deux enfants gardent leur vache qui broute sur le bas-côté de la route une herbe indépendante. L'un a sept ans, l'autre cinq. Ils sont beaux et insouciants. Dieu est grand et Allah est son prophète. Un camion d'une entreprise nationalisée passe et laisse tomber un petit crayon d'acier. Les enfants se précipitent, le ramassent et l'amènent à la maison après avoir joué avec. La grand-mère soupçonne une bonne affaire éventuelle et désire garder cet objet mystérieux pour elle. Il est placé sous son lit. Elle meurt rapidement. Ce crayon contient de l'ittrium radioactif, utilisé pour radiographier les pipe-lines. Les soins les plus éclairés seront inopérants.

Les gosses sont brûlés aux mains, à la figure et aux fesses, à cause de la poche revolver où ils ont placé le « crayon ». Ils sont hospitalisés dans mon service. Ils y resteront longtemps, reviendront pour des retouches. Leur beauté, leur intelligence, leur gentillesse avaient séduit le personnel des trois équipes. Ils étaient à la tête de plus de jouets qu'un fils d'une famille prodigue. La surveillante les promenait sur le bateau-mouche qu'ils voulaient détourner, pour aller jusque chez eux. Le secret d'État sur cette affaire m'empêche d'avoir des nouvelles récentes. J'aurais voulu leur assurer, comme à l'enfant grec, une juste compensation, incapable de rendre les bouts de doigts et une bonne mobilité, mais destinée à les sortir de leur avenir de paysans vivant chichement sur la caillasse ensoleillée. Ils étaient intelligents et bilingues. Ce pays a besoin de cadres.

Trois ouvriers déménageurs chargent une bombe au cobalt. L'un des trois a la fâcheuse idée de démonter le cœur de la bombe. Il met à nu le noyau radioactif. Excisions, plasties de désespoir. Nos trois mousquetaires n'ont plus de mains.

Un physicien de renom et son aide travaillent dans un pays de la Communauté à la fusion du plasma. Ils étudient un rayonnement mystérieux top secret. Un imbécile met la machine en route à l'autre bout pendant qu'ils mettent en place l'expérience. Chacun d'eux reçoit une dose de ce rayon mystérieux. Gongora et les physiciens qui travaillent avec lui peuvent me donner, compte tenu des conditions particulières de cet accident, une carte fort précise des doses radioactives reçues. Des courbes limitent sur la main et les doigts des régions diversement atteintes et ressemblent fort aux courbes des pressions barométriques dessinées sur les cartes du temps. Malheureusement, au centre existe une zone où, sans erreur possible, la dose reçue condamne au moins la peau et la graisse. Laisser ces radionécroses aiguës évoluer est laisser les deux patients à des années de suppuration et à la destruction des tendons et des articulations des doigts. Exciser avant qu'apparaissent les lésions permet de recouvrir la perte de substance et de sauver les structures sous-jacentes. Aussitôt dit, aussitôt fait. Je transforme mes deux irradiés en Napoléons, en plaçant la partie de la main et des doigts mise à l'air en nourrice sous le thorax. Ils singent l'empereur pendant trois longues semaines, qu'ils passent d'ailleurs en liberté, avec quelques difficultés pour voyager en avion et pour s'habiller. Guéris, ils sont retournés à leur travail sans invalidité.

La bombe atomique est un autre problème. J'appris son existence et ses effets en Allemagne alors qu'engagés pour aller combattre le Japon, nous étions fort excités par le stage nécessaire en Floride. Quelques années après la guerre, mon maître Fèvre m'invita à participer au Congrès des médecins de réserve qui se tenait à Alger et réunissait les spécialistes des armées alliées. La traversée fut mouvementée. J'avais un mal de mer tel que le garçon de cabine préférait vider directement la boisson que je réclamais dans le lavabo. Au banquet, où les brochettes de décorations faisaient pendant aux brochettes de viande, un plaisantin me mit clandestinement sur la liste des orateurs officiels. Le Résident, Naegelen, m'appela entre le médecin général luxembourgeois et le belge, après le fromage mais avant la bombe glacée. Le titre du congrès était : « Le médecin militaire devant la bombe atomique. » Un Américain nous avait entretenus des expériences faites à Bikini. Il avait longuement commenté sur l'écran les lésions histologiques des testicules de porc grillés au feu nucléaire. Devant la longue table d'honneur, j'exprimai avec force le point de vue du lieutenant de réserve, ou plutôt les réserves du lieutenant. « Ce n'est pas en nous montrant comment seront grillés nos testicules qu'on va nous donner le moral. La conclusion de ce congrès me paraît simple. Le médecin militaire doit être derrière la bombe et le plus loin possible. »

Dans l'immédiat, je crains plus les méfaits de la tronçonneuse, les conducteurs en état d'ivresse, une prise d'otages ou un éclat terroriste que cette bombe et ses sœurs plus ou moins propres, nous dit-on. N'empêche!

CHAPITRE VI

L'HYGIENE HOSPITALIERE

En entrant à l'hôpital, garde l'espérance...

Il faut souvent mettre la charrue devant les bœufs. Sinon comment comprendraient-ils ce que l'on attend d'eux ? Le poids du joug et la douleur de l'aiguillon viennent assez vite.

Lorsque j'ai commencé à m'intéresser à cette science qui a pour but la protection contre l'infection du particulier admis et soigné à l'hôpital général, j'avais bien peu de connaissances théoriques. Mes maîtres m'avaient enseigné un respect farouche des règles de l'asepsie, c'est-à-dire des précautions à prendre en salle d'opération pour limiter la contamination microbienne des tissus que nous exposons. J'avais aidé M. Charrier à opérer en clinique. Il disposait autour de la plaie opératoire des champs grands comme des mouchoirs de campagne, assez semblables aux petits napperons que les bonnes sœurs disposaient sous toutes les statues de saints. Ses gestes précis, assez comparables à ceux des jongleurs, évitaient tout contact avec les zones non désinfectées, les tissus non stériles. La survenue d'une infection postopératoire n'était pas exceptionnelle, mais elle n'était pas considérée comme un accident incompréhensible. Tous savaient qu'il y avait un tribut à payer : fils de paroi suppurant jusqu'à issue plus ou moins spontanée, infections de la cavité abdominale succédant à une désunion des sutures intestinales et parfois éviscération ou issue brutale de l'intestin au travers d'une paroi brusquement ouverte.

Brusquement, la chirurgie changea sous l'influence à la fois des énormes progrès techniques, d'une meilleure connaissance des méthodes de réanimation et surtout des antibiotiques qui jouaient le rôle du filet autorisant les acrobaties de plus en plus périlleuses. Nous ne pouvions pas deviner que le terrorisme infectieux qui régnait dans les hôpitaux était pour une large part dû aux intégristes de la religion antibiotique. Nos patients, ouverts comme les poulets sacrés par les haruspices, montraient avec évidence de fâcheux présages sous forme de germes virulents, porteurs de noms parfois inconnus. Un chef de service, récemment en fonction, arpentait les couloirs de l'Académie de chirurgie en disant fièrement : « J'ai observé plusieurs cas de septicémie à Serratia. » Il portait ce nom comme une décoration exotique mais spectaculaire.

Devant la recrudescence et surtout la gravité des infections postopératoires, médecins et chirurgiens s'inquiétèrent. La presse s'émut. En mettant à part les règles héritées des chirurgiens convaincus par Pasteur, l'hygiène hospitalière était symbolisée et pratiquement résumée par les cuivres rutilants des appareils de désinfection de la ville de Paris venant gazer les microbes sur demande, dans les locaux douteux. J'ignorais tout de l'écologie microbienne pour ne citer que cette matière indispensable. Mais mon expérience opératoire me soufflait un certain optimisme et me confortait suffisamment pour oser entreprendre.

Les patients infectés étaient en fait une partie importante de ma clientèle. Je savais que cette complication n'était pas aussi exceptionnelle dans un récent passé que certains, oublieux des incidents, voulaient bien le dire. Par ailleurs, j'opérais certains cas non infectés dans des lieux fort discutables : les salles d'opération dites septiques. Comprenez qu'à l'écart du bloc opératoire consacré à la chirurgie noble, celle que se réservaient les maîtres et que se disputaient les plus jeunes, une salle d'opération était destinée à tous les gestes chirurgicaux s'effectuant dans le pus ou tout au moins avec une contamination microbienne importante : curetages après fausse couche, incisions d'abcès, chirurgie anale... Ces salles étaient en général sous-équipées. L'opérateur avait droit à la plus jeune des panseuses, mise de corvée. J'y opérais souvent des patients non atteints d'infection. Ils étaient ensuite hospitalisés en salle commune, au beau milieu de patients souvent suppurants. Or, mes résultats n'étaient pas aussi mauvais que ceux que cette précaire hygiène aurait dû me valoir. Je subodorais que les causes de l'infection postopératoire dépendaient surtout de nos activités au ras de la plaie opératoire et bien peu de la couleur des murs, de la qualité de l'équipement, de sa modernité ou encore de l'appellation des locaux. Il s'agissait de transformer cette intuition, sinon en certitude, du moins en début de vérité scientifique.

Compresse balai, compresse témoin

J'avais une certitude : mes gestes introduisaient les microbes dans la cavité opératoire. Je devais essayer de traquer ces immigrés clandestins. Une compresse dite témoin fut placée dès le début de l'intervention sur la table aux instruments pour récolter les germes parachutés pendant la durée de l'opération. Une compresse dite balai était passée comme une serpillière, à la fin, au fond de la plaie opératoire, pour ramasser au moins une partie des microbes qui avaient eu l'audace de pénétrer dans l'intimité tissulaire. La récolte fut maigre. Quelques compresses témoins étaient souillées par des staphylocoques blancs, ceux-là mêmes que leur équipement enzymatique rend peu dangereux. Deux compresses balais ramenèrent des staphylocoques dorés, des vrais ceux-là. Mais les deux opérés guérirent parfaitement sans antibiothérapie. La publication de ce travail me valut une étiquette d'hygiéniste hospitalier. Elle était totalement injustifiée.

Les moyens de récolte microbienne choisis étaient irrecevables. Il aurait au moins fallu aspirer l'air au-dessus de la table à instruments et dénombrer les germes retenus par le filtre en fonction de paramètres précis. L'essuyage du fond de la plaie était un geste parfaitement aléatoire, différent d'une intervention à l'autre. De plus, il pouvait retirer les germes introduits, non encore adhérents aux tissus mais capables d'infecter la plaie opératoire. Le taux d'infection des interventions que je pratiquais était normalement peu élevé. La science des statistiques refusait tout caractère significatif à un travail qui portait pourtant sur plus de deux cents interventions. Je ne pouvais savoir que les chercheurs suivants ne pourraient rien sortir de l'analyse de l'air et que le prélèvement des plaies opératoires serait vite abandonné. Mais j'avais pris le chemin du laboratoire de bactériologie. J'avais fréquenté ceux qui isolaient et élevaient mes ennemis dans de petites boîtes garnies de bouillons appétissants. Je commençais à deviner qu'il fallait faire cesser notre splendide isolement en jetant un pont entre les laboratoires et les services.

Je me fourvoyai un moment avec un hygiéniste, Maurice Maisonnet, premier professeur d'hygiène hospitalière. Notre premier cours, en mai 1968, dans les locaux de la faculté de Médecine de Rouen fut marqué par quelques bourdes lâchées du haut de l'estrade. Un bactériologiste suédois levait les bras en l'air de désespoir devant notre ignorance de l'écologie microbienne. Il est vrai qu'il était obnubilé par l'emploi du Phisohex, un antiseptique qui passait pour diminuer le taux des suppurations mais qui devait plus tard disparaître après avoir occis quelques nourrissons.

Heureusement, les milieux scientifiques avaient d'autres chats à fouetter. Les jeunes de cette époque choisirent ce printemps pour secouer les cocotiers et scier les arbres du boulevard Saint-Michel. Le Général partit pour Baderne-Baderne regarder nos divisions au fond des yeux. Il en revint avec un sacré coup de jeune et des arguments massue. Nos sornettes furent diluées dans un tourbillon événementiel.

Ils viennent jusque dans nos draps infecter nos fils, nos compagnes

A la rentrée d'octobre 1968 s'ouvraient rituellement les Entretiens de Bichat. Ils avaient été fondés alors que j'étais économe de la salle de garde de l'hôpital Bichat. Leur naissance avait failli être très agitée. Jaloux de l'initiative du professeur Justin-Besançon, certains chefs de service avaient suscité les ferments d'une manif qui aurait transformé la grand-messe scientifique en parade de cirque. La chose paraissait d'autant plus facile que, faute d'amphithéâtre suffisamment grand, les conférences se tenaient sous tente. Le professeur Justin-Besançon eut vent de cette cabale. Il fit parvenir deux caisses de champagne à la salle de garde, souhaitant que ses jeunes collègues fêtent dignement l'événement. Peu disposé à être l'instrument de petits chefs envieux, j'organisai un tonus monstre. Le projet de sabotage disparut dans les bulles.

Le succès venu, il fallut transférer les Entretiens de Bichat à la Salpêtrière dans des locaux plus vastes et plus prestigieux. Une exposition et deux conférences, suivies d'un concert, inauguraient la semaine scientifique. Le thème de l'exposition de cette année 1968 était stimulant : « La médecine de demain. » J'avais fait réaliser une maquette montrant la chambre de l'an 2000. Un lit robot obéissait au patient et au personnel. Il prévenait les escarres et se déplaçait dans les couloirs. Les perfusions étaient automatiquement réglées par des capteurs biologiques placés sur le malade. Le fond de la chambre devenait un mur d'images. Le directeur général de l'Assistance publique, le préfet Damelon, vint inaugurer. Il prit un certain plaisir à mes explications. La première conférence était toujours faite par Guy Godlewski. Orateur brillant, de grande culture, il enchanta l'auditoire où se mêlaient des veuves glorieuses, de vieux crocodiles sommeillant dans la vase de leurs habitudes, mais aussi les jeunes loups et la presse. La seconde conférence m'avait imprudemment été confiée. J'avais choisi comme titre : « La guerre microbienne : escalade ou coexistence pacifique ? » Je ne fis pas dans la dentelle. « Qui nettoie l'hôpital, la timide serpillière ou l'hebdomadaire chiffon ? » Je décrivis l'horreur des salles communes, des chariots à pansements tintinnabulants, des toilettes sans papier et sans nettoyage régulier, des cuisines entourées de leurs tas d'ordures, des murs lépreux. Je réveillai certains, scandalisai les autres, mis en joie la jeune garde. Un silence pesant suivit mon appel : « Paix sur la plaie aux germes de bonne volonté. »

Le lendemain, le *Parisien libéré* publiait avec mon nom une grande manchette : « Opérer dans l'incroyable état de saleté des hôpitaux risque d'être un homicide par imprudence. » Le préfet Damelon, en visite à l'hôpital de Berk, faillit recracher sa biscotte en prenant son petit déjeuner-revue de presse. Comment ce chirurgien disert rencontré la veille pouvait-il être devenu ce serpent venimeux qui faisait trembler d'inquiétude ses pensionnaires et mettait en péril sa place, avenue Victoria ? Il fallait sévir. Il s'ouvrit, paraît-il, de ses intentions à un magistrat qui lui demanda : « Les hôpitaux sont-ils propres ? » Devant la réponse hésitante du directeur général, le magistrat déconseilla toute poursuite. « Attaquer le docteur Vilain serait lui donner une tribune et une audience nationales. Vous y perdrez de toute façon. »

L'année suivante, le comité des Entretiens me confia un sujet moins explosif : « La désinfection de la main du chirurgien », en collaboration avec Maisonnet.

Pour d'obscures raisons, mon partenaire hygiéniste se défila. Je me retrouvai seul pour conduire cette table ronde. Je m'ouvris de mes angoisses à Lombroso qui conduisait à cette époque la campagne publicitaire du Phisohex. Il m'adressa une caisse remplie de tirés à part. J'y trouvai tous les articles scientifiques consacrés à ce problème particulier mais aussi à l'hygiène hospitalière en général. Je passai des mois studieux dans cette littérature internationale mais surtout anglo-saxonne. Je découvris l'écologie microbienne sous la plume lyrique d'un bactériologiste américain, Klingman. J'en appris de belles sur les gants.

Des gants, pour quoi faire ?

Dans ma naïveté, je croyais mettre des gants pour protéger le patient contre les microbes de ma peau. Je découvris d'abord que les gants avaient comme origine une histoire d'amour. Halsted, ce grand chirurgien anglais qui régla pour longtemps l'amputation des seins cancéreux, était amoureux de son instrumentiste. Ces choses-là arrivent encore. La belle, pour aider le patron, était obligée de tremper ses mains dans la solution antiseptique proposée par Lister. Cette immersion prolongée avait pour effet de transformer les peaux les plus douces en cuirasse croûteuse. Lister reconnaissait dans les congrès les chirurgiens tenants de sa méthode en leur serrant la main. Halsted, fort ennuyé par cet effet secondaire, fit fabriquer des gants, en organisa l'usage, puis épousa son instrumentiste.

Épais au début de ma carrière, les gants étaient devenus aussi minces que le préservatif : « Cuirasse contre le désir, toile d'araignée contre le danger. » De nombreux articles insistaient sur la fragilité de cette mince couche de lastex. Les gants étaient souvent troués soit par des orifices suffisamment grands pour être immédiatement visibles et tacher nos doigts de sang, soit par de minuscules effractions non décélées par la panseuse lorsqu'elle gonflait les gants pour les restériliser, mais suffisantes pour laisser le passage aux microbes. Les gants n'étaient donc qu'une relative protection contre les microbes (et les virus du patient). Ils ne pouvaient prétendre mettre à l'abri les tissus du patient d'une inoculation de nos microbes cutanés. Cette fâcheuse particularité rendait spécialement importants les problèmes posés par la désinfection de nos mains.

Je découvris ensuite un curieux contresens lors de la traduction d'un travail américain. Mes maîtres exigeaient un brossage des mains et des avant-bras durant dix minutes avant l'application d'antiseptique et le passage des gants. Ce rituel abîmait la peau. Ceux qui avaient le revêtement cutané tendre ou opéraient beaucoup étaient victimes de fréquentes crises d'eczéma infecté qui les éloignait de la salle d'opération pour plusieurs semaines. Or ce temps de dix minutes était dû à une interprétation erronée de la publication de Price. Désireux de connaître l'écologie microbienne de la peau de ses mains, ce chirurgien utilisait le brossage prolongé pour recueillir les microbes dans des cuvettes différentes. Dans les premières tombaient les flores transitaires récoltées par contacts extérieurs et migrations personnelles. Puis venaient les germes résidents. Le nombre diminuait au fur et à mesure de la prolongation du temps de brossage. Dix minutes étaient nécessaires à l'obtention d'une bonne désinfection par ce procédé purement mécanique. Mais l'adjonction d'un antiseptique donnait un résultat identique en beaucoup moins de temps. Je préconisai un brossage réduit à quelques minutes à l'aide d'une brosse douce non traumatisante.

La désinfection de la peau des mains ainsi obtenue ne pouvait être éternelle. Certes, les contacts infestants étaient épargnés, mais les germes tapis en profondeur le long des poils représentaient une menace à étudier. La création, par le port des gants, d'un microclimat chaud et humide ne pouvait que l'accentuer.

Plus tard, mes collaborateurs et moi avons étudié ce temps de résurgence. Nous avons confié l'étude des germes présents sur nos mains à Mmes les docteurs Gandrille et Thuillier. Nous nous lavions les mains comme pour opérer et mettions des gants. Toutes les demi-heures, nous confiions à tour de rôle nos pulpes pour la chasse aux cavernicoles revenus à la surface. La conclusion fut nette. Chez les chirurgiens les plus habités, comprenez chez ceux dont la peau était la plus giboyeuse, il était possible de trouver des staphylocoques dorés sur la pulpe des doigts une heure et demie après le sacro-saint lavage associé à l'aspersion d'alcool. En clair, cela voulait dire qu'un trou minuscule, dû soit à une malfaçon, soit à un traumatisme insoupçonné, pouvait lâcher sur les tissus bousculés par l'acte opératoire 20 000 staphylocoques au mieux de leur forme, puisque venus directement d'un porteur, sans véhicule intermédiaire. Les chirurgiens orthopédistes ont l'habitude de porter deux gants l'un sur l'autre. Nous pensons que le trou foré de l'extérieur par un contact un peu rude traverse aussi bien une épaisseur que deux. Nous préférons faire changer les équipes de gants toutes les heures en associant toujours une nouvelle aspersion d'alcool. Lorsque vint le temps de ma table ronde, je n'avais plus besoin d'un hygiéniste et remplaçai définitivement cette collaboration par la fréquentation des bactériologistes.

Terre promise ou vallée de larmes

La visite du service d'orthopédie qui m'était alloué à l'hôpital Boucicaut fut une rude épreuve. Les salles d'hospitalisation étaient dans le même état ou presque que celui qu'avait connu la reine des supermarchés. Mais le pire était l'absence de salle d'opération. Il fallait brancarder les opérés, aller et retour, au long des couloirs souterrains jusqu'à une salle prêtée par un collègue d'en face. Je n'envisageai pas de faire semblant d'avoir une activité hospitalière et de réserver mon temps à mon activité privée. L'orgueil de mon titre de Chirurgien des Hôpitaux me commandait de transformer mes conditions de travail en copiant le modèle privé. L'hôpital n'était déjà plus le recours obligatoire des seuls déshérités, mais devenait lentement le lieu choisi pour bénéficier d'une chirurgie de pointe. J'avais une excellente équipe : Jean-Sauveur Elbaz, Jean-Pierre Lemerle, Philippe Saffar et Jacques Bérès. Puisque mes activités hospitalières précédentes avaient connu quelque succès malgré les conditions foraines de mon exercice et de salles d'opération souvent démunies, il n'y avait pas de raison de démissionner. Je devais être en mesure de prouver que le luxe, si agréable soit-il, n'était pas la condition nécessaire à une bonne chirurgie. A moi d'obtenir le nécessaire et l'utile sans exiger ni attendre le superflu.

L'inconvénient évident de ma démarche était la prise en otage des patients qui choisissaient de venir dans mon service. L'absence de confort était évidente. Mais qu'en serait-il de la sécurité infectieuse ? Il me fallait continuer à m'instruire dans le domaine de l'hygiène hospitalière et mettre en place les moyens de contrôle. Je compris vite que je me perdrais sans retour dans le labyrinthe des publications scientifiques, n'ayant pas les moyens de soumettre au crible de la critique les résultats allégués et les conseils proposés. Il me fallait une encyclopédie vivante. J'osai demander aux meilleurs bactériologistes de venir le samedi matin partager avec nous le crottin de Chavignol et le vin blanc de Sancerre. Après tout, n'étions-nous pas obligés d'exposer tous les matins les tissus de nos contemporains aux hordes microbiennes ?

Pourquoi ne pas poser nos questions à ceux qui connaissaient le mieux ce petit monde infernal ? Ces savants devinrent nos amis. J. Acar, futur professeur de bactériologie à la faculté de Broussais, utilisait les rares moments d'un emploi du temps surchargé pour nous enseigner avec précision. Ancien interne en médecine, sa connaissance du terrain était particulièrement précieuse. Il savait nous faire participer à ses doutes et à ses certitudes, mélangeant une exégèse complète des travaux internationaux à ses propres conclusions.

Jean-François Vieu, chef de service à l'Institut Pasteur, est le roi des gram négatif et le spécialiste international du pyocyanique, dénoncé à l'époque comme aussi méchant que le virus du SIDA. Sa grande compétence n'a d'égale que sa prudence. A nos questions binaires, oui ou non, de chirurgiens amateurs de certitude, il répondait parfois évasivement pour nous empêcher de galoper dans les sables mouvants des déductions trop rapides. Pillet connaissait parfaitement le staphylocoque, notre ennemi sincère. Rosissant parfois comme une jeune fille timide, il démolissait avec entrain des classifications hâtives. Le staphylocoque blanc, que nous avions tendance à considérer comme aussi inoffensif qu'un chien de giron, pouvait se transformer en molosse. Pétri d'esprit scientifique, l'enseignement de cette admirable trinité fut notre tremplin.

Définir les règles et organiser les comportements de tous n'était pas une mince affaire. Au milieu de murs lépreux, en pleine salle commune, pratiquement sans lavabos en nombre suffisant, la publication d'un règlement intérieur méticuleux et sa mise à jour, des notes de service fréquentes auraient été de la provocation. Il fallait frapper fort, au besoin à côté. Je m'en pris à la tenue. Dehors, les hirsutes et les barbus! J'exigeai un uniforme strict. Je choisis le pyjama blanc, depuis adopté partout. Je trouvai un matin, nettoyant sous les lits, une vieille femme de ménage, bergère fonctionnaire de moutons prolifiques comme lapins en Australie. Elle portait sur sa blouse une douillette rose, en plein été. A cette époque, ce survêtement était considéré comme capable de transporter les microbes les plus divers. Je lui demandai de le retirer. Mais la frilosité, comme la constipation, la cellulite et les pieds froids sont des constantes inscrites dans le patrimoine génétique féminin. La servante refusa. J'obtins en dix minutes d'un directeur abasourdi non le renvoi, mais le changement de service immédiat de la frileuse. Elle était là depuis vingt-cinq ans et aimée de tous. Ma cruauté fit peur. La surveillante corse de la consultation externe me surnomma « Medrano ». Mais le coup d'envoi était donné.

Le contrôle a un grand inconvénient. Il se fait *a posteriori*. Il faut donc déceler immédiatement et enquêter aussitôt. Chirurgiens et infirmières signalèrent tous les cas dont les suites étaient troublées par un conflit microbien. Mais, pour que nous puissions effectuer une enquête, il fallait disposer de tous les éléments, c'est-à-dire connaître tous les responsables potentiels. Je me gardai bien de passer partout l'écouvillon nécessaire aux prélèvements. J'aurais submergé le laboratoire par des tâches inutiles. Je décidai de m'intéresser aux seules souches transitaires du personnel et des patients, puisqu'elles étaient les responsables putatifs des suppurations. Malgré cette limitation, il s'agissait d'une tâche redoutable. La faculté de Necker-Enfants Malades me fournit un futur agrégé de bactériologie, Jean-Lou Avril. Malgré sa compétence et sa passion pour nos travaux, il ne pouvait se consacrer complètement à notre service, étant le bactériologiste de l'hôpital. Mmes Candrille et Thuillier offrirent leurs services. Ils furent immédiatement acceptés. Nous avions besoin des trois domaines de la bactériologie. Comme tous mes collègues, je désirais connaître le ou les germes responsables d'une infection. L'identité du germe devait être parfaitement définie, l'antibiogramme au-dessus de tout soupçon. J'imaginai de sortir les germes de leur anonymat relatif. Les résultats du laboratoire étaient enfouis dans des dossiers plus ou moins ordonnés. Il fallait visualiser ces précieux renseignements. Je fis faire des cartons. Un cercle central était laissé en blanc pour qu'y figure le nom du germe, en bleu pour les gram positif, en rouge pour les gram négatif. Les familles d'antibiotiques étaient inscrites comme les rayons d'une roue. Étaient ainsi fichés les tueurs patentés, les assassins discrets, les étrangleurs de progéniture et les Machiavels du métabolisme microbien. Lorsque le germe inscrit au milieu était sensible à un antibiotique, une grosse barre bleue ou rouge était tracée du centre à la périphérie. Le carton était affiché à un tableau mural derrière le lit du patient. Tous pouvaient prendre connaissance non seulement des microbes présents, mais encore de leur virulence éventuelle. Les « soleils » des germes sensibles à de nombreux antibiotiques et donc « gentils » s'opposaient au bras unique des germes résistants à presque tout. Mes élèves apprirent à utiliser l'antibiogramme comme un rapport sur l'ennemi et non comme un signal pour déchaîner les antibiotiques. Cet affichage n'alla pas sans déclencher l'effroi des ouvriers qui pénétraient dans les salles. Ils furent vite rassurés lorsqu'ils comprirent qu'en une simple selle personnelle, ils en voyaient défiler beaucoup plus. Jean-Lou participait aux visites et donnait tous les détails souhaitables sur les variations, mutations, transformations de nos trublions. J'imaginai même de tapisser une pièce du secrétariat par un tableau récapitulatif de ces flores : la chambre des cartes. Dans ma naïveté de catéchumène, j'imaginai qu'il serait possible de déceler les épidémies, les cohabitations dangereuses, les mitoyennetés délictuelles.

L'absence d'épidémie, le caractère « personnel » de chaque cas d'infection, la lourdeur de la mise en place dans un service où de nombreux patients sortent le lendemain de leur admission firent qu'à peine inaugurée, la salle des cartes fut désaffectée. Seul l'affichage individuel tint bon.

Cette bactériologie dénominative était bien incapable à elle seule de nous renseigner sur les causes de l'infection. Il ne faut pas imaginer que deux patients voisins de chambre, atteints d'une infection à staphylocoques dorés, sont forcément victimes d'une contagion croisée. Il faut prouver que le germe vient de la même origine. Cette recherche est très exactement le rôle de la bactériologie épidémiologique. Lorsqu'un marin débarque avec la peste et que toute la ville de Marseille ou presque est atteinte de cette maladie mortelle, il est aisé d'établir une relation de cause à effet. Mais, en milieu hospitalier, rien ne ressemble plus à un staphylocoque doré qu'un autre staphylocoque doré. Certes, une sensibilité identique aux antibiotiques est un commencement d'indication. Ces germes gardent ces caractéristiques en se divisant. Mais il s'agit tout au plus d'un portrait-robot valable pour le seul staphylo. Pour reconnaître les membres d'une même souche émise par une origine identique, il faut faire appel à des examens plus poussés. Mis en présence de divers sérums, les germes s'agglutinent ou non : c'est la sérotypie. Donnés en pâture à des bactériophages, microbes des microbes, ils tentent les uns, mais découragent les autres. C'est la lysotypie, très utilisée par J.-F. Vieu pour les pyocyaniques, germes de la suppuration verte.

J'appris avec regret de la bouche de Chabbert, l'inventeur de l'antibiogramme à disques, que la concordance absolue de tous les examens portant sur deux souches n'avait pas de signification absolue. Tout au plus, cette concordance pouvait faire penser à une origine unique. En revanche, les différences avaient une valeur absolue. Il me fallait souhaiter de ne rencontrer que des différences. Grâce à ces travaux menés avec l'aide de tous les amis bactériologistes, j'ai pu montrer que les épidémies dans un service où les antibiotiques étaient peu utilisés étaient exceptionnelles. A dire vrai, je n'en ai jamais constaté. Nous avons cru un moment que nous étions victimes d'infections croisées à streptocoques Groupe A. Une étude montra que les streptocoques étaient différents. Le nombre des infections était brusquement élevé du fait d'une recrudescence saisonnière de ce germe : printemps, automne. Une étude détaillée et fort longue de deux patients hospitalisés côte à côte, porteurs de souches différentes, montra une absence de contamination des plaies et aussi du tube digestif. J.-F. Vieu y vit le résultat bénéfique de nos mesures d'hygiène. Cela est sûrement vrai pour l'absence de contamination intestinale toujours possible, si celle qui vous nourrit enlève le bassin plein d'une main et vous tend le pain de l'autre. Mais en ce qui concerne les plaies, j'y vois plutôt un féroce racisme des prédateurs qui ne laissent pas s'installer n'importe qui. Selon moi, les infections croisées des plaies ne sont réalisables que dans d'incroyables conditions de saleté.

Le troisième volet de la bactériologie est écologique. Mmes Gandrille et Thuillier se surpassèrent. Elles mirent au point une petite boîte remplie à ras bords de divers milieux de culture, qui ne laissaient pousser que le germe demandé. Aidées dans leur choix par les connaissances diététiques de

J.-F. Vieu, elles nous fournirent sur demande des couveuses pour staphylocoques, pyocyaniques, gram négatif, qu'il nous suffisait de poser sur la peau pour en connaître l'habitat. La rigueur de pensée de nos amis bactériologistes nous évita de croire tenir des renseignements complets. Ils nous décrivirent tous les moyens de récolte des germes sur la peau. Le nôtre n'était pas le plus performant mais pouvait nous aider.

Simplifier est trahir, mais permet d'agir. Il fallait bien sortir de la rigueur et s'en tenir au calcul des probabilités. Mes externes apprirent ce que représentaient très exactement les résultats bactériologiques fournis par le laboratoire. A ma question rituelle : « Que sont les germes portés sur ces feuilles ? », ils devaient répondre : « Il ne s'agit pas de tous les germes de la plaie, mais de ceux qui ont pu être recueillis et ont bien voulu pousser sur le milieu de culture choisi. » Nuance! Du même coup, ils apprirent à faire des prisonniers et à les garder en vie jusqu'à l'interrogatoire. Trop souvent, les écouvillons utilisés arrivaient desséchés au laboratoire, porteurs de microbes morts. J.-L. Avril ne pratiquait pas les sciences occultes. Avant l'étude de la flore des mains gantées, j'entrepris celle des nez. Chirurgiens et panseuses furent prélevés à la narine pour y rechercher le staphylocoque doré qui s'y tapit. Nous découvrîmes que 30 % du personnel était porteur permanent de ce germe et le mettait donc sur ses mains. Curieusement, existait une loi d'ailleurs non appliquée qui éliminait des cuisines ces porteurs de nez habités. Fallait-il mettre sur la touche mes porteurs permanents ? Bien sûr que non. Mais avertis, ils prenaient un soin jaloux de la désinfection de leur peau. Je les choisis pour étudier la flore des mains sous gants, puisqu'ils étaient les plus habités. Les prélèvements de gorge montrèrent également des porteurs sains de streptocoques Groupe A, le seul nocif en chirurgie. Informés, ils savaient que le baiser aux nourrissons ne leur était pas permis.

Les infirmières des salles d'hospitalisation furent sensibilisées au lavage des mains par des prélèvements surprise. Une chose est de savoir que les microbes existent, une autre de voir ce qui habite sur « sa » main. Tout membre du personnel porteur d'une plaie infectée, et plus encore d'un furoncle, fut mis en arrêt de travail jusqu'à guérison. Nous avions vérifié ce que nous avait enseigné Acar. Une minuscule plaie infectée du bras pollue tout le membre par des germes, au mieux de leur activité maléfique.

Côté patients, nous fîmes de nombreux prélèvements pour mieux connaître les dangers que devaient contourner nos bistouris. Renseignés *de visu* sur les flores régnantes sur les voies d'abord chirurgicales, pouvant ainsi mesurer les difficultés d'une désinfection, mes collaborateurs auraient pu baisser les bras, d'autant plus que les antibiotiques leur étaient rationnés. Je crois que la vue du danger les excitait. Mais toutes les interventions où le risque infectieux était trop important étaient retardées. Toutes ou presque!

Un jour, une jeune femme brûlée deux ans auparavant fut hospitalisée. Citoyenne d'un État africain, elle avait été traitée sur place pour des brûlures intermédiaires étendues. La cicatrisation avait couvert son corps de cicatrices blanches, comme cela est fréquent chez les gens colorés. Ces taches blanches passent pour porter malheur. Le sorcier de la tribu l'avait longuement « traitée » pour recolorer ces zones dépigmentées. Le résultat de cette médecine douce avait été catastrophique. Elle était couverte de plaies. Restée au lit durant un an, elle avait maintenu ses bras en élévation pendant tout ce temps. Les épaules étaient irréductiblement bloquées. Lorsque après cicatrisation des lésions nous la mîmes debout, elle se tenait dans l'attitude bien connue des clients d'une banque au moment du hold-up mensuel. Il fallait réduire chirurgicalement cette posture pour lui permettre les gestes les plus élémentaires. Jean-Pierre Lemerle fit examiner la population microbienne de la peau des épaules. C'était une jungle que des lavages et une application d'antiseptique ne pouvaient transformer en désert inoffensif. La logique ambiante aurait voulu que nous protégions l'articulation de l'épaule, véritable Capoue pour la soldatesque qui assiégeait les abords, par une antibiothérapie massive pré, per et postopératoire. Ne croyant pas à l'efficacité de cette couverture qui, prolongée, finit parfois en linceul, Jean-Pierre Lemerle libéra l'épaule droite sans complications. L'ouverture de l'épaule gauche fut suivie d'une courte flambée inflammatoire. Mais nous avions décidé de laisser l'articulation ouverte afin de ne pas ajouter les bienfaits de la claustration. Quelques lavages... vinrent facilement à bout de cette escarmouche. Les microbes africains baissèrent les bras, la brûlée aussi.

De la cohabitation au conflit

L'homme est contaminé et contaminateur. Même seul, il peut s'infecter. Les ménages à deux ou à trois jouent des parties de ping-pong microbien et maintenant virales. La famille est un petit microcosme où les adultes n'échappent aux maladies des enfants que parce qu'ils ont déjà donné ou qu'ils sont vaccinés. Toute organisation communautaire multiplie les risques, du fait des contacts, de l'addition de la pollution essentiellement fécale et des services communs, notamment la cuisine. Il y a des épidémies d'école, de caserne, d'armées en campagne. Les baigneurs aoûtiens barbotent souvent encore dans les colibacilles, témoins discrets des excréments riverains. L'hôpital, rassemblant des malades, est obligatoirement un haut lieu d'échanges microbiens. Si, par un enseignement terroriste, des prélèvements nombreux de l'environnement, le personnel se considère comme noyé sous les flores, il ne peut travailler. Il faut isoler les situations conflictuelles, les définir, éventuellement les dramatiser mais mettre la pédale douce dans tout ce qui n'est qu'hôtellerie un peu particulière.

Les germes agissent par contact et par inoculation. Nous avons vu que nos premiers ennemis sont précisément ceux qui se promènent sur notre peau et dans nos intestins. Si, comme au siècle dernier, nous étions opérés chez nous, sur la porte de la cuisine placée sur deux tréteaux, par un chirurgien éclairé à la lampe à huile, nous pourrions être victimes d'une infection postopératoire qui ne pourrait être attribuée à l'hôpital. Il est nécessaire que tous les citoyens de ce pays, qui peuvent un jour ou l'autre être hospitalisés, sachent que l'infection hospitalière groupe deux catégories de complications : celles qui se seraient produites en d'autres lieux même privés, et d'autres qui sont le résultat direct d'une vie collective. Ce distingo n'est pas établi pour limiter notre action (nous devons éviter si possible toutes les infections), mais pour décharger un peu l'hôpital et ses servants d'une part des responsabilités.

Comme pour le vol, il y a en cas d'infection effraction ou non. L'effraction seule est remboursée par les assurances. Aussi voit-on parfois des volés imprudents démolir la serrure de la porte qu'ils avaient laissée ouverte. Débarrassons-nous rapidement des infections qui surviennent sans passage en force de notre peau ou de nos muqueuses.

Par le nez, nous sommes victimes de la grippe et du rhume de cerveau. Vaccinons les vieillards hospitalisés. Ce sera plus efficace que le grog au rhum. Donnons des mouchoirs à usage unique aux enrhumés.

Par la bouche, tout peut entrer. Le bactériologiste de l'hôpital collabore avec la diététicienne et fait de fréquents prélèvements à la cuisine. La distribution par plateaux individuels limite les contaminations dues au service. Le personnel doit revêtir une tenue propre, différente de celle des soins. Le lavage des mains est obligatoire : j'y veille souvent. Les cheveux sont maintenus dans un bonnet s'ils menacent le brouet. Un accident possible est le refroidissement de plats surgelés ayant déjà été réchauffés. De temps à autre, un commerçant ou un restaurateur se fait pincer à ce jeu qui peut être mortel.

Passant un jour la visite aux cuisines au titre de président du comité d'hygiène de l'hôpital, je jetai un coup d'œil aux toilettes. Ce que j'y vis me consterna. Tout travailleur des cuisines pouvait ajouter son grain de selles à notre nourriture. Il n'y avait même pas un lavabo fonctionnel. Paradoxalement, à côté, s'affairait sous la direction de la diététicienne une équipe modèle, masquée, gantée, chapeautée, remplissant les plateaux-repas. Le directeur vint immédiatement sur les lieux. L'absence d'un chef de cuisine titulaire expliquait sans l'excuser une situation aussi lamentable vis-à-vis du péril fécal. L'administration de l'Assistance publique fait honneur à la ville de Paris. Il m'a suffi de traduire en langage administratif l'urgent besoin de travaux pour qu'en un mois, les crédits soient débloqués, et que les éplucheuses puissent bénéficier de conditions sanitaires idéales. Je demandai au nouveau chef de veiller au grain. Il fallait que les clients de cette banque de données n'émettent pas de programme pirate.

Les problèmes des maladies sexuellement transmissibles ne sont pas réellement le fait de l'hospitalisation. Certes, les lavabos du service de M. Charrier abritaient quelques gagneuses de Pigalle, qui proposaient leurs services aseptisés par nos soins aux opérés valides. Le directeur avait chassé une veilleuse qui proposait des gâteries aux trachéotomisés du service d'oto-rhino-laryngologie. Cette pionnière de l'humanisation, je n'ose pas dire de la féminisation de l'hôpital, fut regrettée.

L'œil est un territoire très vulnérable. Inoculer signifie mettre dans l'œil. L'usage a étendu son sens à toute pénétration dans le corps. Il faut donc protéger les yeux des infirmières et des chirurgiens lorsqu'ils manipulent du pus. Chaque flacon de collyre doit être strictement individuel. Chaque prescription oblige à ouvrir un flacon neuf. Un contact accidentel peut souiller le liquide. Les germes ainsi introduits peuvent s'y développer rapidement. Pas d'économies : elles coûteraient les yeux à la tête.

Comme nous ne nous aventurons guère dans les conduits auditifs externes, je laissai leur nécessaire nettoyage à mes collègues pédiatres et oto-rhino-laryngologistes. Ils ont fort à faire car le cérumen est une nourriture appréciée par une foule de germes.

Les soins chirurgicaux comportent en général une effraction, petite ou grande, refermée ou pas. Un auteur a dramatisé la situation en écrivant : « La main qui vous soigne peut vous tuer. » Mes premières recommandations s'adressèrent aux infirmières. Les seringues et les aiguilles sont livrées stériles dans des emballages qui doivent être intacts. Encore faut-il le vérifier. La manipulation de ce matériel est en général bien faite. J'exigeai que le remplissage de la seringue et la piqûre soient effectués par le même agent. Pas de travail en série qui entraîne le risque d'erreur. Pas de dilution de la responsabilité. J'ai bien failli être victime un jour d'une erreur. Le colon irrité par quelques excès, je demandai à un collègue d'aller quérir aux urgences une ampoule d'atropine pour me faire une intraveineuse. Il fallait aller opérer. L'ami revint, piqua la veine. Les spasmes disparurent. De retour, j'examinai la poignée d'ampoules à étiquette rouge, symbole des toxiques, que mon collègue, dans sa hâte, avait prises dans l'armoire à pharmacie. Nous avions joué à la roulette russe. Mélangée à des ampoules d'atropine, se trouvait une ampoule d'adrénaline à un dosage très élevé. Si j'avais reçu cette injection, j'aurais eu des ennuis... définitifs. Le risque infectieux d'une injection sous-cutanée ou intramusculaire est localisé à la peau du récipiendaire. Chez les patient alités et fiévreux, la population microbienne est dense et dangereuse. Une désinfection hâtive peut laisser l'aiguille entraîner un groupe de manifestants. Un abcès sous-cutané, bruyant mais sans lendemains graves, succède alors à une injection dans la graisse. Mais un abcès intramusculaire ne peut se signaler au début que par une fièvre fort inquiétante chez un opéré. Certaines reprises chirurgicales ont failli coûter la vie à ces infectés. Le chirurgien n'a rien trouvé dans le champ opératoire réexaminé. L'abcès profond n'a été reconnu que quelques jours après. Il faut toujours nettoyer la peau avant de la désinfecter à l'alcool iodé à 1%.

Paradoxalement, le risque est moins grave lors d'une injection intraveineuse. Le sang démolit assez rapidement les envahisseurs. Il en est tout autrement dans les perfusions. Certaines équipes préparaient leurs flacons d'avance. En ponctionnant le bouchon du flacon, elles introduisaient les drogues ajoutées. Les flacons attendaient leur tour au pied du radiateur. Les quelques microbes déposés par ces manipulations avaient le temps de se multiplier et de créer un beau gâchis lors de la perfusion. Mais il y a pis. Une perfusion de longue durée finit par créer des caillots sanguins qui, infectés, s'émiettent. Cette infestation permanente déclenche une septicémie. De nombreux travaux sur ce sujet conduisirent à des règles strictes que je m'empressai d'adopter.

Nos ponctions nécessaires pour recueillir des liquides organiques contenus dans des cavités stériles doivent, elles aussi, être effectuées avec une gestuelle sans reproche. Mais le danger est limité à un moment très court.

Il en va tout autrement des sondes vésicales. L'extrémité du conduit à urine, l'urètre, est colonisée sur un ou deux centimètres par des microbes. Lors du sondage, il est possible d'éviter l'introduction de cette population qui dévasterait la vessie pleine d'un liquide stérile. Mais sa répétition, et surtout le maintien à demeure de la sonde, organise un voyage souterrain pour les flores extérieures. L'infection urinaire causée par les sondes est une véritable maladie. L'étude de sa prévention nous entraînerait trop loin. Mais remplacer le plus souvent possible le traitement antibiotique par des lavages simples et répétés évite de peupler la vessie de mutants et d'opportunistes.

Nos anesthésistes ne font pas réellement une effraction lorsqu'ils font passer leur gaz, même si le passage de la sonde trachéale peut en simuler la réalité. Il arrive qu'un chicot fasse les frais de cette pénétration « douce ». Mais ils franchissent les barrières à microbes du nez et ventilent directement les poumons. Les gaz doivent être purs. Ils le sont. Le danger, nous prévint Acar, peut venir des ajutages nécessaires au raccordement des tuyaux. Il avait observé une épidémie de septicémies dues à la pollution des branchements. Achtung! Achtung!

Sang et lumières

La salle d'opération s'appelle en anglais *theater*, soit théâtre. Chaque jour, dans toutes les langues, s'y jouent des pièces roses ou noires. La technique est assez rarement la cause d'un drame. La survenue d'une infection est toujours un incident détestable, parfois une catastrophe. En lieu et place d'une prompte convalescence, se déroule une hospitalisation prolongée, entrecoupée des interventions nécessaires à guérir l'infection et à pallier ses dégâts.

Côté cour, se trouvent le chirurgien, ses aides, les anesthésistes, la panseuse. Comme le capitaine d'un navire, le chirurgien jouit d'une autorité absolue tant qu'il opère. En milieu hospitalier, le jeune chirurgien est soumis à une surveillance régulière. Tout écart, la moindre imprudence ne sauraient être celés. La responsabilité n'est pas diluée. Le chef de service doit l'assumer. Les interventions sont réparties en fonction des aptitudes de chacun lors de l'établissement du tableau opératoire. A la moindre difficulté, l'équipe est en double commande.

Le droit régalien de répartir les interventions entre ses assistants est le privilège et le devoir du chef de service. C'est parfois une cause de friction avec certains patients qui exigent d'être opérés par lui. En pratique, cette demande aboutirait à enfermer le patron dans des interventions souvent bénignes chez des patients anxieux et exigeants. Nous avons l'habitude de recevoir ensemble les futurs opérés. Les raisons de la consultation sont rappelées, celles du choix discutées à nouveau. La technique est précisée au patient. Les chances raisonnables de succès sont exposées. Le patient est présenté à son opérateur et sera suivi par lui. Il est ainsi facile de calmer les anxiétés et de faire cesser une fixation abusive sur le chef de service.

Le chirurgien et ses aides, après avoir lavé et désinfecté leurs mains, s'habillent. Aux blouses textiles ont succédé les tenues en non-tissé. Elles nous tiennent chaud, ce qui n'est pas bon. La sueur est émise stérile, mais avant de tomber de notre front dans le champ opératoire, elle se garnit de microbes sur la peau. La rareté d'un conditionnement de l'air en saison chaude est une lacune bien française. Le budget global n'arrange pas les choses, car il limite les acquisitions des équipements au strict minimum. Lorsque l'installation existe, il faut souhaiter qu'elle soit efficace, bien entretenue, surveillée bactériologiquement pour ne pas nous distiller les microbes de la maladie du légionnaire. Ils préfèrent les eaux des conditionneurs aux délices du sable chaud.

Les cheveux disparaissent sous les bonnets, les nez contaminés sous la simple ou double épaisseur de la bavette. Les plus jeunes sont surveillés de près par l'habilleuse, prête à intervenir. Les panseuses sont elles aussi masquées et coiffées. Les mèches rebelles sont impitoyablement refoulées Nous n'avons pas encore rencontré un étudiant bananeur à la façon d'Elvis. Nous avons renvoyé rapidement en médecine les chevelus mérovingiens et les barbus prophétiques.

Servis par la panseuse, le chirurgien et ses aides disposent sur la table recouverte de champs stériles le matériel nécessaire pour la première partie de l'intervention. Chaque boîte ouverte comporte des indicateurs de stérilisation. Ils sont vérifiés un à un. Qu'une boîte ait échappé par malheur à l'autoclave peut signifier la mort de l'opéré. Théoriquement, les instruments ne sont stériles qu'enfermés dans les boîtes ou les paquets. L'exposition à l'air, mais surtout aux contacts, les contamine un peu. Aussi ne sort-on les prothèses qu'au dernier moment. Les fils de suture restent dans des emballages fermés.

Côté jardin, le patient a été endormi par les anesthésistes. Sa peau a été lavée et rasée peu de temps auparavant, lorsque le risque infectieux statistiquement connu est important. Sinon le revêtement cutané est badigeonné simplement avec un antiseptique choisi pour son efficacité. Commence alors un grand déploiement de linge ou de non-tissé stérile. Il isole la région opératoire du reste du monde. Les anesthésistes se sentent parfois frustrés. Le patient leur échappe, alors qu'ils seraient fort heureux de voir son visage. Heureusement, de nombreux capteurs permettent de lire sur les écrans les chiffres du pouls, de la tension, de surveiller le tracé de l'électrocardiogramme... Un moment accusés de favoriser la survenue des infections du fait de leur activité derrière et par-dessus les champs, les anesthésistes sont désormais acquittés.

Pendant l'intervention, l'instrumentiste distribue et récupère les instruments directement dans la main du chirurgien et de ses aides. Elle nettoie et essuie le matériel utilisé, ce qui ajoute à la sécurité. Si besoin, les instruments sont changés pour refermer la paroi. La plaie opératoire recousue, la tension tombe. Le pansement est fait. L'opéré est conduit en salle de réveil. Il n'en sortira que conscient, prêt à affronter sa famille.

A la recherche du coupable

Le pourcentage faible mais irréductible des infections postopératoires indique clairement la présence d'un ou plusieurs coupables d'introduction illégale de microbes dans le champ opératoire.

L'air a été et reste encore un accusé à la mode. Il était logique pour le chirurgien de réclamer les mêmes enceintes que celles qu'utilisaient les laboratoires, les ateliers de fabrication des satellites. L'air est stérile. Mais les poussières et les gouttelettes d'eau qu'on y trouve en plus ou moins grand nombre sont contaminées.

Notre présence et nos activités chargent ces véhicules de nos germes transitaires, sans cesse éliminés. La présence de staphylocoques dorés dans un espace aérien témoigne de son occupation par l'homme. Le taux de contamination en salle d'opération augmente avec le nombre et le temps de présence des occupants. Une série de systèmes ingénieux, sitôt le coupable dénoncé, nous furent proposés pour dépoussiérer l'air et limiter sa contamination. Nous avons vu des équipes opérer sous tente. Nous avons vu opérer des scaphandriers munis de microphones. Le flux aérien fourni par ventilation filtrée fut réduit en couches parallèles nous contournant. Certains chirurgiens, ivres d'air pur, se précipitèrent sur les ondes et les écrans pour nous informer des succès de cette chirurgie en enceinte « stérile ». La grande sagesse des téléspectateurs évita une émeute. Les opérés sous air « normal » auraient dû tous refuser la chirurgie proposée. Gérald Lord et son équipe d'orthopédistes démontrèrent heureusement que ces gadgets n'avaient aucune influence sur le taux des infections postopératoires. Nous avions eu chaud. A dire vrai, nous ne croyions guère à la responsabilité de l'air. Désireux de faire construire le plus rapidement possible des salles d'opération dans notre service, nous avions décidé l'Assistance publique à accepter nos plans. Etant donné la pénurie financière réelle et de la condamnation prochaine de l'hôpital Boucicaut par le nouvel hôpital du XVe, je demandai des salles de « pansement » beaucoup moins chères que des salles d'opération. Ce qui fut immédiatement accepté, compte tenu de mon image de marque de « chirurgien-hygiéniste ». Je ne pus malheureusement refuser la ventilation. Une entreprise dont je préfère oublier le nom installa une machine à souffler. Nous nous aperçûmes immédiatement que cette installation nous empêchait de désinfecter les salles au formol. Elle permettait la diffusion de ce gaz toxique. Sitôt émis, il aurait tué le personnel en même temps que les microbes. Nous opérons depuis dix-huit ans avec les fenêtres ouvertes. Cette climatisation à la française ne se révèle inefficace que lors des canicules. L'arrivée d'une mouche ne saurait nous laisser indifférents. Mais le danger d'une contamination aérienne est moins grand que celui d'un trou dans nos gants.

Il convient de protéger la plaie opératoire contre nos postillons. Le silence serait un adjuvant bénéfique au port d'une bavette épaisse et moulante. Malheureusement, l'absence totale de conversation serait préjudiciable à l'enseignement. Un ancêtre de la chirurgie pulmonaire avait la manie de se pencher au-dessus de l'épaule de ses assistants et de leur parler sans bavette lorsqu'il faisait un tour en salle d'opération. Il fut surnommé « J'irai cracher sur vos bronches ». Cette mauvaise habitude disparut avec lui.

Si l'air n'y est pour rien, c'est donc la peau! Nous avons vu toutes les causes qui peuvent remettre en question la virginité microbienne des mains du chirurgien, de ses aides et celle de la peau du malade obligatoirement traversée. Même bien lavée et rasée, même dépourvue de toute maladie ou affection modifiant la nature et le nombre des populations microbiennes présentes, même soigneusement désinfectée, elle subit sous le scialytique un chauffage qui favorise la résurgence des microbes profondément situés. Là où le bistouri passe, le microbe ne trépasse pas, comme le prétendait un détracteur des théories pastoriennes. Un film de plastique transparent et adhésif nous fut proposé. Collé sur la peau, il était incisé en même temps qu'elle et devait empêcher le passage de germes cutanés résurgents au fond de la plaie opératoire. En fait, sa présence induit un microclimat chaud et humide qui favorise le retour et la prolifération de nos chers ennemis. Comment imaginer que le plastique collé sur les bords arrête cette ruée? Il paraît plus logique de désinfecter régulièrement la peau du patient comme celle des mains de l'équipe chirurgicale.

Utilisant au départ des instruments stériles, peu contaminés par l'air de la salle d'opération, traversant une peau désinfectée avec des mains elles aussi dépourvues momentanément de microbes, il est clair que seule notre gestuelle est responsable. L'entraînement et la vigilance du personnel évitent les sacrilèges. Un matin, une jeune étudiante en médecine est autorisée à entrer dans la salle d'opération où officie le professeur Lucien Léger. Chef d'école incontesté, brillant opérateur, l'homme est aussi autoritaire et craint dans son service qu'agréable dans la vie. Un instrument tombe soudain de la table du maître. Personne ne bouge. L'instrument reste à terre. Interloquée par cette impolitesse, la jeune stagiaire s'avance, ramasse l'instrument et le repose sur la table. Un silence à couper au couteau et même au bistouri suit le geste. Tous retiennent leur souffle, redoutant l'éclat qui ne vient pas. La stagiaire, brusquement inquiète, soupçonne quelque méprise. Elle sort sur la pointe des pieds. La porte à peine refermée, l'opérateur explose. On change tout.

A côté de ces gestes évidemment contaminateurs existe une multitude de gestes douteux qui peuvent sournoisement accumuler une charge microbienne capable d'exploser dans les suites si les rapports de force lui sont favorables. Le tissu et le non-tissé de nos blouses chirurgicales ne sauraient empêcher tout passage microbien. Il n'est pas bien de poser les mains gantées sur le ventre entre deux temps opératoires, ni même d'approcher des aisselles si polluées. Faire le compte de tous ces gestes « douteux » est bien difficile. Il serait à la rigueur possible de revoir en vidéo l'intervention, mais quel investissement de temps et d'argent pour rechercher un fil d'Ariane aussi ténu!

L'aide la plus précieuse et la plus nécessaire nous vient des panseuses et des instrumentistes. L'école des panseuses de l'Assistance publique fut fermée pendant de longues années. Les hôpitaux de province rechignaient à embaucher un personnel spécialisé qu'il fallait payer davantage. Nous avons combattu longtemps pour la réouverture. C'est chose faite. Reste à donner un salaire en rapport avec les responsabilités. La surveillante panseuse gère la stérilisation centrale. La panseuse en salle d'opération veille aux frontières de la contamination. Rien ne lui échappe. Elle a droit à la parole et en général ne s'en prive pas. « Si tu peux prévoir l'imprévisible, trouver l'introuvable et supporter l'insupportable, tu seras panseuse, ma fille. »

Théoriquement, le rôle d'instrumentiste devrait être

réservé à tour de rôle aux panseuses. Sur le plan diplomatique, cette alternance gommerait les petits conflits qui peuvent naître en celle qui exige sur l'instant, aiguillonnée par l'opérateur, et celle qui doit tout trouver tout de suite. Mais le plus important rôle de l'instrumentiste est de veiller aux frontières de l'inoculation. Le chirurgien et les aides sont souvent trop préoccupés pour être en permanence sensibilisés aux problèmes d'asepsie. Panseuse dans l'âme, celle qui passe les instruments en frappant légèrement la main qui les attend pour induire une reconnaissance immédiate n'oublie jamais son rôle de grande prêtresse de l'asepsie. Elle peut exiger un changement de gants, le retrait d'un instrument, un nouvel habillage. Certes, une infirmière peut remplir ce rôle après une formation sur le tas. Il est regrettable que tous les chirurgiens ne soient pas assurés d'avoir une instrumentiste-panseuse lorsqu'ils pratiquent des interventions à haut risque. La plus mauvaise solution est évidemment l'utilisation des élèves hospitaliers. Placés pour quatre mois en stage chirurgical, ils ont à peine le temps de s'habituer que déjà ils sont partis. Comment, tremblant de faire une bêtise, pourraient-ils s'ériger en gardiens vigilants de règles qu'ils commencent à apprendre ?

Enfin, un début de preuve

Une femme très âgée est hospitalisée avec cinq jours de retard pour une fracture du col du fémur. Je ne suis pas partisan de l'acharnement thérapeutique. Je suis également contre l'euthanasie, même si une famille hypocritement chagrinée me demande s'il est bien nécessaire de faire quelque chose et parfois me suggère de hâter la fin. Le seul moyen d'assurer une survie confortable à l'aïeule est de mettre en place une prothèse. La patiente peut se lever le lendemain de l'intervention et remarcher rapidement. Malheureusement, les cinq jours de retard sont responsables d'une ulcération de la peau des fesses. Nous prélevons la flore microbienne de cette escarre débutante. L'intervention a lieu. La patiente récupère, se lève, puis sombre dans la torpeur. La cause est évidente : infection de la plaie opératoire.

La patiente ne supporte pas la réintervention nécessaire. Nous prélevons le foyer opératoire. Lors de l'examen du dossier pour établir les causes de la mort et étudier notre responsabilité, nous concluons que la présence d'une plaie infectée aux environs du champ opératoire explique la contamination. Nous ne pouvions attendre les deux mois nécessaires à la cicatrisation de l'ulcère. Les résultats bactériologiques se révèlent intéressants. A cette époque, nous suivions sur les conseils de J.-F. Vieu les caractéristiques des staphylocoques dorés et des pyocyaniques du service. Chez la patiente, nous comparons les résultats des prélèvements effectués avant l'intervention dans les selles et sur l'ulcère, puis lors de la réintervention dans le pus entourant la prothèse. Dans les trois échantillons prélevés se trouvent des pyocyaniques. Pour pouvoir suspecter une origine unique, il est nécessaire que ces pyocyaniques soient identiques après de nombreux test effectués par J.-F. Vieu. Tels sont les résultats qui nous sont fournis par l'Institut Pasteur. Les pyocyaniques de la patiente sont semblables et diffèrent des pyocyaniques trouvés sur les patients voisins. Il est certes impossible d'affirmer une origine unique. Mais il est possible de proposer une explication. L'ulcère a été contaminé par les pyocyaniques des selles. Lors de l'intervention, malgré une désinfection soigneuse, des pyocyaniques de l'ulcère ont été introduits dans la plaie opératoire et s'y sont développés, aidés en cela par l'état général fléchissant de la patiente et la présence d'un volumineux corps étranger. Aurions-nous dû choisir l'abstention, demandée par les héritiers de l'appartement ? Je ne crois pas. Peut-être la prévention d'une infection serait-elle améliorée par l'excision de l'ulcère avant la désinfection de la peau. Mais il ne s'agit pas là d'une technique utilisée.

Une joyeuse alcoolique sexagénaire se fracture le col du fémur au cours de sa cuite hebdomadaire. Elle entre dans le service et échappe au délirium tremens grâce à la vigilance des anesthésistes. Elle est opérée. Huit jours après éclate une infection. L'opérateur réintervient, nettoie, enlève le clouplaque qui bloquait la fracture. La patiente guérit de sa suppuration. Deux mois plus tard, elle remarche, mal il est vrai, mais assez bien pour retourner chez Nicolas. L'étude des prélèvements montre la présence dans le pus de la plaie opératoire de deux staphylocoques dorés différents. Les investigations des spécialistes montrent que l'un d'eux est identique à celui trouvé dans le nez de la patiente avant son intervention. L'autre est identique à celui trouvé régulièrement dans le nez de l'opérateur. Détail accablant, ce staphylocoque « chirurgical » est trouvé sur une des vis retirées. L'apport microbien peropératoire a donc associé le staphylocoque de l'opérateur à celui qui circulait sur la peau de la patiente. Ils sont différents des staphylocoques trouvés sur les autres patients et les autres chirurgiens. L'intérêt de cette observation ne se limite pas à cette découverte. Des deux staphylocoques, l'un est pratiquement sensible à tous les antibiotiques : c'est celui du chirurgien. Celui de la patiente, bonne cliente des hôpitaux, résiste à de nombreux antibiotiques : le vin rouge ne met pas à l'abri des accidents infectieux et ne dispense pas de l'usage des antibiotiques! J. Acar, interrogé sur cette cohabitation, nous prédit la disparition rapide du staphylocoque le plus résistant, empêtré dans tous les enzymes qui le protègent contre l'action des antibiotiques. Celui du chirurgien, plus vivace, ne disparut que le dernier. Nous serions tentés d'y voir la victoire du Vietnamien aux pieds nus contre le soldat américain superarmé. Mais ce n'est qu'une image.

Trois années de recherches bactériologiques se sont soldées par deux observations concluantes. C'est peu. Le caractère aléatoire de la survenue d'une infection postopératoire est décourageant.

Récemment, un de mes chefs de clinique, orthopédiste de talent, opère un psychiatre d'un doigt à ressaut. Cette affection de la main se manifeste par une sensation de blocage lors de la flexion-extension d'un doigt. Il cède brutalement, d'où le ressaut. Une petite bosse sur le tendon fléchisseur s'engouffre avec difficulté dans la coulisse fibreuse qui guide les tendons comme le font les câbles d'aiguillage. Une courte incision de la paume permet de faire disparaître la cause du blocage. L'intervention, très simple, dure environ dix minutes. Mais le chef est orthopédiste. Pour lui, les précautions d'asepsie sont extrêmement importantes. Il ne s'agit pas de chirurgie plastique indiscutablement moins vulnérable aux microbes. Il demande tant de champs opératoires et fait tant de chichis que les panseuses protestent. « Voilà bien des dépenses pour une petite intervention; lorsque vous faites une réimplantation de bras, vous n'en demandez guère plus. » Mais l'opérateur est roi, roi provisoire mais réellement roi. Le chef obtient ce qu'il veut. Trois jours après, le psychiatre m'est montré avec un phlegmon des gaines, c'est-à-dire atteint d'une suppuration autour du tendon fléchisseur.

Certes, nous sommes des spécialistes des infections et singulièrement des infections de la main. Certes, nous avons guéri le psychiatre. Mais cette complication lui a coûté beaucoup de soucis et trois semaines de rééducation. Je lui ouvris tout le dossier et notre cœur. Je ne savais pas pourquoi! Si nous avions continué nos recherches bactériologiques sur les flores des chirurgiens, du personnel et des patients, nous aurions peut-être pu désigner le porteur responsable. Mais le coût de nos recherches, en l'absence de tout financement extérieur et de subvention par les organismes de recherche, était trop élevé pour les finances de l'hôpital. Par ailleurs, la récolte était bien maigre.

Les microbes sont-ils transportés par le drain?

Le patient, une fois refermé, ne saurait être infecté lors des pansements. Les cellules épidermiques réalisent une occlusion en quelques heures, en dégringolant des berges cutanées. Les fils ne sauraient conduire les germes jusqu'aux espaces ouverts par la chirurgie, sauf exceptions bien rares. En revanche, le rôle des drains mérite d'être examiné. Les drains aspiratifs séparés de la plaie opératoire par un long trajet sous la peau découragent le plus souvent toute tentative de pénétration microbienne. Il n'en est pas de même avec les drains faits de lames de caoutchouc ou de silicone. Malgré des pansements attentifs multipliant les désinfections de la peau voisine de l'orifice du drain, des germes peuvent se glisser au fond de la plaie opératoire. Le mal n'est pas grand si l'écoulement est aisé. Mais une courte rétention, la proximité d'une structure tissulaire vulnérable aux microbes peuvent entraîner une poussée infectieuse. Ces patients « entrouverts » doivent être étroitement surveillés, et les drains retirés le plus vite possible.

Sont-ils véhiculés par le sang?

Périodiquement, le sang est accusé de transporter des microbes qui s'arrêtent « normalement » au foyer opératoire et y déclenchent un brutal incendie. Il est vrai que le sang véhicule plus souvent que nous l'imaginons des microbes. La bactériémie ou présence momentanée de microbes dans le sang, la septicémie, où cette présence perdure, ne sont pas exceptionnelles, même si dans mon service, où la culture du sang des fébricitants est quasi automatique, cette éventualité est exceptionnelle. Les bactériologistes nous assurent que, pendant la digestion, au cours du brossage des dents, un passage microbien dans le sang est chose courante. Il nous paraît raisonnable de traiter tous les foyers infectieux (caries dentaires, amygdales...) d'un patient devant subir une intervention à haut risque infectieux. Nous connaissons des exemples indiscutables de métastases infectieuses au cours de maladies, telle la typhoïde, responsables d'ostéite où se trouve le bacille d'Eberth. Ce mécanisme est tentant. Il nous débarrasserait de toute responsabilité. Malheureusement, nous le croyons exceptionnel même en cas d'infections tardives. Le processus infectieux peut, en effet, ne se développer que dans les mois ou même dans les années suivant l'intervention. Il est dû, selon nous, au brusque réveil et au développement explosif de souches microbiennes dormantes introduites lors de l'intervention. Ces souches dites minus gardent intactes leur virulence pendant cette hibernation prolongée. Un traumatisme, la chute des défenses par baisse immunitaire expliquent leur retour offensif. Il est regrettable qu'aucun travail bactériologique de longue haleine n'ait effectué l'étude épidémiologique de ces flores.

Antibiotiques or not, that is the question

L'efficacité de l'antibiothérapie préventive de l'infection reste posée. Nous n'en avons jamais vu les effets sur la plupart des patients que nous avons eu à traiter. Reste le problème des interventions à haut risque, c'est-à-dire où la survenue d'une infection est une catastrophe mettant en péril au moins le résultat et même la vie du patient. Une série de travaux bien conduits semble avoir prouvé le bien-fondé d'une antibiothérapie en « flash ». Le traitement antibiotique commence avant l'intervention et se termine rapidement après. Cette technique ne supprime pas l'infection postopératoire mais limite le nombre des cas observés. N'étant pas orthopédiste, je me garderai bien de prendre parti. Tout ce que je puis dire est que l'usage des antibiotiques n'a pas fait l'unanimité parmi mes collaborateurs.

Les trois sortes de règles

Malgré sa survenue aléatoire, la complication infectieuse ne saurait être comparée à la roulette russe. Il existe des règles impossibles à transgresser. Mais la multiplication des hygiénistes et de leur vaillante troupe, les surveillants et surveillantes hygiénistes, a multiplié des règlements et des injonctions qui, si on n'y prend garde, risquent de rendre le travail des chirurgiens et des infirmières impossible. Peu enclins au doute, ces nouveaux chevaliers du stérile et de l'aseptique finiraient par nous enserrer dans un tissu de règlements aussi contraignants que celui d'une centrale nucléaire sans pouvoir le plus souvent en justifier de façon scientifique la rigueur. Qu'un président de tribunal se décide à prendre ces textes pour paroles d'évangile, et nous voilà à la merci d'une condamnation pour de prétendues fautes. Je n'en veux pour preuve que l'absence de traitement préventif antibiotique ou même thérapeutique en présence d'une infection postopératoire. L'hygiène est une science trop sérieuse pour être laissée aux hygiénistes. Charbonnier doit rester maître chez lui. Nous avons essayé de mettre un peu d'ordre dans tous les règlements et avons proposé dans une communication à l'Académie de Chirurgie un classement en trois catégories :

• Les *règles nécessaires* ont pour but la suppression ou la limitation de l'inoculation septique. Leur inobservance conduit pratiquement toujours à des accidents infectieux.

• Les *règles logiques* sont édictées pour diminuer la contamination. Leur inobservance n'est pas automatiquement suivie d'accidents infectieux, la relation entre la contamination et l'inoculation étant aléatoire.

• Le *rituel* est l'ensemble des comportements adoptés en milieu hospitalier en dehors des règles précédentes. Il est sans rapport direct avec la contamination et l'infection. Mais l'adoption d'un rituel particulier permet de vérifier qu'une discipline existe, qu'elle a certaines chances d'être comprise, acceptée et suivie... dans les autres domaines.

Les règles nécessaires

Tout ce qui pénètre dans la peau ou les humeurs, instruments, matériel de suture, prothèses, gants, vêtements, liquides injectables, doit être stérilisé, c'est-à-dire débarrassé de tout microbe, levure ou virus décelables par nos moyens de culture les plus poussés. La conversation de l'état stérile de ce matériel est un souci permanent pour la surveillante de salle d'opération. Mme Klein (Mimi pour les intimes) assure la sécurité du service depuis dix-huit ans. Toute entrave à son contrôle, toute limitation éventuelle à sa rigueur la trouvent bec et griffes en avant.

J'ai assisté une fois, dans ma vie d'interne, à un accident dû à l'absence de stérilisation d'une boîte d'instruments de chirurgie. L'opérateur n'avait pas vérifié l'aspect du tube témoin qui, en virant sous l'effet de la chaleur, authentifie la stérilisation. La patiente mourut en trente-six heures d'une septicémie foudroyante. Nous ne disposions pas encore des antibiotiques.

Peu de temps après le départ des Français d'une colonie africaine, un aide-soignant devenu, par la grâce des promotions révolutionnaires et foudroyantes, chef de bloc opératoire décida de supprimer la stérilisation, héritage colonialiste coûteux et fatigant. Comme il continuait à nettoyer et sécher les instruments, les complications furent d'abord peu nombreuses et, dans l'ambiance, passèrent à peu près inaperçues. Mais le jour où il décida d'arrêter aussi le lavage, le service fut rapidement nettoyé de ses occupants. L'aide-soignant fut judicieusement lessivé.

Chaleur humide, chaleur sèche, exposition aux rayons gamma, oxyde d'éthylène doivent être utilisés selon des règles fort précises pour que leur effet soit total au plus profond des boîtes et des emballages. Les autoclaves n'explosent guère. Mais nous fûmes victimes, aux temps héroïques, d'une cuve à oxyde d'éthylène. L'appareil était installé, oh! horreur, là où les chirurgiens se lavaient les mains. Mimi se battait pour faire transférer cet ensemble dangereux dans les sous-sols débarrassés de leurs rats et cafards. Quelques jours avant le déménagement, un beau matin, une explosion abominable cassa les carreaux, blessa légèrement J.-P. Lemerle qui se lavait les mains et alluma un petit foyer d'incendie. A. Bzowski, qui opérait un patient mordu par un lion à la fête de l'Humanité, arrêta calmement l'intervention, écarta les débris de verre et, masqué, ganté, botté, se mit en devoir d'éteindre le feu à l'extincteur. Puis il revint se faire habiller de linge stérile par une aide-soignante quelque peu commotionnée.

L'arrivée des pompiers fut spectaculaire. Dominique Le

Viet, qui allait opérer dans la salle voisine, était auprès de sa patiente, une Américaine, que les anesthésistes s'apprêtaient à endormir. Comme elle s'étonnait du bruit de l'explosion, du souffle perceptible et des bruits de verre cassé, il lui répondit : « Ce n'est rien. C'est le patron qui pousse un coup de gueule. » Douze heures après l'explosion, nous reprenions nos activités. Mimi avait fait merveille. Après tout, nous opérons avec les fenêtres ouvertes. Alors, qu'il y ait des vitres ou pas, quelle différence! La directrice me confisqua les photographies de la catastrophe. Il est vrai qu'accouru de la consultation j'avais demandé au photographe de l'Assistance publique, Chantal Liomain, un reportage sur le vif. J'en ai gardé un double.

Avec l'activité croissante de nos charmants terroristes de tout poil, nous avons l'habitude des explosions. Nous étions un peu en avance sur notre époque. Il n'en reste pas moins vrai que les équipes de garde n'arrivent pas à être réellement chagrinées lorsqu'elles reçoivent le poseur de bombe plus ou moins haché par son colis.

La plus grande vigilance est nécessaire à la stérilisation des solutés injectables et surtout pour ceux qui sont destinés à la voie intraveineuse. La perfusion d'un liquide contaminé peut tuer rapidement. Un jour, dans une grande administration hospitalière, le responsable de garde reçut un appel inquiétant. Trois patients de trois hôpitaux différents avaient présenté de graves malaises d'allure infectieuse, après perfusion de sérum glucosé. Sa réaction fut immédiate. Un groupe de bactériologistes fut sorti du lit en pleine nuit. Les pharmaciens responsables aussi. Il s'avéra très vite que les flacons faisaient partie du même lot. Des équipes partirent immédiatement faire la chasse aux flacons suspects. Le danger écarté, restait à comprendre. Le sérum des flacons était absolument stérile. Un bactériologiste curieux pensa à l'interstice qui sépare le bouchon en caoutchouc du couvercle métallique. En fait, cet interstice avait été pénétré par de l'eau, devenue rapidement bouillon de culture. L'aiguille qui perforait le bouchon pour mettre en route la perfusion traversait ce milieu contaminé et souillait le sérum.

Les flacons de sang, de plasma et de tous les autres dérivés du sang sont soumis à un contrôle infectieux rigoureux. Sont écartés tous les échantillons souillés par les virus de l'hépatite et du SIDA.

Les règles logiques

Il ne s'agit plus d'empêcher l'introduction des microbes dans la plaie opératoire, mais de limiter la contamination des objets et du personnel hospitalier. Ce faisant, on espère diminuer les chances d'infection du patient par les germes de l'environnement. La contamination hospitalière est importante, comme dans toutes les situations qui rassemblent de nombreuses personnes dans un petit espace. Elle est augmentée, puisqu'une partie des humains rassemblés sont des malades infectés ou contagieux. Le danger des concentrations humaines est bien connu : épidémies d'écoles, de casernes. Avant la mise au point des excellents vaccins qui protègent les enfants des maladies contagieuses, l'hospitalisation des futurs opérés était un réel problème. Très souvent, l'intervention programmée était retardée du fait de l'apparition d'une rougeole, d'une scarlatine ou d'une coqueluche, cadeau du service.

La survenue d'une complication infectieuse causée par une contamination hospitalière est dans notre expérience rare et bien difficile à prouver. La preuve du bien-fondé des mesures prises est fort délicate à trouver. Force est de se fonder sur des raisonnements logiques qui ont en commun la recherche de la diminution du nombre et de la virulence des germes ambiants. Dès lors, deux attitudes peuvent s'opposer.

Les perfectionnistes multiplient les examens bactériologiques de l'air, des murs, des lavabos. Le nombre, la diversité et l'éventuelle nuisance des germes rencontrés leur font édicter des règles nombreuses et astreignantes. Le résultat de ces multiples notes de service où le superflu et l'inutile côtoient le nécessaire est la démobilisation du personnel. Une obéissance relative existe le matin en présence du chef de service, mais elle est suivie d'un abandon rapide de mesures jugées excessives.

A l'opposé, les laxistes, faute d'une sanction infectieuse rapide, laissent s'installer une telle pollution que la survenue de complications risque d'être dramatique. Une grave épidémie décima un service de médecine infantile. La cause en était l'absence de nettoyage du mixer qui servait à préparer les bouillies. Une souche très virulente de pyocyaniques y proliférait et allait ensuite ravager l'intestin des nourrissons.

Ne pas en faire trop mais en faire assez, tel est le problème qui se pose à chaque chef de service, puisque les contaminations et le danger qu'elles font courir varient avec chaque exercice. Seules les mesures régissant les services communs : lingerie, cuisine, pharmacie, production d'air conditionné, sont relativement faciles à définir et à mettre en œuvre.

La séparation absolue des deux chaînes linge propre-linge contaminé, de bonnes conditions de stockage donnent une excellente sécurité. Les prélèvements réguliers effectués sur les crudités et la pâtisserie permettent de surveiller l'état sanitaire de la nourriture. La présentation des antiseptiques en sachets individuels évite la contamination des gros flacons où ils étaient stockés. Dans toutes ces situations, la collecte d'informations précises est aisée, l'interprétation simple, les mesures efficaces. Ainsi la petite épidémie de la maladie du légionnaire qui a frappé au nouvel hôpital Bichat a-t-elle pu être traitée de façon exemplaire. Pour la première fois, le professeur chargé de l'hygiène auprès de l'Assistance publique a informé complètement le public à la fois sur les complications infectieuses, leur cause et les mesures prises pour arrêter le processus. Il est absolument nécessaire que les Français de tout grade et de toute profession prennent l'excellente habitude de ne rien cacher à ceux qui, payant de leurs deniers un service public, voudraient comprendre pourquoi ils en sont les victimes.

Logiquement, la consigne destinée à assurer au chirurgien et à son patient une salle d'opération au-dessus de tout soupçon bactériologique est simple : il faut désinfecter. L'usage de vapeurs de formol dans un espace rigoureusement clos, pendant un temps suffisant et à une concentration adéquate, tue tout ce qui vit. La neutralisation du formol par l'ammoniaque permet ensuite la réutilisation des locaux. Mais ce n'est pas aussi simple. Nous avons certes réussi à colmater les trous qui auraient, lors des désinfections, transformé notre service en champ de bataille d'Ypres. Mais l'usage répété du formol a de nombreux inconvénients : arrêt d'exploitation des locaux pour des temps assez longs, nettoyages répétés des murs recouverts rapidement de dépôts, dégâts importants faits au matériel chirurgical si coûteux.

Tous ces inconvénients nous ont fait réfléchir, Mimi et moi, après utilisation répétée de la désinfection. Les microbes ne sautent pas. Par ailleurs, nous étions convaincus que le danger microbien se situait au ras de la plaie. Nous avons décidé de limiter au maximum la contamination des salles, de remplacer la désinfection par un lavage bien réglé et de limiter le nombre des désinfections au strict nécessaire. Lors des interventions septiques (comprenant l'évacuation de pus ou de liquides contaminés), nous avons protégé les tables d'opération si difficiles à nettoyer complètement par de vastes alèzes imperméables retombant jusqu'au sol. Les poubelles métalliques qu'il fallait vider furent remplacées par des sacs de papier faciles à refermer et à évacuer. A la fin de l'intervention, tous les linges souillés sont rassemblés sans souillure et immédiatement éliminés. Le linge des chirurgiens récolté dans la salle suit immédiatement le même chemin. Puis le sol et la partie accessible des murs sont soumis à un lavage soigneux avec une solution nettoyante et antiseptique.

Malheureusement, il est plus facile de mettre en route un appareil à désinfection que d'obtenir le personnel capable de laver avec précision la salle d'opération aussi souvent que cela est nécessaire ou tout au moins souhaitable. Il faudra bien un jour remplacer le titre de garçon de salle d'opération, qui a mal vieilli, par celui de technicien hygiéniste de surface.

Les mêmes simplifications ont présidé aux règles d'utilisation des chambres. La désinfection est réservée à des cas bien particuliers : maladie infectieuse, infection virulente. Sinon, il ne s'agit que d'hôtellerie. Le ménage suffit, mais efficace et complet. Le pourtour des orifices de vidange des lavabos qui garnissent heureusement nos chambres rénovées est farci de pyocyaniques. Perfectionnistes, nous aurions pu brandir sans crainte de contradiction nos nombreux prélèvements positifs pour exiger une désinfection journalière des chambres, un nettoyage permanent par des femmes de ménage masquées. En fait, ce peuplement microbien des lavabos et bien souvent des robinets est le simple témoignage de la présence humaine. Les microbes ne jaillissent pas du siphon pour agresser infirmières et patients. Nous avons donné comme consigne d'y placer tous les jours une cuillère à soupe d'eau de Javel sans savoir réellement si cette prescription « logique » a un effet quelconque sur le nombre des infections.

De toute évidence, il faut concentrer notre action sur les situations où la contamination risque de devenir inoculation. La manipulation des pansements souillés, des bassins, pollue les mains des infirmières. Si le lavage des mains est oublié (et comment pourraient-elles l'effectuer aussi souvent que cela est nécessaire ?), le risque de contaminer une seringue, un pansement, la boisson et la nourriture existe. Nous avons demandé aux Laboratoires Roger Bellon de fabriquer des gants à trois doigts, très larges et très longs, puisqu'ils remontent jusqu'au coude. L'infirmière enfile facilement ces gants. Lorsqu'elle refait un pansement septique, elle sectionne les bandes, ramasse dans sa main les compresses souillées. Puis, retournant la large manchette du gant, elle enferme toute cette sanie dans un sac qu'elle jette immédiatement dans un grand sac de papier. Ces gants-poubelle, non stériles, permettent la manipulation des bassins et des urinoirs, les toilettes du siège. Les infirmières ne sont pas dispensées du lavage des mains. Mais en évitant au maximum de souiller leur peau, elles peuvent en diminuer la fréquence. Mes infirmières ne sauraient plus s'en passer. Seront-ils un jour utilisés sur une grande échelle ? Il est permis de l'espérer, puisqu'ils ont fait l'objet d'une tentative de contrefaçon.

Nos habitudes ont été profondément modifiées par l'emploi du linge à usage unique. Calottes, masques et bottes sont jetables. Le coût de ce matériel n'est pas excessif si on tient compte de l'absence de lavage, d'entretien et des facilités de stockage. Le linge à usage unique se vole peu, avantage réel à l'hôpital où la « fauche » est aussi importante que dans les supermarchés. Mais il se gaspille. A nous de veiller.

Durant mes premières années de chef de service, j'exigeais que lors de la visite du secteur septique de mon service, mes assistants et moi revêtions des tabliers de non-tissé, à usage unique. Ce déguisement avait grand air et impressionnait les visiteurs venus s'enquérir de nos procédures de sécurité infectieuse. Puis, nos travaux avançant, il devint clair que les contagions croisées entre patients étaient quasi inexistantes à partir du moment où les pansements souillés, les selles et les urines étaient manipulés avec précaution. J'ai supprimé sans inconvénient les tabliers pour les médecins tout en les conservant pour les infirmières qui refont quotidiennement les pansements. Mais je pris la peine d'expliquer longuement et souvent les causes de cette modification et continuai à éviter que les chirurgiens ne plongent les mains dans les pansements septiques sans précautions.

La chasse aux gestes polluants n'a de signification que si les déchets sont évacués de façon radicale. Au début de notre exercice, on mit à notre disposition des sacs-poubelle de plastique grand modèle, bien connus maintenant des éboueurs. Un châssis métallique muni d'un couvercle à pédale les maintenait verticaux. Il s'agissait d'une fausse bonne solution. Les châssis métalliques rouillaient vite. Les couvercles refusaient rapidement de s'ouvrir et devaient être manipulés à la main. Il était nécessaire de détacher le sac de son support pour le fermer. Le sac de papier d'emballage « Paptout » nous offrit une solution idéale. Déplié, il tient sur son derrière et cela d'autant plus qu'il est lesté. En retournant le bord supérieur, nous créons un pli qui maintient le sac ouvert et permet de le déplacer sans se salir les mains. Dès que le sac est rempli aux trois quarts, une agrafe métallique le ferme. Il est évacué et brûlé immédiatement. L'usage du gant-poubelle qui enferme les pansements humides dispense le sac d'une imperméabilité totale.

Dans la lancée des simplifications, nous avons supprimé le voile et le bonnet *en salle d'hospitalisation.* Cette mesure fut bien accueillie. Comme me le dit une infirmière : « Certains de vos collègues sont, au nom de l'hygiène, très exigeants en matière d'uniforme. Or ils passent la visite sans aucun chapeau, ni bavette, ni tablier. » Les microbes respecteraient-ils la hiérarchie médicale ? En revanche, nous exigeons un bonnet pour la distribution de la nourriture (pourquoi risquer d'y ajouter des cheveux ou des pellicules ?) et pour la réfection des pansements. *Ces quelques exemples montrent la difficulté des choix.* Ils ont toujours une incidence économique importante qu'il faut justifier. La difficulté est l' « heureuse » rareté des accidents infectieux imputables à la contamination. Mais cette rareté ne doit pas nous aveugler. Après de violentes campagnes de presse dénonçant le manque d'hygiène des hôpitaux, le temps de la sagesse est venu. On n'entend plus certains se plaindre des ascenseurs qui transportaient en même temps médecins, malades, visites et poubelles. Le fait était regrettable, mais bien incapable d'induire une épidémie ou même un accident infectieux isolé.

En fait, les journalistes dénonçaient surtout la saleté et l'absence d'entretien du matériel et des locaux. La crasse des murs, les écailles des peintures, l'état parfois lamentable des chaises et des tabourets ne sauraient être responsables d'infections. Mais ce misérabilisme impressionne défavorablement aussi bien les malades hospitalisés que leurs familles et le personnel. La saleté inquiète et démobilise. Quelle lutte quotidienne !

Le rituel

Il est possible de dire qu'il est le tombeau des comportements intelligents. Mais il faut se méfier des formules brillantes. Les comportements des groupes obéissent à des lois moins intellectuelles. Nous prétendons qu'une tenue soignée est nécessaire pour le personnel de tout grade.

Celle des médecins a beaucoup changé. Ils ont abandonné les barbes pastoriennes et la jacquette. Le haut de la hiérarchie garde une tenue convenable, voire élégante. Mais que dire de l'aspect de certains internes et élèves hospitaliers ? L'hirsutisme capillaire n'est plus de mode. Mais la tenue relaxe type jardinage ou barbecue est devenue le nouvel uniforme des services de pointe et des SAMU. Ce laxisme vestimentaire s'accompagne souvent de propreté douteuse et de lavages de main réservés aux années bissextiles. On fume en passant la visite, en interrogeant les malades.

Il faut vivre avec son temps, sinon il vous quitte. Je sais bien que la différence entre mon temps d'externe et l'actuelle saison des élèves hospitaliers peut être caricaturée aisément. Je disais, le premier, « Bonjour monsieur » au patron. *Maintenant je salue le premier.* Il m'est répondu un bonjour désinvolte, somme toute gentil. Mais je ne puis supporter que ceux qui ont la charge de la santé publique ne soient pas soumis aux mêmes règles de tenue que les hôtesses de l'air, les policiers ou même les vendeuses de pâtisserie. Il est facile de répondre à notre diatribe en faisant remarquer que la compétence, la bonté et le dévouement à son prochain n'ont rien à voir avec la tenue. Certes. Mais si j'étais un ouvrier turc, un enfant du Mali accompagné par sa mère, un exploitant agricole monté à Paris pour voir un spécialiste ou n'importe quel citoyen arraché brusquement à son petit monde par une urgence qui le parachute à l'hôpital, j'aimerais reconnaître du premier coup d'œil un médecin à sa tenue. Si nous n'y prenons pas garde, les seuls médecins qui en auront l'air seront ceux qui apparaissent dans les feuilletons télévisés.

Le laxisme remplace progressivement le marxisme et le fascisme. L'absence d'effort, l'esquive des contraintes sont élevées à la hauteur d'une religion. En restant « naturel », l'homme se range en dessous de l'animal qui fait souvent sa toilette. La rue à Paris était un spectacle où le Parisien et le touriste étranger pouvaient admirer des femmes jeunes et moins jeunes habillées avec goût, même si leurs revenus ne leur permettaient pas de fréquenter les boutiques qui font la gloire de Paris. Malgré une certaine amélioration, force est de constater que nos contemporaines s'habillent souvent avec moins de goût que ne le faisaient les ouvrières d'usine. De chiffons en oripaux unisexes, en passant par le blue-jean des fausses bergères du Larzac et des ramasseuses de crottes de coyote de l'Arizona, nos contemporaines ont dégradé progressivement l'image féminine française, au point que les seules femmes bien habillées seront bientôt les Arabes en chador, les Indiennes en sari, les Africaines en boubou et les Japonaises en kimono (s'il en reste).

L'hôpital ne pouvait échapper à cette dégradation. Curieusement, elle a respecté le corps admirable des infirmières qui, à quelques exceptions près, sont la vitrine de nos services. Elles entretiennent souvent elles-mêmes leurs blouses et savent, par une gracieuse apparence, faire plaisir à ceux qu'elles soignent.

Le laxisme de la tenue est souvent aggravé par un laxisme comportemental. C'est le côté copain-copain. Rien ne me semble plus stupide que cette familiarité imposée. Elle indispose ceux qui sont normalement réservés. Elle embarrasse ceux qui y voient une agression venue du haut de l'échelle sociale. Un langage clair, de la gentillesse, un comportement suffisamment personnalisé à l'instant pour que le patient se sente autre chose qu'un numéro de Sécurité sociale sont nécessaires. Mais les distances sont gardées. Nous sommes frappés par le ressentiment des patients mécontents au cours des procès, lorsque leurs rapports avec le médecin ou le chirurgien ont été marqués par une familiarité excessive. Ils n'en gardent aucune reconnaissance, bien au contraire. Il faut éviter un comportement pontifiant ou théâtral. Mais il ne faut pas se laisser traiter de toubib ou de charcutier. Lorsque cela arrive, j'adresse ces patients en consultation chez Pou, le célèbre traiteur de l'avenue des Ternes. Ils ne recommencent jamais.

Si j'avais à définir un autre élément important de la relation patient-chirurgien, je choisirais le sens de l'humour. Il doit être bilatéral. Un patient pouvant sourire et un chirurgien capable de plaisanter sont déjà complices d'une future bonne action.

CHAPITRE VII

GREFFES ET LAMBEAUX

Un pâle soleil éclaire Paris ce 8 décembre 1869 au début de l'après-midi. Les affiches convient le bon peuple à aller voir les opérettes d'Offenbach. Le ciel de banlieue inspire Corot, Courbet et Millet. Il fait trop froid pour aller pique-niquer sur l'herbe. Les partisans et adversaires de Manet, qui avait déclenché une émeute en peignant ce thème, sont calmés. Cet après-midi est un jour faste pour la chirurgie plastique. Ironie du destin, c'est le célèbre urologue de Necker, qui sera ma faculté, qui porte dans ses bras un nouveau-né : la greffe de peau. Les voies du Seigneur sont impénétrables, même si pour M. Guyon les voies urinaires le sont si facilement que toutes les vessies lui servent de lanternes. Il apporte à l'Académie Impériale de Chirurgie une communication de Jacques Reverdin, ressortissant suisse, nommé interne des Hôpitaux de Paris quatre ans auparavant. M. Guyon n'est pas de ceux, rares il est vrai, qui sèchent les séances pour aller voir secrètement leur maîtresse. Il salue ses collègues et attend son tour. Une courte discussion précède son intervention. Faut-il, pour éviter une possible hémorragie pharyngée en chirurgie maxillo-faciale, adopter un procédé qui laisse une très longue cicatrice? Décidément, la chirurgie plastique et sa jeune sœur la chirurgie esthétique sont dans le vent. Un contestataire a cette phrase : « Les douleurs passent, les difformités restent. »

La parole est enfin donnée à M. Guyon pour un rapport sur le travail de son élève. Le maître commence par s'excuser. Il va évoquer une question de pathologie bien vulgaire à propos de la cicatrisation secondaire.

La cicatrisation des vastes pertes de substance cutanée

continue de poser des problèmes. Les cellules épidermiques ne peuvent venir que des bords de la plaie avec une désespérante lenteur. Guyon précise que de temps à autre un îlot épidermique apparaît en plein milieu des bourgeons. En poussant concentriquement, cet épiderme insulaire finit par se mêler à celui des berges. Pour certains chirurgiens (qui avaient raison), cet îlot ne peut venir que d'un fragment d'épiderme resté en place, comme cela arrive fréquemment dans les brûlures. D'autres (qui avaient tort) nient que ce reste d'épiderme soit nécessaire. Ils ne sont pas loin de croire à la génération spontanée si vigoureusement combattue par Pasteur.

L'apparition de ces îles mystérieuses a fait travailler l'imagination de Reverdin. Il soignait un homme de trente-six ans hospitalisé à la suite d'une large plaie de l'avant-bras vieille de cinq semaines. Jacques Reverdin essaie de reproduire le phénomène. Il soulève à la pointe de l'aiguille deux minuscules fragments de peau et les sectionne en s'efforçant de ne prélever que l'épiderme. Il les pose sur les bourgeons charnus à distance l'un de l'autre et les maintient par un pansement. Dès le lendemain, il l'enlève. Les deux fragments restent en place. Quelques jours plus tard, il en prélève un autre, plus large, et le place à bonne distance des précédents, pour qu'aucune confusion ne soit possible. Les jours suivants, malgré une abondante suppuration, les îlots résistent et s'élargissent. Puis ils s'unissent à l'épiderme des bords. La cicatrisation est obtenue avec une belle avance.

Modestement, Reverdin ramène ses résultats à ceux d'une simple expérience. Après avoir baptisé son enfant « greffe épidermique », il se demande à quel moment de la cicatrisation secondaire cette greffe peut prendre. Les jardiniers eux-mêmes sont soumis à certains impératifs. Reverdin pratique une seconde pose de greffes, à un autre moment de la cicatrisation. Les fragments sont balayés.

La question que posait Reverdin était excellence. Nous savons maintenant que le moment propice est celui où l'auto-désinfection du bourgeon est complète. A ce moment-là et à ce moment seulement, l'épiderme peut pousser sur le bourgeon et la greffe y prendre. Heureusement, cet état de grâce est caractérisé par un aspect plaisant du bourgeon devenu propre, sec et plat. Cette apparence a longtemps suffi. L'explication est venue beaucoup plus tard. Reverdin a eu beaucoup de chance. En refaisant le pansement dès le lendemain, il aurait dû, en bonne logique, arracher les greffons très peu adhérents à cette date. Mes internes attendent quatre jours.

Cet apport n'est pas reçu comme une révélation. Reverdin lui-même se demande si la naissance de l'épiderme en plein bourgeon charnu n'est pas due à un simple effet de contact (!). Y a-t-il eu réelle multiplication des cellules du greffon? La docte assemblée s'échauffe quelque peu. Les uns, avec un des chirurgiens les plus célèbres de son temps, Tillaux, espèrent que la démonstration pourra être répétée. Ils ont des patients brûlés qui en profiteraient. Les autres doutent. Quelle est l'épaisseur de la greffe? Reverdin la dit mince. Comment peut-elle alors comprendre la couche germinative de l'épiderme et se multiplier? En fait, la greffe de Reverdin transportait tout l'épiderme et même un peu du derme. Je me suis intéressé à définir avec précision l'épaisseur des greffons. Les classifications proposées : mince, semi-épaisse, épaisse et totale me rappelant trop celles des tranches de jambon : Parme, jambon de Paris, jambon demi-sel. Toutes nos greffes furent soumises à trois tests : mesure de l'épaisseur au palpeur industriel, examen histologique, étude de la cicatrisation au niveau de la zone donneuse. Dans sa plus grande épaisseur, la peau ne mesure guère plus d'un millimètre d'épaisseur. Une greffe épidermique pure ne saurait dépasser cinquante millièmes de millimètre. Au-delà, elle contient du derme.

La greffe épidermique pure est un voile arachnéen sans tenue et sans utilité. Reverdin entraînait sans aucun doute du derme. Cela ne change rien à sa découverte. Mais l'absence de vérification histologique et le désintérêt porté à la cicatrisation des zones donneuses l'empêchèrent d'exploiter sa géniale innovation.

Quelques chirurgiens utilisèrent la greffe de Reverdin. Cependant, le procédé tombe quelque peu dans l'oubli. La guerre de 1870 éclate après que Bismarck eut joué à Ems les petits télégraphistes. Reverdin sert dans l'ambulance suisse de Paris. La guerre finie, il retourne à Genève où, nommé professeur, il fait une brillante carrière. Curieusement, il délaisse son enfant et devient fort connu pour ses travaux sur la glande thyroïde.

La greffe au vent de l'histoire

Deux ans après Reverdin, Georges Lawson présente à la Société Clinique de Londres trois cas de greffes de peau, totale cette fois. Lawson avait fait la guerre de Crimée, où il avait bien failli mourir de la typhoïde. Ardent propagateur de l'anesthésie générale et de la méthode antiseptique de Lister, il est connu comme ophtalmologiste. Ses deux premiers cas nous font sourire. Il prenait un large morceau de peau totale sur la face interne du bras pour greffer des ulcères de jambe rebelles. Ce faisant, il créait une vaste plaie longue à cicatriser au bras, dans le but de greffer une lésion que nous guérissons par lavages simples, bandages élastiques et déambulation. Le troisième cas est excellent. Lawson corrige une rétraction complète de la paupière supérieure. Appliquant la peau totale non sur une surface saignante après excision, mais sur des bourgeons, il connaît quelques difficultés de cicatrisation mais guérit. Le patient peut fermer l'œil. Lawson constate que la sensibilité revient à la surface de la greffe en un peu plus d'une semaine.

Un an plus tard, Louis Ollier, professeur de chirurgie à la faculté de Lyon, publie sur le même sujet. Orthopédiste justement célèbre, ce primat des Gaules ou si vous préférez ce premier des gones va beaucoup plus loin. Il ne cherche pas à créer quelques îlots erratiques sur un bourbier sanieux. Il enlève toute la cicatrice vicieuse et greffe la totalité de la surface saignante. Il s'agit d'un pas de géant. L'enfant de Reverdin était un prématuré. Celui d'Ollier est un nourrisson plein de vigueur.

L'Europe est en guerre. Mais l'afflux des blessés unit les chirurgiens. Thiersh, professeur de chirurgie à l'université de Leipzig, a servi comme médecin consultant pendant la guerre de 1870. Il a compris immédiatement l'intérêt de la méthode de Lister et l'a instaurée dans son service. Enthousiasmé par la publication de Reverdin, il s'intéresse à la cicatrisation. Ses travaux contiennent le meilleur et le pire. Soyons justes avec celui dont le gouvernement vient de nous prendre l'Alsace et la Lorraine. Thiersh est un excellent histologiste. Il désire voir dans son microscope les processus de la cicatrisation. Un patient lui donne enfin l'occasion d'une expérience inoffensive. Le blessé avait perdu la peau de la jambe quatre ans auparavant. Il est hospitalisé pour la cicatrisation de ce vaste chantier bourgeonnant. La méthode de Reverdin est utilisée. Cela prend un an. Mais le patient sort cicatrisé, cinq ans après la blessure responsable.

Malheureusement, il revient quelques mois après avec la même surface ouverte. Nous savons maintenant que cette rechute était due à la fois à la fragilité de la cicatrice, très mince, et à des troubles veineux postphlébitiques. Le patient réclame une amputation. Thiersh ne voit pas comment la refuser. Mais il faut que cette intervention de désespoir serve à quelque chose.

Pendant les trois semaines qui précèdent l'amputation, Thiersh applique de petites greffes de Reverdin. Il se précipite sur la pièce d'amputation et se met en devoir de rendre les tissus visibles sous microscope. Il injecte les vaisseaux sanguins d'une substance colorante. Il s'aperçoit que les capillaires, les plus petits vaisseaux du lit de la greffe, se sont unis à ceux du greffon. Il n'y a pas de miracle, mais revascularisation. La greffe de peau prend comme celle du rameau de pêcher greffé sur cognassier. Thiersh précise la nature histologique de la greffe. Elle n'est pas épidermique pure, mais dermo-épidermique. Elle contient un peu de derme dans lequel sont incluses les cellules épidermiques des annexes : poils et glandes cutanées. Puisque les vaisseaux du greffon et de son lit s'unissent dès la dix-huitième heure, il faut préparer soigneusement le lit pour le mariage en grattant le bourgeon, puis attendre la fin de l'hémorragie.

Mais Thiersh ne tarde pas à dériver. Avec toute l'autorité d'un patron germanique (on m'assure que cela existe parfois des deux côtés du mur), il prétend que le meilleur matériel pour greffer est le liséré épidermique qui pousse aux bords de la plaie. *Errare humanum est, perseverare diabolicum.* Thiersh persiste : « Il faut prendre les greffes aux bords de la plaie et les couper aussi fines que possible. » Grand professeur, admiré par Lister, Thiersh s'obstina jusqu'à la fin dans son erreur. Il assassinait le nourrisson d'Ollier et enterrait la greffe pour un demi-siècle. Wolf de Glasgow, Krause d'Altona en Allemagne publièrent sur la greffe de peau totale. Mais cette activité restait marginale.

Un Hollandais, Otto Lanz, eut pourtant en 1908 une idée originale pour venir à bout des problèmes de cicatrisation des zones donneuses. Il découpait le greffon à l'aide de traits verticaux alternés et le transformait ainsi en accordéon. Déplié, le greffon doublait sa surface. La moitié de ce greffon résille était placée sur la plaie. L'autre retournait sur la zone d'où il avait été retiré, pour hâter la cicatrisation. Cette modification ingénieuse venait trop tôt. Personne n'avait encore remarqué qu'il y avait deux dermes : un derme riche superficiel où les inclusions épidermiques, poils, glandes, étaient nombreuses, et un derme pauvre profond. La coupe en derme riche cicatrisait rapidement. En derme pauvre, la cicatrisation était aléatoire. Il appartenait à deux Américains, Vilray Blair et J. Brown, de définir et populariser la greffe de peau mince.

En 1929, dans un article qui n'a pas pris une ride, ils préconisaient la prise et l'emploi de larges greffes cutanées d'épaisseur intermédiaire. Leurs greffons sont larges et longs. Les chirurgiens de Saint Louis, Missouri, les prélèvent avec un large rasoir plat. Pour bien aplatir et fixer la peau qui a tendance à fuir la lame, ils inventent une boîte-aspirateur qui colle à la peau et peut être lentement déplacée.

Ils indiquent les cas où une greffe de peau totale est préférable, citant les pertes de substance du front. L'emploi des greffes demi-épaisses est parfaitement judicieux dans de très nombreuses lésions. Ainsi une peau mince remplace parfaitement la totalité de la peau des paupières, anatomiquement plus mince que la peau des cuisses. Ils signalent avec soin toutes les imperfections de la greffe mince. Elle ne saurait recouvrir des surfaces soumises à une pression excessive. Elle ne saurait tapisser esthétiquement un sous-sol présentant des aspérités.

Même posée sur une surface saignante, sans bourgeons charnus, elle peut se rétracter. Ils précisent même que la greffe n'y est pour rien. Elle se laisse entraîner par la contraction de la cicatrice qui l'unit au sous-sol. Ils décrivent les multiples moyens de fixer fermement le greffon, d'arrêter l'hémorragie qui le condamnerait, les soins attentifs nécessaires à la zone donneuse qui doit cicatriser rapidement. Ils ont le souci de ne pas ajouter des cicatrices laides. Ils notent qu'en 1929 la surface des parties découvertes donc visibles augmente (déjà!). Il faut éviter d'handicaper les jeunes filles et ne pas hésiter à prendre les greffes sur la fesse. (Le string nous interdit cette région qu'on occultait en ces temps de crise.) Il faut également en protéger les athlètes. Les brûlures thermiques et les radiodermites sont des indications de choix. Le succès fut foudroyant. Les patients affluèrent du monde entier.

Adoubé chevalier greffeur par Paul Tessier, j'ignorais cet article publié pourtant vingt ans auparavant. J'acquis mon expérience dans les services successifs en greffant. Le maniement du rasoir plat, plutôt difficile au début, assurait l'exclusivité à ceux qui savaient. Les rasoirs-rabots, dont l'excellent modèle mis au point par le professeur Lagrot d'Alger, permirent le prélèvement de greffons à l'épaisseur modulable par les plus maladroits. Malheureusement, les bords du greffon étaient souvent irréguliers, dessinant des dents de scie du plus vilain effet. De plus, le rasoir ne permettait pas le prélèvement sur l'abdomen, territoire d'élection, car dissimulable et porteur de peau épaisse. Le dermatome de Padgett arriva enfin en France. Padgett l'avait mis au point juste avant la Seconde Guerre mondiale, stimulé certainement par une réflexion de Blair. En opérant, celui-ci avait dit à un de ses assistants, Webster : « Avez-vous déjà vu une machine à découper le cuir en feuilles minces? » Le dermatome était une machine à la fois merveilleuse et diabolique. Il s'agissait d'un demi-cylindre de métal muni d'un axe faisant poignée. Le demi-cylindre tournait autour de son axe et se déplaçait longitudinalement. Solidaire du demi-cylindre mais mobile dans le sens latéral, était placée une lame bien tranchante. Son écartement du cylindre pouvait varier au gré de l'opérateur. Si on arrivait à bien coller la peau sur le cylindre, sa section par la lame était relativement facile.

En déroulant le cylindre avec une prudente lenteur, on emportait un greffon de dimensions impressionnantes et d'épaisseur uniforme. Actuellement, aucun instrument n'est supérieur au dermatome de Padgett pour prendre de larges greffons semi-épais d'un seul tenant.

A chaque geste, bévues et parfois drames attendaient le chirurgien non entraîné. Obtenir une adhérence complète entre le cylindre et la peau donneuse était un impératif absolu. Bien raser, nettoyer avec soin, dégraisser à l'éther, au risque de tout faire sauter si un imbécile jouait pendant ce temps avec le bistouri électrique, était relativement simple. Demander à la panseuse de secouer le flacon de colle aussi vigoureusement qu'un flacon d'Orangina était une précaution qu'il ne fallait pas oublier, les ingrédients de la colle étant disposés au repos en strates comme les différents composants des crachats de la dilatation des bronches. Le chirurgien passait la colle sur la peau, puis sur le demi-cylindre. Il empoignait l'instrument, le collait sur le ventre et commençait à dérouler le demi-cylindre pour sectionner, par petits coups de lame, la peau supposée adhérente.

Pour certains, rien ne marchait. La peau ne collait pas. Elle fuyait la lame comme cerf la meute. Mais l'irréparable s'était produit : une petite coupure. L'écoulement de sang empêchait tout nouvel essai. Il fallait changer les champs, faire venir les rasoirs, prendre sur la cuisse, ce qui obligeait à aller s'excuser après l'intervention. Le secret était pourtant simple. Il fallait attendre dix minutes que la colle sèche. Les minutes sont toutes différentes. Il y a les minutes de coiffeur, les « dans une petite minute » qui dure habituellement un quart d'heure. Il y a même la célèbre « une petite minute, monsieur le bourreau » de Mme du Barry. Le salut était dans un compte exact, montre en main.

Ce secret éventé (mais pas la colle, autre problème possible), la section de la peau sur le demi-cylindre présentait parfois quelques surprises. Il fallait attaquer net, emporter un greffon sur toute la largeur et vérifier l'épaisseur en regardant le saignement de la surface dépouillée. Un petit saignement rassurait. Un saignement abondant montrait une épaisseur trop grande. Il y avait bien des divisions qui permettaient d'écarter parallèlement la lame du cylindre. Mais on se bat ici au demi-dixième de millimètre. Il était possible de corriger en marche et de continuer. La peau pouvait être trop soulevée. La lame allait alors la couper de chaque côté, créant des plaies absolument indésirables. Avec un bistouri, l'aide devait détacher le greffon sur les côtés. Mystérieusement, il arrivait que le greffon se détache en route. La peau prélevée se rétrécissait. Il n'y en aurait pas assez!

Il y avait pire. Certains ignorant le maniement du vernier, qui donnait l'écartement de la lame et donc l'épaisseur, l'oubliaient et pénétraient directement dans la graisse. Il n'est pas vrai qu'un patron dont la maladresse était proverbiale à l'époque soit entré directement dans la cavité abdominale. Mais les salles de garde où se publie la cote des patrons ne prêtent qu'aux riches. En revanche, si le chirurgien manipulait maladroitement le dermatome armé de sa lame, il pouvait se sectionner la peau de la face dorsale de la main et tous les tendons extenseurs.

Le maniement du Padgett n'avait pas encore rendu la greffe possible au plus grand nombre. Un progrès réel fut apporté par le professeur Jean Gosset, fils d'Antonin. De ce père célèbre, roi de la chirurgie digestive avant la Seconde Guerre mondiale, je ne connaissais qu'un portrait, fait par Marie Laurencin. Elle avait représenté le maître en rose bonbon. Il illuminait bizarrement le bureau d'attente des religieuses de la clinique de la rue Bizet, entre une image du Sacré-Cœur de Jésus et une statue de la Vierge Marie. Le fils s'était indiscutablement fait un prénom. Très grand, les yeux pétillants de malice, cultivé et charmeur, inventif enthousiaste, travailleur infatigable, il était tout sauf un chef d'école. Intéressé par la chirurgie plastique, il m'invita à fréquenter son service. J'en fus très flatté. Mes patrons eurent beau me prêcher la méfiance, j'acceptai. Je vécus dans son service des heures tragiques et exaltantes, excisant et greffant des grands brûlés. Sans statut administratif, je réussis même à faire installer en une nuit une baignoire dans une chambre de brûlé par les ouvriers de l'Hôpital Saint-Antoine. Malheureusement, les humeurs du maître défiaient les prévisions. Je me trouvais un jour au Capitole, le lendemain en bas de la Roche tarpéienne. Tout se gâta lorsque je tournai un film sur le traitement des grands brûlés. Le patron me le demanda pour le passer au Congrès de Chirurgie. Mais j'avais dépassé les limites. « Fous le camp, me dit un jour sa panseuse-chef, Mme Poliakoff, sinon tu ne seras jamais nommé chirurgien des hôpitaux. » Cette décision me fut grandement facilitée, car le patron me vida un beau matin, pour le plus grand avantage des deux parties.

Nous avions auparavant vécu une lune de miel. Jean Gosset avait mis au point avec la maison Chevallier un dermatome électrique. Le moteur était dans le manche. Au bout, se trouvait une tondeuse d'épaisseur variable. Doué pour le bricolage, Jean Gosset avait adapté des lames du rasoir Gillette, matériel bon marché et toujours aiguisé. Déjà mis au parfum avec la tonte des chiens, je devins vite un expert dans le maniement de ce dermatome électrique. Le maître me confia le soin de faire une démonstration lors d'une intervention, un matin, durant le Congrès de Chirurgie. En ces temps très anciens, la télévision était encore dans ses couches câlines. Le seul moyen de bien voir était d'entrer en salle d'opération. Mme Poliakoff habilla une vingtaine de chirurgiens qui m'entourèrent pour voir greffer un pied brûlé. Je décrivis en détail les entrailles de l'instrument du patron, insistai sur ses mérites, montrai comment lubrifier la peau, puis faire la tonte. Je m'étendis sur mon dada : choisir une épaisseur suffisante à l'usage local et assez mince pour permettre une cicatrisation sans cicatrices excessives. J'expliquai que tous les dermatomes ne pouvaient être considérés de ce point de vue comme fiables. Il fallait avoir le sien, tester avec soin les divisions, noter à quelle épaisseur correspondaient les chiffres du vernier et toujours regarder l'aspect du saignement pour corriger éventuellement. La prise de la greffe se fit sans encombre. Je répondai aux questions lorsque l'aide me demanda : « Où est passée la greffe ? » Un regard dans la cupule emplie de sérum physiologique froid où devait être stocké le greffon acheva mon dialogue. Je retournai les compresses et les champs sans le retrouver. Grouchy, c'était Blucher. Un chirurgien belge qui me soufflait dans le cou tellement il était désireux de voir me sauva de ce Waterloo chirurgical. « Si vous cherchez le greffon, le voilà », dit-il en me montrant son talon botté de blanc.

Avec un sourire d'autant plus facile que j'avais le visage caché par la bavette, je répondis d'un ton tranquille que les greffons d'épaisseur intermédiaire étaient d'une résistance étonnante. Il était possible de les conserver vivants, au froid dans le casier à légumes du réfrigérateur pendant quinze jours et peut-être plus. Ils pouvaient prendre sur des terrains infectés, mal nourris. En cas de chute sur le sol, il suffisait de tremper la greffe dans l'eau puis dans un antiseptique et de la poser : ce que je fis le plus naturellement du monde.

L'assistance se dispersa après le pansement compressif. J'ignorais que le patron recevait ces chirurgiens à dîner le soir même. Fin gourmet, très doué pour la cuisine, même s'il abusait un peu des épices, il régalait ses invités, enthousiasmés en plus par sa conversation brillante et le charme de Mme Gosset. Le lendemain matin, je fus convoqué dans le bureau du chef. « Je ne suis pas opposé à votre manière d'assumer une erreur technique. Mais n'en faites pas trop. Un chirurgien belge m'a demandé hier soir s'il était nécessaire d'écraser le greffon par terre avant de le poser. » La greffe prit. C'était intérêt et principal.

Un jour, Tanzer, chirurgien américain, vint me montrer une curieuse machine. Elle ressemblait à un attendrisseur à viande! Il disposa un billet neuf d'un dollar (je ne me souviens pas du cours de l'époque) sur un support rectangulaire de plastique. Il introduisit le support sous les lames et tourna la manivelle. Le billet neuf sortit en résille. On pouvait l'étaler sur une surface deux à trois fois plus grande. Je ne savais pas qu'Otto Lanz avait déjà publié la technique. Tanzer non plus. Comme on dit en médecine, tout a été fait, mais tout n'a pas été lu. Comment ne pas croire un Américain qui découpe un dollar devant vous? La greffe en filet connut un succès immédiat! Elle permet de recouvrir de larges surfaces en utilisant moins de peau. Malheureusement, le résultat esthétique est peu plaisant : la surface greffée reste guillochée pour la vie.

A ce tableau à peu près complet de la naissance et de la vie de la greffe de peau, manque une vedette mise à la retraite : la greffe dite de Davies. Elle fut longtemps l'arme des nonplasticiens. Ils soulevaient, à l'aide d'un crochet, la peau et la graisse, sectionnaient au bistouri et posaient cette pastille de peau et de graisse sur les bourgeons. La graisse, obstacle à la prise de la greffe de peau, était sauvée du désastre par les petites dimensions du greffon.

Le procédé était facile à réaliser. Je ne sais s'il pouvait rapporter gros, mais les résultats étaient esthétiquement désastreux. Les greffés pouvaient jouer aux dames sur leur peau, aussi bien là où avaient été posées les pastilles que là où elles avaient été prises. Je n'ai jamais utilisé ce procédé. Un jour, à Leningrad, la question me fut posée.

Je faisais partie de la première visite de médecins français en U.R.S.S., juste après la mort du camarade Staline. Nous avions été reçus par l'Académie de Médecine russe, puis étions partis pour la merveilleuse ville qu'est Leningrad. Entre deux visites à l'Ermitage, il était prévu des conférences. Je parlai des brûlures devant un parterre exclusivement féminin. Étonné, je demandai à l'interprète, surtout préoccupée de se procurer des sous-vêtements de nylon, quelle était l'audience. « Des chirurgiens », me répondit-elle.

Je commençai bravement à exposer mon point de vue capitaliste sur le diagnostic par téléphone de profondeur des brûlures. J'introduisis la première diapositive. Une image fugitive apparut sur l'écran. Je retirai un encadrement de carton vide. Interloqué, j'en passai une autre qui flamba de la même façon. C'était un comble pour des vues de brûlures profondes. J'arrêtai le massacre, constatant que l'appareil n'avait pas de ventilateur. Le film fut projeté sans incidents. Les questions furent nombreuses et l'ambiance chaleureuse. Soudain, un colonel se leva, portant cette grande casquette plate qui protège de la pluie les généraux alignés sur la tribune de la place Rouge, lors du défilé du 1er-Mai. Sa question me fut traduite respectueusement par l'interprète : je n'avais pas parlé de la greffe de Davies. Pourquoi ? Je répondis que la greffe de Davies était depuis longtemps au musée. Malheureusement, le mot russe est très voisin du mot français. La salle comprit immédiatement le sens de ma réponse quelque peu insolente. Tous s'esclaffèrent. Le colonel, responsable du traitement des brûlés pour la Russie (la petite, pas la grande), n'utilisait qu'elle. La chaleur des relations ne fut restaurée qu'au troisième verre de vodka. La coexistence en U.R.S.S. d'avancées techniques importantes et de retards incompréhensibles explique la réponse que je fis aux journalistes qui attendaient notre retour. A la traditionnelle question : « Que pensez-vous de la Russie ? », je répondis : « Messieurs, la Russie c'est moitié Kremlin, moitié Bicêtre. »

J'ai peu greffé d'animaux. Mais l'histoire de Pépita est intéressante. Un après-midi de consultation, la secrétaire me dit : « Il ne vous reste que Pépita. » Je me voyais déjà examinant une froufroutante danseuse espagnole aux reins musclés et aux fesses rondes comme les joues de Sancho Pança. Je vis entrer mon ami De Wailly, vétérinaire bien connu, porteur d'une grande cage où s'agitait un échassier. Il me raconta l'histoire de l'agami ou oiseau pendule (sous le prétexte qu'il émet un cri assez régulièrement toutes les heures). Vivant en banlieue chic, Pépita était sortie un jour de froid et était rentrée avec une gelure grave à une patte. Il avait fallu amputer. Mais le moignon ne cicatrisait pas. Or cela était nécessaire pour que Pillet puisse l'appareiller avec une patte en plastique. Je greffai Pépita, découvrant avec surprise la manière dont De Wailly la réanimait à l'aide d'une goutte d'alcool le long du bec. Et Pépita guérit. L'heure dernière n'était pas venue pour l'oiseau pendule.

Différencier greffes et lambeaux

La confusion est fréquente entre greffes et lambeaux. Pour renseigner rapidement nos jeunes aides, j'ai l'habitude de dire que la grande différence entre les deux est que la greffe peut tomber par terre mais que le lambeau reste toujours accroché quelque part. Un lambeau est un ensemble de tissus découpés selon un plan précis et mobilisés pour aller boucher une perte de substance. Les uns sont taillés sur place et tournent simplement sur leur axe. Les autres sont taillés à distance et arrivent à leur nouvel emplacement grâce à un ou deux relais. La greffe est un geste relativement simple. Son échec est rarement dramatique. Le lambeau, surtout si sa surface est large, est une technique lourde de conséquences. Depuis toujours les chirurgiens ont essayé de fixer des règles précises à ses dimensions pour lui garder une bonne vitalité.

Les lambeaux locaux

Le premier des lambeaux consiste à décoller largement les bords de la plaie trop grande pour pouvoir être refermée par simple suture. Le plan choisi est la frontière entre la graisse sous-cutanée et l'aponévrose, ce tissu blanc bien visible sur la viande non parée par votre boucher et qui sépare les muscles de la graisse. C'est une solution élégante pour de petites pertes de substance toutes les fois où la peau alentour donne du mou, et surtout si ce mou est obtenu sans limitation du jeu d'une articulation ou déformation d'un orifice naturel.

Le plus grand décollement que j'ai effectué était destiné à traiter une énorme plaque de radiodermite chez une vieille dame très grasse, à la peau redondante. La lésion était située sur la fesse. Après ablation, je décollai la peau et la graisse jusqu'à la ligne médiane en arrière. Par-devant, j'effectuai le même geste sur la moitié de l'abdomen. Le gain fut suffisant. Je pus fermer. Un an plus tard, ma patiente reconnaissante vint me consulter pour une bosse surmontée d'une petite fistule. Nous étions tous les deux fort inquiets, redoutant la présence d'une radionécrose profonde laissée en place. Curieux de nature, j'introduisis une pince dans la fistule et retirai... une compresse nageant dans un peu de pus louable. Je m'accuse d'avoir fait un gros mensonge par omission. J'ai dit à la patiente qui se retournait pour me faire face : « Ce n'est rien, vous êtes guérie. » J'étais trop jeune pour assumer cet oubli. Plus tard, j'aurais dit la vérité, car l'oubli était dans ce cas excusable. La lésion était si grande et la patiente si peu apte à supporter une série d'interventions plastiques que ceux qui avaient été consultés avant moi avaient baissé les bras. Désireux de ne pas augmenter la brèche laissée par l'ablation de la lésion, j'avais effectué les décollements à la main, sans voir et bien entendu sans pouvoir coaguler les vaisseaux. Cet incident fut une bonne leçon. Je réclamai désormais des compresses suffisamment grandes pour être facilement visibles.

Avant de refermer les grands décollements, j'explore toujours la plaie opératoire à la recherche d'une compresse oubliée. Colorée en rouge par le sang, tassée, elle risque en effet de passer inaperçue. La suppuration tardive qui signale le textile inclus à l'attention des patients est due au brusque réveil des souches microbiennes hibernant, collées à la compresse.

Je n'essaierai pas de dresser un catalogue de tous les lambeaux locaux qui vont et viennent à la surface de la peau. Ils laissent un lit ouvert qu'il faut greffer, ou au contraire, à cause du mou de la peau, ils permettent une fermeture complète, idéal rarement atteint.

Le premier lambeau local qui fit le bonheur des médias est celui que réalisa un Hindou pour refaire le nez d'un blessé de guerre. Nous devons ces détails à Frank McDowell (regretté éditeur du *Journal américain de Chirurgie plastique*), chirurgien à Hawaii. Son livre, *Les Origines de la chirurgie plastique*, représente une somme de recherches laborieuses exposées de la façon la plus claire. Il doit être lu par tout jeune interne abordant notre spécialité. Il pourra prendre à chaque page des leçons de modestie devant le talent de nos grands ancêtres.

En octobre 1794, le *Gentleman's Magazine* de Londres publie une lettre à l'éditeur. Ce magazine très populaire est fort lu. Il serait sot de faire débuter l'intérêt des médias pour la médecine et la chirurgie à notre époque, même si nos journalistes n'hésitent pas à publier parfois n'importe quoi. La lettre, signée B.L., raconte une intervention singulière, illustrée par trois gravures. Un mahratte nommé Cowasjee servait dans le train des équipages de l'armée anglaise des Indes lors de la guerre de 1792. Il est fait prisonnier par le cruel sultan de Mysore Typoo. Les conventions de Genève n'ayant pas encore été signées pour pouvoir être respectées ou violées, Typoo ne se gêne pas. Il fait couper le nez et une main à son prisonnier. Le malheureux, relâché, regagne l'armée et devient pensionné de guerre de la Compagnie des Indes orientales. Un an après, un de ses compatriotes lui fait un nouveau nez. L'opération se pratique, précise B.L., depuis des temps immémoriaux. Suit la description. Un moulage est fait sur place. Puis, il est remonté sur le front et aplati. Ainsi la surface de peau nécessaire est-elle représentée exactement. La peau et peut-être le muscle frontal sont décollés, et le triangle ainsi formé est descendu sur l'emplacement du nez. Bien entendu, le « chirurgien » hindou laisse le lambeau attaché par la peau qui sépare les deux sourcils. Sans ce pédicule, le lambeau mourrait, faute de sang. La cicatrice vieille d'un an est rafraîchie, pour que la tranche de la peau du front puisse se souder avec celle du moignon de nez. Les détails de la fixation d'un lambeau et du pansement sont fascinants. La peau est enroulée pour refaire les narines. Le milieu du nez est solidement fixé. Le tout est maintenu en place par une pâte faite de « Terre japonaise » et d'eau. Lors de la première ablation du pansement, la terre est remplacée par un pansement rendu gras avec du beurre. Les narines sont soigneusement maintenues ouvertes par de petites mèches. Le vingt-cinquième jour, le pédicule inesthétique est coupé, le lambeau recevant assez de sang par ses nouvelles frontières. Une gravure représente notre « gueule cassée » avec son nouveau nez de fort belle allure. La cicatrice du lambeau est visible. La cicatrice étoilée du front représente une disgrâce fort tolérable.

Cette lettre fit l'effet d'une bombe. L'émotion fut considérable. Thomas Pennant, grand voyageur qui aurait fait les beaux soirs de la salle Pleyel, confirme le fait dans son livre quatre ans après. L'ancien opéré peut éternuer et se moucher sans avoir peur que son nez ne reste dans le mouchoir. En 1816, Joseph Carpue, anglais, chirurgien à New York, publie un livre détaillant cette intervention. Le tour de main hindou est devenu une technique chirurgicale.

Depuis lors, la peau est découpée dans tous les sens possibles, et les lambeaux portent les noms les plus divers. Ceux qui ont résisté victorieusement à l'épreuve du temps portent le nom de leur auteur. Le dessin, la libération et la mise en place d'un lambeau local demandent quelques qualités. Il faut que la brèche à combler soit parfaitement remplie. Les plis qui peuvent marquer les difficultés de rotation doivent être aussi discrets que possible. Le grand problème est celui de la vitalité. A quoi sert un beau dessin, une dissection rigoureuse, un ajustement parfait si, dès les premiers jours, l'extrémité du lambeau, d'abord pâle, devient noire? Même si la nécrose est partielle, laissant une partie appréciable de tissus près de la base, il s'agit toujours d'un drame. La chute de la nécrose laisse à découvert la zone qui réclamait à cor et à cri cette couverture épaisse pour cicatriser. La taille d'un lambeau reste malgré tous les progrès faits un pari certes de moins en moins risqué, mais un pari tout de même, portant sur la capacité du pédicule à fournir une circulation d'amont et d'aval suffisante.

Une des moins dangereuses des plasties et la plus utile en chirurgie plastique est la plastie en Z proposée par Denonvilliers et popularisée par Morestin. Elle résout élégamment le problème posé par la présence d'une corde rétractile. La plastie ressemble au signe de Zorro. La branche intermédiaire du Z est tracée sur la corde. De cette marque partent deux autres incisions faisant avec la première un angle de 60 degrés environ. Lorsque les deux triangles sont libérés, leur inversion aplatit la corde, puisqu'elle amène du mou existant latéralement. Il est possible de modifier, multiplier, rectifier ce dessin. Mais il reste à la chirurgie plastique ce que l'étude du solfège est à la musique.

Si les lambeaux ne sont pas trop grands, si la peau est en bon état, si une incision antérieure ne vient pas couper les vaisseaux, tout se passe bien, hormis parfois une petite nécrose des pointes. Claude Dufourmentel a proposé un lambeau en LLL, très joli, qui permet de profiter du mou latéral en l'absence de bride saillante. Il est ainsi possible de refermer une perte de substance sans laisser de surface ouverte à greffer.

Pour limiter la casse, les chirurgiens plastiques se fient certes à leur expérience, mais aussi à des proportions. Le lambeau local de rotation ne doit pas être trop long pour la largeur. La proportion de 3 pour la longueur et 1 pour la largeur du pédicule fait partie de l'enseignement élémentaire. Nous espérons ainsi que les vaisseaux qui courent dans la graisse et sous le derme sont capables de nourrir suffisamment le lambeau, et que les veines restantes peuvent assurer la circulation de retour. Théoriquement, un lambeau peut mourir aussi bien d'un manque d'apport (il devient blanc immédiatement) que d'une absence de retour (auquel cas il vire au bleu). Très souvent, les insuffisances circulatoires sont mixtes. Comme tous les jeunes chirurgiens plastiques, Jacques Michon, professeur à Nancy, et moi avons cru à la toute-puissance de la géométrie et au caractère définitif de quelques réussites. Au début de notre carrière, nous avons utilisé et publié les mérites d'un lambeau de jambe, capable de refermer les fractures ouvertes. Il suffisait, selon nous, de mobiliser un lambeau dont la base devait occuper exactement la demi-circonférence du membre. Baptisé lambeau antipode, nous le prônions comme la solution des problèmes cutanés, posés par les dégâts dus aux chocs directs sur le tibia.

Comme toujours, les premiers cas furent heureux. Nous pûmes rassembler assez d'observations pour une publication qui nous valut considération. Mais nous ne savions pas alors que trop souvent la fortune change rapidement. Je partis un jour opérer à Clermont-Ferrand, à la demande d'un collègue admiratif, un blessé porteur d'une perte de substance de la cheville. Je pratiquai dans l'enthousiasme ce magnifique lambeau qui termina très vite sa courte vie dans le marasme vasculaire. La jambe est une région dont la peau est mal vascularisée. Si le lambeau avait la chance de contenir une artère sous-cutanée assez grosse, il survivait. Sinon, c'était la mort horrible, la mort sans phrases mais pas sans récriminations.

Comment garder, comment favoriser la circulation dans les lambeaux ? D'innombrables travaux ont été faits et publiés. Peu sont valables. La circulation sanguine fut stimulée par tous les médicaments ayant une influence vraie ou supposée sur les vaisseaux. Citons les vaso-dilatateurs, l'héparine qui empêche la coagulation, les perfusions de drogues qui empêchent les plaquettes sanguines de s'agglutiner pour former des caillots, la mise du patient dans le caisson sous pression (hyperbare). Les chercheurs continuent à chercher. Trouver un moyen médicamenteux d'amélioration de la circulation des lambeaux est un travail classique proposé aux résidents américains en début de carrière. Jusqu'à ce jour, ils ont autant de chances que les porteurs du collier aux mille souhaits ou de la Pierre du Nord de gagner au Loto.

Certains proposèrent de frapper la peau du futur lambeau pour y faire naître une réaction inflammatoire qui dilate les vaisseaux Ces sadiques furent peu suivis. Les sangsues ont eu leur heure de gloire et, comme le monstre du Loch Ness, réapparaissent de temps à autre. A mes débuts, désespéré de voir un lambeau souffrir de malnutrition, je fis confiance à une publication anglaise. Je demandai à l'administrateur de service de l'Assistance publique de me procurer ces animaux qui pompent du sang (donc améliorent la congestion due à une mauvaise circulation de retour) et sécrètent un anticoagulant pour pouvoir continuer leur repas. Un coursier fut envoyé à bicyclette chercher cet animal providentiel à la pharmacie Bailly, Samaritaine où on trouve tout. Il revint avec une dizaine de choses noirâtres et affamées.

Après avoir calmé la patiente qui avait une frousse aussi bleue que son lambeau, je demandai à une infirmière âgée, donc habituée à cette manipulation, de mettre en place les bestioles. Quelle aventure! De toute évidence, les sangsues préféraient la peau saine, bien vascularisée. Elles s'y accrochaient solidement et refusaient de rester en zone bleue. L'infirmière était entraînée à la pose chez les cardiaques. Elle essaya tous les petits moyens. Elle leur pinça la queue. Elle mit du sel. Enfin, deux ou trois acceptèrent de rester là où on avait besoin d'elles. Le lendemain matin, je me forçais à trouver une petite amélioration. Mais nous ne trouvions plus les sangsues. Elles furent découvertes au début de l'après-midi par une femme de ménage qui avait besoin du pot à savon noir. Y ayant imprudemment mis la main, elle s'évanouit en retirant une masse grouillante, humide et tiède. L'horreur, quoi!

Le risque encouru en mobilisant un lambeau a excité les imaginations. Certains ont proposé de tailler le lambeau mais de le recoudre sur place. Ainsi il est facile de savoir en dix à douze jours s'il est bien vascularisé. Cette précaution ne se conçoit que si la zone laissée ouverte après ablation de la lésion doit impérativement être recouverte : éventualité rare. D'autres décollent le lambeau partiellement pour l'habituer à la portion congrue. Mais il n'est pas certain que les lambeaux pratiquent cette gestion intelligente. De plus, le lambeau, une fois mis sur son nouvel emplacement, peut, du fait d'une torsion excessive ou d'une compression, voir sa vascularisation diminuer.

Que l'intendance suive

La vraie solution consiste à bien connaître l'anatomie des vaisseaux et à utiliser des lambeaux qui conservent un vaisseau nourricier. Comme toujours, nos anciens avaient publié les éléments nécessaires. Salmon, professeur d'anatomie à Marseille, a fait une excellente description des vaisseaux de la peau. Tout y était, mais nous ne sommes pas passés de la connaissance à l'utilisation pratique. Récemment, nos collègues américains, et à leur suite tous les autres, ont entrepris de nombreuses études afin d'assurer aux lambeaux une bonne vascularisation. Ils ont multiplié les dissections avec injection de vaisseaux sur le cadavre et le chien. Chez le vivant, ils ont injecté des colorants dans les artères superficielles pour connaître le territoire de distribution. Certains lambeaux peuvent être taillés de telle façon qu'ils contiennent un pédicule vasculaire complet leur assurant une vitalité en béton. Ainsi le lambeau temporal branché sur l'artère du même nom et le lambeau inguinal de McGregor l'Écossais. En connaissant bien l'anatomie normale et les variantes des artères du coin, il est possible de soulever en toute sécurité de longs et larges lambeaux de la peau de la racine des cuisses. Ils peuvent tourner sur place ou migrer. Pour éviter de blesser le précieux vaisseau nourricier qui, venu des profondeurs, serpente dans la graisse sous-cutanée, il est recommandé de détacher l'aponévrose en même temps. Si d'aventure vous voyez sur un compte rendu opératoire vous concernant le terme de lambeau fascio-cutané, vous saurez que cette précaution a été prise. Ainsi peuvent être utilisés des lambeaux très longs et moins larges. Il est souvent possible de refermer la zone donneuse par simple suture, ce qui est un énorme avantage.

Paradoxalement, le lambeau cutanéo-musculaire est arrivé avant son frère plus mince, le fascio-cutané. Il paraît excessif de mobiliser un muscle et une partie de la peau qui le recouvre pour boucher un trou. Un muscle, ça sert à quelque chose, non ? Et puis le lambeau est très épais. La grande raison qui fait mobiliser le muscle est un détail anatomique important. Les muscles, travailleurs de force, ont un grand besoin de sang.

Leurs artères sont grosses et nombreuses. Après avoir beaucoup donné au muscle, elles le traversent et vont se ramifier dans la peau. Les études faites montrent que très souvent un seul pédicule artério-veineux est suffisant non seulement pour nourrir le muscle, mais encore pour faire vivre la plus grande partie de la peau qui le recouvre. Au début du siècle, un chirurgien italien avait proposé un lambeau fait du grand dorsal et de sa couverture cutanée, pour boucher le trou laissé par l'amputation du sein cancéreux. On aurait juré que ce muscle aux fonctions obscures, et de toute façon pas nécessaires, avait été créé pour ça. Il s'attache à l'aisselle et reçoit là son artère, y fait sortir sa veine. Le tout est assez gros pour être visible aux plus presbytes. Ses attaches inférieures coupées, il pivote de la face latérale du dos au devant du thorax, sans un pli. Si nous ne sommes pas trop gourmands de peau, il est possible de suturer la zone donneuse. La cicatrice n'est pas très jolie. Mais en disséquant sous la peau, il est possible d'en réduire la longueur et même de l'orienter pour être cachée soit par une robe du soir ouverte en V derrière, soit par le soutien-gorge. De nombreux chirurgiens américains, puis tous les autres y compris les français, Merle, Foucher, Y. Le Quang, Gilbert, Mitz, Baudet, Magalon, Servant, se sont mis fébrilement au travail. Tout muscle superficiel a été disséqué, étudié et souvent mobilisé. Après une période d'excès inévitables, le bon sens a triomphé. Les lambeaux musculaires ont trouvé leur place. La technique, d'ailleurs, est modulable : un peu de peau, beaucoup de muscle, une partie du muscle, beaucoup de peau ou encore le muscle seul.

Au tout début de cette ère, j'ai pu organiser un déplacement de mon équipe au cours de Norfolk où officiaient McCraw, Maxwell, Adamson et Charlie Horton. Le legs inattendu d'une vieille dame riche, intéressée par les travaux de mon assistant Jacques Bérès, permit ce voyage fort instructif. Nous avions l'impression d'être une équipe de basket-ball en déplacement. Mes collaborateurs avaient tous fait des stages aux États-Unis et retrouvaient leurs copains. La seule ombre au tableau fut le dîner que j'avais tenu à offrir. Au lieu de choisir un bon restaurant américain où le New York-steak tient toujours ses promesses, nous nous sommes embarqués dans la banlieue sans grâce de Norfolk, base bien connue de la Navy, à la recherche d'un restaurant « français ». Le repas fut si mauvais qu'il n'y avait plus qu'à en rire. Ô, nourriture française, que de crimes commettent-ils en ton nom!

Vladimir Mitz revint avec une idée. Le muscle grand dorsal pouvait aller jusqu'au cœur. En déplaçant les deux muscles, il devenait possible d'envelopper le cœur. Voilà qui serait intéressant pour boucher éventuellement un trou laissé par l'excision d'une tumeur, d'une zone dévitalisée par un infarctus. Puis il se demanda s'il n'était pas possible de placer un stimulateur dans le muscle afin de le faire battre au rythme du cœur. Un assistant argentin, le Dr Chachquès, opéra des chiens avec le matériel mis au point par les spécialistes de la faculté Necker-Enfants Malades. Enfin, le professeur Charpentier, aidé par Chachquès, opéra à Broussais une patiente selon la technique de Vladimir Mitz. L'équipe attendit le temps nécessaire avant de publier cette nouveauté. Il est assez drôle de voir le muscle grand dorsal tenir lieu de myocarde, lui qui est spécialisé, selon les spécialistes de l'anatomie fonctionnelle, dans le toilettage, et plus exactement dans le grattage de la région anale.

Parmi les muscles sollicités, certains prirent la part du lion. Le muscle fascia lata est situé à la face latérale externe de la racine de la cuisse. Libéré par une dissection qui conserve évidemment son pédicule nourricier, il vient aisément boucher les énormes escarres trochantériennes des paraplégiques. La zone donneuse est facilement suturée. D'autres ont des vocations particulières. Le souriant Charlie Horton, ancien président de la Société américaine de Chirurgie plastique, spécialiste de la Chirurgie plastique des organes génitaux, utilise les muscles longs de la face interne de la cuisse pour reconstruire des pénis qui font de l'effet et sont efficaces. Bien entendu, ils sont raccordés aux voies urinaires. Le plus « joli » résultat est celui où une greffe de peau recouvre le muscle.

Les progrès ne se sont pas arrêtés là. Le pédicule nourricier qui va au muscle peut également être suffisant pour nourrir, outre la peau qui recouvre le muscle, des nerfs et même un morceau d'os. Ces lambeaux composites ont permis d'obtenir de jolies réparations combinées en un temps.

Mais leur emploi est cependant limité par les contraintes anatomiques.

Les lambeaux à distance

Le premier lambeau migrateur, ou tout au moins le plus célèbre, est celui qu'utilisa Gaspar Tagliacozzi aux temps de la Renaissance italienne. Pour réparer les nez coupés en duel, il utilisait la peau de la face interne du bras. Le lambeau soigneusement dessiné était placé sur la perte de substance nasale mais restait à l'autre bout en nourrice sur le bras, le temps nécessaire à son installation sur son nouvel emplacement. L'immobilisation était délicate à supporter pour le patient, difficile à réaliser par le praticien. On comprend pourquoi le lambeau local hindou frappa tant les imaginations au XVIIIe siècle.

Le lambeau de Tagliacozzi était un lambeau plat. La charnière laissée à l'air était exposée aux microbes. La suppuration pouvait s'y installer rapidement et faire des dégâts. Une meilleure compréhension de l'infection, des traitements mieux adaptés permirent à nos devanciers de réaliser à l'aide de lambeaux plats des réparations qui forcent aujourd'hui encore notre admiration. Ainsi Snydacker et Morax (premier de la dynastie de ces ophtalmologistes français) faisaient passer un lambeau du cou vers le front. Le lambeau tubulé était dans l'air.

En 1916, Odessa vivait plutôt mal la première année de la guerre mondiale. Ces temps troublés n'empêchèrent pas Filatov, ophtalmologiste, d'inventer le lambeau tubulé. Il lui suffit pour cela de suturer les deux bords du lambeau. Cette disposition en tube évite toute exposition des tissus souscutanés aux microbes. Ressemblant à une anse de panier, le lambeau tubulé est fixé à son extrémité libre, là où la couverture est nécessaire. Lorsque cette extrémité est suffisamment bien nourrie par ses nouvelles connexions sanguines, l'autre extrémité du tube est sectionnée et le lambeau étalé.

Il est possible de faire cheminer un lambeau tubulé à distance en utilisant plusieurs étapes. Filatov publia sa découverte en mai 1917 sous le gouvernement Kerensky, peu avant la prise de pouvoir de Lénine et de Trotsky. Sa première observation utilisait un grand lambeau tubulé allant de l'oreille à la partie supérieure de la région sternale. Filatov ouvrait l'ère de la migration des lambeaux tubulés, membres à part entière de la famille des chenilles processionnaires. Dans ce qui sera plus tard le monde libre, la publication resta évidemment lettre morte. Filatov survécut à la Révolution, reçut le prix Staline, la médaille Metchnikow et fut même député au Soviet ukrainien.

L'idée du lambeau tubulé était en marche et germa peu après en deux autres endroits. Hugo Ganzer à Berlin, Harold Gillies en Angleterre utilisèrent et publièrent la même méthode dès 1917. Curieusement, Filatov est surtout connu pour l'emploi thérapeutique des tissus embryonnaires. Son inclusion de morceaux de placenta sous la peau a tenté de nombreux chirurgiens désireux de traiter aussi bien des douleurs inexpliquées que des signes de vieillissement. Les fameuses cliniques suisses qui, dans un cadre enchanteur, font bénéficier une clientèle fortunée des dépenses nécessaires à l'inoculation de cellules fraîches pérennisent une escroquerie née des affirmations de ce plasticien russe. Son article « Opérations plastiques à tige ronde », paru dans la *Presse médicale* en 1923, est tombé dans les oubliettes. On ne roule plus guère des lambeaux tubulés pour leur faire accomplir de longues migrations. Mais il est commode de tubuler le pédicule des lambeaux plats. Cela permet d'éviter une infection à la base du lambeau et donne une excellente mobilité.

Sir Harold, Harold Gillies, ne se commit pas dans le mythe des tissus embryonnaires salvateurs. Il domina la chirurgie plastique anglaise dès la Première Guerre mondiale et ne termina sa carrière qu'après la Seconde. Il fut le sauveur de nombreux blessés et le maître prestigieux d'élèves de toutes les nationalités. Un des plus célèbres d'entre eux, Ralph Millard, l'aida à écrire un livre de technique connu de tous. Célibataire endurci, il se promenait, quand je l'ai connu, dans une incroyable torpédo jaune canari. La dernière conversation que j'ai eue avec lui portait sur la bonne manière de sortir de sa baignoire le matin pour éviter une glissade.

Lors de mon stage au Massachusetts General Hospital, les lambeaux tubulés étaient déjà moins utilisés. Bradford Cannon, yeux malicieux, crâne chauve, me montra son morceau de bravoure sur un blessé qui avait une très large perte de substance à la face antérieure de la jambe. Brad commença par souder la peau du ventre à l'avant-bras. Puis, par étapes successives, il obligea ce grand lambeau plat de peau abdominale à s'alimenter uniquement sur l'avant-bras. Enfin, Brad libéra le lambeau du ventre et le plaça sur la jambe. La position du patient, l'avant-bras collé à la jambe, était pour le moins inconfortable. Elle fut pourtant maintenue vingt et un jours et vingt et une nuits, temps nécessaire à la libération définitive.

A cette époque, le déplacement de grands lambeaux était considéré comme un exercice gratifiant. Une visite au grand maître qu'était Sterling Bunnell s'imposait. En vendant du sang tous les mois, j'arrivai à faire quelques économies pour aller passer mes dernières semaines à San Francisco. Deux amis, Lepoire et Clément, s'associèrent à moi pour acheter une voiture d'occasion. Cela se dit *used car* en anglais. Nous aurions dû nous méfier. Suivant des conseils prétendus amicaux, nous allâmes voir Crazy Joe (Joe le fou). Il achète très cher et revend bon marché, disait la publicité. Ce bon samaritain nous vendit pour 500 dollars une voiture qui avait encore un bon aspect. Malheureusement, elle avait tendance à être demi-pensionnaire dans les garages. A chaque étape vers l'Ouest, quelque organe se déglingait et nous obligeait à entamer la cagnotte. Arrivée à Reno, la voiture réclama des soins attentifs que nous ne pouvions assumer. Après la réunion du cabinet de crise assis sur la réserve de Coca-Cola, emblème de toutes les pompes à essence américaines, nous confiâmes les dix dollars restants à Lepoire pour aller jouer au black jack dans le casino en face. Lorsque le futur professeur de neuro-chirurgie de la faculté de Nancy eut gagné 90 dollars, nous sortîmes précipitamment de ces lieux de perdition. Arrivés à San Francisco, la voiture de Crazy Joe fut vendue un dollar pour les courses de stock-cars. La chambre à Market Street ne valait qu'un dollar par jour, cafards compris. Je me précipitai voir Sterling Bunnell, roi de la chirurgie de la main. Je me présentai timidement à son assistant, Howard. Il m'introduisit immédiatement auprès du maître. Il était sur son trône, je veux dire sur une moderne chaise percée, puisque dotée d'eau courante. En plein milieu du vestiaire, il satisfaisait un gros besoin naturel, entouré de ses collaborateurs. Ma venue ne le troubla pas. Arrivé au terme de ses éliminatoires, il me tendit la main gauche inoccupée et me salua d'un « *Good Morning, Mr Vilian* », ce qui est généralement la traduction de mon nom dans la langue d'Hemingway. Puis il revêtit une tenue décente et m'entraîna dans son service. Je m'attendais à voir un magnifique résultat de chirurgie de la main. Or il me fit admirer une plastie à jambes croisées. Il avait comblé une perte de substance sur un talon en y faisant passer la peau du mollet opposé. Howard m'invita à déjeuner et arrêta un moment le repas pour voir la suite d'un des premiers feuilletons télévisés. Cette année 1952 correspondait au début de la télémanie aux États-Unis. Il me confia que j'avais échappé à une belle frousse. J'aurais dû normalement être invité par le patron. Il avait l'habitude de faire attendre ses invités dans un petit patio où il élevait des alligators. Ses pensionnaires avaient pour coutume de venir saluer les invités avant le passage à table.

La découverte de la promiscuité des toilettes américaines fut pour moi une surprise et une gêne. Je savais que les Romains tenaient aux latrines des réunions fort animées. J'avais, dans mon enfance, fréquenté les cabinets de ferme au fond du jardin. Ils comportaient deux places adultes et une place enfant. Mais je n'avais jamais osé demander à mes oncles cultivateurs des explications. Ils étaient trop occupés à se plaindre du temps, des maquignons et des volaillers. La solitude me paraissait le seul état capable de régner sur ces activités essentielles. Or un long voyage en Greyhound Bus à travers l'immense Amérique me montra qu'elle était un luxe. A chaque arrêt coca du bus, aller aux toilettes était un vrai supplice. La fréquentation des urinoirs ne posait pas de sérieux problèmes. Il en allait différemment des cuvettes qui étaient alignées le long du mur du fond, bien en évidence. Je ne me sentais pas capable de m'« exécuter » avec le naturel des autres voyageurs qui continuaient à fumer le cigare. J'attendais que le chauffeur rassemble ses ouailles pour me précipiter dans ces immenses salles enfin désertes. Un jour, j'y découvris quelqu'un. Je ne pouvais reculer, le temps pressait. Mais mon voisin semblait très occupé et ne s'intéressait nullement à moi. Il se mit de profil et je pus voir qu'il était amputé des deux avant-bras. Il était muni d'un appareillage à pinces mobilisables par les mouvements de l'épaule. Le chirurgien reprit le dessus. Je pus admirer comment cet handicapé était devenu autonome. Inutile de préciser qu'il avait (déjà) une fermeture éclair à la braguette.

Cette unique cohabitation forcée ne m'a pas laissé un mauvais souvenir. Lorsque nous approchions des régions plus civilisées, des cloisons latérales apparaissaient. Mais les portes manquaient. Un après-midi, je vis enfin des portes battantes comme dans les bars des westerns. Certes, elles ne descendaient qu'à la hauteur des genoux des pratiquants assis. Mais malgré le côté autruche de ce dispositif protecteur de ma pudeur, c'était mieux que rien. Malheureusement, il n'y avait aucun moyen de fermer la porte. Nous demeurions exposés au risque de voir entrer en coup de vent un homme pressé. Il vous restait le moyen de vous accrocher à la porte si vous aviez le bras assez long, ou d'y poser votre ceinture pour délimiter votre territoire. Comble du luxe, un jour apparurent les taquets indispensables à ma sérénité. Mais une petite boîte automatique exigeait le dépôt de cinq cents avant l'emploi. Le système D et la resquille n'existent pas qu'en France. Le consommateur qui m'avait précédé sortit et, bloquant la porte, me dit : « *It will be free for you.* » (Ainsi, ce sera gratuit pour vous.) Un Libanais m'aurait demandé deux cents. Le comble fut trouvé au Mexique. Passé la frontière à Laredo, les Américains entrent en pays dangereux sur le plan sanitaire. Pour obtenir le privilège d'être un arrêt officiel des autobus américains, certaines normes d'hygiène doivent être respectées. Je découvris avec plaisir la salle « Caballeros », munie de stalles, fermées par des rideaux courts, mais des rideaux quand même. Après avoir utilisé des morceaux de médias soigneusement découpés à cette fin, je me retournai vers la chasse d'eau. Le cordon eut une résistance bizarre. Aucun Niagara ne se produisit. Il me sembla entendre une clochette. Intrigué, je sortis et me lavai les mains avec une eau certainement capable de me flanquer la tourista galopante des gringos. Je vis alors arriver un hidalgo moustachu avec un seau et une louche. Il récupéra mes offrandes et repartit.

De retour en France, je pratiquai de nombreuses plasties de ce type, cross leg en français, faute d'une traduction courte utilisable. L'intervention ressemblait un peu à une corrida. Il me fallait choisir des *peones* athlétiques, capables de maintenir le contact, sans bouger, les deux jambes plus ou moins fléchies, pendant que je cousais la peau toujours attachée au mollet sur une partie du pourtour de la perte de substance. J'ai rencontré récemment un survivant de cette époque héroïque, Gosselin, chirurgien à Québec. Sa description des « cross leg », avec l'accent, est un de ses numéros favoris dans les banquets.

Le lambeau mis en place était enveloppé comme un caramel dans une feuille de plastique stérile et transparent. Les deux membres inférieurs étaient alors immobilisés dans un plâtre et rendus solidaires par deux barres de bois empruntées à un manche à balai. Le plâtre était ouvert au niveau du plastique, de façon à vérifier la position du lambeau et son état de fraîcheur. Il ne restait plus à l'opéré qu'à patienter trois semaines et à l'équipe à libérer le tout après ce délai fatidique.

Un de ces cross leg flaps m'a laissé un souvenir particulier. Une boulangère, gaie à souhait, avait été victime dans son enfance d'un grave accident au pied. La cicatrice, de mauvaise qualité, s'était, trente ans après, transformée en cancer. J'avais eu la chance de faire le diagnostic car la patiente s'était présentée avec le résultat d'une biopsie indiquant une ulcération banale. Mon incrédulité avait été bénéfique. La nouvelle biopsie comportait une réponse sans équivoque : du cancer, et du mauvais. Il fallait, pour éviter l'amputation, pratiquer un très grand lambeau : ce qui fut fait. Le lambeau connut immédiatement quelques difficultés. J'étais dans mon époque sangsues. On appliqua des sangsues. Grâce à elles, ou malgré elles, le lambeau survécut.

Je fus obligé de m'absenter quelques jours. Lorsque je

revins, le plâtre était à nouveau habité mais, ô horreur! par des asticots. Fort heureusement, mon opérée n'était pas affolée. Elle savait que cette méthode de nettoyage des plaies sanieuses avait été appliquée pendant la guerre de 14-18 à un de ses parents. Il est vrai que les asticots ne poussent pas dans les gangrènes, mais seulement dans les plaies qui vont bien. Il n'en reste pas moins que je me mis en devoir d'expulser les locataires du plâtre. Ce cross leg est resté pour moi zoologique. La boulangère reprit son travail sans autre cohabitation animale.

Les lambeaux libres

Il y a quelques années, je fus invité par la Société canadienne de Chirurgie plastique en pleine bagarre indépendantiste. L'assistance était composée d'anglophones et de francophones, ces derniers partagés entre indépendantistes et fédéralistes. Tous attendaient ou redoutaient de moi quelque éclat. Le Général n'avait-il pas crié auparavant : « Vive le Québec libre ? » Je commençai calmement en félicitant mes collègues canadiens de posséder à ce jour cinq langues. Les sourcils s'écarquillèrent. Je précisai : « Vous avez, comme en témoigne ce que je vois, inscrit sur vos diapositives le français des Français, l'anglais des Anglais mais aussi l'anglais des Français et le français des Anglais. Vous disposez aujourd'hui d'une cinquième langue, mon anglais, si vous consentez à lui donner ce label. » La salle respira. Mais la panique commença lorsqu'ils me virent lever les bras en l'air : « Messieurs, vive le lambeau libre. »

Les progrès de la chirurgie vasculaire sous microscope permettent en effet de détacher un segment de tissus comprenant seulement de la peau ou de la graisse, un muscle et de la peau avec parfois des nerfs ou un morceau d'os, et de rebrancher ce bloc tissulaire sur un autre pédicule artério-veineux. Pour que cette chirurgie réussisse, de nombreuses conditions doivent être réalisées. Le lambeau à transférer doit rester bien nourri par son seul pédicule. Le branchement avec les nouveaux vaisseaux doit être parfait, évitant la formation de caillots. Le lambeau sur son nouvel emplacement ne doit pas être comprimé ou tordu. Enfin, il ne saurait être placé sur une zone infectée. Tous les lambeaux heureux avec un seul pédicule vasculaire peuvent être transférés. L'avantage pour le patient est important.

En une seule opération, la brèche est comblée. Point n'est besoin de position contraignante. Pas de temps opératoire supplémentaire. Une multitude de lambeaux libres peuvent être utilisés. Dans mon service, je laisse à Vladimir Mitz, Sylvain Staub, Nadine Dabos, Jean Rigot le soin de débrancher et rebrancher. Leurs interventions sont de plus en plus courtes et de plus en plus fiables. Mais le temps passant, j'ai vu avec plaisir mes collaborateurs revenir de temps à autre à des procédés plus simples et parfois plus esthétiques. La chirurgie plastique conventionnelle n'est pas obsolète.

Au choix : fromage ou dessert

Le comblement d'une perte de substance existante ou à venir du fait d'une excision est toujours un problème, parfois très difficile. Il faut choisir entre tous les procédés existants. Ils sont nombreux. Certaines zones, comme le tiers inférieur de la jambe, restent difficiles à traiter.

Il faut d'abord tenir compte de la zone à recouvrir. Si elle ne peut bourgeonner, inutile de compter sur la cicatrisation secondaire ni même sur la greffe qui, comme une prostituée, ne vit que de son territoire. Force est alors de recourir à un lambeau. Mais cette masse n'est pas forcément facile à transférer. Installée en place, elle peut former une grosse brioche que des retouches habiles n'arriveront pas à rendre parfaitement tolérable.

Je reçois un après-midi à l'Hôpital américain un promoteur immobilier portant beau et sympathique en diable. A la chasse, il y a trois jours, il a reçu à bout portant un coup de fusil qui lui a enlevé le tiers du pied dans le sens de la largeur. Conduit dans un hôpital voisin, il est tombé sur un interne en voie de développement. Sa femme, inquiète à la vue du pansement, a réclamé un transfert rapide. Je connais bien le service de chirurgie en question. Il est celui auquel j'ai arraché en pleine nuit, avec le concours du SAMU, ma cousine victime d'un accident grave de la route. Un réanimateur pas plus développé l'asphyxiait lentement. A la directrice de l'hôpital, réveillée par un personnel affolé qui s'indigne de l'enlèvement, j'exprimai des sentiments irrespecteux en termes crus. En fait, la direction me téléphona un an plus tard en m'indiquant que le chef de service quelque peu défaillant avait été enfin atteint par la limite d'âge. L'hôpital, comme les autres hôpitaux de France, regagnait son étoile.

Face au blessé par chevrotines, je ne suis pas surpris de trouver sous les fils de suture passés à la hâte de la terre et de l'herbe. L'aide-boucher de service n'a heureusement pu aller au bout de cette fermeture criminelle. L'extrémité du pied montre une plaie béante aux rebords noirâtres, faits de tissus agonisants. Le blessé conserve les deux tiers du pied. Avec cela, il pourra marcher si la cheville est solide et si l'énorme brèche est fermée.

La cheville est faite d'une mortaise, tibia et péroné, et d'un tenon, l'astragale, qui s'enfonce entre les joues de la mortaise. Malheureusement, une des joues manque : l'extrémité péronière est restée sur le terrain. A la rigueur, avec le petit bout qui reste, la cheville peut être solide si un bloc cicatriciel remplace l'os manquant. Le nettoyage achevé, toutes les articulations du pied sont ouvertes et réclament une fermeture rapide pour éviter une infection dévastatrice. La solution classique est un lambeau libre ou à jambes croisées. De toute façon, ce lambeau aura l'aspect d'une grosse brioche, et obligera notre homme à porter des chaussures spéciales, je n'ose dire orthopédiques. Cette éventualité déprime notre patient. On fait de si jolies chaussures à Londres! Reste alors la cicatrisation secondaire. La surface à vif peut-elle se recouvrir de bourgeons? Oui, si on ouvre les os du pied pour mettre à l'air leur partie spongieuse fertile. Oui, si on enlève le cartilage qui, débordant de-ci de-là, fixerait la suppuration. Oui, si les articulations ouvertes sont bloquées par un plâtre qui empêche toute infiltration pendant la pousse du bourgeon.

Avec les mêmes précautions qu'un céréalier de la Beauce qui laboure et sème son champ, je gratte et découpe. Un pansement gras, un plâtre et quinze jours très longs pour tout le monde. A l'ouverture, un bourgeon rouge comme beaujolais nouveau. Une greffe, un peu de cicatrisation dirigée. Le temps de réapprendre à marcher et l'immobilier de luxe retrouve son patron, chaussé de la même façon des deux côtés. Bien entendu, il rechasse.

A la grande visite, tout le monde dit son mot. Celui qui a la meilleure idée opère le patient. Il est tenu compte de multiples facteurs : adéquation du lambeau sur son site, faisabilité de l'intervention, prix à payer au niveau de la zone donneuse. La chirurgie ne saurait adopter la devise de Guillaume d'Orange. Nous sommes obligés d'espérer pour entreprendre et de réussir souvent pour persévérer. La chirurgie plastique a plus d'un tour dans son sac. Nous pouvons habituellement tirer nos patients des mauvais cas, même si la première technique choisie connaît un échec. Il y a de la ressource.

CHAPITRE VIII

LA MAIN, PARKING DES ANGOISSES

Le syndrome de Roncevaux?
– Où
– Quand
– Comment
– Pourquoi
Sonner du corps!

Il n'y a pas de malades imaginaires. Il y a des maladies imaginées qui font de vrais malades.

Notre premier devoir en consultation et même en urgence est d'énoncer un diagnostic. Il rassemble sous un vocable unique les symptômes épars. Il permet de deviner les lésions organiques responsables. Il éclaire le pronostic, définissant l'avenir du patient traité ou non traité. Il autorise enfin le choix d'un traitement. Traiter n'est pas la première démarche de notre médecine. Le préalable nécessaire à l'exercice de notre art est la nécessité de reconnaître la maladie. Comment, sans diagnostic, mesurer les effets du traitement à l'aune de ce que nous disent nos livres, publient nos journaux, discutent les Académies et les Sociétés savantes? Un ou plusieurs symptômes peuvent disparaître spontanément.

Pour celui qui souffre et croit, tout est traitement si le rituel est respecté. Beaucoup s'étonnent de voir les médecines douces (que nous préférons appeler révélées) obtenir des guérisons. La diversité des moyens, leurs modifications permanentes devraient retenir notre attention. Toutes les médecines révélées ont pendant un temps au moins obtenu la disparition de certains symptômes. Mais elles sont incapables de guérir une vraie maladie comme le rhume de cerveau, la chaude-pisse ou encore l'hydarthrose des femmes de chambre si chère à Jerome K. Jerome. Il faut croire que la médecine à approche scientifique a du bon, puisqu'elle oblige nos modernes chamans à s'occuper seulement des restes.

Certains diagnostics sont, sinon évidents, tout au moins vraisemblables, dès les résultats de l'examen clinique. Celui-ci comprend l'interrogatoire, la minutieuse inspection, la percussion et l'auscultation. La science qui étudie ces informations est la sémiologie. Il serait désastreux d'en réduire l'enseignement sous le fallacieux prétexte que les examens de laboratoire permettent de faire le point de toutes les fonctions et de tous les métabolismes et que les ressources de l'imagerie médicale nous font admirer sur les écrans publics ou privés les recoins les plus secrets de notre corps. Bien recueillir les symptômes, les interpréter objectivement, les regrouper astucieusement réduit la nécessité et le nombre des examens paracliniques, parfois désagréables ou dangereux pour le patient, mais toujours coûteux pour la collectivité. Une bonne connaissance de la sémiologie permet de faire un diagnostic plus rapidement et au meilleur prix.

Un camarade de lycée m'appelle de Suisse. Il est affolé par des hémorragies intestinales. Avant de pratiquer tous les examens que lui demande son médecin helvétique, il désire consulter un bon interniste. Je lui conseille Albert Sarrazin. Des hémorragies de sang rouge indiquent une cause située vers la fin du tube digestif : sinon le sang serait noir. Un rapide coup d'œil montre l'absence d'hémorroïdes. Tout a commencé dans les suites d'une grippe. « Quel métier faites-vous ? » demande le bon docteur. « Ingénieur », répond mon ami. Soupçonnant quelque méticulosité vulnérante, Sarrazin demande : « Combien de fois preniez-vous votre température par jour ? » « Une dizaine de fois, répond l'ingénieur, anxieux, affamé de chiffres. » Une ordonnance est établie : prendre sa température uniquement à l'aide d'un thermomètre buccal. Devant les yeux ronds du patient, Sarrazin explique : « En prenant aussi souvent et avec tant de soin votre température anale, vous avez créé une petite plaie du rectum. Elle saigne. »

La vérité historique oblige à écrire que les hémorragies disparurent mais que, malgré l'achat d'un thermomètre spécial, mon ami eut quelques haut-le-cœur en le plongeant dans la bouche tant est grande la force de l'habitude.

Des patients inclassables mais pas intouchables

Même après une longue quête qui mutiplie les consultations, les examens et les essais thérapeutiques, certains états demeurent mystérieux. Il est clair qu'aucune maladie grave ne menace le patient. La tentation est grande de faire entrer ces cas, ces presque-rien et ces je-ne-sais-quoi, dirait Vladimir Jankélévitch, dans un cadre connu en leur attribuant avec un diagnostic approximatif une cause organique précise. Cette démarche est suivie avec intérêt par le patient qui est au moins aussi ennuyé que le médecin par cette incertitude. A force d'interrogatoires, le vague des symptômes (à lui seul un élément de diagnostic, comme nous le verrons plus loin) diminue. Une ressemblance ténue apparaît avec les signes d'une vraie maladie. La multiplication des examens permet d'obtenir des résultats enfin douteux qui peuvent à la rigueur corroborer une hypothèse fragile. Poser dans ces cas un diagnostic lésionnel est toujours mauvais : la situation est désormais figée.

Le médecin et bien souvent ceux qui lui succèdent ou alternent avec lui sont dispensés d'interrogations anxiogènes. Le patient, parfois victime du traitement (les médicaments actifs sont presque toujours assortis d'effets secondaires désagréables ou dangereux), se titularise dans sa prétendue maladie. Inconsciemment, il s'efforce de la mériter. Il faudra beaucoup de sagacité et une absence totale de déontologie (comportement qui règle les rapports entre médecins) pour démolir cet édifice que le temps fossilise rapidement. Ce patient victime d'un diagnostic me fait penser à celui qui, croyant aux vaticinations des astrologues, s'arrange pour adapter sa situation aux prédictions contradictoires. Dira-t-on assez la nocivité d'un mot, d'une moue, d'un regard ? Les maux par les mots, aurait dit Lacan.

La conception d'une vraie et d'une fausse maladie organique n'est pas sortie tout armée de notre cerveau comme Minerve de la cuisse de Jupiter. Tout ce que nous écrivons actuellement se trouvait dans la littérature médicale. Mais, pour que les théories nous servent, il est nécessaire que nous les redécouvrions ou les adaptions, en évitant cependant de nous les approprier. Le « déchet » d'une consultation chirurgicale de toute évidence destinée à traiter des lésions organiques ne m'a intéressé que progressivement.

Les conditions étaient pourtant favorables. La pathologie de la main est dans l'ensemble bien connue. L'organe est facile à voir, à palper, à photographier et à radiographier. Le patient inclassable aurait dû me sauter plus rapidement aux yeux. Au temps de ma jeunesse folle, je ne reconnaissais guère que les simulateurs et les paresseux. La recherche évidente d'un bénéfice financier finissait par être perceptible même aux chirurgiens les plus activistes et permettait la mise sur la touche du tire-au-flanc.

Plus délicat est le diagnostic de paresse. Les plus grandes précautions oratoires doivent être prises pour parler de ceux qui parasitent les acquis sociaux. Il est pourtant classique de voir la même affection entraîner deux jours d'arrêt chez le patron charcutier et deux à trois mois chez le manœuvre d'une entreprise nationalisée. Il est vrai que les artisans aiment en général leur travail et sont de toute façon contraints à une reprise rapide s'ils ne veulent pas agoniser sous les fourches du fisc. Le manœuvre et même certains cadres (non indispensables) envisagent en revanche avec sérénité un arrêt de travail (qui vient s'ajouter de façon naturelle aux vacances) et avec intérêt une pension d'invalidité. Il y a de graves et regrettables accidents de travail, mais aussi un travail pour faire reconnaître certains accidents. Nous remettions en activité ces victimes du syndrome méditerranéen ou tropical, ces Français intéressés par un travail saisonnier chez eux ou chez les voisins.

Tous les autres patients étaient considérés comme des « vrais ». Nous nous efforcions de trouver une solution chirurgicale en les couchant non sur le lit, mais sur la table d'opération de Procuste, adaptant leur cas à la chirurgie au lieu d'adapter notre thérapeutique à eux. Nous n'étions pas les seuls.

L'interrogatoire des inclassables montre bien qu'ils ne sont pas intouchables. Les chirurgiens les opèrent et les réopèrent avec ferveur, qu'il s'agisse du même praticien ou d'un autre rencontré lors d'un tourisme régional ou national. Puis, lassés de réopérer les mêmes, les chirurgiens se rabattent sur la thérapeutique médicale. Ils prescrivent des anti-inflammatoires, grands massacreurs de la muqueuse de l'estomac, de la calcitonine, de la griséfuline ou confient les patients aux médecins spécialisés dans la réadaptation professionnelle, encore plus acharnés dans l'utilisation de ces drogues. Se pratiquent des blocs, c'est-à-dire des injections de produit destiné à rester un certain temps dans la région malade grâce à un garrot qui bloque momentanément la circulation.

L'envoi en physiothérapie a l'immense mérite de se débarrasser du patient en l'occupant au maximum. Les machines l'ionisent, l'électrisent, le magnétisent, l'ultrasonisent, le soft ou le mid lasérisent. Comment la croyance en la toute-puissance de la science, l'aspect spectaculaire de certaines machines, la confiance en soi de ces modernes magiciens et le temps qui passe ne seraient-ils pas capables de quelques améliorations ? Faut-il encore qu'un médecin stupide ne confonde pas le laser à rien avec le vrai, celui qui brûle. Alors on voit la presse sportive se faire l'écho des brûlures infligées à une vedette du tennis français et camerounais.

Si le chirurgien coupe, le rhumatologue pique. Il injecte aux points douloureux ou simplement litigieux des dérivés de la cortisone. Bien employées, sur une lésion précise, ces injections font merveille. Répétées là où elles sont inutiles, elles peuvent entraîner des lésions cutanées d'atrophie, des taches rouges indélébiles, des ruptures tendineuses.

Comment les patients n'en viendraient-ils pas aux médecines révélées! Le recours aux « douceurs thérapeutiques » peut être immédiat tant la mode les impose à nos concitoyens et à certains doyens de Faculté de Médecine. Mais il succède le plus souvent à l'échec des thérapeutiques réputées scientifiques (hélas! il ne suffit pas de prétendre pratiquer une médecine scientifique pour devenir un bon médecin). La piqûre étant inefficace, il est logique qu'on songe à la mésothérapie qui les multiplie avec un matériel si joliment terrorisant. Le patient revit le martyre de saint Sébastien percé de flèches sous le fallacieux prétexte que le produit injecté pénètre mieux la région malade. Ce sadisme cutanéo-pharmacologique peut avoir raison momentanément de quelques souffrances postménauposiques. Son échec sur la cellulite lui a fait du tort.

Les souffrants vont presque tous chez l'acupuncteur. Je ne puis préciser le nombre des soulagés, puisque je ne reçois que ceux qui n'ont pas été améliorés ou qui, après une courte sédation, ont représenté les mêmes symptômes malgré la continuation des piqûres méridiennes. J'avais ouvert en 1955, au tout début de mes consultations spécialisées en chirurgie de la main, un département acupuncture à l'Hôpital Bichat. J'en attendais merveille sur tous mes souffrants. Or, le praticien, rebuté par son inefficacité, abandonna rapidement. Il est classique de dire que les échecs sont le fait d'un mauvais acupuncteur. Mais l'existence du bon acupuncteur n'est pas évidente et sa recherche pas toujours couronnée de succès.

Sur la foi d'un gros livre écrit par un des papes de l'acupuncture, j'ai essayé l'anesthésie à la chinoise sur quelques patients. Leurs hurlements m'ont très vite ramené dans le droit chemin. Comme m'ont dit mes collègues de Pékin : « Pourquoi voudriez-vous que nous utilisions l'acupuncture alors que nous avons du penthotal ? Nous sommes obligés parfois d'aller exhumer un ancêtre pour effectuer des démonstrations d'anesthésie par acupuncture tant les visiteurs occidentaux en sont friands. Mais en ce qui nous concerne, nous considérons l'acupuncture comme une thérapeutique " culturelle " et bon marché. »

Nos inclassables ont rarement recours à l'homéopathie. Les fervents adeptes de cette innocente manie qui assassine allégrement la pharmacologie pour mieux en ritualiser les apparences se recrutent plutôt dans la clientèle médicale. Mais un interrogatoire discret nous apprend parfois l'échec des dilutions sauvages de molécules fortement secouées.

Plus souvent, nos patients essaient l'ostéopathie qui bénéficie des réputations associées de l'orthopédie et de la kinésithérapie. Il est merveilleux de voir toute la pathologie accrochée à la colonne vertébrale et à ses disques (d'or ?). Vous me direz que Freud nous a bien accrochés au sexe. Mais le scanner permet de voir les plus minimes déplacements. Il devrait être facile de dénoncer cette imposture. De temps à autre, un ostéopathe un peu athlétique fait mal ou crée des ecchymoses.

De toute façon, il ne s'inquiète guère. Il n'est jamais attaqué en justice. Si l'état est aggravé, la Sécurité sociale est là pour prendre en charge ses débordements.

Passons sur le reste. Les tisanes ne font pas sérieux en chirurgie. Le trempage du derrière dans un bidet d'eau froide est plutôt du ressort de la gynécologie caniculaire. Les médailles magnétiques, les bracelets métalliques, les oligo-éléments sont peu employés. Mais certains médecins dits « durs » n'hésitent pas à prescrire n'importe quoi, affolés à l'idée de se faire doubler par leurs collègues « doux » à temps plein ou à mi-temps. Nous avons retiré des stimulateurs électriques, des aimants collés au sparadrap et autres gadgets mis en place par des mandarins hospitaliers en goguette épistémologique, manifestement déboussolés.

Les Français auraient-ils un cerveau?

Depuis nos études en faculté, nous connaissions bien la présence de psychopathes en clientèle. Mais cette affirmation ne nous servait à rien. Si l'on excepte les patients atteints de troubles de la personnalité et manifestement du ressort de la psychiatrie, comment traiter de psychopathe un patient « normal » venant se plaindre d'un symptôme isolé? Comment l'adresser au psychiatre considéré comme le médecin par excellence de ce type de patient? Nous sommes immédiatement, sinon insultés, du moins abandonnés, même si nous camouflons ce recours en parlant de consultation de neurologie. Entre le médecin de l'organique et celui de l'esprit existe depuis longtemps le psychosomaticien. Il fait dans la spasmophilie, la tétanie, pour quelque temps encore considérées comme maladies authentiques quoique purement francophones. Je ne pouvais envoyer mes robustes manœuvres et les fonctionnaires à leurs séances de relaxation-training. Ce transfert serait mieux accepté maintenant.

Les psychologues ont copulé avec les sociologues et, en compagnie des graphologues et des astrologues, servent de prétexte au refus d'embauche. Leur activité est mieux reçue, ce qui ne veut pas dire qu'elle soit plus efficace.

Le temps vint où je sentis qu'il fallait faire quelque chose. Ma clientèle changeait. Aux patients de première main pas encore opérés, aux polyopérés arrivés au stade séquellaire en quête d'un impossible miracle se mêlaient de plus en plus nombreux des consultants inclassables, lassés de toutes les thérapeutiques et même de l'espérance. Pourquoi essayer une superchirurgie ou même la microchirurgie, à l'évidence inutiles puisque déjà tentées, une superdrogue sans cesse proposée à nos appétits mais inefficace après les premiers essais et parfois condamnée rapidement à disparaître ? Pourquoi proposer ou laisser faire une thérapeutique révélée qui, ne prenant en charge que les symptômes, me cacherait aussi bien par ses succès que ses échecs les vraies causes ?

Je commençai à refuser la chirurgie à tous ceux qui n'avaient pas d'évidentes lésions organiques et bien entendu à tous ceux qui avaient été opérés pour des symptômes inchangés ou rapidement revenus. Je redécouvris une vérité éternelle. Le seul fait de m'intéresser à leurs troubles améliorait au moins transitoirement ces malheureux, habitués à être opérés sur-le-champ ou médicamentés rapidement... Comme l'enseigne bien Karl Popper, logicien et épistémologue anglais d'origine autrichienne, la connaissance ne procède pas du rassemblement d'un grand nombre d'observations, mais de la conscience d'un problème. Pourquoi ces patients réputés « sains » au vu du médecin et au su des examens avaient-ils ces troubles ?

Je ne me souviens pas comment est né le slogan : « La main est le parking des angoisses. » Mais il fit tilt. Le cerveau agressé se décharge sur le corps. Restait à trouver un début de preuve chez chacun de mes patients. La vérité scientifique est fragile, incomplète et momentanée. Tout fait peut être réfuté. Toute découverte ne fait que reculer les limites de notre ignorance sans la cerner complètement. Karl Popper, en nous précisant que lorsque nous remplaçons un problème par une nouvelle théorie apparaît un nouveau problème, nous empêche de porter des prothèses intellectuelles, de nous enfoncer dans le dogmatisme et de nous satelliser autour de notre nombril.

Décoder le message

Il convient de réfuter une cause organique et de mettre en évidence le désordre psychologique.

Les symptômes présentés sont assez souvent une mauvaise copie d'une vraie maladie organique. Il faut, comme dans les jeux des magazines, chercher l'erreur. Le panaris provoque une douleur parfaitement localisée et localisable, pulsatile, empêchant le sommeil, que le porteur de cette infection du doigt soit débile, superdoué, hystérique ou hypomaniaque. Une douleur de localisation peu précise, durant des semaines, sur un doigt d'apparence normale mais prétendument enflé et rouge a toutes les chances d'être une souffrance, aspect purement psychologique de la douleur. La maladie de Dupuytren fléchit progressivement au cours de crises évolutives imprévisibles, les doigts vers la paume. Elle n'est jamais douloureuse. Tout au plus gêne-t-elle le travailleur manuel lorsqu'elle édifie de grosses bosses au creux de la main atteinte. Toute douleur, tout autre symptôme sont détachables de ce diagnostic et doivent faire rechercher une autre cause.

L'écrasement du nerf médian dans le canal carpien provoque des douleurs dans le pouce, l'index, le médius et la moitié de l'annulaire. Elles peuvent irradier vers le haut. Mais elles ont un caractère absolument original : elles réveillent le patient la nuit. Cette caractéristique authentifie la maladie. Elle rend facultatif l'électromyogramme, cependant utile pour faire un bilan précis et éventuellement surveiller la récupération. L'absence de toute douleur ou de fourmillement nocturnes rend hautement improbable le diagnostic sauf si le nerf, complètement écrasé, est donc incapable de se manifester.

Les entorses des articulations des doigts entraînent des douleurs durant quelques semaines et un gonflement parfois persistant. Mais la permanence ou le retour des douleurs sur une articulation un peu malmenée ne saurait avoir une cause organique en l'absence de lésion articulaire visible sur les radiographies.

Une plaie peut sectionner un ou plusieurs nerfs, des tendons, voire des corps musculaires. La bonne connaissance de l'anatomie permet de rattacher sans difficulté un déficit sensitif ou moteur à la lésion. Toute autre séquelle doit étonner, puisqu'elle est impossible anatomiquement.

L'adolescente qui croise en permanence le médius sur l'index ne souffre d'aucune atteinte musculaire ni tendineuse. Il est inutile de l'opérer. Tout simplement, elle déteste le piano qu'une mère perfectionniste veut lui faire apprendre.

Une plaie doit guérir hormis cause pathologique évidente telle une cancérisation ou une parasitose. Les retards de cicatrisation n'existent qu'en territoire insensible, comme chez le paraplégique. Toute plaie qui ne guérit pas est une automutilation.

Découvrir le locuteur

Tout viscère possède ses processus de sauvetage. L'os se casse, le tendon se rompt, l'estomac se vide par vomissement, l'intestin par diarrhée. Le cerveau aussi. En présence d'une tension excessive, il est soulagé par les rires ou les pleurs , la colère ou la crise de nerfs. Il lui est plus difficile de contrôler une surcharge chronique et lancinante réapparaissant chaque jour sous l'influence de causes précises et aggravée par une vulnérabilité particulière.

Aux tensions cérébrales correspondent trois attitudes. Les uns choisissent des voies suicidaires à court ou à long terme : l'alcool, la drogue, la mort violente. La majorité assume. Nous manquons curieusement de renseignements précis sur les mécanismes mis en œuvre pour étaler les malheurs, les angoisses, les chagrins. Une certaine indifférence, un égoïsme certain, une étonnante faculté d'oubli jouent certainement un rôle. Ont vraisemblablement une influence bénéfique les brusques recrudescence de travail, les rituels sociaux qui accompagnent les deuils (malheureusement en voie d'escamotage), la présence de famille, d'amis, confidents nécessaires et déversoirs salvateurs.

Faut-il traiter de psychopathes ceux qui, entre ces solutions extrêmes, somatisent, c'est-à-dire s'expriment par leur corps en faisant griller quelques fusibles dans les relais neuronaux? Nous serions tentés d'y voir plutôt un réflexe intelligent, une dérivation prudente que ne désavouerait pas Bison Futé. Pensionnaire au lycée de Nevers, j'appréciais le retour à la maison en fin de semaine mais commençais à souffrir du ventre dès qu'approchait l'heure fatidique de la rentrée dans les murs carcéraux. Me retrouvant seul avec un fusil dans une ville réoccupée par les Allemands, je me suis payé une de mes plus belles crises de colique, heureusement guérie par une retraite chanceuse. Nos grands-pères, si nous croyons Georges Blond, faisaient parfois dans leurs bandes molletières avant de partir à l'assaut. A chaque épreuve du concours de l'internat, je suis allé acheter une bouteille d'élixir parégorique à la pharmacie Wagram.

La distinction entre corps et âme est valable le dimanche pour les chrétiens. Les autres jours de la semaine, il n'y a que le corps. Le cerveau, selon le mot du professeur François Lhermitte, en est le P.-D.G. Lorsque le patron est mécontent, il rabroue sa secrétaire ou ceux qui lui tombent sous la main. Cela le soulage. Lorsque le cerveau est en crise, il s'en prend au reste du corps en recherchant une région ou un organe cible plus vulnérable que les autres. Le choix peut s'expliquer par une fragilité particulière de l'organe en question aux variations de potentiel, un traumatisme, une intervention ou une affection guéris ou en voie de guérison. Dans toutes les spécialistés médicales se retrouvent ces querelles intestines : mal au dos, migraine, sensation de boule dans la gorge, douleurs diffuses, brûlures dans la sphère génitale chez la femme, crises nerveuses plus ou moins spectaculaires. La main ne pouvait rester en dehors de ces délestages. Elle occupe une large surface sur l'écorce cérébrale. Elle participe en permanence aux activités de la vie sentimentale, familiale, laborieuse, ludique, sexuelle et artistique. Pis, elle est constamment sous nos yeux, surtout sa face dorsale, zone de parachutage idéale.

Est-ce que ça vous gratouille ou est-ce que ça vous chatouille?

Il est prudent d'attendre les résultats de tous les examens avant de porter le diagnostic de somatisation. Mais il est bien souvent évoqué dès le début de la consultation, en fait dès les premiers mots. Le patient « normal » parle, dirait Claude Hagège dans son livre *L'Homme de paroles,* une langue universelle. Elle décrit les symptômes selon un vocabulaire des intonations, un ordre parfaitement adaptés à la transmission du message. Cela n'a rien d'étonnant. Le patient a appris cette langue en immersion, plongé dans le vocabulaire médical depuis sa naissance. Il dit en premier le symptôme capital. A quelques inexactitudes sémantiques près, il est capable de le définir. Au médecin de déchiffrer la partie écrite qui authentifie le message : signes physiques, signes généraux, monde des chiffres biologiques et des courbes, univers de l'imagerie. Il n'y a de vérité que dans la narration. Le patient risque de parler faux lorsqu'il commence par énoncer son diagnostic. Il doit impérativement commencer par narrer ses symptômes. L'ordre est important. Essayez donc de commencer par le verbe en allemand ou d'intervertir en français la place de certains adjectifs épithètes. Si notre client ne revient pas à ses moutons en rassemblant le troupeau de ses troubles, nous risquons de le titulariser dans un emploi-maladie où il n'a rien à faire mais qu'il finira par adopter. La consultation est avant tout analyse dramaticale.

A côté de cette langue médicale qui décrit les symptômes d'une maladie organique et qui est celle des dictionnaires, des encyclopédies, de l'ordinateur et bientôt du minitel prêts à nous aider en cas de trou de mémoire, existent des langages qui doivent immédiatement nous rendre vigilants.

Certains propos sont parfois aussi dépourvus de symptômes organiques que le programme politique d'objectivité. Le patient parle beaucoup. Il ne dit rien. Chez l'homme et la femme jeunes, à l'esprit sain dans un corps sain, la vie organique ne fait aucun bruit incongru décelable. La musique de la vie de relation s'écoute sans bruits parasites comme sur une platine laser. Chez certains plus vieux, encore sains selon les critères en usage, pourvus d'un cerveau sans tendances végétalisantes décelables, les sensations cénesthésiques font un bruit d'enfer, comme les 78 tours. Comment interpréter ce langage venu d'un corps qui devrait se taire? Est-ce de la ventriloquie? Sans le dire au patient, nous le baptisons hypocondriaque, l'accusant d'une simple hyperacousie des bruits du corps. Mais il faut toujours craindre une vraie maladie.

Le message délivré échappe parfois à l'entendement. Le trouble apporté à l'expression est tel que le diagnostic est facile : le patient doit être adressé au psychiatre qui, seul, sait décoder le message. Lorsque ce spécialiste entend : « Docteur, j'ai les choses en or », il comprend immédiatement que cette révélation n'a rien à voir avec les lois qui régissent l'achat et la détention de ce métal précieux, mais avec celles de la paralysie générale ou syphilis nerveuse.

Lorsque le patient somatise, il parle en général créole. Il fabrique un langage nouveau, véritable compromis linguistique entre la langue des « vrais malades » et l'expression vague, confuse et désordonnée de ses symptômes, exactement comme les Noirs de nos îles le firent pour communiquer avec les colons. Dès les premières phrases, le médecin est désorienté. Le patient utilise des mots différents, s'enlise dans des descriptions touffues, décrit des localisations inhabituelles, des irradiations douloureuses aussi farfelues que changeantes. Son propos n'est manifestement pas délivré dans une langue claire, universelle et médicalisée. Si le patient a déjà consulté un ou plusieurs médecins ou s'il s'est heurté à l'incompréhension d'une famille dubitative, il sait qu'il doit user d'arguments plus performants. Il brandit un diagnostic comme les assiégés hissent un drapeau blanc. Mais il faut des preuves. Le patient recourt alors à la fabrication du dossier. Un épais carton collecte un mémoire manuscrit ou dactylographié, les certificats les plus divers, les billets de transport, les reçus des consultations hospitalières, les digito-radio-dopplo-xéro-ultra-sono-thermo-scanno-électrogrammes. En est banni soigneusement tout ce qui pourrait le faire recaler à son examen : les recours furtifs aux médecines révélées, aux charlatans révérés et aux tisanières musicales.

Nous recevons en expertise un homme jeune qui a subi quatre ans auparavant une petite plaie de l'extrémité du médius. Soigné par un simple pansement à l'hôpital local, il a commencé à souffrir sans trêve ni repos. Se sont succédé les interventions les plus stupides, destinées d'abord à retirer un minuscule éclat métallique incapable de nuisance, puis à amputer phalange par phalange le doigt douloureux. Le comble a été atteint par un spécialiste hospitalier de renom qui a fait disparaître les derniers centimètres du squelette du médius et a transféré l'index à sa place. Le patient souffre toujours. Il porte une coque de plastique qui protège de tout contact la main repliée et inutile.

L'expertise judiciaire ne pose aucun problème. Certes, existe dans le dossier du patient une copie d'un article médical rendant les petits corps étrangers inclus responsables de douleurs persistantes. Mais les conclusions sont basées sur trois observations extrêmement douteuses. Le problème de somatisation n'est même pas évoqué. Le corps étranger n'y est pour rien. Le traitement effectué en urgence à l'hôpital était bon. Personne ne s'est aperçu que le patient, déprimé, disjonctait sur sa main dans un comportement véritablement suicidaire.

Pour se brancher en direct sans blocages ni interférences sur les conditions de début, il faut retirer le dossier dès le début de l'entretien et obliger le patient à raconter sans aide d'aucune sorte son aventure. Des questions précises, répétées avec patience mais fermeté, empêchent le blessé de réciter la leçon apprise au contact des praticiens et racontée par les certificats. Arrêtant d'un geste le rappel de la revendication contre l'hôpital, l'énoncé de tous les diagnostics posés, l'étalage de son invalidité, nous réclamons le récit de l'accident initial. Pressé de questions, bousculé pour obtenir des précisions authentiques, le blessé passe très rapidement sur la chute de la pièce métallique mais bute sur la marque de l'automobile qui l'a emmené à l'hôpital. Sous les yeux stupéfaits de son médecin, venu l'assister, et des assureurs, il discute gravement des caractéristiques des différentes Renault pour conclure au diagnostic de « 4 L ». Cette dérive fait le diagnostic de somatisation; Claude Hagège nous dit que le créole est intéressant à étudier, car il est une fabrication de langue sous nos yeux, une archéologie contemporaine, un peu comme si nous voyions progressivement le singe devenir australopithèque, puis *homo sapiens*. Il nous semble que le « créole » parlé par ceux qui somatisent est une langue intermédiaire entre la langue médicale conduisant à un diagnostic et la langue primale non médicalisée utilisée pour exprimer nos troubles non pris en charge. Elle est employée par le somatisé pour parler au médecin comme l'autre par les Noirs aux colons. Elle ne doit pas déclencher qu'une alternative : un faux diagnostic organique ou le recours au sorcier moderne. Sur l'autoroute des faux diagnostics, les bretelles d'accès sont nombreuses, les sorties trop rares et le péage hors de prix. La vérité est sur le périphérique en faisant le tour du patient. Nous devons médicaliser la somatisation, donc la reconnaître. « Ça me chatouille, mais ça me gratouille bien un peu. »

« Ce que je sais le moins bien, c'est le commencement »

Invités à préciser les circonstances du début des troubles, certains restent dans le vague. D'autres rendent responsable un incident mineur : choc léger, chute sans gravité, effort prolongé, travail inhabituel, position inadéquate pour écrire ou jouer d'un instrument. Les autres accusent un véritable traumatisme, une intervention chirurgicale « loupée », une maladie visible tels la maladie de Dupuytren ou un kyste synovial. Deux arguments viennent heureusement innocenter ces accusés. Les troubles présentés par le patient sont beaucoup plus importants que ne le voudrait l'histoire naturelle de la maladie. Il existe un délai anormal entre la cause alléguée et la survenue ou le retour des troubles. Le délai, inexplicable, atteint six mois, un an et parfois des années. Le cerveau, perturbé, a cherché dans sa mémoire profonde, y a trouvé un incident, une localisation souvent chargés de symboles et le tour est joué... pour le médecin. Dans certains cas, les troubles de somatisation remplacent insensiblement ceux qui étaient dus à une affection organique. Heureusement, les raisons psychologiques de cette dérive immédiate sont assez faciles à trouver.

Affirmer d'abord, prouver ensuite

La présence d'une lésion organique étant très improbable, nous pensons gagner beaucoup de temps en informant immédiatement le patient du résultat de nos investigations. Tous les somatisés ou presque sont « normaux » psychiatriquement. Les autres ont déjà été repérés par le médecin de famille ou même par nos secrétaires. Nous sommes en présence de bons pères de famille, de mères aimantes, de maris fidèles et de femmes attentionnées, au moins au premier abord. Tous veulent guérir rapidement. Presque tous travaillent malgré la gêne apportée par leur « maladie ». A la première question d'apparence innocente : « Avez-vous des ennuis ? », tous nient farouchement et se déclarent parfaitement heureux. Cet affichage de félicité est un élément intéressant du diagnostic. Une feuille de papier remplie recto verso ne suffira pas à établir le bilan de leurs problèmes.

Il faut immédiatement distinguer les déprimés et les autres. Nous laissons au psychiatre le diagnostic précis et le traitement des états dépressifs sous la surveillance efficace et combien utile du médecin de famille. Mais reconnaître la dépression est pour le chirurgien une absolue nécessité. Il s'agit d'un état de durée et d'intensité variables que François Lhermitte, professeur de neurologie à la Salpêtrière, définit comme une perversion de l'information. Le sujet ne retient que ce qui le culpabilise et le rend malheureux. Il voit la bouteille à moitié vide, là où nous la voyons à moitié pleine. La dépression, souvent héréditaire, est facilement reconnue dans les antécédents (si nous songeons à le demander...). Elle est plus difficile à identifier lorsqu'elle est inaugurale et camouflée plus ou moins bien en maladie organique. Il faut donner toute leur importance aux troubles du sommeil et du comportement. Nous ne saurions faire subir aux déprimés la cure de psychothérapie brève et intensive que nous administrons aux autres. Outre une cure de psychothérapie particulière, ces sujets ont besoin d'un traitement chimique. Les tranquillisants sont chez eux l'équivalent de l'insuline pour les diabétiques. La découverte de ces drogues qui modifient le comportement a, on le sait, révolutionné la médecine du cerveau. Les déprimés acceptent en général le transfert et sont rapidement améliorés.

Les autres sont en général des angoissés, des culpabilisés, des indécis, incapables d'assumer une situation stressante. Il n'est pas question de les adresser au psychiatre. Ceux, rares, qui accepteraient notre démission, passeraient leur temps à revendiquer une maladie organique, inquiétant celui qui n'est spécialiste que des maladies du cerveau. Nous devons les prendre en charge, contrairement à ce que croient bon nombre de nos collègues. Mais si nous annonçons tout de go à ce patient récemment atteint ou déjà installé dans le confort de l'emploi-maladie que le corps va bien mais que seule la tête est malade, un conflit apparaît immédiatement. Environ 5 à 6 % des somatisés approuvent : « Je me doutais bien que je n'étais pas vraiment malade. » Quelques-uns contestent avec politesse, se demandant comment arrêter une consultation aussi inutile et qui aller voir ensuite. Mais le plus grand nombre s'irritent. « Alors, docteur, dites-le-moi clairement : *Je suis folle.* Pendant que vous y êtes, envoyez-moi donc chez le psychiatre ! »

Pour éviter la transformation de la consultation en bataille rangée, nous devons d'abord tenter de faire réfléchir le patient sur le fonctionnement de son système nerveux et multiplier éventuellement les comparaisons pour lui faire toucher du doigt la participation cérébrale.

« Madame (ou Monsieur), je sais que le Français n'a pas de cerveau. Chez cette race étrange, le mâle a un foie et la femelle de la cellulite. Le cerveau n'existe que chez les fous où il est la cause et le siège de la folie. Or, très récemment, nous avons découvert que certains de nos compatriotes avaient un cerveau sous le béret basque et au-dessus du trou à croissants. Il ne sert pas uniquement à organiser la folie. Il participe à la vie de tous les jours, aux émotions, aux chagrins, à l'amour et à la haine. Imaginons que vous ayez un cerveau, ce qui après tout est possible. Supposons que vous soyez inquiète, angoissée, peinée, en un mot malheureuse sans pouvoir le dire, sans pouvoir le vivre! Votre machine cérébrale au fonctionnement mi-chimique, mi-électrique ne vous permet pas d'assumer cette tension. Mais elle vous écarte des tentations dangereuses : alcool, drogue, suicide. Sa solution, la seule intelligente, est de vous faire souffrir dans votre corps de façon assez gênante ou spectaculaire pour jouer un rôle dissuasif. Souffrir est vivre! »

Le patient peut difficilement nier la présence du cerveau. Encore faut-il essayer de montrer son fonctionnement dans les situations de détresse. A l'employée de bureau, je parle de cerveau P.-D.G. et de ses sautes d'humeur comparables à celle de son chef de service. A l'obsédée de radio, j'explique comment de petites sensations passent à la chambre d'échos. « Vous vous croyez en direct et souffrir réellement de votre main. Or les troubles que vous présentez sont une aussi mauvaise copie que la voix de certains chanteurs sur scène. Vous êtes en play-back. » A la standardiste, je demande comment elle peut être certaine que l'appel téléphonique vient réellement de Moscou et pas d'un Russe habitant place de Stalingrad? Si elle est très entraînée, elle peut par les bruits parasites déceler la tricherie et garantir l'authenticité du lieu d'appel. Et, moi qui suis très entraîné, je suis certain que la souffrance ne vient pas de la main, mais du central téléphonique cérébral. La comparaison la plus efficace est réservée à ceux qui sont familiers de l'informatique : « Vous m'apportez votre imprimante, c'est-à-dire votre main, en me disant qu'elle fonctionne mal. Je vous dis, moi le spécialiste, qu'elle est en excellent état. Si je la démonte, je risque de l'abîmer. En revanche, votre ordinateur (je désigne alors la tête sans la frapper à petits coups, geste français par excellence mais qui nous replongerait dans l'erreur) est piraté par un programme que nous devons débusquer et si possible effacer. » Force est de reconnaître que ce propos déstabilise les incrédules soi-disant anencéphales. Il permet une porte de sortie honorable et donne un espace de réflexion utilisable.

Mais il y a toujours un reste incompressible. L'air pincé, le regard buté, ces refusnicks répètent inlassablement : « Je suis venu vous consulter pour ma main et non pour mon cerveau. Vous ne voulez rien me faire. Je m'en vais. » Par devoir, je continue mes explications. J'essaie de passer le mur du cholestérol qui rend dures comme tuyaux de pipe les artères cérébrales de la vieille dame indigne. Je cherche à convaincre celui ou celle qui, titularisé dans son emploi-maladie, ne veut pas entendre parler de licenciement étiologique ou de mutation factorielle. J'arrive parfois à isoler et à convaincre la fille dominée par sa mère présente, l'épouse ou la concubine réfugiée dans le havre de paix de sa maladie, seul espace de liberté matrimoniale réduite au caquet. Les autres s'en vont d'autant plus furieux que je leur fais rembourser le prix de la consultation. Je devine qu'ils se répandront en imprécations contre ma dérive. Mais convaincront-ils tout le monde? L'argument qu'un autre opérera ceux que je renvoie me laisse de marbre. Comme l'écrit Karl Popper, j'ai tout juste le droit d'essayer de diminuer les petits malheurs. Que le patient aille ailleurs organiser son « bonheur » en perdant sa virginité chirurgicale.

La tierce personne : belote et rebelote

Le patient consulte parfois accompagné par un membre de sa famille. C'est une chance qu'il faut savoir saisir. La tierce personne est exactement située entre le patient et son médecin : père, mère ou les deux, mari ou amie fidèle, épouse plus ou moins loquace. Quelle qu'elle soit, elle est toujours intéressée par nos propos et surtout notre étrange conduite. Elle s'attendait à nous voir longuement compulser le dossier, intéressé par la rencontre avec une maladie bien singulière, certainement rare, à une demande d'examen compliqué se pratiquant dans un seul hôpital parisien. Or elle constate que le dossier est écarté d'un revers de main, que l'examen lui-même a été assez court et que tout l'intérêt du praticien se porte sur la vie privée du patient. J'ai toujours vu la tierce personne prendre parti. Elle comprend bien avant le patient que nous mettons le psychologique en cause. Si elle est impliquée dans le conflit (mari brutal, volage, mère abusive, hyperprotectrice et obstinée, père « fermé » aux problèmes de l'adolescence...), elle éclate et ne tarde pas à nous insulter : « C'est bien la peine de venir de si loin, d'attendre six mois pour un rendez-vous. Quel genre de médecine pratiquez-vous ? » Cela dans le genre courtois. Mais il y a les autres.

Une jeune femme arrive en ambulance à mon bureau privé. Elle marche difficilement, béquillant, pour aborder l'ascenseur. L'accompagnent un mari falot mais aussi son père et sa mère, terrible duo dont je sous-estime la carapace intellectuelle. Soupçonnant quelque erreur d'orientation, je pose les questions destinées à cerner le cas d'une fracture grave, accident qu'affectionnent mon agrégé J.-P. Lemerle et Dominique Leviet.

A ma grande surprise, rien de tout cela. L'invalide sort dans un rictus de souffrance une lettre de son médecin. Elle a été opérée peu de temps après son mariage d'une appendicite chronique. Puis elle a commencé à souffrir de sa cicatrice. Quatre interventions par quatre chirurgiens différents ont poursuivi sans succès le névrome douloureux, une des valeurs sûres de l'activisme chirurgical. A chaque fois, la souffrance a augmenté d'intensité. Je la fais déshabiller. La cicatrice est normale. Il n'y a pas d'éventration ni de petite boule localisée pouvant faire penser à l'englobement d'un nerf sous-cutané. La jeune femme est hystérique, en pleine gesticulation. Il faut en faire assez pour justifier toute l'histoire antérieure et un voyage très inhabituel à la capitale. Non encore rompu aux subtilités des somatisations, je n'ai pas laissé à la malheureuse, certainement déçue par son mariage (il n'y avait jamais eu de vraie appendicite chronique...), une porte de sortie honorable. J'eus la maladresse d'affirmer que la paroi était saine malgré les labourages et pâturages chirurgicaux. Tout était dans la tête. La jeune femme mais surtout la mère entrèrent en éruption comme le volcan de l'île de la Réunion (familiale). La partie féminine de la troupe évacua le cabinet en vociférant, suivie à bonne distance par les deux hommes, étrangement silencieux. Le bruit continua dans l'ascenseur et le jardin. La gardienne vint discrètement interroger ma secrétaire pour pouvoir expliquer aux autres copropriétaires les raisons de cette manifestation.

Beaucoup plus souvent, la tierce personne n'est pas dans le coup. Spectateur privilégié, confident ou témoin intelligent, elle saisit très vite la perche que nous tendons. Alors que la patiente nie farouchement tout problème, elle intervient avec douceur ou fermeté : « Tu devrais dire au docteur que tout a commencé lorsque tu as appris que ton père était atteint de leucémie. » « Pourquoi ne pas dire au docteur que cette cicatrice de morsure, douloureuse depuis deux ans et trois fois opérée, a été faite par ton chien, que tu aimais tant. Ce chow-chow a d'ailleurs mordu toute la famille. Il a fallu l'abattre. Or tu en veux un autre de la même race...! » « Docteur, elle oublie de vous dire qu'elle vient de perdre sa jumelle dans un accident de voiture. »

Lorque la tierce personne nous aide, tout est gagné. La somatisation devient très probable, puisque les proches l'ont subodorée. Nos propos seront répétés avec sympathie, sans agressivité ni déformation. Notre interrogatoire est assuré du succès.

Après l'affirmation, un essai de preuve

Sur un terrain si mouvant, il est très difficile de faire œuvre scientifique. Tout au plus pouvons-nous prétendre à une approche de ce type lorsque nous avons défini les raisons de la tension psychologique et apporté une amélioration réelle et durable sans thérapeutique réservée aux maladies organiques. Hormis le cas du déprimé confié au psychiatre mais convoqué régulièrement pour parler avec lui de l'évolution de ses problèmes, il nous faut découvrir chez les autres la nature et juger de la responsabilité des problèmes événementiels et existentiels. Disons-le tout net : le chirurgien ne saurait se transformer en médecin et passer des heures à l'écoute. Mais il ne saurait s'en désintéresser complètement, car il abdiquerait alors tout pouvoir de guérison. Il faut donc mener un interrogatoire rapide et fructueux. La méthode de mon ami Claude Blanc, psychiatre-consultant d'Air France et brillant exégète des œuvres de Karl Popper, nous a beaucoup aidés. Il s'agit de la psychiatrie de l'homme sain, car il est clair que ceux qui nous font décoller, survoler le monde et atterrir ne sont pas recrutés dans les asiles. Il s'agit de déceler les petits malaises psychologiques, éventuellement importants, chez ceux qui tiennent notre vie au bout de leur manche à balai et dont la bonne santé fait habituellement plaisir à voir.

Claude Blanc utilise une méthode comparable à la triangulation qui sert à repérer les bateaux en détresse. Le message émis par un opérateur ou la balise radio est reçu par trois stations. La direction du message est reportée sur une carte. Les trois lignes dessinent un triangle à l'intérieur duquel se trouve le bateau mal en point. Dans sa conversation-interrogatoire, Claude Blanc trace trois axes pour cerner son interlocuteur : identité, temporalité, adéquation profil-carrière. Les questions concernant l'identité produisent en général une rapide et abondante récolte. Comment le patient vit-il dans sa famille, son ménage, ses amours (parfois différentes...), sa sexualité, son travail, ses distractions, ses loisirs. Les questions concernant la temporalité étudient les rapports du patient avec son passé. Nous avons vu comment le cerveau perturbé va chercher dans le stock de la mémoire profonde le choix de la localisation. Certains passés sont clairs, d'autres plombés comme un ciel d'orage.

Étudier la carrière professionnelle de notre patient et ses perspectives d'avancement ne saurait nous retenir longtemps. Nous préférons nous concentrer sur l'adéquation maladie-carrière. Les troubles dont souffre le patient sont vite organisés en maladie, puis en emploi. Le patient est, selon le cas, stagiaire, intérimaire ou titulaire. Il sera plus ou moins facile de le licencier selon son statut. La maladie génère de nombreux et surprenants bénéfices : témoignages d'affection de la famille, manifestations de sympathie des amis et des collègues de travail. Le sujet se sent en vacance de ses responsabilités. Il tient un sujet de conversation inépuisable avec le petit commerçant, les vendeurs du marché, le marchand de journaux, la gardienne de l'immeuble. Comment, devenu titulaire d'un emploi-maladie aussi bien rémunéré, accepterait-il le licenciement étiologique? Pas d'indemnité! Pas de reclassement pathoprofessionnel! Pas de recyclage! Il est parfois aussi difficile de lui faire quitter sa maladie que de licencier un fonctionnaire indigne. Il existe heureusement un havre : l'invalidité à 100% portée comme la médaille des vieux travailleurs.

Nous avons soigné une jeune femme dentiste qui aggravait avec conscience une petite plaie accidentelle du pouce. De grattages en agressions plus brutales, elle finit par déclencher une infection de l'articulation située entre les deux phalanges. Nous réussîmes à sauver le pouce. Restait à traiter sa tendance à l'automutilation, véritable suicide sectoriel. Notre patiente était avant son accident le pilier central de la famille, dirigeant d'une main sûre le mari et les enfants. L'accident lui offrit un temps mort. Ces vacances inattendues lui plurent. Pour les prolonger, l'automutilation était le seul moyen. Elle a repris son travail mais quelque chose a changé dans son comportement.

Après une consultation assortie de la mise en évidence du facteur psychologique le plus important, un quart des patients environ sont suffisamment convaincus pour que je puisse les renvoyer chez eux réfléchir. Mais j'ai besoin pour les autres d'investigations supplémentaires. J'ai demandé à une psychologue, O. Baudry, de recevoir mes patients pour un entretien d'une heure et demie, renouvelable à leur demande. Les conditions idéales sont réunies lorsqu'elle assiste à la consultation. Sa présence indique qu'elle fait partie de l'équipe. Elle n'inquiète pas. Je me garde bien de l'appeler psychologue, compte tenu de ce que ce mot évoque de fausse science, d'abus de pouvoir et d'absence de doute. Elle est ma collaboratrice chargée de recueillir un complément d'information. Je puis disposer lors de la consultation suivante de toute l'histoire de la patiente depuis l'enfance : événements familiaux, conjugaux officiels ou clandestins, conditions de travail, choix des loisirs. Je découvre souvent l'existence antérieure d'autres manifestations de somatisation : spasmophilie, sensation de boule dans la gorge, d'étouffement, épisodes d'anorexie mentale ou de boulimie, plaies traînantes inexpliquées. La découverte et la révélation au patient des causes psychologiques rendent le traitement possible et bien souvent efficace. Parfois nous ne trouvons rien. Il faut replacer le patient dans le cadre des maladies organiques non diagnostiquées. Mais rien n'empêche qu'un sujet vulnérable ait un problème organique et des problèmes psychologiques.

Ce second rôle de cinéma, en pleine ascension, vient se plaindre d'une sensation bizarre dans la main. Il invoque une chute sur le médius en extension. Notre examen est négatif. Nous le confions à la psychologue. Il a une vie assez agitée et est un grand anxieux. Il ne nie pas la somatisation. Cependant les symptômes persistent. Nous le revoyons trois mois après. Le diagnostic lésionnel est devenu évident. Le choc avait rompu une des bandelettes d'insertion sur la phalange du tendon fléchisseur superficiel. Progressivement, la bandelette est remontée dans la coulisse comme l'épi remontait dans notre manche lors de nos jeux enfantins. La bandelette est palpable en pleine paume. Une intervention simple la retire. Nous présentons nos excuses à ce charmant garçon. Six mois après, il nous demande l'adresse de notre psychiatre pour pouvoir « causer ». Nous devons toujours consacrer quelques instants à celui qui est caché derrière ses symptômes, même s'ils témoignent d'une authentique maladie organique. Débusquant la vulnérabilité, nous éviterons que la convalescence ne tourne à la catastrophe.

Tout problème à dominante psychiatrique est bien entendu adressé au psychiatre. Il organise le traitement avec le médecin de famille et, éventuellement, un spécialiste local.

Les différents visages de la somatisation

Les uns souffrent et peuvent finir paralysés. Les autres sont gênés dans leurs mouvements et présentent parfois des crampes étrangement sélectives. Quelques-uns se mutilent. Des exemples nous montrent cette maladie aux cent visages.

Les souffrants

Le souffrant se présente habituellement avec la cause et le diagnostic de ses troubles. Un geste un peu forcé, un effort jugé excessif, un coup insignifiant, une intervention chirurgicale bénigne sont considérés comme responsables malgré le temps passé. Or il y a prescription comme pour les délits. Les diagnostics énoncés sont sémantiquement sans reproches mais sémiologiquement très discutables. Il nous décrit des entorses, des tendinites, des arthroses, des inflammations de symptomatologie très floue. Lorsqu'il consent, enfin, à décrire la douleur, l'imprécision est reine. La localisation de la souffrance est plus régionale que ponctuelle. Les irradiations sont surprenantes, les exacerbations curieusement réparties. Elles ne coïncident pas avec la fatigue ou l'effort. Il y a des silences inexplicables et des crises paroxystiques incompréhensibles. La description peut être mélodramatique. Mais le faciès reste intact et même parfois y glisse un certain sourire. Il évoque irrésistiblement celui qui flottait sur les visages des premiers martyrs chrétiens jetés aux fauves ou plongés dans les flammes. Pour débusquer le déprimé, il faut regarder attentivement la mimique du patient au repos, en l'absence de toute conversation. Bonjour tristesse! La mélancolie est évidente. Cet aspect du tonus de base des muscles du visage est très évocateur. Sa constatation permet d'affirmer au patient qui vient à peine de s'asseoir et de poser son dossier qu'il est ou a été déprimé. La consultation devient beaucoup plus facile. Vous avez marqué un point.

A la souffrance, s'ajoute souvent le gonflement. Il peut être évident, visible, palpable, mesurable. S'il n'existe pas de raisons organiques à ce symptôme (infection, inflammation...), il peut annoncer une forme grave de somatisation, l'algo-neuro-dystrophie, que nous étudions plus loin. Le plus souvent, il est fugace, discret, invisible à l'observateur impartial. Il ne sert à rien de le nier. Le patient le sent et le voit. Nous avons pris l'habitude de dire aux femmes assez fréquemment sujettes à ces gonflements : « Il s'agit d'un symptôme féminin comme la constipation et les pieds froids. Il n'est pas plus grave que ces petites misères. »

Les souffrants plus ou moins gonflés représentent la grande majorité des somatisés. Certaines observations sont caricaturales mais vraies, je vous en donne ma parole.

Alors que je gravissais l'escalier qui conduit à mon bureau, je vois avec agacement monter devant moi un ami médecin accompagné d'une jeune personne. On allait m'extorquer une consultation entre deux portes (au moins, dans les coquetèles, il y a à boire), alors que j'étais en retard. Je subodore une somatisée. Elle a quatorze ans environ et une très longue natte tressée, comme Judie, ma chienne Yorkshire. Le visage est sévère. L'absence de coquetterie montre à l'évidence que la chrysalide n'est pas prête à devenir papillon. Elle est plutôt B.C.B.G. et ne porte pas l'uniforme unisexe du vacher du Montana. Le loup est encore loin de la bergère. Avant d'arriver à la porte de mon bureau, mon ami a le temps de m'expliquer le caractère urgent de sa démarche. La petite est élève du Conservatoire... enfin, elle prépare ou plutôt elle préparait le concours d'entrée. Tout se présentait bien. Mais il y a deux mois, alors que le concours approche, est subitement apparue dans la pulpe de l'index, celui qui touche les cordes, une douleur lancinante que rien ne calme. L'élève a arrêté tout exercice. Une pommade conseillée par un vétérinaire ami (je n'invente rien) s'est révélée inefficace. Un chirurgien (ennemi ?) a proposé d'ouvrir chirurgicalement la région douloureuse... pour voir, *comme au poker*. La famille, inquiète, demande d'autres avis.

Habitué à voir ce genre de pannes avant les concours et le baccalauréat, je saisis l'adolescente rivée comme la Sido de la chanson des Frères Jacques à son instrument, par sa natte. Je lui demande rudement : « Avez-vous le trac ? » Je fais semblant de m'irriter de sa réponse négative et lui crie en la secouant : « Malheureuse, il faut avoir peur avant. Il faut que tu en crèves. Tu joueras bien après. De toute façon, les professeurs du jury sont obligés de t'écouter. Si tu penses que tu joues mal, joue quand même juste pour les embêter. » Je ne suis pas certain d'avoir utilisé ce mot. Mais le conseil de développer une saine agressivité était là. La petite est repartie avec mon ami quelque peu perturbé. Deux ans après, j'ai voulu avoir des nouvelles. La violoniste est revenue me voir. Le loup était passé ou, comme dans les jeux enfantins, il s'apprêtait à sortir. Le visage était avenant, les cheveux coupés. On était sous pilule. Elle m'apprit qu'elle avait rejoué le soir même de la consultation et que tout allait bien depuis sa réussite au concours d'entrée. Elle m'a confié qu'elle utilisait ma recette lorsque le professeur de violon lui faisait des reproches excessifs et virulents. Elle grommelle entre ses dents : « Je t'em..., je t'em... », ce qui calme immédiatement la petite douleur qui aurait tendance à réinvestir la pulpe vulnérable.

Toutes les consultations ne sont pas aussi simples et leurs suites ne sont pas toujours aussi favorables.

Une ravissante Italienne de dix-sept ans s'assied en face de moi. Elle ne parle pas le français. Son père, qui l'accompagne, non plus. Il est très élégant, distingué, genre *commandatore* et certainement père abusif, au moins selon les critères de notre temps. Une parente francophone sert d'interprète. Un long résumé dactylographié a été préparé à mon intention. Il comprend la liste des interventions et des traitements de ces quatre dernières années. Sa lecture m'épouvante. A l'âge de treize ans, cette Juliette qui devait rêver de Montaigu et de Capulet a présenté un kyste arthrosynovial du poignet, à la face dorsale, celle qui se voit, celle qui reçoit le baisemain. A-t-elle confondu les chirurgiens avec Roméo ou assimilé hâtivement le bistouri au phallus, je ne saurais dire. Mais la lésion est vite revenue, accompagnée cette fois de douleurs. Elles n'ont pas cessé depuis quatre ans. Et pourtant!

La liste reproduit une succession impressionnante de réinterventions sur le kyste, puis sur la cicatrice douloureuse, d'injections de corticoïdes, d'ionisation, d'électrothérapie, de massages, de physiothérapie, d'application de rayons X. La cicatrice du poignet témoigne de toutes ces avanies. Elle est longue, violette, très large. Seul le comte Dracula pourrait y trouver son compte lors du baisemain. Il est aisé de comprendre la récidive du kyste, due à une intervention pratiquée sous anesthésie locale et incomplète. Mais l'apparition des douleurs aurait dû faire penser à la somatisation. Bloquée dans sa famille par les interdits d'un père qui entend bien réserver à lui seul les avantages de la sexualité permissive et les éviter à sa fille chérie, la pauvrette n'avait que la souffrance pour s'exprimer. Personne n'a cherché à savoir quel était son enfer et pourquoi elle avait laissé l'espérance. Tous ont pris les symptômes au premier degré et témoigné d'un rare acharnement thérapeutique.

A l'énoncé du verdict en français, j'annonce à la parente que nous allons assister à une crise de larmes. La mutilée chirurgicale mouille deux mouchoirs. Le père pique une colère... contre mes collègues transalpins. J'explique à la parente que le temps est venu d'orienter cette jeune fille vers d'autres horizons, de remplacer les symboles et les phantasmes par l'objet du délit et que des vacances avec une tante ou une cousine, loin de la famille, viendraient à bout des douleurs. Juliette comprend le message et semble prête à troquer ses maux pour quelque Roméo transitoire. Quel Western chirurgical spaghetti!

Cette vieille dame consulte pour des douleurs insoutenables dans le bras droit. Elle a eu une fracture de l'extrémité supérieure de l'humérus, l'os du bras, il y a un an et demi. La crise douloureuse est revenue au même endroit après une longue disparition. Est accusé un récent déménagement : « J'ai fait trop d'efforts. » En fait, les choses sont un peu plus compliquées. Le déménagement l'a obligée à arrêter son travail pour deux semaines. Elle s'est retrouvée face à un mari, très désagréable et retraité, durant toute la journée. Elle le supporte mal. Son médecin ne lui a-t-il pas dit : « On ne peut pourtant pas le tuer ? » La souffrance vient de ce conflit. D'ailleurs, comme il lui a fallu un certain temps pour obtenir un rendez-vous et qu'elle a repris son travail, cela va nettement mieux. Elle accepte l'explication et arrête elle-même les séances d'ionisation et la kinésithérapie.

Jeune, timide et portant moustache, cet ouvrier vient nous consulter pour une douleur qui intrigue ses médecins. Elle occupe la région du poignet, là où il a subi quelques années auparavant une fracture sans gravité. Aucune explication organique n'est possible. Les résultats de l'interrogatoire mené par la psychologue sont très intéressants. Tout a commencé lors de la mort du père à l'hôpital, privé de son médecin de famille, absent. Le fils en a ressenti un sentiment de culpabilité. Resté seul, il s'est marié avec une jeune veuve, mère de deux petites filles. Il est débordé par cette paternité brutale. La perte du père et le fait de se retrouver père aussi vite ne peuvent être supportés que par ces souffrances. Il n'a jamais arrêté son travail. Comprenant ce handicap, il accepte ses douleurs et vient régulièrement nous revoir tous les ans. Nous le croyons en équilibre.

A cette forme chronique s'oppose une forme aiguë dramatique : l'algo-neuro-dystrophie. Tout commence par des douleurs et bien souvent un gonflement plus ou moins localisé. La peau peut paraître violette. La cause est variable. La lésion apparemment responsable peut être relativement importante : fracture du poignet, d'un os métacarpien, intervention chirurgicale telle la libération du nerf médian dans le canal carpien, cure d'une maladie de Dupuytren, ablation d'un kyste synovial. Mais ce peut être aussi un tout petit rien et même rien. L'importance des symptômes n'en apparaît que plus incompréhensible. Très vite s'ajoute à ces alarmes une gêne progressive aux mouvements des articulations du poignet, mais surtout des doigts. Le patient éprouve la plus grande difficulté pour les fléchir et les allonger. Le médecin vainc de plus en plus difficilement la résistance à la mobilisation passive. Puis, déclenché par une kinésithérapie musclée et parfois brutale, survient le blocage complet. Même sous anesthésie générale, la main est bloquée en flexion. Toute tentative de déblocage est extrêmement douloureuse. La récupération survient très lentement, parfois en plusieurs années. Il persiste souvent des séquelles définitives. Bref, il s'agit d'une catastrophe pour le patient et d'une malédiction pour le chirurgien si l'algo-neuro-dystrophie succède à une intervention. Malgré sa bonne foi, malgré ses titres, malgré la bénignité du geste, le praticien se sentira toujours un peu coupable.

Certaines formes caricaturales nous ont aidés à comprendre les vraies causes. Une femme portant vieux, déprimée de longue date, vient nous consulter avec son mari médecin, faisant jeune et portant beau. Après une intervention sur le cinquième doigt pour une petite atteinte de la maladie de Dupuytren, le doigt s'est bloqué au cours des semaines suivantes. Il est actuellement en crochet invincible.

Le chirurgien responsable est un de mes plus brillants collaborateurs. Je ne suis pas surpris de voir une cicatrice courte, d'entendre parler de suites immédiates favorables et d'une absence totale d'immobilisation postopératoire. Le mari acquiesce à mon diagnostic de somatisation. Nous décidons d'arrêter les tentatives douloureuses de mobilisation plutôt aggravantes, et de confier la patiente à son psychiatre. La semaine suivante, l'algo-neuro-dystrophie est complète : la main est bloquée, gelée! L'explication est simple. Le mari est parti en congrès et certainement pas seul. L'algo-neuro-dystrophie était au début un petit appel. La désertion du mari a transformé l'appel en tocsin. Nous sommes passés directement de Georges Feydeau à Ingmar Bergman.

Nous avions eu la chance de voir se dérouler sous nos yeux ce drame dont le premier acte est psychologique et le second organique. Le « refus » de bouger les doigts entraîne des raideurs dues au raccourcissement et à la perte d'élasticité des ligaments articulaires. De même, la mise d'une automobile sur cales crée assez rapidement des dégâts irrémédiables. Cette forme particulièrement grave de somatisation n'est pas rare : 10% de nos trois cents dossiers récents. Nous voyons malheureusement les patients au stade des séquelles. Ils ont reçu de nombreux traitements sans succès patent et prolongé. Chez tous, nous trouvons, par interrogatoire puis entretien, les causes psychologiques selon nous capables d'expliquer ce « suicide fonctionnel ». La chance nous a nouveau souri lorsque nous avons pu observer des formes incomplètes et des formes débutantes.

Ce P.-D.G. exportateur en Arabie Saoudite vient nous voir avec les doigts quelque peu fléchis à la suite d'un traumatisme mineur. L'extension est douloureuse et très limitée. Il a présenté après un délai une crise douloureuse et un œdème parfaitement inexplicables par les processus traumatologiques. L'interrogatoire révèle que ce sujet surmené était angoissé par son travail et notamment la signature de contrats importants. Détail piquant : il ne pouvait plus signer les chèques. La prise de conscience de ses angoisses, des vacances au Club Méditerranée et le port d'une attelle dynamique qui tirait doucement sur les doigts fléchis pour les mettre en extension, jour et nuit, l'ont guéri en trois mois. Il persiste cependant un léger déficit d'extension des doigts.

Charmante mais bavarde, je dirai même épuisante, cette femme d'un certain âge vient consulter avec une main fléchie à moitié, et fixée. Elle présente une maladie de Dupuytren connue depuis longtemps, responsable de quelques noyaux durs au creux de la paume. Brusquement, ses doigts se sont fléchis. Elle vient demander la cure de ce stade évolutif fâcheux. Mais elle présente des douleurs tout à fait anormales pour ce type de maladie. L'examen ne montre pas de cordes rétractiles capables d'expliquer la flexion invincible des doigts. L'interrogatoire révèle que cette grande anxieuse, habituellement hyperoccupée, ne supporte pas sa préretraite, récemment imposée par les circonstances. La flexion des doigts a commencé peu après l'arrêt d'activité. La patiente se livre au cours du premier entretien et en demande d'autres. Le port d'une attelle dynamique rétablit progressivement l'extension sans handicaper la flexion. Un beau jour, elle est guérie de son algo-neuro-dystrophie, mais retrouve évidemment les noyaux fibreux de sa maladie de Dupuytren, jusque-là cachés dans sa paume par la flexion des doigts. Elle en demande l'ablation. Nous lui expliquons que rien ne presse et qu'il faut d'abord sortir complètement de ce drame.

Malheureusement, il n'existe pas, au moins à ma connaissance, un traitement satisfaisant d'algo-neuro-dystrophie installée et complète.

Le temps, la reprise très prudente de la kinésithérapie douce permettent, dans les cas favorables, de retrouver une certaine fonction. Nos efforts ont donc porté sur la prévention, domaine difficile! Comment être certain d'empêcher une maladie d'apparaître et le prouver scientifiquement? Il nous manque la foi des médecins « doux ». Désireux de dédramatiser les suites opératoires de la maladie de Dupuytren et d'éviter le déclenchement d'une algo-neuro-dystrophie, nous avions choisi une technique qui utilise de petites incisions et permet la récupération rapide des mouvements sans pansement immobilisateur et sans mécanothérapie immédiate et brutale. En fait, nos efforts ont amélioré la qualité et la simplicité des suites opératoires mais n'ont, semble-t-il, pas empêché la survenue de cette complication.

Cet homme encore jeune, portant beau, avec une fine moustache mais l'air un peu triste, nous consulte pour un Dupuytren avancé. L'intervention se déroule sans anicroches. Deux jours après, il téléphone : ma main est douloureuse et enflée. Nous le convoquons immédiatement. La face dorsale de la main opérée est le siège d'un œdème important (que nous photographions), et les mouvements jusque-là relativement faciles sont gênés. Pour nous, il n'y a pas de doutes : il commence une algo-neuro-dystrophie. Nous le confions immédiatement à notre surveillante de kinésithérapie spécialiste des patients à problèmes et demandons à la psychologue un entretien d'urgence. Le facteur déclenchant a été une dispute sans gravité avec sa deuxième femme. Mais la situation de famille est compliquée. Il a perdu un fils aîné dans un accident de la circulation et ne peut oublier. Il a divorcé récemment de sa première femme. Se sentant coupable, il a recherché et trouvé pour elle un emploi. Malheureusement, elle vient d'être hospitalisée pour un cancer avancé de l'utérus. Son deuxième fils refuse de venir le voir chez lui, car il déteste sa deuxième femme.

Le lendemain matin, la main est dégonflée. Heureusement que j'ai les photographies avec la surcharge du dateur ! Les douleurs disparaissent. Les mouvements reprennent. Mais le patient a besoin d'une séance quotidienne de kinésithérapie avec ma surveillante tant il se sent et nous paraît « fragile ». Il est actuellement guéri. L'avons-nous réellement protégé d'une algo-neuro-dystrophie ?

Même aventure chez un vieux monsieur triste, adepte d'un massage japonais compliqué qui étire les doigts pour mieux soulager l'âme. Huit jours après l'intervention pour maladie de Dupuytren avancée, survient une crise douloureuse avec œdème et limitation des mouvements. Il ne peut plus supporter l'attelle dynamique que je fais porter pour éviter les cicatrisations vicieuses. Comme il est presque mon voisin, je me décide à traiter moi-même sa crise d'angoisse. Je le vois presque tous les jours et lui parle longtemps. La crise s'estompe. Les mouvements reviennent. Trois mois plus tard, il vient me montrer une main normale et me dit : « Heureusement que vous m'avez suivi ainsi, sinon je ne sais pas très bien ce qui se serait passé. »

Faut-il opérer les patients qui ont déjà présenté une algo-neuro-dystrophie d'un côté ? Cette femme de la cinquantaine est assise en face de nous, avec une main figée en flexion, témoin irrécusable d'une algo-neuro-dystrophie déjà ancienne. Elle est souriante et paisible. L'interrogatoire révèle que la crise douleurs-œdème est apparue rapidement après une intervention justifiée et bien menée sur le canal carpien où s'écrasait le nerf médian. Mariée à un mari brutal et peu aimant, elle ne peut voir ses enfants du premier lit. Elle en souffre beaucoup. L'algo-neuro-dystrophie a changé sa vie. Son mari est devenu attentif. Elle a pu aller passer de longues vacances chez ses enfants. A la maison, son travail a diminué. Les bénéfices sont évidents. La main est figée pour de longues années. Nous ne tentons même pas un traitement. Mais se pose un problème. Le syndrome du canal carpien existe de l'autre côté. Nous prenons le contrat, jugeant peu vraisemblable une algo-neuro-dystrophie bilatérale. « Elle a déjà donné. » De plus, les nombreux entretiens et consultations ont suffisamment personnalisé les soins pour que l'intervention puisse être tentée. Elle se déroule simplement. La patiente sort le lendemain du service et récupère en un temps record ses mouvements. Les douleurs ont disparu dès le lendemain matin.

Malheureusement, cette histoire a une suite. Le mari avait compris que la maladie qui fermait la main de sa femme se passait dans la tête. Conscient d'être berné, il le déclare un jour tout de go à celle-ci : « Le docteur a dit que tu es folle. » On reconnaît bien là le raisonnement français typique dès qu'il est question du psychologique. Que pouvait faire la patiente ? Développer une algo-neuro-dystrophie du côté que j'avais opéré pour prouver l'existence d'une maladie organique. Que pouvait faire le chirurgien qu'elle a consulté ? Diagnostiquer une récidive (absolument exceptionnelle), réopérer sous « air stérile » en retirant l'enveloppe des tendons que j'avais vue saine, et en disséquant le nerf en ses fascicules, ce qui est considéré par tous les spécialistes comme inutilement et surtout dangereusement traumatisant. La reverrais-je ?

Les empêtrés

Faute d'une épithète plus adaptée, nous avons ainsi baptisé tous ceux qui sont gênés dans leurs mouvements sans cause mécanique plausible.

Il est très facile de reconnaître les postures hystériques, même si elles sont souvent fort différentes les unes des autres. L'attitude frappe par sa bizarrerie. Aucune maladie connue ne saurait l'expliquer. Les articulations sont parfaitement souples comme un examen attentif peut le vérifier. Il faut bien entendu s'arranger pour vaincre la contraction des muscles qui, vigilante, s'oppose au retour à une position normale. Sous anesthésie générale, l'attitude vicieuse cède immédiatement. Une stimulation électrique montre que le muscle supposé inactif est parfaitement performant. La posture hystérique est fréquente chez l'enfant et l'adolescent. Mais elle s'observe aussi chez la femme à tout âge et même chez l'homme.

Cet ouvrier robuste nous est adressé par son patron, inquiet. Le pouce est maintenu contre l'index par une contracture semblant invincible. A ma première question, l'homme s'effondre. Oui, tout a commencé après un grand malheur. Il vient de perdre sa fille unique. Suit une crise de larmes libératrices.

Cette jeune ambulancière nous montre une main fermée mais souple. La mère, présente, nous apprend une tentative de suicide l'année dernière. La posture de la main est apparue sitôt la mort accidentelle de la sœur jumelle. Envoyons vite au psychiatre. Cela dépasse les compétences du chirurgien.

Cette vieille dame très comme il faut ne peut plus étendre l'index et le médius. L'examen clinique et électrique prouve que les corps musculaires et les tendons sont parfaitement sains. L'interrogatoire nous apprend la cause. Cette Baucis était aimé d'un Philémon qui profitait de ses voyages à Paris pour jouer avec elle à la bête à deux dos. Un beau jour, plus de nouvelles. Impossible d'en demander, car le Don Juan est gardé par une gouvernante très sévère dans une lointaine province. Enfin viennent les nouvelles. Elles sont mauvaises. Il a fait une attaque. Les beaux soirs sont finis. L'index et le médius portent le deuil. L'amoureuse désespérée ne nie pas la somatisation. Elle en est même fière. Somatiser par amour à son âge! Mais rien n'y fait. Elle garde sa posture hystérique.

La reconnaissance d'une gêne à la mobilité par somatisation est plus difficile. Le patient ne nous aide guère. Ses explications sont fort embrouillées dans les formes mineures. La gêne varie en intensité et même dans son expression. Il ne se sert pas de sa main comme avant, cela est certain. « Mais comment vous dire, docteur, cela dépend des jours. Tenez, en vacances, cela allait très bien. » Il est près de la retraite mais travaille toujours chez Renault. Il est apprécié de ses supérieurs. C'est le médecin chef de l'entreprise qui me l'adresse avec une chaude lettre de recommandation. Ce qui frappe d'emblée est une grande tristesse. Le bilan organique est maigre : une maladie de Dupuytren à son tout début, donc non invalidante, quelques plaies cicatrisées. Tout a commencé lorsqu'il a voulu débarrasser la chambre de son fils de l'aquarium qui l'encombrait. Quel choc symbolique! Ce veuf vivait depuis toujours avec ce fils unique. Ils avaient une passion commune : l'élevage de poissons rouges dans ce fameux et luxueux aquarium. Mais le fils est parti. « Cela serait normal, docteur, mais avec une gourgandine, mère de deux enfants de pères pratiquement inconnus. » Il ne le voit plus. La préretraite approche. Le bricolage le sauverait. Comment ne pas s'inquiéter devant cette main droite qui fonctionne mal et que personne n'arrive à guérir? Comment ce veuf triste aurait-il pu trouver un confident et exprimer ses sentiments pour se débarrasser de son chagrin? Boulogne-Billancourt ressemble à toutes les autres villes. Il n'y a de confidents que dans les tragédies de Corneille ou de Racine. La caissière des grandes surfaces ne saurait l'écouter, ni le commerçant maghrébin qui remplace le petit épicier, exutoire culturel de nos soucis. La télévision nous offre de nombreuses chaînes de silence. Se promener est dangereux. Il faut payer pour être écouté et compris... et encore. Une série d'entretiens avec la psychologue l'ont remis sur pied.

Comme les souffrants, les empêtrés peuvent évoluer vers une forme grave : la crampe, véritable suicide professionnel. Sa sémiologie est si précise que le diagnostic peut être immédiat. Le sujet raconte qu'après une période de petites gênes dans la gestuelle, les troubles se sont aggravés. En dehors de ses activités professionnelles, la main fonctionne normalement. Mais dès qu'il se met au travail, débute une crampe qui le gêne considérablement et finit par empêcher totalement le travail. Le caractère sélectif de cette crampe fait toute son originalité. Elle affecte en général l'activité la plus élaborée comme s'il s'agissait de faire payer le prix maximum à celui qui espère ainsi avoir la paix de l'âme. De même, l'état parfait de la main, l'absence de toute lésion musculaire, tendineuse et nerveuse, est remarquable. Lorsque le diagnostic n'a pas été fait, ces malheureux sujets ont été soumis à une panoplie d'examens tous négatifs dans les cas heureux. Parfois, des résultats douteux expliquent sans les justifier de nouveaux examens et même des tentatives chirurgicales heureusement rares.

Ce jeune métis vient d'être nommé greffier du tribunal à la grande ville de ce département d'outre-mer. A peine installé dans cette fonction qui le distingue, il présente des crampes invincibles dès qu'il s'agit d'écrire. Cet employé aux écritures à la S.N.C.F. a vu sa crampe commencer il y a dix ans à la main droite. Il trompait sa femme avec une voisine dans le petit village où il habitait. L'épouse bafouée l'a appris. La fille a fait cause commune avec la mère et a interdit l'entrée du domicile conjugal à l'infidèle. Ce fut un grand scandale. Il occupait une place importante. Mais les troubles de l'écriture l'ont conduit à un poste où il n'est plus nécessaire d'écrire, mais bien inférieur en qualification et en salaire. Il a vu tous les spécialistes, a été examiné sur toutes les coutures. Il s'est rééduqué de la main gauche. Mais ne voilà-t-il pas que les troubles commencent aussi de ce côté.

Cet octogénaire est superbe : costume croisé bleu, cheveux argentés, yeux bleus. « Le jeune homme est beau, le vieillard est grand », écrit Victor Hugo. Notre homme tient des deux. Son père était un écrivain connu et reconnu. Lui écrit des vers. Mais, depuis six mois, une crampe apparaît et l'empêche progressivement de se consacrer à son activité favorite, chargée des réminiscences héréditaires. Très vite nous nous comprenons. Il y a quelque incident au creux de sa main. Si nous en parlions ? « Il faut vous dire, docteur, que, malgré mon âge (là je lui exprime mon admiration sincère et désintéressée), j'ai une maîtresse. Je la rencontre souvent (je récidive dans l'admiration) chez elle. Nous faisons l'amour dans la chambre de son fils, absent pendant la journée. Un jour, je suis tombé du lit, projeté par le sommier métallique (j'admire de plus en plus). Je me suis retrouvé à terre fort honteux. Je me suis rhabillé, n'ai pu conduire jusque chez moi. J'ai été obligé de prendre un taxi. Depuis, docteur, j'ai cette maudite crampe. » Je me garde bien de tout jeu de mots que me souffle un séjour trop prolongé en salle de garde. Mon patient est heureux de mon diagnostic. La fierté remplace la honte. Il a repris ses activités poétiques et balistiques.

La diversité des métiers explique la grande variété des crampes. Nous avons vu, sans pouvoir le guérir, un compositeur connu qui peut écrire mais est incapable de tracer une note sur une portée. La secrétaire ne peut plus taper à la machine alors que celui qui écrit à la main peut utiliser, un temps, la machine à écrire. Le télexiste ne peut plus télexer. J'attends le « miniteliste » qui ne pourra plus « miniteler ». J'ai une fois surpris un expert-comptable qui se plaignait d'une crampe de l'écriture. Je lui ai dit : « Vous oubliez de me dire que vous êtes également gêné pour employer la calculette. » Devant sa surprise, j'ai précisé : « Le problème que vous essayez ainsi d'éliminer doit vous frapper dans votre travail, donc aussi avec cet instrument indispensable. » La cause était simple. Il était très attaché à son chien qui était devenu trop infirme pour vivre. Il l'avait conduit chez le vétérinaire et, erreur funeste, avait tenu à assister à l'exécution. Il ne pouvait oublier le dernier regard que lui avait jeté celui qu'il aimait.

La crampe des musiciens est beaucoup plus souvent rencontrée. De sensibilité riche, vulnérables aux réactions du public et du marché, inquiets de l'avenir et de la qualité de leurs performances, ces artistes sont fréquemment atteints.

Certains spécialistes américains comme Littler pensent qu'il s'agit de mauvais musiciens. Cela est parfois vrai. Nous avons rencontré des artistes qui avaient, à la suite d'une crampe, abandonné la carrière de soliste pour se réfugier dans celle, moins stressante, de professeur de musique. Mais certains grands solistes peuvent, pour des raisons existentielles (émergence d'une dépression) ou événementielles (concours, disque d'or, problèmes de vie privée...), développer une névrose d'échec momentanée.

La crampe ne respecte aucun instrument. Ce guitariste noir, antillais, connaît un grand succès, d'où une grande angoisse. Crampe! Il se reconvertit au piano. Tout va bien quelque temps. Mais il vient me consulter, car il lui devient de plus en plus difficile de jouer assis. Il doit se lever, ce qui rend, vous vous en doutez, les concerts difficiles à assumer.

Ce violoniste accuse une position vicieuse lors du travail d'un concerto. Depuis, il souffre de crampes. Je lui fais ouvrir sa boîte et retirer le précieux instrument. Théâtralement, je lui montre la boîte vide et lui dis : « Regarde de tous tes yeux, regarde. » (Michel Strogoff.) Éberlué, il me demande ce qu'il doit voir. Je lui réponds : « Tes soucis. » Du coup, il me les raconte sans perte de temps et guérit.

Cette violoncelliste étrangère est accompagnée par un musicien français barbu. Ils concubinent. Elle souffre de crampes et s'affole. Son programme est chargé. Je finis par comprendre qu'elle est malheureuse de ne pas avoir la nationalité française, lui explique le transfert et la renvoie jouer. Tout va bien, mais un jour elle m'appelle d'Amsterdam : « Ça recommence. » Un chagrin d'amour! La conversation la calme. Cupidon range ses flèches.

Ce flûtiste est fort marri. Il vient d'annuler sa tournée en Corée du Sud du fait de crampes d'apparition récente. Cause : un disque d'or. Traitement : rien dans la main, tout dans la tête. Vous n'intéressez personne. Qu'est-ce qu'un musicien qui sait jouer mais ne peut jouer? Il me demande alors s'il peut téléphoner. J'ai peur qu'il appelle Séoul. Non, il appelle son agent et annule l'annulation. J'ai eu droit à un disque.

Ce jeune Iranien joue du violon persan et des percussions. Sa préférence se porte sur les percussions. Il n'est donc pas étonnant qu'il ait une crampe lorsqu'il percussionne, mais puisse encore jouer du violon. Marié à une Française, il a beaucoup de problèmes : chômage, manque d'argent, disputes. Comment l'améliorer ?

Ce guitariste est très perturbé par des crampes qui l'obligent à jouer avec une curieuse position et pour peu de temps. Il a été obligé de laisser les concerts et est devenu professeur au conservatoire à temps plein. Son histoire est simple même si ses amours sont compliquées. Il a trois ménages : un légitime et deux clandestins, cela dans trois villes de France (la France a des îles). Il a un enfant avec chacune de ces trois femmes. La cessation des tournées est le seul moyen de régler une situation de plus en plus inextricable et de rester avec sa femme légitime. Pour cesser les tournées, une seule issue : la crampe professionnelle. Celui-là, nous ne le guérirons pas.

Ne nous laissons pas gagner par l'optimisme. Nous ne pouvons améliorer ou guérir que lorsque la crampe est d'apparition récente et que le sujet peut maîtriser ses problèmes. Un de nos sujets, guéri d'une crampe des écrivains par l'action simultanée de O. Baudry et de Billion, a recommencé ses tentatives de suicide. Lorsque la crampe est ancienne, il n'y a rien à faire, au moins dans notre expérience. Cette forme grave des empêtrés rappelle l'algo-neuro-dystrophie des souffrants. Il vaut mieux prévenir que guérir. Mais la main est, dans l'algo-neuro-dystrophie, fixée par des lésions organiques de fibrose rétractile. Existe-t-il une organicité dans la crampe des écrivains ? Il ne saurait être question de trouver des lésions à la main ou à l'avant-bras. En revanche, il n'est pas impossible que dans la partie ordinateur du cerveau, un circuit soit bouclé sur lui-même et condamne ainsi définitivement le geste noble de celui qui est perturbé à n'être qu'une caricature. Il existe dans certains orchestres des musiciens qui ne jouent plus.

Les automutilés

Le diagnostic d'automutilation surprend le patient et scandalise la famille. Le langage populaire exprime pourtant cet état de fait : « Il se frappe », dit-on d'un patient assailli par des malheurs et peu doué pour leur résister.

Certaines automutilations sont banales. Pouvons-nous ranger dans cette pathologie le fait de se ronger les ongles jusqu'au sang au risque de déclencher des panaris ? Mais la recherche des prétendus vers de peau à la pince à épiler tranchante en fait partie. Certains matins, la nurse de mon fils présentait un visage couvert de plaies, causées par cette industrie. Une de mes cousines, brusquement privée de sa petite fille qu'elle élevait jusque-là, poursuivait le sébum émergent sur sa peau avec une telle férocité qu'on la croyait convalescente de la petite vérole. Le premier cas observé au début de ma carrière fut celui d'une jeune femme en perpétuel travail d'affouissement. La mort soudaine de son mari la guérit définitivement.

Certaines formes sont graves et peuvent conduire à l'amputation d'un segment de membre. Ces plaies sont adressées tardivement aux plasticiens. Ils doivent reconnaître immédiatement cette somatisation sauvage, véritable tentative de suicide segmentaire. Cela est facile s'ils veulent bien considérer que la cicatrisation est laïque et obligatoire.

Le simulateur doit être reconnu et si possible sanctionné. Deux cas observés à la fin de mon internat m'ont beaucoup appris. Cet ouvrier algérien n'arrivait pas à guérir une plaie de la face dorsale de la main. Je le suivais et le photographiais régulièrement, me passionnant pour cette observation si intéressante. Un médecin de la Caisse des accidents du travail, plus expérimenté que moi, me mit courtoisement la puce à l'oreille. Nous arrêtâmes les indemnités journalières. La plaie guérit comme par enchantement.

Je fus piégé beaucoup plus longtemps par un ingénieur français. Quadragénaire, gros et gras, accompagné par une femme très jeune et jolie, il était venu aux urgences faire soigner une brûlure contractée dans le laboratoire de son usine. L'agent responsable était l'anhydride phtallique. Mes collègues me l'adressèrent dès le lendemain. Mon intérêt persistant, mon intense curiosité donnèrent des idées à cet Othello des Arts et Métiers. La brûlure ne guérissait pas. Je la greffe. Les infirmières, la surveillante, le patron à la visite viennent admirer le résultat de cette technique nouvelle. Le résultat, malheureusement, se dégrade au cours des mois suivants. Je me décide alors devant cette diablerie à recouvrir cette vaste brèche par un lambeau taillé sur la brioche avantageuse de mon ingénieux jaloux. Le lambeau est détaché; trois semaines après, superbe de vitalité, il excite lui aussi l'admiration du petit personnel.

Plus lentement, comme la greffe, le lambeau s'ulcère. Jupiter aveugle ceux qu'il veut perdre. J'aurais dû me douter qu'un patient normal serait devenu depuis longtemps revendicateur ou aurait changé de chirurgien. Mon opéré était imperturbable et satisfait. Ne sachant plus à quel saint me vouer malgré la proximité à Pigalle de la chapelle de sainte Rita, patronne des prostituées et des cas désespérés, je prends un rendez-vous à l'hôpital Saint-Louis auprès du professeur de dermatologie. Je présente au milieu de l'amphithéâtre, cornaqué par mes collègues, mon ingénieur au grand maître de la peau, vivant sosie de François Ier. Le diagnostic jaillit : « Il s'agit d'une lucite. » On m'expédie rapidement en coulisse et on m'affranchit. La lumière est responsable chez ce patient de l'apparition des ulcérations. Un large plâtre hermétique doit entraîner la guérison. La simplicité du traitement me plut. Je confectionnai un plâtre confortable mais aussi imperméable à la lumière qu'aux manipulations délictuelles de mon ingénieur. Il comprit qu'il fallait arrêter le massacre des cellules cutanées innocentes. Sa reconversion était prête. Il avait négocié son départ de l'usine avec un patron pas fâché de voir ce cadre en arrêt de travail depuis deux ans partir de lui-même. Un travail l'attendait dans le Midi, tout près de chez lui. Il pourrait facilement surveiller sa Mireille aux yeux de braise et à la croupe méditerranéenne. A l'ablation du plâtre, les plaies étaient guéries et le restèrent. Comme me dirent mes collègues de salle de garde, il devait s'agir d'une brûlure à l'anhydride phallique, une bien mauvaise plaisanterie pour un cas aussi riche d'enseignements.

L'automutilation est un appel urgent, une bouteille à la mer contenant un message malheureusement codé. La patiente ne peut avouer la supercherie. Est-elle d'ailleurs complètement consciente ?

Revenant de vacances, je passe la visite avec mes chefs de clinique. L'un d'eux me montre le ventre d'une jeune femme. Elle va être opérée dans la matinée. Une volumineuse ulcération bourgeonne entre ombilic et épine iliaque. Étonné par cette plaie insolite, je demande des détails. Il s'agit, m'explique-t-on d'un problème simple. La patiente a été opérée d'un rein. La plaie opératoire ne s'est jamais refermée malgré les soins attentifs et les reprises chirurgicales des urologues. En désespoir de cause, elle a été adressée aux plasticiens. Mon chef de clinique se croit capable de déceler le trouble de cicatrisation mieux que les géniaux plombiers des voies urinaires. Malheureusement, je ne connais pas de troubles de la cicatrisation chez une femme jeune. Je demande à la patiente hospitalisée depuis six mois quel est le métier de son mari. « Pilote d'avion de ligne » est la réponse. Que mes ouailles (je suis chirurgien-consultant d'Air France) me pardonnent. Cette profession fait tilt. Que peut faire, parfois, un chevalier du ciel, en escale, loin du foyer conjugal depuis que la recherche du Saint-Graal est devenue obsolète ? Que peut craindre l'épouse, restée dans l'Hexagone, seule avec les enfants, sa ceinture... attachée aux grands principes ? Je m'approche d'elle et lui dis à voix basse : « Je sais. Vivre est difficile. Cicatrisez pour me faire plaisir. Je vous réparerai ensuite ce ventre esthétiquement. » Elle ne nie ni acquiesce. Un ange passe. Je la fais sortir immédiatement et la suis en consultation externe. La plaie s'améliore spectaculairement et cicatrise. Six mois après, je redonne forme humaine à ce ventre où poussaient de bien vilains fruits de la passion.

Cette autre jeune femme jolie et distinguée a été soignée dans mon service après une grave blessure lors d'un accident de voiture. Le plasticien de garde a recouvert la main déshabillée par un vaste lambeau taillé en bas du ventre. La plastie a réussi. La main est cicatrisée. La cicatrice abdominale est convenable et ne détruit pas toute féminité locale. Le ventre reste touristique. Malheureusement, le résultat est aussi beau chirurgicalement à la main qu'il est catastrophique esthétiquement. Le lambeau fait une bosse d'où dépassent quatre doigts déformés encore immobiles. La blessée sort du service. Comme tous les cas difficiles, elle perd son statut de petite vedette chouchoutée par son chirurgien (qui s'admire... un peu), par les infirmières qui aiment ce qu'elles font, entourée par d'autres blessés qui n'ont pas tous sa chance. Un mois après, elle m'est montrée en consultation. Un énorme trou est apparu en plein milieu du lambeau. Le visage est désespérément triste. Toute coquetterie a disparu. Je serai discret sur les moyens utilisés par mon personnel et moi pour lui rendre confiance. Les divulguer serait les rendre inefficaces. A chaque consultation, le trou se comble. La tenue s'améliore. Le maquillage réapparaît. Le coiffeur est mis à contribution. Viennent ensuite les chaussures à talon et les bas noirs. Enfin, superbe, elle vient nous dire qu'elle reprend son travail à la banque avec une promotion très intéressante. Elle a cependant besoin encore de l'ambiance du service. Nous pratiquons tous les six mois une petite intervention qui améliore (un peu) la main blessée. Elle vient de reculer la date du prochain rendez-vous. Tout va bien.

Elle est jeune mais triste, blue-jeanisée genre élimé, pas peignée et presque muette. Elle m'est envoyée par le service de diabétologie d'un grand hôpital parisien. Son diabète est grave et difficilement maîtrisé par une pompe à insuline. Sans parler, elle me montre la face antérieure de son bras gauche constellée de petites plaies suppurantes. Les abcès ont débuté il y a deux ans. Ils ont résisté à toutes les thérapeutiques. Elle a été hospitalisée longtemps à l'hôpital Claude-Bernard pour essayer les nouveaux antibiotiques, ceux qui sont cachés dans les tiroirs de peur que les microbes ne les voient et ne deviennent résistants. Je jette un coup d'œil aux plaies manifestement créées et entretenues (cigarette ou pince à épiler). Puis je ne m'intéresse qu'à elle. Nous parlons de sa vie... pas gaie. Je m'étonne de sa tenue et, plagiant Aznavour, je lui reproche de se laisser aller. Je crois allumer un peu d'intérêt. Le visage s'anime. Je lui demande alors de revenir dans huit jours avec la moitié des plaies guéries. Traitement : douche, savon de Marseille, tulle gras. Huit jours après, elle est à moitié guérie. Un mois après, c'est fini. Les diabétologues ont été fort surpris. Mais la guérison tiendra-t-elle ?

Ma rencontre avec une interne des hôpitaux psychiatriques qui somatisait (un comble...) ne fut pas aussi heureuse.

Son patron, chef d'un service de psychiatrie d'une faculté de province, me l'avait adressée pour un ulcère de jambe rebelle au traitement. J'avais immédiatement répondu que je serais très intéressé par ce cas d'automutilation. Mon collègue me fait part de sa surprise et poliment de son désaccord sur le diagnostic. L'interne de psychiatrie se présente à la consultation de Boucicaut et se déshabille avec mauvaise grâce. La plaie est située à l'union du tiers moyen et du tiers supérieur de la jambe et dure depuis six mois. A mes innocentes questions, elle répond du bout des lèvres. J'apprends qu'elle fait du cheval, que la botte frotte un peu. Après chaque séance de trot, la plaie est aggravée. Je lui explique qu'elle s'automutile. Je ne puis différer le diagnostic, car je suis certain qu'elle ne reviendra pas. Je lui explique aussi que j'ai fait le diagnostic par téléphone et que je le confirmerai par lettre. Elle repart furieuse. Mais je ne regrette rien. Il faut dire la vérité à ceux qui se proposent de soigner leur prochain.

Certains trouvent plus facile de faire faire ces plaies et multiplient les demandes d'interventions. Ils ne sont heureux qu'entre deux rendez-vous opératoires. D'autres, enfin, se mutilent avec tant de persévérance qu'ils rendent nécessaires des amputations successives. Je dois la connaissance de cette forme grave ou algolagnie à mon ami Cyrill Koupernick, brillant psychiatre et responsable de la célèbre revue *Le Concours médical*. Aucun traitement n'est efficace.

Nous avons vu un jour une jeune femme accompagnée d'un mari inexistant et d'une mère qui existait pour deux. La consultation était motivée par un vaste trou dans la paume de la main. Les tendons s'offraient au regard et aux microbes. Nous avons essayé de fermer cette brèche dangereuse, mais la patiente a recommencé l'année suivante. Elle avait présenté dans l'enfance des lésions oculaires répétées, persistantes et inexpliquées : déjà des automutilations. Elle s'enfonçait consciencieusement de la poudre à laver sous la peau. Je crois qu'elle a fini à l'asile.

A des troubles graves de la personnalité, peut s'ajouter le désir de toucher la prime d'une assurance prise quelque temps auparavant. Cet éleveur de porcs, vivant depuis longtemps entre deux femmes et deux faillites, a déjà été amputé d'un cinquième doigt. J'excise les tissus infectés et recouvre le tout d'un lambeau local. Rien n'y fait. Il me faut amputer le reste du quatrième, puis le bout du troisième. Cyrill Koupernick m'avoue son impuissance. Le médecin de l'assurance est au courant. Le patient sait que nous savons. Rien n'y fait. Les lésions continuent à s'étendre. Je renvoie le patient, refusant d'être complice plus longtemps.

On se suicide par amour. L'automutilation est tout de même moins grave

Au vestiaire de la clinique Ambroise-Paré, mon ami, orthopédiste internationalement connu, me dit : « Tiens, cela devrait t'intéresser. Je fais de la chirurgie plastique cet après-midi. J'excise et greffe pour la quatrième fois une staphylococcie migrante. » Je douche un peu son enthousiasme : « Je ne connais pas cette maladie. Certes, le staphylocoque est un migrateur connu. Il donne éventuellement des furoncles à répétition, mais pas ces plages rouges, épaisses et désespérément persistantes que tu me décris. » Ébranlé, mon ami me dit : « Va donc la voir. » Je monte examiner la patiente que le garçon d'étage est en train d'emballer sur le chariot pour la transporter au bloc opératoire. Effectivement, existent les trois zones antérieurement excisées et greffées. La nouvelle plage est située comme les autres à la face antérieure de la cuisse... à la portée de la main (hum!). Tous les signes de l'inflammation y sont. Mais je ne connais pas cette maladie. Je demande avec le plus grand naturel à celle qui part avec le sourire pour la salle d'opération : « Comment faites-vous ? » Elle me répond étourdiment : « Je me pique au Propidon (médicament utilisé aux temps préantibiotiques pour créer une lésion inflammatoire et douloureuse, susceptible, croyait-on, d'aider les défenses naturelles. » La patiente fut remise dans son lit. Le psychiatre auquel je la confiai me dévoila le pot aux roses. Elle était amoureuse de l'anesthésiste qu'elle avait découvert lors d'une première intervention pour pose de prothèse de hanche.

Homme d'âge, à la voix grave et charmeuse, il avait suscité une passion sans espoir chez une patiente largement et vilainement ménauposée. Comment le revoir ? En étant malade et surtout en ayant besoin d'une intervention. Amour, quand tu nous tiens!

A côté de l'amour profane existe encore l'amour sacré. Certes, il est difficile de reproduire le martyre de saint Jean-Baptiste en se tranchant la tête. Mais celui de saint Sébastien est à la portée de celle qui dispose d'aiguilles. En se les plantant dans le sein, on approche de sainte Agathe. Plus rarement, les mystiques reproduisent les stigmates de la crucifixion. Ils ne respectent d'ailleurs pas l'exacte localisation des clous. Le docteur Barbet a bien montré qu'ils avaient dû être placés dans le poignet, seul emplacement assez solide pour permettre de supporter le poids du corps. Nous n'avons pas à nous mêler de ces automutilations-là. Laissons le bon peuple s'émerveiller.

Guérison ou simulacre

Le premier bénéfice de notre activité est l'arrêt de la saga chirurgicale. La disparition des troubles n'est pas rare dans les jours qui suivent la première consultation, lorsque la cause a été découverte, révélée puis acceptée. Sinon, elle suit le premier entretien avec notre collaboratrice. Il semble bien qu'en s'exprimant, le sujet *exprime* (au sens de faire sortir) ses soucis. Il arrive que le sujet, amélioré par cette longue conversation, sollicite d'autres entretiens pour consolider ce qu'il appelle sa guérison. Nous avons parfois recours aux kinésithérapeutes lorsque la persistance des souffrances a enraidi les articulations. Ces précieux spécialistes qui évitent comme la peste le recours aux machines à sous (électricité, ionisation, lasers à rien...) savent écouter, ce qui améliore leurs résultats. La récidive des mêmes troubles ou de symptômes différents est possible. La même thérapeutique est capable de les faire disparaître à nouveau. Il est difficile de contrôler la durée de nos guérisons, compte tenu du caractère national de notre recrutement. Le plus grave nous paraît le côté gourou de notre activité. Il faut être crédible sans bistouri à la main. C'est difficile à enseigner et... à supporter.

Le placebo : pourquoi, mais aussi pourquoi pas ?

Je compris l'effet placebo lorsque, ayant brutalement le mal de mer, je fus guéri par un comprimé qui se révéla être un médicament antigrippe. Mais il n'est pas nécessaire d'utiliser un produit actif, un médicament. Un comprimé ne contenant aucune substance active peut au moins provisoirement avoir les mêmes effets qu'une drogue réputée active. Il est devenu nécessaire de comparer les nouveaux médicaments à l'effet placebo.

Ayant à expérimenter un nouvel antialgique, le laboratoire mit à notre disposition trois lots : l'un contenait de l'aspirine, le deuxième le nouveau produit, le troisième rien. Au dépouillement, notre surprise fut grande de voir que l'aspirine était en tête mais que le placebo faisait mieux que la nouvelle molécule réputée gommer la douleur.

Pour toutes ces raisons, je préfère ne rien prescrire. Certes, j'obtiendrais parfois des résultats mais je rendrais les patients dépendant de cette béquille et retarderais d'autant la prise de conscience de leurs problèmes.

Benjamin Franklin constitua en 1785 une commission pour étudier les effets du baquet de Mesmer. Ce génial escroc traitait bourgeois et nobles en leur trempant les pieds dans ce réceptacle dispensateur de magnétisme animal. Le savant américain montra, par une série d'expériences élégantes, que l'imagination des trempés était le facteur déterminant des « guérisons » constatées. J'ai retiré récemment des aimants et un stimulateur électrique placés, pour traiter une cicatrice douloureuse depuis des mois, chez un jeune maçon basque. Tout simplement sa femme l'ennuyait. Elle voulait le cultiver. Lui voulait jouer au football. Benjamin, reviens d'urgence ! Nous avons besoin de toi.

CHAPITRE IX

VARIATIONS SUR LA SILHOUETTE

Lorsque le sentiment d'identité indissociable de l'appréciation de soi-même et de la relation à l'autre est en danger, le demandeur de chirurgie esthétique réclame une épreuve portant sur son enveloppe corporelle pour y apporter une modification. Ce mouvement fait rappeler la notion psychopathologique de l'automutilation.

Y. Thoret et M. Godefroy
Psychiatres

La silhouette féminine est une symphonie dont la mélodie est génétique, l'orchestration écologique, événementielle, hormonale et temporelle.

Le matin, devant le miroir, l'homme se rase, la femme s'inquiète. Il se jauge, elle se juge. Cette quête perpétuelle pour ressembler à un modèle précis atteint parfois des aspects suicidaires dans la vie conjugale ou les manifestations érotiques tout-venant. A la mi-temps nocturne des émissions de télévision, sous la lampe de chevet à l'éclairage rasant, l'épouse ou la concubine n'hésite pas à montrer la bosse inesthétique, la cellulite envahissante, la ride véloce. Que l'homme ainsi mis à la question n'avoue jamais. De témoin incrédule ou gêné, il deviendrait accusateur.

Les femmes précisent toutes que la demande de changement répond à des problèmes strictement personnels. L'hommage masculin n'est ni le but fondamental ni le remède. Un début de preuve semble apporté par certaines qui demandent des modifications physiques allant à l'encontre des phantasmes de l'usufruitier. L'homme présent chez le chirurgien renâcle. Il y a marchandage. En cas de désaccord persistant, le chirurgien doit se soumettre ou se démettre. Mais nous sommes persuadés que cette inquiétude féminine taraudante, cette permanente remise en question correspondent à des efforts plus ou moins inconscients pour améliorer ou garder le statut de femme-objet si vilipendé par les journalistes. Il faut bousculer un homme qui, s'endormant chez lui, risque d'être au-dehors réveillé par la première sotte à gros seins ou à derrière mobilisateur (la mobilisation n'est pas la guerre mais la précède de peu). Aucune femme ne doit se faire opérer pour plaire à un homme. Elle doit le faire pour se plaire à elle-même. Mais le chirurgien, mâle ou femelle, ne doit pas mettre en péril la féminité.

La silhouette féminine, constituants et anomalies

Nos ancêtres lointaines et récentes ne montraient que leur tête, leurs pieds et leurs mains. Le vêtement drapé cachait l'ensemble du corps, réservant des surprises à celui auquel la force, le charme ou le mariage donnaient droit à la découverte. Très vite, les bonnes faiseuses fendirent les jupes et ouvrirent les corsages. Les vêtements collants moulaient les femmes bien faites, servant d'appeau aux mâles migrateurs. Je ne saurais dire si le soutien-gorge fut inventé par une femme voulant courir plus vite dans la forêt primitive, par une mère désireuse de maintenir ses seins gonflés par le lait ou pour modeler sa silhouette pour se conformer aux canons en vogue. Commodité ou piège, le soutien-gorge a connu tous les destins, écrasant contre le thorax la poitrine de nos ancêtres gallo-romaines, mais faisant jaillir comme diables hors de leur boîte les appas des suivantes de Catherine de Médicis. La taille fut soulignée puis creusée par le corset. L'enlever était... d'aventure(s) facile, mais le remettre un exploit qui demandait de l'espace et du temps. Inutile de se demander pourquoi le nombre de corsets « oubliés » dans les fiacres était aussi considérable. Le faux-cul et la crinoline marquèrent l'apogée de ces folies vestimentaires. En cette fin de siècle, la silhouette est nue ou presque. Dernière ligne de repli, le corps est à l'avant-garde dès le premier rayon de soleil.

Certaines dérives vestimentaires sont intéressantes à observer. La minijupe nous a gratifiés de visions émoustillantes mais aussi d'étalages de jambons de compagnes trop bien nourries.

L'entrée fracassante et définitive du pantalon masculin dans l'uniforme féminin a permis à nos compagnes de vivre mieux et de pouvoir chevaucher, consciemment ou non, les dadas du féminisme. Il y a des pantalons deuxième peau si moulants qu'ils ne laissent rien ignorer des formes de la propriétaire. Ils ont, du point de vue stratégique, l'importance d'Anvers, pistolet braqué au cœur de l'Angleterre. Il y a aussi le jean informe et élimé qui transforme les jeunes filles mais aussi leurs mères et parfois leurs grand-mères en servantes de ferme du Middle-West.

Il est paradoxal de voir certaines femmes inquiètes de menues irrégularités corporelles choisir une tenue aussi laide et si peu féminine. Paris est devenu la ville où les femmes les plus mal habillées défilent devant les vitrines les plus élégantes. A mes questions, il est répondu que le jean est relax et commode. Quelle philosophie est basée sur d'aussi pauvres principes? Quelle civilisation se développe sur d'aussi stupides bases? Si la beauté, le succès s'obtenaient en l'absence d'efforts par la relaxation, cela se saurait. En fait, ces bidasses culottées de l'uniforme unisexe sont désireuses de se fondre dans l'armée de leurs semblables. Celles qui échappent à l'uniforme américain portent d'horribles tuyaux de poêle ou des pantalons de zouave pontifical incitant à la neutralité ou à l'œcuménisme sexuels.

Du coup par coup à une vue d'ensemble

Lorsque nous avons commencé à nous intéresser à la chirurgie esthétique, son champ était assez limité : la face, les seins et l'abdomen. Elle était mal considérée par le corps médical dans son ensemble. Aux plus audacieux, l'exemple de Dujarrier donnait à réfléchir. Ce grand anatomiste avait proposé à une jeune femme à gros mollets de lui affiner la jambe. Malheureusement, le professeur retira trop de peau : il ne put fermer. Il crut s'en tirer en suturant sous tension et en maintenant le tout par un pansement très serré. La gangrène rapidement apparue obligea à amputer la jambe. Ce fut le premier procès de chirurgie esthétique. Dujarrier fut lourdement condamné. Dès que je fus nommé chef de service à Boucicaut, je créai une consultation de la silhouette. Certes, ne peuvent être prises en charge à l'hôpital que les déformations importantes telles les hypertrophies mammaires.

Mais cette consultation en milieu hospitalier devait avoir des avantages indiscutables. Les patientes, et quelquefois les patients, comparaissent devant Christine Flamment-Hennebique, médecin nutritionniste élève de Trémollières, Jean-Claude Dardour, chirurgien plasticien du service, et moi. L'approche des problèmes de la silhouette est globale. Le chirurgien est obligé de tenir compte des possibles et souhaitables pertes de poids par rééducation alimentaire. Il peut vérifier photos en main que cet amaigrissement lent et sans dangers peut faire disparaître certains problèmes. La nutritionniste est mise au courant de toutes les possibilités chirurgicales, de leurs avantages et aussi de leurs inconvénients qui ne peuvent lui être celés. La présence de deux chirurgiens pas toujours d'accord induit de fructueuses discussions autour d'un cas concret, oblige à des mises au point dénuées de complaisance.

La diversité de la clientèle hospitalière nous amène aussi bien d'énormes obèses que de mignonnes torturées par une plaque de cellulite. La modicité des frais de consultation permet d'obtenir des escroquées des renseignements sur les nouvelles thérapeutiques magiques. Nous sommes mis au courant de tous les essais et de leurs résultats. Celles qui ont été victimes d'indications chirurgicales délirantes ou de complications graves peuvent connaître les possibilités de réparation.

Contrairement à S.O.S. Main, cette consultation n'a été ni copiée ni imitée. Nous le regrettons à la fois pour les patientes et pour les jeunes chirurgiens en formation. Les médecins nutritionnistes se préoccupent assez peu de l'aspect esthétique de leurs patientes après amaigrissement. Ils prennent rarement des photographies avant, pendant et après. Ils s'intéressent surtout, et on les comprend, aux variations de la courbe de poids, des chiffres tensionnels, et à l'amélioration de certaines fonctions. Les jeunes chirurgiens plastiques en cours de formation ne peuvent réellement juger des effets de l'amaigrissement. Médecins nutritionnistes et chirurgiens esthétiques suivent chacun leur voie sans vraies confrontations. Chacun y gagnerait pourtant, y compris les patientes qui croient ingénument qu'elles sont globalement prises en charge.

L'océan Indien m'a porté chance. En croisant au large de l'île Silhouette des Seychelles, l'idée m'est venue de m'intéresser à la vie de ce brave M. de Silhouette, nommé un jour collecteur des impôts du roi Louis XV. Le Trésor était vide. Avec le sens de l'État et l'originalité qui caractérisent les grands argentiers, il eut l'idée de créer de nouveaux impôts et d'augmenter les anciens. Les Parisiens eurent tôt fait de transformer son patronyme en nom commun. Un pantalon à la Silhouette était collé à la peau et dépourvu de poches. La silhouette devint l'apparence générale du corps. Je tenais le patron de ma consultation. M'ennuyant un jour sur la plage de Trou-aux-Biches à l'île Maurice, entre la pointe aux piments et celles des canonniers, j'allai acheter un roman policier en anglais pour qu'il dure longtemps. La méprise de la vendeuse me pourvut d'un livre de génétique égaré entre deux maquettes de bateaux et un nautile. Force fut de le lire. Plongé dans les dédales de la transmission génétique, je vis alors passer devant moi trois Sud-Africaines allant à la plage y acquérir la couleur de la langouste. La grand-mère, la mère et la fille en quête d'un Thermidor avaient la même silhouette et des anomalies identiques : petit jabot gras, petit bedon, seins ptosés et culotte de cheval.

Il me fallait d'urgence rechercher ce qui était dû aux gènes et au reste. Quelle était la part de vérité contenue dans ce conseil donné aux garçons en âge de se marier dans le Berry : « Avant d'épouser la fille, regarde la mère » ? Ma publication à la Société américaine de Chirurgie plastique sur l'analyse étiologique des anomalies de la silhouette me valut d'être nommé membre aussitôt.

Examinant la patiente nue et debout sous toutes ses faces, il est aisé de repérer les anomalies du squelette : déformation de la hanche induisant une bascule du bassin plus ou moins bien compensée, courbures de la colonne vertébrale d'avant en arrière mais aussi sur le plan frontal. La lordose fait saillir le ventre. La scoliose écarte les côtes en éventail et modifie la symétrie des seins.

La forme est donnée chez la femme mince par les masses musculaires. La silhouette de la reine du body-building et celle des obèses de Fellini sont familières à chacun. Certaines femmes sont génétiquement des musculaires. Elles reconnaissent bien volontiers n'avoir jamais rien fait pour mériter cette apparence. Chez celles que la nature a privées d'un capital musculaire important, la gymnastique est capable d'apporter une amélioration visible. Mais le gain obtenu ne sera conservé qu'au prix d'un entraînement journalier. Les tentatives faites au cours de l'adolescence sont plus intéressantes. Il faut choisir une activité ou un sport qui assurent un développement harmonieux telle la danse, sans aller jusqu'à la création de mollets de chasseurs à pied.

La graisse est nécessaire entre peau et muscle. Elle est l'amortisseur indispensable à la position assise et couchée. Elle adoucit les formes, les rendant érotiques surtout à l'œil méditerranéen. La vraie maigreur, acquise ou constitutionnelle, est un désastre érotique. L'obèse ne manque jamais de partenaires. La graisse ne remplit pas les espaces sous-cutanés comme l'eau la dame-jeanne. Elle est stockée à l'intérieur de cellules spécialisées : les adipocytes. Sont-ils bien remplis ? Nous sommes obèses. Sont-ils partiellement vides ? Nous sommes maigres. Il ne semble pas que leur nombre total soit en jeu. Par ailleurs, ils ne peuvent se reproduire : leur nombre reste constant.

Il existe deux ensembles adipocytaires obéissant à des règles de remplissage et de vidange bien différentes. Les uns sont directement branchés sur le stockage des surplus alimentaires. Leur volume va et vient avec le bilan des entrées et des sorties. Nous avons comparé cette graisse « métabolique » à l'argent liquide. Les autres cellules graisseuses se remplissent à la puberté et résistent longtemps aux fluctuations du poids. Ces stockages localisés dans des zones bien précises sont sous la dépendance d'un plan génétique précis qu'il est assez souvent facile de retrouver chez les ascendants : cette graisse « génétique » est comme l'argent d'un compte bancaire bloqué. L'amaigrissement provoqué par une restriction alimentaire fait fondre plus ou moins facilement la couche superficielle de graisse métabolique. Mais il agit peu sur les bosses génétiques que nous avons baptisées stéatoméries (de « stéato » graisse et de « mérie », zone). Toutes les femmes savent qu'elles peuvent maigrir de partout, sauf précisément de l'endroit où elles le désirent le plus vivement.

La peau semble à un observateur superficiel être la même partout. Il en existe pourtant de nombreuses qualités selon les individus examinés et même sur le même sujet : peaux épaisses qui résistent au temps qui passe et au soleil qui fait trépasser les fibres élastiques, peaux minces qui se fendillent ou éclatent en vergetures. La peau de la lèvre supérieure et celle de la face interne de la cuisse sont les premières atteintes par les rigueurs de l'âge. Plus que les soins cosmétiques, il semble que ce soit la génétique qui explique les grandes différences constatées d'une femme à l'autre.

Le couple infernal : la peau et la graisse

Il associe l'épiderme mince et fragile, le derme plus ou moins épais et élastique, l'hypoderme où affleurent les adipocytes et la couche graisseuse reposant sur les aponévroses musculaires. Les adipocytes ont l'âme sociale. Ils vivent en lobules gros comme un pois chiche en surface et comme une prune reine-claude en profondeur. Cet agrégat est maintenu en place par un système de cloisons verticales souples, tendues entre le derme et les aponévroses. Ici, le couple peau et graisse est ferme et pratiquement immobile. Là, il glisse sans excès. Ailleurs, il subit d'effarantes migrations, les billes de graisse roulant les unes sur les autres. « Elle avait, aimait à dire le professeur Mondor, les seins qui tombaient sur le ventre, le ventre qui tombait sur les cuisses, les cuisses sur les genoux et les genoux sur le plancher. » Mais ces migrations sont heureusement rares. En revanche, les rapports entre la peau et les billes de graisse sous-jacentes sont au centre de la grande bataille de la cellulite.

La France, écrirait Rochefort aujourd'hui, compte 55 millions de sujets sans compter les sujets de mécontentement. La cellulite est largement en tête du hit-parade des soucis quotidiens. Tous les magazines, les annonces publicitaires cellulititrent à fond la caisse. Les méthodes les plus diverses sont sans cesse proposées à celles qui ne sont pas idiotes mais simplement et définitivement vulnérables sur ce sujet.

Pendant une dizaine d'années, je me suis contenté de répondre aux femmes qui venaient me consulter pour cette « maladie » : « Parlons de graisse, madame, afin d'avoir une chance de nous entendre. » Mais il m'est apparu nécessaire de rechercher à quoi correspond exactement cette dénomination. Elle recouvre des situations très différentes. Chez les femmes un peu et parfois un peu trop enveloppées, le terme cellulite est employé pour désigner la graisse excédentaire qui apparaît, toutes les femmes le savent, d'abord aux cuisses et à la taille. Le terme cellulite n'est qu'un moyen de ne pas utiliser le mot cauchemar « obésité ». On accuse ainsi une maladie mystérieuse qui fixe l'eau. On ne se sent pas coupable. Et puis, qui dit maladie dit remède. « Docteur, guérissez ma cellulite. » Chez les femmes de poids normal, le terme cellulite est parfois employé pour désigner les bosses génétiques ou stéatoméries. Le mot cellulite dispense de parler de culotte de cheval.

Il existe encore deux disgrâces qui sont montrées sous ce vocable : le plissé et l'aspect en île flottante. Le plissé correspond à la perte de l'élasticité cutanée. Il est visible en pinçant la peau ou malheureusement spontanément. Ce désastre a des causes multiples dont les principales sont une mauvaise qualité de peau d'origine génétique, une exposition au soleil excessive et les méfaits de l'âge. L'île flottante est un aspect très particulier rencontré chez la femme après la ménopause. Il est causé par un amaigrissement volontaire ou involontaire excessif, alors qu'il existe des stéatoméries récalcitrantes. Elles persistent au milieu du plat pays. L'île flotte sous la main qui palpe. Le moral coule.

Mais la cellulite, la vraie, la seule, celle qui fait mal quand on la pince, qui désespère quand on la voit, qui justifie tous les traitements magiques, les triomphes transitoires des charlatans médecins qui passent aussi vite que la comète de Halley, mais reviennent avec d'autres illuminations, la cellulite est l'aspect « peau d'orange » de la peau, qu'il soit spontané ou provoqué par le pincement énergique de la consultante. Cette « agrumisation » tient à une modification des rapports entre les billes de graisse, les cloisons qui les maintiennent et la peau qui les recouvre. Une peau trop mince, recouvrant des billes trop rondes, trop serrée par les cloisons, laisse voir la structure lobulée de la cuisse de nos compagnes. Il n'est plus possible d'ignorer que les femmes sont montées sur roulements à billes.

Cet aspect se voit exceptionnellement chez l'homme, rarement chez l'enfant et l'adolescente de poids normal. Il n'est pas rare passé l'âge des bourgeons. Cette perturbation des rapports entre contenant et contenu n'a pas de causes connues. Elle a suscité une abondante littérature qui peut sans inconvénient être mise au cabinet (voir Molière). Elle induit des rapports sado-masochistes entre multipiqueurs et multipiquées. Chacun y trouve son compte, au moins un moment. Maigrir n'est pas forcément un remède, car la lobulation peut devenir plus apparente. Prendre un peu de poids est, dans certaines situations, esthétique mais qui suivrait cette ordonnance? Muscler les cuisses au prix d'une gymnastique sans faiblesse et sans vacances peut améliorer la forme. En revanche, les points de capiton, forme mobilière de la cellulite, sont formés par l'amaigrissement. Ils apparaissent lors de prises de poids excessif à la fesse et sont surtout visibles en station debout. Ils font ressembler la fesse aux canapés Chesterfield.

Les moyens

Notre nutritionniste Christine Flamment-Hennebique préfère le mot de rééducation à celui de régime. L'obèse doit changer de comportement vis-à-vis de la nourriture. Il ne s'agit plus d'aller chercher au fond du réfrigérateur les aliments tranquillisants. Il faut éviter les brusques boulimies. Certaines femmes utilisent inconsciemment les aliments sucrés comme drogue euphorisante. Un nouveau médicament diminue cette assuétude mais les résultats, quoique encourageants, sont limités.

Il est classique de dire que le traitement de la vraie obésité est plus difficile que celui du cancer. La perte de poids est habituellement obtenue au début. Mais la reprise du poids initial et même son dépassement sont fréquents. Les associations du type Weight Watchers connaissent des succès dus à l'effet entraînant de la psychothérapie de groupe au moins chez les Françaises qui ne sont pas allergiques aux rencontres de ce type.

Nous avons vu des victimes de toutes sortes de tentatives. Les unes, chirurgicales, étaient faites avec tout le sérieux nécessaire. L'intervention réduisait soit la longueur de l'intestin grêle responsable de l'absorption, soit le volume de l'estomac. L'amaigrissement obtenu plafonnait rapidement. De nombreux troubles postopératoires ont fait abandonner cette technique. La pose d'un ballon dans l'estomac, le blocage des dents par un fil d'acier ont eu plus de succès dans les médias que sur les obèses.

Nous avons ouvert notre consultation de la silhouette en plein âge d'or des fondeurs de graisse. Les rescapées de ces vautours de l'adipocyte racontaient des histoires à faire dresser les cheveux sur la tête : marathon téléphonique pour obtenir un rendez-vous, attente prolongée dans une salle d'attente surpeuplée où le mobilier plie sous le poids des consultantes, batailles rangées pour arriver dans le cabinet contre des furies bien décidées à profiter du miracle.

A la sortie, les consultantes se retrouvaient avec une ordonnance où s'associaient un diurétique, un coupe-faim et des extraits thyroïdiens. Le diurétique fait uriner une eau que la soif oblige à reboire rapidement. Le coupe-faim détraque si fort les nerfs qu'il a été baptisé la pilule du divorce. Enfin, l'extrait thyroïdien, après son arrêt, empêche de maigrir facilement. Certes, la patiente maigrissait. Mais, obligée tôt ou tard d'arrêter le traitement, elle reprenait habituellement le poids initial et souvent le dépassait. Dénoncés rapidement comme dangereux par la communauté médicale, les fondeurs de graisse cachèrent le trio médicamenteux infernal sous le drapeau de l'homéopathie. Il vous suffisait de vous rendre dans une officine complice pour recevoir cette manne baptisée autrement. Actuellement, les choses se sont un peu calmées. Reste le jeûne absolu qui fait les beaux jours de quelques maisons de santé et de certaines sectes. Là aussi, il y a eu mort et coup d'arrêt. Les régimes délirants ont cependant de beaux jours devant eux. Ils fleurissent à toutes les pages publicitaires ou non des magazines : je me macrobiote, je me végétarise, je me zenne, je m'alimente du souffle vital, je me fond dans la nature, je m'oligo-élémente, je me livre aux ananâneries, je me plante!

La chirurgie ne dispose que de deux moyens pour modifier les formes : la résection et l'aspiration.

Il est possible de retirer uniquement une boule de graisse indésirable comme cela se pratique pour les poches sous les yeux. Mais dans la grande majorité des cas, l'acte chirurgical retire à la fois de la peau et de la graisse. Les complications de cet acte simple sont l'infection et l'hématome. Elles sont facilement prévenues et traitées. Plus délicate est la résection de peau et de graisse après décollement. L'ensemble peau et graisse séparé de son lit nourricier peut souffrir de la diminution de l'apport sanguin et même subir une nécrose partielle. Le risque d'hématome est évidemment majoré. Mais, surtout, ce décollement ouvre des canaux lymphatiques et peut entraîner l'apparition d'un épanchement. La lymphe, au contraire du sang, est incoagulable. La mise en place d'un drain ne saurait assécher cet écoulement en deux jours. Il faut maintenir le drainage pendant deux semaines au moins, d'où des risques d'infection. Non drainé, cet épanchement ne disparaît spontanément qu'après un ou deux mois. Il favorise le développement d'une cicatrice profonde rétractile, qui enlaidit pour longtemps la morphologie des téguments. Cette complication est le grand obstacle au dégraissage chirurgical avec un bistouri.

Le jour où Y.-G. Illouz, chirurgien français, essaya de retirer de la graisse par aspiration, comme cela se pratique avec la bénédiction du public et de l'État-Providence pour les fœtus malchanceux, est à marquer d'une pierre blanche. Peu de techniques ont connu un si rapide et prodigieux développement dans le monde entier ou tout au moins dans les secteurs où les femmes sont passées de la famine à la pléthore. Nous avons attendu plusieurs années avant d'expérimenter cette technique pour des raisons simples à comprendre. Retirer de la graisse et de la graisse seulement pour effacer une bosse, par une cicatrice minime, en espérant voir la peau recoller sur son nouvel emplacement, est un rêve aussi vieux que la chirurgie.

De nombreux auteurs s'étaient attaqués à la plus célèbre des stéatoméries : la culotte de cheval. Les uns enlevaient la graisse aux ciseaux en passant par une incision latérale haute, au niveau de la ceinture. D'autres curetaient ou broyaient cet indésirable tissu. Mais la survenue de l'épanchement lymphatique venait compliquer la cicatrisation. La culotte de cheval devenait culotte de golf. Nous étions confrontés à des demandes nombreuses émanant soit des patientes elles-mêmes, soit des compagnies assurant le chirurgien responsable. Corriger ces déformations n'était pas une petite affaire. La technique était difficile. La patiente, de toute façon, restait insatisfaite. Nous étions bien les derniers capables d'imaginer un remake de ces tentatives que nous venions à peine de faire disparaître grâce à de vigoureux articles dans la grande presse.

Tout s'éclaira le jour où je compris que l'aspiration créait non une large cavité mais un tunnel, que ce tunnel s'affaissait facilement. Les canaux ouverts, comprimés immédiatement, étaient livrés à la cicatrisation primitive sans effets secondaires fâcheux. Y.-G. Illouz vint me montrer ses résultats. Je lui expliquai ma conception de la cicatrisation de la graisse. J'eus le plaisir de constater que, dans l'immense majorité des cas, la lymphe restait canalisée.

L'enthousiasme de l'inventeur était justifié. Fort d'une longue expérience, Y.-G. Illouz avait mis au point des tests d'appréciation peropératoires précis et intéressants. Mes collègues américains envoyèrent en France une commission d'étude qui revint persuadée. Restait l'étude minutieuse des résultats que les premiers utilisateurs avaient tendance à optimiser sans mesure. Avec V. Mitz, S. Staub, J.-C. Dardour et N. Dabos, nous mîmes en commun les cas malheureux venant à nos consultations respectives. Il devint vite clair que l'aspiration n'était pas un geste simple et que l'usage de la canule ne devait pas être fait dans toutes les fesses ni mis dans toutes les mains.

Certaines patientes porteuses de vagues dans les régions aspirées nous donnaient le mal de mer. Après le règne de la culotte de golf, nous étions menacés par celui de la culotte « Petit Bateau ». Nous avons publié aux États-Unis, en Suède et en France le résultat de nos études sur ce problème. Les vagues dues à une aspiration excessive de graisse superficielle sont visibles aussi bien sur la femme couchée que sur la femme debout. Elles sont définitives. La réinjection de graisse, aspirée sur la même femme mais ailleurs, n'est pas une solution réellement fiable. Les vagues dues à un excédent cutané déclenché par le dégonflement de la stéatomérie sont peu visibles et même souvent invisibles sur la femme couchée. Malheureusement, elles sont très visibles en station debout. Le traitement de cet excès cutané est la résection induisant une inévitable cicatrice. Sa longueur est proportionnelle à l'importance du pli.

Ces réserves étant faites, l'aspiration est une excellente technique. Bien maîtrisée, elle permet de retirer beaucoup de graisse au travers d'une incision minime. Il faut attendre au moins trois mois pour apprécier le résultat morphologique.

La consultation

La consultation idéale est celle qui met en présence un chirurgien compétent et une patiente porteuse d'une disgrâce réelle. Nous avons pris l'habitude de pratiquer immédiatement de nombreuses photographies Polaroïd. L'examen de ces documents permet de discuter objectivement. Sauf exception, nous n'attirons pas l'attention de la patiente sur d'autres régions du corps. Il n'est pas du tout certain que la correction d'une disgrâce non ressentie fasse plaisir. En cas de mauvais résultat, la rancune peut être grande.

Il ne faut pas rendre la décision de la patiente trop aisée.

Bien renseignée, elle doit se décider elle-même. Notre attitude est résumée par la réponse à trois questions :

« Docteur, ai-je la disgrâce que je prétends avoir ? »

« Oui, madame. »

« Docteur, si je vous demande de m'opérer, accepterez-vous ? »

« Oui, madame. »

« Pourquoi ? »

« Parce que j'ai l'intime conviction de pouvoir corriger ce défaut et que cela vous fera plaisir. »

Cette attitude a le mérite d'écarter les patientes instables et de laisser aux autres le temps de la réflexion. En cas de contestation, elles n'iront pas dire aux autres chirurgiens ou aux experts : « Il voulait m'opérer. »

Les difficultés commencent lorsque la disgrâce est sinon invisible, du moins à la limite du photographiable. Il faut déceler une fausse demande, destinée à régler un autre problème. Nous avons récemment reçu un couple, une femme jeune et jolie et un homme mûr manifestement très épris. A peine assise, la femme m'explique qu'elle veut se faire refaire le nez. Or il est presque parfait. Il lui va bien. Pas question de le modifier. Sans trop réfléchir, je m'entends dire : « Ce qu'il vous faut, madame, n'est pas un nouveau nez mais un nouveau-né. » L'effet fut prodigieux. Le mari se leva, tout pâle : « Comment avez-vous pu deviner aussi vite notre problème ? » Nous quittâmes définitivement le nez. Ils me racontèrent le parcours du combattant, habituel chez les couples stériles.

Les difficultés atteignent leur maximum lorsque, à une disgrâce quasi inexistante, s'ajoute un retentissement obsessionnel. Homme ou femme, le patient décrit avec précision une anomalie qu'il est le seul à voir et que vous ne pouvez photographier. La face est le terrain favori pour ces hallucinations. Sont mises en question la forme du nez, de l'oreille, l'épaisseur trop faible ou trop forte des lèvres. Le dysmorphophobe, puisqu'il faut l'appeler par son nom, reconnaît qu'il lui est difficile de se mettre d'accord avec les autres sur l'importance de son problème esthétique. Mais il précise que cette disgrâce lui a gâché son adolescence. Tout le monde en parle derrière son dos. Assez souvent, il a été victime d'un chirurgien type Lucky Luke, opérant plus vite que son ombre. Il n'en veut jamais au chirurgien... ni aux suivants. Le résultat n'est pas mauvais mais une petite correction serait déterminante pour son avenir. Aucun traitement ne peut délivrer à coup sûr ces malheureux de leur obsession. J'en ai guéri deux ou trois en les recevant souvent et en les obligeant à ne parler de leur disgrâce qu'une heure par semaine avec leur entourage.

Lorsque la disgrâce est réelle mais la correction difficile, il s'agit de savoir si le coup est jouable techniquement et si la patiente pourra supporter un demi-échec.

Il est facile de reconnaître les victimes de bouffées délirantes, les schizophrènes, les paranoïaques. Nous en voyons peu. Ceux qui viennent demander une correction esthétique sont presque toujours « normaux » d'esprit et peuvent le devenir de corps... après.

La chirurgie de l'obésité

« Elle avait le derrière si gros qu'il l'obligeait à s'asseoir quand elle était debout, à se coucher quand elle était assise et à se relever quand elle était couchée. Sa fesse tremblait sous la claque comme le lait caillé dans l'écuelle du bédouin. » Tels étaient les canons de la beauté dans les *Mille et Une Nuits*. Même en dehors des rivages de la Méditerranée, l'homme apprécie peu le mannequin portemanteau. L'obèse n'a que les problèmes sexuels qu'elle se crée. Les vrais commencent lorsqu'elle a maigri. L'obèse qui consulte décrit bien son supplice. Il est difficile de trouver un vêtement à sa taille en prêt-à-porter. Voyager est s'exposer aux regards, à l'étroitesse des sièges d'autobus mais surtout d'avion. Il n'est pas question de se mettre en pantalon et d'accompagner les enfants à la plage. Seules les Américaines, blanches ou noires, exhibent sans complexes leurs masses critiques bourrées de Coca-Cola, d'ice-creams et de sandwiches diversifiés.

Il ne saurait être question de « dégraisser » ces malheureuses. L'aspiration ne pourrait que gommer certaines bosses : simulacre décevant. La chirurgie de résection ne peut retirer que les plis cutanés qui peuvent être pris dans la main entre le pouce et les doigts. Face à une obèse soufflée comme baudruche, nous sommes impuissants. Mais certaines présentent des sillons disgracieux bordés de vastes plis. Le plus précoce, le plus fréquent et aussi le plus impressionnant parfois est le tablier abdominal dit abdomen pendulum. Il prend racine au ras des poils pubiens et descend vers la cuisse et les genoux.

J'appris de Mario Gonzales Ulloa, chirurgien plastique mexicain, la technique de la lipectomie circulaire adaptée à la correction de ces avalanches cutanéo-graisseuses. Il fallut à mon maître Roger Gueullette une grande ouverture d'esprit pour me laisser faire la première. Son anesthésiste, qui ne manquait pas d'air, releva le défi. Les obèses étaient nombreuses dans le service de celui qui allait devenir notre premier fournisseur, le professeur H.-P. Klotz, aidé de son assistant H. Chimènes. Après un séjour plus ou moins prolongé, elles perdaient du poids mais se désolaient en voyant cette minijupe permanente.

Le choix des spécialistes se porta sur une jeune femme qui avait perdu 40 kilos. Son ventre était une besace qui empêchait toute vie sexuelle, tout habillage simple et même la gênait au cours de son travail. Je simplifiai au maximum la technique de Mario, plutôt perfectionniste. Dans le premier temps, j'enlevai le tablier, secouru par des aides robustes. Puis je refermai la plaie sauf sur les côtés. Les aides bourraient alors ces trous latéraux avec de grandes compresses pour éviter une contamination microbienne. Deux garçons de salle d'opération, robustes, retournaient la baleine. Installée sur le ventre, elle subissait la résection postérieure nécessaire à l'obtention d'une taille et d'un dos lisse. Menée en trois heures puis en une heure et demie, cette intervention spectaculaire se révéla peu risquée. La complication inquiétante n'était pas l'inévitable épanchement lymphatique qui pouvait entraîner un suintement agaçant pendant deux semaines, ni l'infection rare, facile à traiter par drainage, mais la phlébite, et sa fille, l'embolie pulmonaire. Il était périlleux de tenter leur prévention en utilisant l'héparine. Les risques d'hémorragie massive post-opératoires eussent été trop importants. Après avoir pratiqué environ 500 lipectomies circulaires, je n'ai eu à déplorer que deux morts par embolie. L'une chez une patiente opérée quatre jours auparavant et pourtant placée immédiatement sous traitement hépariné, l'autre... avant l'intervention.

Ma première patiente eut des suites opératoires de rêve. Retournée dans le service de médecine, elle fit de nombreux strip-tease qui me valurent une clientèle régulière et très motivée. H.-P. Klotz, H. Chimènes puis d'autres utilisèrent la lipectomie circulaire comme une carotte : « Maigrissez et la chirurgie vous permettra de rendre votre tablier. » La jeune femme était restée deux mois à Paris avant de regagner sa lointaine province. Lorsqu'elle revint me voir trois mois après l'intervention, elle était enceinte. Le chirurgien pouvait être fier mais la patiente était extrêmement ennuyée : elle n'avait pas encore repris les relations sexuelles avec son mari. A cette époque, l'avortement conduisait en prison et non à la gloire médiatique. Astucieusement, elle me proposa une solution. « Pouvez-vous signer ma demande pour une cure à Brides-les-Bains ? » De cette station, il lui fut facile d'aller en Suisse où on avortait fort proprement. Revenue de sa cure sans la surcharge parisienne, elle reprit une vie familiale normale et eut quatre enfants.

La date de l'intervention doit être choisie avec discernement. De toute évidence, la solution chirurgicale est la plus simple, la moins dangereuse et surtout assortie des meilleurs résultats lorsqu'elle est choisie à la fin de l'amaigrissement. Cette éventualité est bien rare. Mais les résultats sont très gratifiants. Je me souviens d'une jeune fille qui a lentement perdu 80 kilos. Ondulée comme tôle, elle subit une lipectomie circulaire et une plastie mammaire. Les photographies finales faites sur la plage sont saisissantes. Elle a refusé d'être la vedette d'une émission télévisée. Je comprends ses réticences mais suis persuadé que son exemple aurait pu être efficace. Dans la grande majorité des cas, la lipectomie circulaire est effectuée à mi-course. Après une perte de 25 à 40 kilos, la patiente perd aussi l'espoir. La vue de sa silhouette la désespère. Le régime lui paraît insupportable. Les kilogrammes sont de plus en plus difficiles à larguer. S'il existe un abdomen pendulum important, l'intervention est licite. Le ventre ne saurait devenir plat. Mais la joie de se voir débarrassée du « pneu » est telle que le régime est bien souvent repris. Même si la perte de poids s'arrête là, le bénéfice est évident.

Tout autre est la lipectomie première. Il s'agit d'obèses qui ont résisté victorieusement à tous les régimes, à toutes les cures, à toutes les hospitalisations. Elles ont consulté les meilleurs spécialistes et reçu les meilleurs conseils. Elles viennent vous déballer une masse adipeuse pendante, tellement impressionnante que l'appétit chirurgical vous manque. La lipectomie circulaire chez ces monstres est bien difficile et surtout dangereuse. La résection antérieure pure les soulage, mais ne saurait nous satisfaire.

Certains prétendent aider les obèses à maigrir en aspirant de-ci de-là un peu de graisse. Les plus optimistes de ces aspirants de tout poil décrivent un effet métabolique (!). Les autres, plus raisonnables, y voient un effet psychologique. Il est vrai que chez des jeunes filles, à dire vrai plus enveloppées que réellement obèses, les suites d'une plastie mammaire de réduction peuvent être marquées par un amaigrissement facile et gratifiant. Est-il raisonnable de proposer une plastie mammaire chez l'obèse qui n'arrive pas à maigrir ou à stabiliser son poids ? Il est nécessaire de vérifier que l'état morphologique des seins désespère réellement la patiente. Sinon, il est inutile d'essayer cette voie. Si oui, il est alors possible de tenter une intervention mammaire. Elle n'est chez l'obèse vraie ni facile ni suivie de résultats réellement esthétiques et, de surcroît, elle requiert une expérience et une technique au-dessus de la moyenne. Mais on s'avancerait beaucoup en en garantissant l'effet amaigrissant.

CHAPITRE X

CHIRURGIE ESTHETIQUE DE LA FACE

La rhinoplastie est l'intervention de chirurgie esthétique la plus demandée... Une rhinoplastie réussie aboutit à un nez qui ne se remarque pas.

Y. Thoret et M. Godefroy
Psychiatres

Il faut laisser aux chirurgiens le choix de la technique. Mais ils doivent expliquer longuement les implications à la patiente.

Passionné par les problèmes de la silhouette, je fais peu de plasties nasales. Paradoxalement, je vois beaucoup de demanderesses et quelques mécontentes. Changer la forme d'un nez trop long, trop gros, crochu ou tordu est un défi intéressant. Les techniques, nombreuses, sont précises, les résultats bons, parfois excellents. Compte tenu de l'importance de cet appendice situé en plein milieu de la face, la demande de transformation ne doit pas être prise à la légère. Il faut en principe attendre la fin de la croissance. Modifier la forme du nez après la ménopause au cours d'un lifting, par exemple, est rarement raisonnable. Changer son apparence à ce point est peu sage, à moins de vouloir tourner définitivement une page de sa vie et partir seule en pays lointain. Trop longtemps, les nez refaits avaient un air de famille. Courts, la pointe en l'air, ils donnaient l'impression de prises de courant en quête d'un prolongateur. La mode des inclusions de prothèses en silicone permettait de fabriquer à la chaîne ces tapirs parisiens. Ces prothèses ayant quitté parfois les nez au cours d'un éternuement, cette technique a été abandonnée.

La demande chez l'homme est beaucoup plus rare. Elle peut démasquer une dysmorphophobie latente jusque-là. Nous avons stoppé net dans ses élans réformateurs un prédicateur qui voulait plaire davantage à ses ouailles du sexe féminin. Le psychiatre fut de notre avis.

Le lifting

Il a été proposé dès le début de ce siècle pour pallier l'excédent cutané progressif qui fait tomber les paupières supérieures comme capote de fiacre, glisser la peau par-dessus ses points d'amarrage, qui augmente le pli naso-génien (pli d'amertume cher à Prévert), démolit l'ovale du visage (chérie relève un peu la bajoue), plisse le cou en fanons que dissimule mal le pull à col roulé depuis qu'a disparu le ruban cher à nos distinguées grand-mères. L'âge ne fait qu'accentuer les faiblesses du programme génétique. Certaines peaux superbes ne se cassent pas en fines ridules. D'autres se fendillent très vite et se distendent en plis redondants.

Notre premier devoir est de préciser l'effet du lifting. Grâce à un large décollement allant des tempes au cou, il mobilise une grande partie de la peau du visage. Une traction bien ordonnée permet de réséquer la peau excédentaire, exactement à la manière d'un tailleur retouchant le vêtement de celui qui a perdu du poids. Il ne saurait modifier la peau cassée, ni la ride située entre les sourcils, ni faire disparaître complètement le pli naso-génien. Il ne faut pas hésiter à décevoir un peu l'impétrante lorsque, pour vous montrer la correction désirée, elle tend la peau du visage avec ses doigts. Cet effacement serait possible si nous pouvions clouer la peau sur le squelette à la façon du tapissier. Or, nous suturons la peau du visage à une autre peau, elle-même mobile. Elle prête un peu. Après huit jours passés à se plaindre d'avoir été trop tirée, l'opérée constate avec un léger agacement qu'un peu de « mou » revient. La disparition progressive de l'œdème postopératoire faisant réapparaître les ridules un moment gommées, la patiente non prévenue pourrait concevoir quelques doutes sur la qualité de l'intervention.

L'intervention peut se dérouler sous anesthésie locale avec un supplément « dormitif » intraveineux ou sous anesthésie générale. Nos collègues américains, pour des raisons essentiellement économiques, opèrent chez eux dans un « office » bien équipé. Les opérées repartent un peu flageolantes en fin d'après-midi. En cas d'accident, elles sont immédiatement adressées à l'hôpital le plus proche. Le système français apporte un plus grand confort... à un moindre prix.

L'incision passe dans les cheveux situés au-dessus de l'oreille puis devant elle. A celles qui craignent la trop grande visibilité de cette cicatrice, il est possible de faire une incision sur la crête de l'oreille. C'est troquer une cicatrice peu visible avec une légère modification de la morphologie de cette crête. Je viens d'observer la première cicatrice hypertrophique devant l'oreille. Il reste la possibilité de la reculer sur la crête avec une petite retouche.

Après avoir remonté derrière le pavillon, l'incision suit le bord inférieur des cheveux ou s'engage dans le cuir chevelu selon un tracé presque horizontal. Désir de pouvoir se coiffer les cheveux relevés, possibilité de retirer des surfaces importantes de cuir chevelu expliquent et autorisent cette demande. Si l'état du cou nécessite un décollement important, il est sage de préférer l'incision basse qui permet une excellente correction de l'excédent cutané cervical. Après de longues discussions où s'affrontèrent à la Société américaine de Chirurgie plastique esthétique toutes les « vedettes », l'accord s'est fait au moins oralement entre les minimalistes aux suites postopératoires simples et les maximalistes qui, décollant beaucoup, recontrent parfois quelques problèmes. Les frontières sont désormais bien connues. La patiente peut en général sortir le lendemain de l'intervention sans pansement et, après s'être lavé les cheveux, se coiffer.

Les suppléments

Le lifting du front est beaucoup moins demandé. L'incision va d'une oreille à l'autre en plein cuir chevelu. La résection enlève une large bande après décollement effectué sous le muscle. Les rides sont diminuées, surtout si le muscle frontal est incisé pour obtenir la détente nécessaire. Mais la surface du front est élargie. Certains, pour éviter cet inconvénient, passent à la frontière des cheveux. J'ai toujours vu les patientes ainsi opérées se plaindre de la cicatrice pourtant peu visible et bien entendu annoncée.

Les rides de la base du nez entre les sourcils sont parfois très prononcées, même chez des jeunes femmes. Le traitement médical de ce qu'il est convenu d'appeler la ride du tigre est un vieux rêve. Les cosmétiques sont inopérants. L'injection de tissus embryonnaires ou autres rajeunissants nourrit, non la peau, mais le piqueur. L'injection de collagène déspécifié, c'est-à-dire pratiquement sans danger, n'est pas une escroquerie. Mais de nombreuses raisons rendent son utilisation marginale. Il est nécessaire d'injecter au fond du sillon de la ridule. L'examen histologique de celle-ci montre la minceur extrême du lieu de l'injection. Une partie du collagène sort par les pores cutanés, une autre va dans la graisse et est rapidement avalée. Le produit étant très coûteux, l'effet de remplissage étant à la fois aléatoire et transitoire, on conçoit facilement mes réticences. J'ai l'habitude de dire à celles qui désirent ces injections : « Si vous pouvez déchirer 2 000 F, pourquoi pas ? »

La bataille du SMAS

Notre assistant, Vladimir Mitz, a décrit un feuillet aponévrotique superficiel qui, parti de l'oreille, recouvre la parotide et se confond vers le bas avec le muscle peaucier du cou. Cette structure est brusquement apparue aux chirurgiens américains comme capable d'assurer au lifting une plus grande efficacité et des résultats plus durables. La dissection, le soulèvement puis la traction de ce SMAS ont été proposés selon de multiples modalités. Mais il est pratiquement impossible d'apporter une preuve absolue du bien-fondé de ces techniques. Il faudrait pouvoir opérer une série de vraies jumelles... et encore.

Le pli d'amertume

Un décollement suffisamment étendu, une traction importante sur la peau de la joue et peut-être sur le SMAS diminuent la profondeur de la vallée en gommant un peu la berge externe. Mais le pli est ineffaçable. Pourtant les essais de correction n'ont pas manqué. Certains ont excisé les plis et suturé la peau. La présence définitive de cicatrices en chasse-neige a découragé les vocations. D'autres ont essayé de combler le fond de la vallée avec des tendons, de la graisse, du derme, sans succès. J'ai employé des câbles de péricarde déspécifié de bœuf et ai connu le même échec. Y.-G. Illouz aspire avec une petite canule la graisse située sous la peau de la berge externe. Techniquement possible, cette aspiration ne donne pas de bons résultats morphologiques.

Les ridules

C'est d'abord un simple frémissement qui plisse la peau quand on fait la moue. Puis cela devient pli temporaire, puis feuillet, enfin fracture des fibres élastiques, alors que l'œil est resté vif et la repartie prompte. Les injections de collagène, très astreignantes au niveau de la lèvre supérieure, sont peu pratiquées. Les crèmes que vantent en permanence de délicieux mannequins prépubères parfaitement inutiles. Deux techniques sont efficaces mais dangereuses.

Le peeling au phénol (et non le simulacre qu'est le peeling à la résorcine des instituts de beauté) crée une brûlure intermédiaire de la peau du visage. La cicatrisation est rendue assez facile par la présence dans la peau de la face des nombreuses inclusions épidermiques. A l'aspect dramatique des premiers jours succède une peau de couleur rouge, puis rose et enfin presque normale. Mais la peau est devenue une cicatrice plane. Elle peut présenter aux points où la brûlure a franchi les limites assignées des cicatrices hypertrophiques. La complication la plus fréquente est la persistance d'une différence définitive de couleur : la peau reste blanche. Elle réclame un maquillage permanent et interdit définitivement l'exposition solaire. Aussi cette technique est-elle réservée aux femmes âgées perpétuellement maquillées.

La dermabrasion est le prototype des techniques surévaluées. Elle ne saurait gommer les cicatrices. Tout au plus le ponçage diminue-t-il parfois la visibilité de certaines. Pour effacer les ridules, il faut poncer profond. Les complications sont les mêmes que celles du peeling. Ces deux techniques sont à utiliser avec les plus grandes précautions.

Le cou : dégraissage et plasties musculaires

Assez souvent, un large décollement et une bonne traction suffisent à donner à la peau du cou un aspect flatteur dont les patientes sont très reconnaissantes. Mais il faut savoir ajouter le dégraissage et les plicatures musculaires.

L'ablation de la graisse sous-cutanée superflue ou qui a mal vieilli est certainement l'apport technique le plus intéressant de ces dernières années. L'affaissement de la peau de la joue met en évidence la bajoue. Si une petite masse de graisse en augmente le volume, il faut la diminuer par un dégraissage mené aux ciseaux ou à la canule d'aspiration.

Il faut demander une xérographie de profil chez celles que désespèrent le volume excessif et la verticalité de la région sous-mentonnière. Sur cette radiographie spéciale qui met bien en évidence les parties molles, on peut reconnaître le cou de taureau héréditaire, la présence d'une masse de graisse située sur et sous les muscles peauciers, l'excès cutané pur, le pli transversal dessinant un menton en galoche. Si la graisse peut parfois être retirée sans cicatrice supplémentaire, l'excès cutané et le menton en galoche exigent une cicatrice sous-mentonnière heureusement peu visible.

La mise en tension des muscles du cou est effectuée par la suture de leur bord sur la ligne médiane et des plasties aux innombrables techniques. Il faut savoir mesure garder pour ne pas voir apparaître lors de la cicatrisation des plis aussi fâcheux que définitifs.

Chirurgie esthétique des paupières

L'excédent cutané de la paupière supérieure mérite correction esthétique. Il est parfois si important qu'il occulte le champ visuel en dehors et en haut. Il peut être aggravé par une chute du sourcil qu'il faut corriger soit par un lifting frontal, soit par une excision de peau effectuée à la frontière supérieure des poils. Il est souvent justifié d'enlever la boule de graisse interne. Parmi toutes les techniques proposées pour rétablir un pli harmonieux en lieu et place de l'avalanche cutanée, j'ai donné la préférence à celle de Tom Baker, de Miami, qui ajoute à la résection cutanée modulée une résection de muscle et de graisse. Les cicatrices sont invisibles, les complications exceptionnelles.

La chirurgie de la paupière inférieure présente des risques plus importants. L'ablation des trois boules de graisse, cadeau génétique empoisonné, est relativement facile. Mais il faut prendre garde à ne pas trop réséquer de peau. En effet, lorsque la patiente (ou le patient, car les hommes se font souvent opérer) lève les yeux en l'air, elle a besoin d'un supplément de peau. S'il lui manque, l'œil paraît rond, donnant au visage un aspect étonné. Certains, désireux de faire plaisir aux patientes que toutes ces rides de la patte d'oie exaspèrent, enlèvent encore plus de peau. A l'ouverture de l'œil, apparaît la muqueuse rouge de la paupière inférieure retournée. Cet ectropion est bien souvent définitif. Sa correction esthétique est fort délicate. On a décrit des pertes de la vue après intervention sur les paupières inférieures. Cette complication dramatique est fort heureusement exceptionnelle. Ses causes exactes sont mal connues.

Questions et réponses

La grande majorité des Françaises cultivent encore beaucoup de mythes et de légendes à propos d'une intervention déjà ancienne et parfaitement réglée. La peur d'être trop tirée est classique. Le film de Charlie Chaplin, *Un roi à New York*, a certainement contribué à répandre cette crainte. Nous n'avons jamais rencontré de patientes trop tirées (opérées par des chirurgiens compétents...). En revanche, nous avons entendu de nombreuses patientes non averties de l'arrivée du « mou » postopératoire se plaindre de la détente.

Passé cette crainte peu fondée, se discute surtout l'importance du bénéfice probable. Toutes les patientes ne sont pas aussi expéditives que cette actrice célèbre, d'un âge certain. Après avoir insisté pour obtenir une consultation spéciale, dans un cabinet désert, elle me déclara tout de go : « N'est-ce pas, docteur, je n'ai pas besoin de lifting ? » Je reconduisis poliment cette feuilletée sur le palier en me disant qu'aucune intervention ne pourrait lui donner meilleure conscience que ce providentiel aveuglement.

Il convient de distinguer deux situations différentes qui justifient l'un un lifting-passeport, l'autre un lifting-ravalement. Dans le premier cas, il s'agit d'une femme encore jeune (cela quel que soit son âge réel). Elle a vu récemment apparaître sur son visage les premiers signes du déclin et désire gérer avec intelligence ce moment-charnière. Elle estime avec raison que c'est maintenant que l'intervention est le plus utile. Elle comprend parfaitement que le lifting ne saurait la transformer de façon spectaculaire, puisque les disgrâces sont limitées. Mais elle devine que sa peau s'est déjà distendue bien avant que le relâchement ne soit devenu apparent. Enlever le petit excédent cutané visible et celui qui existe mais n'est pas apparent lui permettra de passer les dix prochaines années sans brusque coup de vieux. C'est très exactement le bénéfice du lifting-passeport. Il est particulièrement net lorsque le visage n'est pas trop gras et la peau bien tendue sur les trois saillies osseuses : pommettes et menton.

Certaines ajoutent au résultat chirurgical une transformation de l'humeur, une coquetterie nouvelle, un changement heureux de coiffure et de couleur. Elles sont récompensées par des compliments de l'entourage qui les trouvent beaucoup mieux... après ces vacances. Nos patientes apprennent alors rétrospectivement ce qu'on commençait à penser d'elles sans leur dire. D'autres attendent sans effort particulier qu'on leur fasse compliment de leur bonne mine.

Cette satisfaction ne peut venir que de la rencontre d'amies du même âge perdues de vue depuis un certain temps. Enfin... de vraies amies. Les autres, qui ont le même âge, se contenteront de se regarder discrètement dans le miroir de leur sac pour se comparer à cette contemporaine peu marquée. Certaines, enfin, attendent en vain les commentaires qu'elles redoutaient qu'on leur fît. Après : les « Ah! docteur, promettez-moi que personne ne pourra se douter que j'ai eu un lifting », viennent les : « Personne, vous m'entendez bien, personne, n'a vu quelque chose. » Même si cela prouve d'abord que cette femme est peu « regardée », ces commentaires rares sont démobilisateurs. J'aurais peut-être fini par détester le lifting et préférer la chirurgie du sein (la femme venue avec deux chaussettes et repartie avec deux pamplemousses n'oublie jamais) si la photographie Polaroïd n'était venue à mon secours. La comparaison des clichés avant et après est parfaitement démonstrative et surtout facile à faire en consultation.

Le lifting-ravalement est destiné à retirer le maximum de peau sur un visage très ridé. Souvent, il doit être complété par une incision sous-mentonnière, seule capable d'améliorer l'aspect de la région sous-mentale. L'effet peut être spectaculaire si la peau n'est pas plissée de milles rides. Mais il ne saurait « rajeunir » réellement.

Faut-il commencer tôt un lifting pour obtenir le meilleur résultat possible au fil des ans, tôt voulant dire à l'apparition des premiers signes de vieillissement indépendamment des critères de l'état civil? Je le pense après avoir été un défenseur du lifting tardif. Mais je laisse celle qui vient d'affronter un petit matin cruel face à sa première ride se décider elle-même.

Il est bien difficile de répondre à la question : « Combien

de temps vais-je garder le résultat de mon lifting ? » Sur le strict plan de la statistique, la demande pour un second lifting est faite dix à douze ans après le premier. Il est logique de dire qu'un lifting bien fait réconcilie une femme avec son visage pendant dix ans, en ajoutant cependant quelques remarques indispensables. Une peau épaisse, sans ridules ou presque, chez une femme en bonne santé au visage non gras, d'une famille dont les membres font jeune et sont doués habituellement de longévité, sont autant d'éléments favorables. Il n'y a pas de soins particuliers après un lifting si ce n'est d'éviter l'exposition solaire trop prolongée lorsqu'on a été dotée d'une peau vulnérable, ayant déjà beaucoup reçu.

Pour avoir une réponse claire à la question : « Soleil ou non ? », il faut regarder son décolleté dans le miroir. Est-il fait de peau claire sans plis et sans taches noirâtres ? Il n'y a pas d'inconvénients à affronter une exposition solaire normale. Est-il plissé et déjà constellé de taches pigmentaires brunes ? Vous êtes condamnée à l'écran total et à une limitation stricte du temps à passer au four solaire.

Certaines peaux affigées d'une laxité excessive non seulement à la paupière supérieure, mais aussi sur tout le visage et le cou se détendent plus rapidement. Il n'existe guère de moyens de mesurer avec précision ce paramètre désagréable à annoncer. Enfin, dans 4 à 5 % des cas, certaines peaux se détendent très rapidement quels que soient la technique employée et le chirurgien choisi.

Pour des raisons professionnelles ou strictement personnelles, certaines femmes se font opérer plus souvent. Il faut accepter avec prudence ces « retouches » ou ces liftings itératifs. L'acte chirurgical peut être parfaitement justifié et bénéfique. Il faut reconnaître avant le premier lifting la patiente qui est « droguée » de chirurgie et chercher à découvrir les causes de son comportement. Il faut également écarter avec douceur mais fermeté celle qui, bien opérée ailleurs, vient se plaindre du résultat sans aucune objectivité.

Le deuxième lifting est parfaitement possible. Il faut cependant modifier quelque peu la technique pour éviter notamment une résection supplémentaire de cuir chevelu. Elle ferait reculer à nouveau l'implantation des cheveux au-dessus de l'oreille et enlèverait une partie chevelue derrière elle. Ces nouvelles résections pourraient être une gêne réelle à la coiffure. J'ai effectué quelques troisièmes liftings et même un quatrième chez une femme de quatre-vingts ans qu'agaçait le retour d'un petit pli sous le menton. Dix ans après, elle vivait encore et revint me voir... pour une bonne adresse d'ophtalmologiste. Elle souffrait de cataracte. Elle n'aura pas de cinquième intervention.

Chez l'homme, l'ablation des poches est une intervention courante aussi bien chez le sujet jeune que plus âgé. Les déprimés tirent habituellement un bénéfice certain du résultat qui leur enlève quelque peu le masque de tristesse si caractéristique. Au tout début de ma carrière, j'ai été confronté à un célèbre magistrat exaspéré par un cou gras de dindon. La vue de ses caricatures le mettait hors de lui. Je lui proposai la résection de la bosse sous-mentonnière avec une cicatrice en lui disant : « Dites que vous aviez un nodule thyroïdien », ce qui fut fait. La cour trouva le résultat de cette intervention thyroïdienne très esthétique.

Fort heureusement, les techniques se sont considérablement améliorées. De nombreux hommes agacés moins par la marque de l'âge que par celles qu'ajoutent à leur visage des cadeaux génétiques empoisonnés : paupières supérieures tombantes, fanons plissant le cou comme vallons ombreux, jabot cutanéo-graisseux qui pend comme drapeau en berne et tourne au vent comme girouette, demandent un lifting. Il faut éviter de mettre la peau chevelue de la patte au contact immédiat de l'oreille. Chacun de nous a fait un choix technique qui assure à nos frères du même sexe un aspect nettement plus flatteur.

CHAPITRE XI

CHIRURGIE DE LA CALVITIE

L'amer, le long des golfes clairs

Je suis bien placé pour parler de la calvitie mais un peu moins bien pour en discuter les traitements, étant condamné depuis longtemps à ne voir que les mauvais résultats. Ennuyé ou désespéré par l'apparition d'une tonsure, que ne justifie pas un engagement dans les ordres et le développement de larges golfes sur un front devenu un désert capillaire en ressemblant à une forêt d'idées, le jeune adulte consulte un dermatologiste qui lui conseille quelque pommade ou lotion et le pique au bépanthène (je me demande si Stavisky a détourné autant d'argent qu'en rapportent ces médicaments). La désertification va son bonhomme de chemin et s'arrête là où le programme la conduit. Une nouvelle drogue, hypotenseur de naissance, ferait un peu repousser les cheveux à condition d'être bien supportée et d'être prise durant toute la vie. On verra bien.

Elle me paraît moins dangereuse que les œstrogènes qui ont eu leur heure de gloire. Les femmes sont exceptionnellement chauves si on excepte la cantatrice d'Ionesco et quelques vieilles dames porteuses de perruque. Employer les œstrogènes était... logique. C'est ce que fit le mari d'une femme médecin que les internes avaient baptisée grille d'égout pour des raisons faciles à comprendre et qui rendaient périlleux les travaux de son dentiste. Après quelques mois de pommadage de la boule de billard aux œstrogènes, oh! miracle, un duvet poussait. Malheureusement, les seins aussi. La voix montait, les prouesses matrimoniales étaient en chute libre. On sait le bénéfice qu'en tirent les transsexuels.

La première tentative sérieuse a été la greffe de cheveux surabondamment décrite dans tous les magazines. C'est long, c'est coûteux, mais ça marche... au moins un peu et un temps. Une petite anse, une petite crique peuvent être comblées. Mais il est impossible de garantir la permanence de ce reboisement. Par ailleurs, si la surface est un peu étendue, est créé un aspect de moquette mitée. Aux obsédés de la calvitie tout est préférable à la vue de la peau. Certains enroulent sur leur crâne dégarni une mèche venue de la couronne, quitte à être transformés en sorcière ébouriffée au moindre coup de vent. Alors, pourquoi pas une savane ou une steppe, même si l'élevage des poux y serait aléatoire?

Les difficultés et les limites esthétiques de la greffe des cheveux firent réfléchir les chirurgiens plastiques. Juri s'est fait un nom en transférant en zone chauve des lambeaux taillés là où les cheveux persistent et persisteront. Un large décollement permet de refermer la zone donneuse. Cette méthode modifiée par de nombreux chirurgiens a des indications indiscutables et compte des réussites certaines. Le plus délicat est d'assurer au lambeau amené sur le front toutes les qualités requises. Il doit porter des cheveux se peignant dans le bon sens. Ses frontières ne doivent pas être trop visibles. Enfin, il doit être assez bien nourri pour ne pas défaillir.

Avec J.-C. Dardour, spécialiste de ces transferts, nous venons de voir un gentil garçon type boule de billard auquel un chirurgien optimiste avait promis monts et merveilles. Le lambeau, maigre comme un Giacometti, venu d'une couronne étique, avait perdu sa moitié distale. L'existence de ce toupet asymétrique et incongru n'avait rien d'une merveille ni même du Mont Chauve...

Régulièrement, un magazine nous entretient avec de superbes photographies d'une technique aussi efficace immédiatement que bien souvent illusoire six mois après : l'excision d'une plage sans cheveux et la simple suture. Le premier résultat enchante le patient, le photographe et assure au chirurgien une clientèle immédiate. Hélas, surtout chez l'adulte chauve, la ligne de suture s'élargit et le gain est progressivement perdu. Cette technique n'est pas stupide, mais ne doit être utilisée que pour de petites plaques sans cheveux, dues à des brûlures.

La grande nouveauté est l'utilisation de l'expandeur. Imaginez un sac de silicone placé sous la peau au contact de l'os. Un réservoir palpable permet un remplissage progressif qui distend lentement la peau qui le recouvre. Pratiquement, vous créez une grossesse localisée. En répétant les séances de gonflement, vous arrivez à faire ressembler le crâne de votre patient à celui d'E.T. Lorsque vous avez obtenu l'excédent cutané suffisant, vous pratiquez l'ablation du réservoir et vous drapez sur la région dépourvue de cheveux celle où, s'étant écartés légèrement les uns des autres, les cheveux font nombre, volume et surface. Cette technique a révolutionné le traitement des séquelles des brûlures au niveau du cuir chevelu. Nous devons remercier Randovan, son inventeur, mort noyé en se baignant sur la plage de Malibu.

Le traitement de la calvitie masculine est plus délicat. Mais, frères chauves qui n'assumez pas et auquel l'exemple de Yul Brynner n'apparaît que comme exception, sachez que votre cas n'est pas désespéré si le chirurgien que vous choisissez ne vous fait pas trop espérer.

CHAPITRE XII

CHIRURGIE ESTHETIQUE DES SEINS

Seul organe sexuel externe chez la femme, le sein est le badge de la féminité. Il est classique d'opposer le mâle américain adorateur de poitrines opulentes au mâle français amateur de joufflus prospères. Mais les demandes féminines ignorent superbement ces différences folkloriques certainement exagérées. La chirurgie esthétique du sein doit tenir compte de ses trois fonctions. Il est à la fois la marque déposée de la féminité, un objet ludique contribuant, sinon à la conservation de l'espèce, du moins aux répétitions nécessaires, et la source du lait maternel qui court-circuite pour l'heureux bénéficiaire les problèmes d'hygiène et d'immunité.

Les seins vilains

Les seins trop petits posent un problème thérapeutique incomplètement résolu. L'absence quasi complète de sein est d'origine génétique. Le thorax, souvent maigre, apparaît comme le plat pays de Jacques Brel. Chez d'autres, un sein de volume normal ou déjà insuffisant a diminué de volume après des grossesses successives. L'allaitement prolongé ou la suppression rapide de la montée laiteuse ne sont en aucun cas responsables de cette involution catastrophique. Comment s'habiller ? Comment porter un maillot de bain ?

Les premières tentatives de gonflement se soldèrent toutes par de cruels échecs. Au début de ma carrière de plasticien, j'ai vu mes maîtres prélever un morceau de fesse (peau désépidermisée et graisse) et le placer derrière la glande atrophiée. L'aspect immédiat fut flatteur. Mais le morceau de fesse ainsi transporté se mit à fondre et à se transformer en vilains kystes bosselés. Une matière plastique, l'étheron, mise à la disposition des chirurgiens sous forme de frisons, fut ensuite placée derrière les glandes insuffisantes. Les résultats furent catastrophiques. Les opérés qui toléraient ce corps étranger voyaient leurs nouveaux seins devenir rapidement aussi durs que les bonnes intentions qui pavent l'enfer. Les autres suppuraient.

Je devins assez vite le spécialiste de ces seins crétacés ou spongieux. Je présentai un film à la Société de Chirurgie plastique pour faire cesser ces inclusions. On y voyait notamment un pus abondant sortir entre les frisons après incision du sein refait. Un de mes brillants collègues m'agressa, me reprochant de montrer des complications exceptionnelles dues sans nul doute à l'activité de mauvais chirurgiens. Je fus bien obligé de lui dire discrètement que la patiente filmée était précisément une des siennes.

Tous ces échecs auraient dû me décourager d'essayer un nouveau matériel. Malheureusement, je fus victime de la mode de la peau conservée au cialit. Une peau prélevée sur le vivant (chez une obèse opérée) ou sur le cadavre dans les heures qui suivent la mort était plongée dans cet antiseptique organomercuriel. Elle était ainsi déspécifiée, c'est-à-dire qu'elle ne déclenchait plus de réaction de rejet mais conservait son épaisseur et sa solidité. Les chirurgiens orthopédistes s'en servaient comme surface d'interposition articulaire, les généralistes comme ficelle pour refermer les éventrations. J'eus l'idée de l'enrouler derrière la glande mammaire.

Le bourrage (avec ce que mon ami John Marquis Converse appela au Congrès ibéro-américain the Vilain's spaguettis), effectué par l'aisselle, ne laissait voir aucune cicatrice. La forme était jolie et les suites presque toujours simples. Malheureusement, mes seins, eux aussi, devinrent lentement trop durs.

La mise sur le marché des silicones autorisa bien des espoirs mais fut également la cause de beaucoup de sottises. Les premiers utilisateurs séduits par le caractère liquide de ces corps réputés inertes les injectèrent à la seringue. On crut un moment au produit miracle. Les cinq « sages » américains qui avaient l'autorisation de tester le produit furent très jalousés. Mais il fallut déchanter. Toute injection de silicone en quantité importante produisait une tumeur souvent inflammatoire, un siliconome, qu'il fallait retirer avec les difficultés et la rançon cicatricielle que vous devinez. Malgré les publications scientifiques, de nombreux « esthéticiens » continuèrent cette coupable industrie. Les complications des petites injections souscutanées, destinées à combler les rides et ridules, avaient des conséquences moins dramatiques. J'eus à retirer quelques boules sur des joues ainsi traitées. Mais les lèvres infiltrées devenaient dures comme les lèvres de la statue du Commandeur. Détail inquiétant, du silicone fut retrouvé dans les ganglions lymphatiques dépendant de la région infiltrée. Quel beau motif de procès!

Des solutions à peu près satisfaisantes apparurent enfin.

T. Cronin, chirurgien plastique de Houston (Texas), fit réaliser un sac à paroi faite de silicone solide, rempli de silicone liquide sous tension modérée, afin d'assurer une bonne souplesse. Cette prothèse eut immédiatement un grand succès et reste le matériel le plus employé actuellement. La paroi du sac fut amincie. Mais les fabricants revinrent rapidement à une paroi plus épaisse, barrage plus efficace contre les « fuites » de silicone. Les modifications de forme n'ont aucun intérêt : c'est la poche tissulaire qui donne la forme définitive au sein.

Un chirurgien français de Toulon, Arion, fabriqua et implanta peu après Cronin une prothèse à paroi de silicone, gonflable au sérum physiologique. L'idée était séduisante et les avantages théoriques nombreux. Réduite à un ballonnet vide, la prothèse pouvait être introduite par une très petite incision et gonflée sur place. Le sérum physiologique étant absolument inoffensif (il s'agit de sel et d'eau), tout passage dans les tissus ne présentait aucun danger. Enfin, il était possible, en modulant le gonflement, d'obtenir exactement le volume désiré. Il fallut déchanter. Les valves responsables de l'étanchéité de la prothèse gonflée se révélèrent, malgré de nombreuses modifications, tôt ou tard perméables. J'eus la méchanceté de baptiser ce modèle une prothèse à géométrie variable. La possibilité de modifier le volume de la prothèse en modulant le gonflement n'existait pas réellement. Chaque modèle de prothèse est fait pour un gonflement idéal. En dessous et au-dessus de ce volume, la prothèse est soit source de clapotis et de vagues, soit trop dure. Enfin, un choc un peu violent pouvait la rompre. De nombreuses victimes d'accident de la route téléphonaient, angoissées, étant devenues en une seconde amazones droitières ou gauchères. (Les amazones, redoutable escadron de femmes soldats, se brûlaient un sein pour ne pas être gênées en tirant à l'arc.) Ayant comparé les suites de 35 patientes dotées les unes de prothèses préremplies, les autres de prothèses gonflables possédant les derniers perfectionnements, je pus prouver devant mes collègues de la Société française de Chirurgie plastique qu'il fallait abandonner ces seins à l'eau.

L'apparition d'une étrange dureté des seins opérés ne fut pas immédiatement signalée et rapportée dans les sociétés savantes. Les chirurgiens confrontés à ce syndrome de McEnroe s'accusaient de malfaçon et n'osaient pas publier leurs constatations. Je fus un des premiers à déplorer cette excessive fermeté avec mon slogan *Have a look, do not touch and even do not have a look.* (Regardez (mes seins), mais ne les touchez pas et même ne les regardez pas.) Le responsable de la dureté fut assez rapidement identifié. Il s'agit de l'interface qui sépare la prothèse des tissus, muscle grand pectoral derrière, glande mammaire devant. Cette membrane, au lieu de rester souple s'épaissit et surtout se contracte, mettant en tension la prothèse. Le résultat de cette activité perverse est désastreux. Au lieu d'un mol oreiller pour le sommeil du guerrier, le sein devient, sinon une pierre, du moins une balle à la fermeté insupportable.

L'acteur de la contraction est identifié : il s'agit du myofibroblaste que nous connaissons bien depuis le chapitre consacré à la cicatrisation. Mais nous ne connaissons pas les raisons de sa colère. De très nombreux travaux ont été consacrés à la description de cette complication et à l'étude de ses causes. L'hématome fut d'abord accusé. Il fut rapidement prouvé qu'il était absolument innocent. Les microbes eurent beaucoup de mal à obtenir un non-lieu. Les antibiotiques furent utilisés par voie générale et par voie locale sans succès.

Plus logique était l'emploi de corticoïdes, drogues bien connues pour limiter la fibrose et éventuellement la faire rétrocéder. Malheureusement, la dose utile se révéla source de complications dramatiques : désunions cicatricielles, élimination des prothèses. Certains proposèrent d'enlever chirurgicalement la membrane rétractée et de changer les prothèses. La dureté revint en général rapidement.

Les chirurgiens qui plaçaient des prothèses préremplies prétendaient ne pas observer de seins durs. Des publications objectives prouvèrent que ces chirurgiens étaient ou très chanceux ou ignorants de la consistance mammaire normale. Le petit dégonflement observé dans les suites de l'implantation d'une prothèse gonflable pouvait faire espérer un cessez-le-feu sur des positions moyennes : la contraction de la poche s'arrêtant un jour, avec la disparition spontanée des myofibroblastes.

Un fabricant mit au point une prothèse à double enveloppe. Le plus grand volume est une prothèse préremplie de silicone liquide. Elle est entourée d'une enveloppe gonflable, se dégonflant légèrement au cours des mois suivants et pouvant éventuellement contenir un peu de corticoïdes pacificateurs. Mes essais ne furent pas concluants et l'usage de cette prothèse est en perte de vitesse. Enfin a été mise sur le marché une prothèse à paroi siliconée, enduite de polyuréthane. Les cellules du corps se précipitent sur cette couche biodégradable comme mouches sur le miel. Il semble que ce pique-nique géant retarde simplement l'apparition des myofibroblastes. Vantée par les uns, cette prothèse est refusée par les autres. Qui vivra verra!

La chirurgie du petit sein est donc frappée d'une malédiction : l'apparition de ce que les Américains appellent une capsule, c'est-à-dire une enveloppe tissulaire contractée. Cela est d'autant plus regrettable que cette intervention ne laisse pratiquement pas de cicatrices et est extrêmement appréciée par les malheureuses femmes à thorax déshérité. L'excessive fermeté est réellement le seul inconvénient de cette intervention très demandée. Il n'y a aucun risque de voir se développer un cancer causé par la mise en place des silicones et même la légère fuite des silicones dans les tissus. Cette certitude est si grande que ces prothèses, nous le verrons plus loin, sont utilisées dans la chirurgie réparatrice après cancer du sein. En quinze ans, nous avons vu se développer deux cancers sur des seins gonflés. L'examen histologique n'a montré aucune corrélation entre la prothèse et le cancer. Les deux cancers sont guéris depuis plus de cinq ans. Une étude a montré (Brody) que la fréquence du cancer du sein chez les femmes porteuses de prothèses était légèrement inférieure à celle d'une population féminine normale. L'important est, bien entendu, que la prothèse ne donne pas le cancer. Le fait d'avoir de très petits seins est peut-être un bon élément de prévention du cancer?

Où en sommes-nous?

Avec l'emploi des prothèses à paroi épaisse, nous observons moins de formation de capsules dures et, semble-t-il, moins de dureté lorsque cette complication se produit. Il n'y a actuellement aucun moyen connu de prévention. La dureté se produit environ une fois sur quatre. Le caractère agaçant de cette complication est qu'elle peut ne frapper qu'un seul sein et modifier sa position dans les suites postopératoires en le luxant quelque peu dans la loge faite large par le chirurgien. Il semble que ce soit le passage du silicone qui induise cette contraction. Bernard Kayes, chirurgien plastique américain, a une belle formule, mais elle ne saurait consoler celles qui ont les seins trop fermes : « Nous comprenons très bien pourquoi les tissus se contractent autour d'un corps étranger, mais pas du tout pourquoi ils refusent de le faire. » Le sein souple serait-il une anomalie de la cicatrisation?

Puisque aucun traitement préventif n'est possible, certains chirurgiens préfèrent placer la prothèse derrière le muscle grand pectoral lorsque le sein est inexistant. En cas de formation de capsule dure, le sein n'apparaît pas comme une balle ronde, laide à la vue. Il est faux de prétendre que la capsule ne se forme pas autour de la prothèse rétromusculaire.

Elle est seulement moins visible et moins facilement palpée. Lorsque existe un petit sein dans un sac cutané tombant, il est impossible de placer la prothèse derrière le muscle. Lorsque l'opérée pencherait le thorax en avant, elle aurait deux seins, l'un derrière le muscle immobile et l'autre tombant et flottant devant. Aspect irrecevable! Il faut adapter la poche au nouveau volume en excisant de la peau, d'où des cicatrices visibles mais nécessaires.

Les massages plus ou moins violents ont le mérite d'habituer la femme à ses prothèses et de permettre une bonne intégration corporelle. Empêchent-ils l'apparition de la capsule? Je n'en suis pas du tout certain.

La publication du *squeezing* fit sensation à un congrès américain. Le brusque écrasement entre les doigts d'un sein dur permettait la rupture de la capsule et l'obtention immédiate d'un sein souple au prix d'une douleur courte. Nous nous mîmes à squeezer. Mais il est inutile d'essayer de rompre mécaniquement ce qui résiste aux doigts. Les chances d'obtenir un hématome ou une rupture de la prothèse (surtout des prothèses à paroi mince et des prothèses gonflables) sont multipliées par dix. Avec parfois ces petits incidents, nous continuons à squeezer, gagnant la souplesse environ un sein sur deux. Les autres, malheureusement, récidivent. Il est possible de continuer à rompre manuellement la capsule, mais les chances de succès définitif s'amenuisent.

Malgré cette menace, l'augmentation mammaire reste demandée par des femmes parfaitement au courant du problème, mais désireuses de paraître normales.

Quand les fruits ont passé la promesse des fleurs

L'hypertrophie mammaire apparaît tôt chez la jeune fille. Elle est d'abord flattée, puis inquiète et très rapidement agacée. Comment s'habiller, faire du sport, se mettre en maillot de bain avec ces deux ballons de rugby, un moment dressés comme pour une pénalité mais bientôt tombants vers la ceinture ?

J'ai connu le temps où une jeune fille de bonne famille ne devait pas se faire opérer des seins. Un de mes collègues de l'Académie de Chirurgie me disait à chacune de nos rencontres : « Tu voulais opérer mes filles. Mais je leur ai interdit. » Il n'a jamais su que j'avais opéré les deux, rendant ainsi possible leur mariage et que la mère, affligée de la même abondance, se serait damnée pour subir la même intervention libératrice. Les pères « vieux modèle » n'étaient pas les seuls à brandir cet ostracisme. J'ai opéré, huit jours après la mort à quatre-vingt-cinq ans de sa vieille mère, une femme médecin célibataire de cinquante-cinq ans. Immédiatement après l'ablation des fils de suture, elle est partie en randonnée pour le Portugal dans une magnifique décapotable, pour un pèlerinage très profane. Pour être juste, il faut également ajouter que j'ai un certain temps hésité à porter un bistouri sacrilège sur ce que l'homme que j'étais trouvait éminemment admirable. Il a fallu que la pression des mères et des jeunes filles soit assez insistante pour que j'accepte d'opérer ce que je croyais être des cas limites. Il me reste de ces temps « écologiques » une présentation prudente de l'intervention : « Mademoiselle, vos deux seins sont aussi stimulants pour un ami que déprimants pour vous. »

Techniquement, la chirurgie des gros seins doit résoudre le problème de la vitalité du moignon restant avec lequel le nouveau sein sera fait. A quoi servirait une intervention qui se solderait par une nécrose du mamelon et d'une partie de la glande ? Cette grave complication a longtemps été une des causes de drames postopératoires. Les plus dangereux n'étaient pas les chirurgiens plastiques, mais les chirurgiens généralistes et des spécialistes à formation chirurgicale incomplète, tels certains stomatologistes et oto-rhino-laryngologistes.

La solution est venue des techniques qui ne décollent pas le sein de la peau mais résèquent les deux en même temps. « Le sein est une glande sous-cutanée qui a fait une belle carrière », disait mon maître Gaston Cordier. Outre les artères qui la nourrissent directement, la glande mammaire reçoit beaucoup de sang de la peau qui la recouvre. Parmi les très nombreuses techniques décrites, j'ai choisi celle de mon ami Yvo Pitanguy. Toutes les techniques ou presque sont bonnes dans les mains de ceux qui y sont habitués. Certaines passent plus ou moins bien. La méthode dite oblique fait une seule cicatrice en biais mais donne souvent des seins obliques. De même, la technique à cicatrice unique horizontale fait loucher les mamelons et donne le tournis aux utilisateurs.

La consultation est menée plus facilement que dans le cas d'hypoplasie. Il faut cependant annoncer là aussi les bonnes et les mauvaises nouvelles. Le premier devoir du chirurgien est de réduire le volume du sein trop gros. C'est d'ailleurs la seule correction qu'impose la Sécurité sociale. Celles qui ont de trop gros seins en veulent de tout petits. Il faut expliquer qu'une involution après grossesse peut transformer cette poitrine trop réduite en œufs sur le plat. Nous devons en laisser assez. Mais la bonne nouvelle est que la réduction peut être bien menée quel que soit le volume. Lorsque les seins sont monstrueux et que le mamelon flirte avec le pubis ou presque, la technique devient plus délicate. La greffe de mamelon est assez souvent une excellente solution dans ces cas extrêmes. Réduire n'est pas tout. Il faut que les seins soient symétriques et éventuellement beaux. Nous considérons que cette obligation rend la chirurgie du sein très difficile. Il faut environ cinq ans pour qu'un chirurgien maîtrise bien les pièges de toutes sortes qui parsèment l'intervention. Même après ce long apprentissage, reste une petite angoisse lorsque le premier sein est fait : il faut faire l'autre identique.

La mauvaise nouvelle est la présence des cicatrices. Le sein n'a pas de muscles, contrairement à ce que prétendait l'ancien catalogue de la Redoute, qui proposait un soutien-gorge à stimulation musculaire intermittente. La peau, et la peau seule, est responsable de la forme. Il est impossible de faire une petite cicatrice lorsqu'il faut enlever beaucoup de peau. Il n'est pas possible de se limiter à une seule cicatrice droite pour faire un joli cône. Les cicatrices passent autour du mamelon plus ou moins remonté, descendent vers le sillon et courent dans le pli sous-mammaire. Chez la jeune fille, ces cicatrices peuvent être sur une partie ou sur la totalité de leur trajet, rouges, épaisses et dures, pendant un an et demi. Cette avanie transitoire n'a jamais arrêté une porteuse de ballons de rugby de se faire opérer. Mais la patiente et le chirurgien sont parfois exaspérés de voir une si jolie suture devenir un cordon rouge. Au bout de six mois, il est parfois possible de refaire ces cicatrices. En effet, la cicatrisation après simple ablation du cordon rouge est plus aisée qu'après la plastie. Il est sage cependant de faire un petit essai. Ajoutons aux mauvaises nouvelles la perte, parfois, de la sensibilité spéciale du mamelon starter du grand frisson et l'impossibilité d'allaiter. Il est juste de dire que la joie d'avoir de beaux seins compense cette absence de zone érotogène, et que ces gros seins en dégénérescence graisseuse donnent peu de lait.

Il est extrêmement gratifiant de savoir que les résultats sont pratiquement définitifs dans 95 % des cas. Si le mamelon n'a pas été placé trop haut, si le sein échappe à un amaigrissement massif et à une grossesse déflationniste, le sein reste beau. J'ai pu le prouver au cours d'une table ronde à la Société américaine de Chirurgie plastique en montrant des résultats, dix, vingt et même vingt-sept ans après intervention. Dans les 5 % de cas restants se trouvent des seins qui glissent un peu en dessous du mamelon, et quelques cas de ptôse récidivante chez des patientes à peau élastique.

Les seins tristes

Si certains scrupules peuvent assaillir le chirurgien plastique mâle lorsqu'il s'attaque à une grosse et joyeuse poitrine, l'appétit lui vient tout naturellement devant la ptose. N'allez pas croire que la ptose soit le privilège de l'âge ou encore qu'elle soit due à la mauvaise qualité du matériel glandulaire et surtout cutané. Il existe deux causes de ptose. La première et la plus importante est génétique : le sein a été dessiné tombant. Il n'a jamais été insolent. L'architecte génétique a construit un toit en pente là où l'intéressée aurait aimé une terrasse. Le chirurgien peut modifier la forme sans crainte, le matériel est bon. La correction tiendra. L'autre cause est une désinflation de la glande après grossesse et de la graisse après amaigrissement important. Il y a un âge pour maigrir et un âge pour grossir (un peu).

En face d'un sein ptosé se pose en premier la question du volume. En pinçant la peau, il est facile de voir si la quantité de glande est suffisante pour faire un sein avantageux. Compte tenu des risques de capsule, nous préférons faire de petits seins juvéniles plutôt que recourir à une inclusion prothétique lorsque nous pouvons nous en passer. Si la quantité de glande est un peu excessive, il convient d'en retirer.

Parmi les nombreuses techniques utilisées, nous sommes restés fidèles à celle que nous a enseignée Morel-Fatio. Biesenberger, en 1926, décrivit une méthode originale, caractérisée par un décollement important de la glande et le modelage de la peau. Morel-Fatio rendit ce temps plus facile en pinçant la peau avec un clamp courbe. En fait, il s'agit d'un véritable lifting du sein. Il permet d'obtenir une forme ronde et une grande fermeté. Cette manière de faire a été très critiquée. Beaucoup l'accusent de dévitaliser le sein et de nécessiter de grandes cicatrices. Notre expérience de ces trente dernières années permet d'affirmer que le sein ne risque rien, et que la diminution de la longueur des cicatrices modifie, dans un sens défavorable, la forme et la fermeté du sein, puisqu'il diminue la quantité de peau retirée. Mais le facteur qui rend cette excellente technique difficile à adopter et à enseigner est la part d'improvisation que demande la pose du clamp. Beaucoup préfèrent un dessin sur la peau et découper en suivant le pointillé.

Les cicatrices sont habituellement moins visibles qu'après une intervention pour hypertrophie, car cette chirurgie est plus souvent pratiquée après trente ans, âge à partir duquel la contestation conjonctive a cessé.

Les résultats sont fort plaisants et les maris hostiles deviennent assez rapidement approbateurs.

Le sein bénin

Les deux tumeurs bénignes les plus fréquentes du sein sont l'adéno-fibrome et le kyste. Pour en pratiquer l'ablation, il faut éviter une voie d'abord directe qui laisserait une cicatrice définitive laide. Nous passons donc par voie péri-aréolaire en faisant une courte incision en demi-cercle dans la partie colorée du mamelon. Si la tumeur est trop grosse pour passer par cet orifice, il est nécessaire de la morceler à l'intérieur.

Sous le nom de mastoses, les gynécologues rassemblent des maladies bénignes du sein, plus ou moins diffuses. Lorsqu'une biopsie ou une exérèse est demandée, la même voie peut être employée. Nous découpons alors à l'intérieur un segment de glande ayant la forme d'un morceau de tarte. Si le morceau n'est pas trop gros et le sein de volume normal, ce prélèvement peut passer presque inaperçu.

Certains chirurgiens proposent l'ablation d'un ou des deux seins lorsqu'ils sont atteints de mastose douloureuse qui peut être susceptible de se transformer en cancer vrai du sein. La patiente doit savoir que le remplacement de ses deux glandes par des prothèses est une intervention ni facile ni satisfaisante. Les complications sont fréquentes et conduisent parfois à l'élimination des prothèses mammaires. Les seins refaits sont souvent asymétriques et durs. Cela nous semble chèrement payer une fausse sécurité, puisque cette ablation de glande sous la peau n'est pas complète et ne saurait être considérée comme une prévention absolue du cancer. L'ablation des seins non cancéreux est une intervention à discuter en prenant au besoin plusieurs avis.

Le sein malin

Longtemps, le traitement du cancer du sein fut radiochirurgical, combinant l'ablation du sein, du muscle grand pectoral et des ganglions du creux de l'aisselle avec des séances de radiothérapie. Actuellement sont pratiqués des traitements de modalités très diverses utilisant séparément ou mêlant la chirurgie, la chimiothérapie, l'hormonothérapie et la radiothérapie. Le chirurgien plastique est consulté dans trois éventualités : l'établissement d'un traitement dit « conservateur », les cancers avancés et la réfection du sein mutilé.

La chirurgie conservatrice

La comparaison statistique attentive des traitements menés par de nombreuses écoles françaises et étrangères a montré que l'ablation du muscle grand pectoral et même l'exérèse complète du sein dans les cancers vus au début n'apportaient pas d'amélioration réelle du taux de guérison. Les cancérologues ont demandé aux chirurgiens des interventions moins mutilantes : mastectomie sous-cutanée, tumorectomie. Certains même ont supprimé le recours chirurgical en n'utilisant que la chimiothérapie ou la radiothérapie. Dans la majorité des cas, les chirurgiens plastiques n'ont pas à intervenir. Mais certaines femmes désirent associer les résultats d'un traitement efficace du cancer avec des séquelles esthétiques les plus discrètes. Comme nos collègues américains, et plus généralement tous les chirurgiens plastiques des pays développés, nous sommes bien obligés de donner notre opinion.

La mastectomie sous-cutanée enlève la glande en laissant en place le mamelon et la peau. Laissant la graisse sous-cutanée, cette intervention est faite à la fois comme traitement du cancer et comme chirurgie « conservatrice ».

Beaucoup lui dénient une valeur thérapeutique réelle dans la mesure où elle laisse à coup sûr un peu de glande, la peau face au cancer et le mamelon. Mais nous la rejetons surtout pour des raisons esthétiques. Le résultat final n'est en effet acceptable que si le sein cancéreux est de petit volume et non ptosé. Ce qui reste est moins laid que l'ablation totale. Mais s'il existe un excédent de peau, des plis apparaissent immédiatement. La cicatrisation les rend définitifs. La mise en place d'une prothèse mammaire ne peut les effacer. Le résultat ne saurait nous satisfaire.

La tumorectomie retire le noyau cancéreux entouré d'une coque de glande saine. La patiente accepte de toute évidence mieux cette technique que l'ablation totale. Le résultat dépend bien entendu moins de la technique utilisée que du volume et de la localisation du morceau de glande retiré. L'ablation d'un volume modéré, situé au milieu d'un sein un peu généreux, peut être presque invisible. Ailleurs, pour un volume identique prélevé sur un petit sein, l'aspect du moignon de sein restant peut faire illusion, remplir un soutien-gorge et le haut d'un maillot de bain. Mais, pour ces cas idéaux, combien de seins déformés! Pour peu que la radiothérapie soit nécessaire et que la patiente soit particulièrement sensible aux radiations, une atteinte de la peau et une fibrose de la glande sous-jacente peuvent encore enlaidir le résultat. Il s'agit là de considérations secondaires, certes. Le premier devoir du médecin est de sauver la vie. La qualité de cette vie vient en second lieu. Il n'empêche que des solutions différentes existent, assorties, disent les travaux publiés, des mêmes bons résultats. Il est important que la femme désireuse de garder le plus de féminité possible soit informée complètement des suites thérapeutiques et de leurs conséquences immédiates et lointaines. Elle doit savoir notamment que la radiothérapie sera une gêne pour la reconstruction.

Nous pratiquons de moins en moins les interventions élargies que rendaient nécessaires les cancers étendus. La chimiothérapie prend en charge les cancers aigus accompagnés de signes inflammatoires, les métastases pulmonaires et osseuses. Mais de temps à autre est nécessaire l'emploi de lambeaux musculo-cutanés ou d'épiploon, ce tablier de graisse situé au-devant de l'estomac pour boucher de larges brèches dues à l'exérèse de cancers graves.

Refaire la poitrine

La chirurgie esthétique du sein n'a été acceptée qu'après un dur combat. Il faut reconnaître que les pionniers en ce domaine ne disposaient pas de prothèses fiables. Leurs publications furent critiquées à la fois au nom des principes de la chirurgie du cancer (la vie d'abord et uniquement la vie) et des résultats qui laissaient à désirer. Même lorsque apparut la prothèse en silicone, les médecins et les chirurgiens s'indignèrent longtemps des essais menés de-ci de-là pour la réfection du sein mutilé. Puis, avec l'amélioration progressive des statistiques de survie et surtout sous la poussée permanente et insistante des patientes, la chirurgie reconstructrice du sein entra dans les mœurs. Elle est actuellement remboursée par la Sécurité sociale et si répandue qu'elle est parfois pratiquée par ceux qui ne savent pas la faire.

Le cas idéal de reconstruction est celui d'une femme ayant subi l'ablation totale du sein (glande, peau et mamelon) et n'ayant pas eu de radiothérapie dans les suites. Un bilan complet est nécessaire pour vérifier l'absence de métastases décelables.

Si l'ablation totale du sein (mastectomie) a été menée selon une voie d'abord horizontale ou légèrement oblique, la cicatrice ne se verra pas lors du port du soutien-gorge et du maillot de bain. Il est nécessaire que disparaissent les grandes cicatrices verticales absolument inutiles et désastreuses esthétiquement. Si la peau est de bonne qualité, cas le plus fréquent, une prothèse peut être mise en place sous le muscle grand pectoral. L'aspect immédiat est souvent inquiétant car le corps musculaire aplatit la prothèse. Mais la cicatrisation et la rétraction des tissus autour de la prothèse donnent en trois mois un aspect beaucoup plus flatteur. Reste à placer au sommet de ce cône un mamelon fait avec une greffe de peau, un morceau de l'autre mamelon ou un fragment tissulaire emprunté au lobe de l'oreille ou à la pulpe d'un orteil. Le sein a certes une consistance assez ferme, mais il est dans la grande majorité des cas un succédané très acceptable.

Lorsque la peau prête peu, lorsque la patiente désire un sein assez volumineux, il peut être nécessaire de distendre la loge progressivement. Un expandeur, petite citerne dotée d'une chambre qui en permet le remplissage progressif transcutané, est placé sous le muscle grand pectoral. Lorsque le volume atteint dépasse largement le volume désiré, il est alors facile de remplacer l'expandeur par une prothèse prérem-plie.

Lorsque la peau est de mauvaise qualité du fait des séquelles de la radiothérapie, il peut être nécessaire de mobiliser un lambeau cutanéo-musculaire du grand dorsal. La quantité de peau amenée permet toutes les reconstructions. Malheureusement, s'ajoutent des cicatrices devant et derrière. La même plastie est nécessaire lorsque le muscle grand pectoral a été retiré avec le sein lors de l'ablation du cancer. La prothèse ne saurait être mise sous la peau.

Certains chirurgiens américains utilisent des techniques de reconstruction sans employer l'inclusion de prothèses de silicone. Ils remplacent celles-ci par un lambeau cutanéo-musculaire prélevé sur l'abdomen. Cette intervention a l'avantage de supprimer le recours à la prothèse, non encore complètement acceptée par les lois qui régissent le matériel chirurgical aux États-Unis, et de faire un sein légèrement ptosé, le fin du fin. Le sein prothétique est trop « beau » pour être vrai. Mais l'intervention est beaucoup plus complexe que la mise en place de prothèse et assortie de complications supplémentaires. Elle est peu utilisée.

Tout serait, sinon dit, du moins résumé si la femme n'avait qu'un sein. Or il y a l'autre. Il est nécessaire de s'assurer de son intégrité. Les chiffres diffèrent sur le pourcentage de cancers bilatéraux. Ils sont heureusement assez rares pour que la reconstruction ne commence pas par la mastectomie du sein « restant »! Si le sein réputé normal est trop petit, il est gonflé par une prothèse de volume adéquat. Cette éventualité est intéressante, car il est plus facile d'assurer la symétrie à long terme de deux seins prothétiques même si d'un côté la prothèse est sous le muscle et de l'autre sous la glande. Si le sein normal est beau, nous le respectons et le prenons comme modèle. Le sein de l'autre côté aura un sillon mammaire situé un peu plus bas pour améliorer la symétrie de face, car il n'a pas la ptose « normale ». Si le sein restant est gros et ptosé, il subit une plastie mammaire esthétique. Le problème est de faire l'autre côté à son image. Chaque chirurgien a ses moyens personnels de réaliser cette symétrie approximative.

Les progrès techniques ont été nets, évoluant dans le sens

de la simplification et de la grande amélioration de l'esthétique des résultats. Il est possible de rester femme après traitement chirurgical adéquat d'un cancer du sein.

CHAPITRE XIII

CHIRURGIE ESTHETIQUE DE L'ABDOMEN ET DU TIERS MOYEN

Il faut analyser avec précision les anomalies de la paroi abdominale. Les muscles sont rarement en cause. Contrairement à ce qu'affirment les patientes, leur tonus est généralement bon. La grossesse peut avoir entraîné un écartement du corps musculaire des grands droits ou diastasis. En général, il guérit progressivement sans traitement. S'il est visible ou gênant, sa correction peut être raisonnable. La graisse peut doubler la peau d'une épaisseur constante. Seul alors l'amaigrissement peut modifier l'apparence. La graisse peut dessiner une boule sous-ombilicale (petit bedon) ou deux larges bandes le long de l'ombilic (grand bedon). L'aspiration peut diminuer quelque peu ces bosses indésirables. Mais la plus grande prudence doit être de mise à la fois dans le contrat passé avec la patiente et le maniement de la canule. Le résultat ne sera jamais à la hauteur de l'attente. Des plis disgracieux peuvent succéder à des aspirations trop ambitieuses.

La seule bonne indication de la chirurgie esthétique de l'abdomen est la présence d'un excédent cutané vrai sous-ombilical. L'indication opératoire est rendue encore meilleure lorsque la peau sous-ombilicale est plissée ou vergeturée. Un large décollement mobilise la peau sous-ombilicale, la descend au pubis comme un rideau S.N.C.F. La peau sous-ombilicale est enlevée et l'ombilic placé dans un nouvel orifice cutané.

Le résultat esthétique d'une abdominoplastie effectuée pour un excédent cutané vrai est correct, sans plus. La cicatrice, quoique basse, est rarement jolie. Elle peut être déprimée et rester en creux, hypertrophique ou déhiscente. Comme il est toujours nécessaire de biaiser pour fermer les deux brèches cutanées d'inégale longueur, elle n'est jamais une ligne nette malgré tous les soins que nous mettons à la suture.

Avant la découverte de l'aspiration, la chirurgie des stéatoméries ou bosses génétiques se soldait par des séquelles cicatricielles très importantes. Yvo Pitanguy avait décrit une intervention réséquant une tranche de peau et de graisse pour corriger la « culotte de cheval ». Je découvris rapidement que, malgré une forme satisfaisante dans les suites opératoires immédiates, l'aspect définitif ressemblait plus à un sablier, à un violoncelle qu'à une paire de fesses profanes. Ma critique effectuée lors d'un congrès : *Yvo, you remove the best part of it* (Yvo, tu retires le meilleur morceau), devint vite connue de tous les chirurgiens américains. Je mis au point une technique qui empêchait le glissement des tissus situés en dessous de la cicatrice. Je réussis à faire des fesses d'aspect normal là où existaient des bosses rebelles aux canons de la beauté et aux tailles de pantalon. Mais la présence de cicatrices longues et visibles contre-indiquait cette intervention pour les formes modérées et moyennes, les plus fréquentes.

Lorsque j'eus compris que l'aspiration créait des tunnels assez étroits pour être aplatis par la pression tissulaire et peu enclins à se rétracter du fait d'un épanchement lymphatique minimisé, je suivis Y.-G. Illouz en essayant de définir avec précision les indications et les complications de cette technique révolutionnaire. Une aspiration menée prudemment à distance de la peau superficielle, et éventuellement arrêtée lorsque la peau commence à flotter, permet d'obtenir de bons résultats dans les formes habituelles. L'aspiration de graisse trop superficielle crée des trous que rien ne saurait faire disparaître hormis des excisions assorties de cicatrices... L'aspiration de fesses trop grasses peut laisser un excédent cutané définitif. Cette éventualité doit être suspectée et annoncée à la patiente avant l'intervention. Il faut *attendre* six mois avant de pratiquer l'excision de la peau excédentaire pour être certain d'obtenir des fesses jolies et symétriques, seule excuse aux cicatrices.

Aspiration et autres localisations

La bouée qui déforme les hanches est facile à aspirer. La boule de graisse située en haut et en dedans de la cuisse est fort difficile à retirer. La déformation est en fait plus souvent due à un excès de peau que l'aspiration augmente, plutôt qu'à une boule de graisse. La graisse qui déforme parfois la face interne des genoux est accessible à la canule. En revanche, il convient d'être très prudent pour aspirer la graisse des jambes. Une xérographie de face et de profil doit toujours être pratiquée pour montrer à la patiente le rapport entre la graisse, dont une petite partie seulement peut être aspirée sans déformation, et les muscles.

Dans la plupart des cas, la chirurgie esthétique organise le troc d'un aspect plus ou moins disgracieux pour une apparence plus jolie assortie de cicatrices définitives. L'absence de cicatrices visibles rend plus attrayantes certaines interventions : chirurgie du nez, gonflement des seins, lifting, aspiration des stéatoméries d'origine héréditaire. Mais ce caractère négatif n'est pas suffisant. Il faut, pour un tiercé gagnant, une disgrâce réelle, un chirurgien compétent et une patiente objective.

CHAPITRE XIV

L'AVENTURE DE S.O.S. MAIN

Il faut faire se rencontrer le blessé désemparé avec un chirurgien compétent. Assumer totalement les urgences n'est possible que dans certains hôpitaux et certaines cliniques. Lorsque le chirurgien de garde parfois interne (en voie de développement) ne peut traiter la blessure, il doit jouer le rôle du trieur à l'arrière du champ de bataille et diriger au plus vite le patient. Mais il arrive parfois que le diagnostic soit erroné.

La scène représente une plate-forme pétrolière à la frontière libyenne. Nous sommes le 2 novembre 1978. Albert, célibataire, père d'un garçon de six ans, est au travail. Brusquement c'est le drame. Un câble a accroché la main gauche. Albert a ressenti une violente douleur et voit son bras complètement arraché, fixé au câble par les tendons. Seul, Albert arrête son engin avec la main droite et descend. Il n'a qu'une idée en tête : récupérer son bras gauche qui pend à quelques mètres. Il ignore complètement si la réimplantation est possible. Mais, têtu, il veut reprendre ce qui vient de lui être arraché après trente-quatre ans de bons et loyaux services. Arrivé sur les lieux de l'accident, il est confronté avec un problème insolite. Comment saisir son bras coupé ? Sa main droite valide est occupée à comprimer le moignon du bras gauche pour arrêter l'hémorragie. On croirait un sketch de Raymond Devos! Albert trouve vite la solution. Il lâche une seconde le moignon, saisit le bras et le coince sous le moignon. Un ami, enfin, accourt. Il fait un pansement compressif. Le blessé est conduit jusqu'à In Amenas, à l'infirmerie.

Médecins et infirmières savent que la réimplantation est

possible. Ils l'ont lu dans les journaux. Europe-Assistance téléphone dans mon service à Boucicaut. Vladimir Mitz est de garde. Il demande à Xavier Latouche de partir en avion et de commencer à nettoyer le bras coupé durant le voyage de retour. Ce qui sera fait, le pilote veillant à éviter les turbulences. Arrivés à Boucicaut, Albert a été amené directement en salle d'opération. Vladimir Mitz et les anesthésistes se mettent au travail.

Quinze jours après la réimplantation, Albert se sert de sa main et de son bras... grâce à une baguette fixée sur l'avant-bras au-dessus du pansement. Il refait son lambris en évitant soigneusement de taper à côté du clou. Vladimir Mitz lui explique que, pourtant, il pourrait le faire puisque l'avant-bras est pour longtemps encore insensible. Une autre baguette lui permet de trinquer à Noël. Il enrage de rester un an en arrêt de travail. Son entreprise fait la sourde oreille. Écœuré, il entre chez Tecfor où il retrouve le même emploi. Pendant ses loisirs, il refait complètement un vieux chalutier. A ceux qui posent des questions en voyant les cicatrices, il parle de brûlure. Son plus mauvais souvenir est « la maladie du froid », sensibilité particulière et douloureuse due aux changements de température. Elle est causée par l'absence de nerfs modulant la circulation sanguine. Actuellement, il a repris la chasse sous-marine. Son aventure lui a laissé une pension mensuelle de 2 500 francs (1986).

Lorsque, en pleine révolution culturelle à la sauce Gavroche, je pris possession de mon service à Boucicaut en mai 1968, j'eus la surprise de constater que les urgences étaient, un jour sur deux, confiées aux chirurgiens digestifs et l'autre jour à mes orthopédistes-plasticiens. Il y avait un jour pour se couper et un jour pour ne plus péter. Malgré de multiples problèmes posés par les locaux et les effectifs, je réussis à assurer un service de garde de spécialité vingt-quatre heures sur vingt-quatre. Un rapide bilan des urgences montra le grand nombre des blessés de la main. De très nombreux consultants venaient pour essayer d'améliorer les résultats de traitements effectués en urgence par des non-spécialistes.

Un matin, à la réunion qui groupe à huit heures les équipes de nuit aux paupières lourdes avec celles du matin, pleines d'appétit, j'annonçai la création de S.O.S. Main. Nous promettions à tout blessé de la main une consultation avec un spécialiste et, s'il en était besoin, une chirurgie réparatrice aussi complète que possible. Le succès fut immédiat.

Un beau jour, une technique jusque-là confidentielle « éclata » : la microchirurgie. Les exploits de la chirurgie des petits vaisseaux avaient longtemps été limités à la Chine Populaire. Sans, puis avec microscope ou simples loupes, les chirurgiens chinois avaient réussi des réimplantations de bras, d'avant-bras, de doigts. Américains, Australiens, Japonais se lancèrent dans cette aventure. Nous avions à Boucicaut la clientèle et les chirurgiens. Il nous manquait un laboratoire de chirurgie expérimentale pour entraîner les équipes, et un microscope. Par ailleurs, le nombre de blessés à réimplanter était parfaitement inconnu. Le premier morceau placé dans un sac et posé sur des glaçons arriva aux urgences avant même que la commande d'un microscope ne soit envisagée par l'administration. Le chef de clinique de garde, Jacques Bérès, me demanda l'autorisation d'aller « emprunter » le microscope (à un seul *oculaire*) des oto-rhino-laryngologistes. Le doigt fut réimplanté. Mais mon excellent collègue Pinel prit assez mal le vol avec effraction. Je lui répondis que nécessité faisait loi. Il était possible de retarder une greffe de tympan, mais nous ne pouvions faire attendre un doigt, jouant au caviar sur son lit de glaçons. Je lui demandai de se plaindre au plus haut niveau, ce qui nous valut, grâce à Gabriel Pallez, notre directeur général, un beau microscope tout neuf.

Les problèmes posés par les réimplantations furent nombreux. Mes collaborateurs, rapidement devenus des virtuoses de la suture des petits vaisseaux, et les anesthésistes-réanimateurs surent les régler presque tous. La clientèle se révéla plus nombreuse que nous n'imaginions. Mais la survenue de ce type d'urgence est, comme on s'en doute, parfaitement aléatoire. Quinze jours se passaient sans réimplantation, puis les équipes avaient à traiter deux blessés le même jour. Nous avons dès le début imposé une règle formelle : seul le chirurgien de garde à S.O.S. Main doit décider de la possibilité de réimplantation. Sur place, il faut tout ramasser et tout adresser. Très vite les équipes trouvèrent dans des « morceaux » non replantables des fragments utilisables comme greffe ou lambeaux. Certains segments qu'il aurait paru sage de mettre à la poubelle ont retrouvé leur place et la santé. Il était tentant de se poser au départ une question préalable : les résultats fonctionnels de la réimplantation étant acceptables mais parfois mauvais, fallait-il continuer à pratiquer une intervention qui coûte tant de temps et d'argent? La réponse vint progressivement. Si tout était réimplantable, tout ne devait pas être réimplanté. Ainsi, la remise en place d'un index sectionné chez un travailleur manuel le condame à l'invalidité (cas d'un menuisier par exemple). En revanche, il faut toujours tenter la réimplantation d'un pouce coupé, de plusieurs doigts. Chez la femme et chez l'enfant, les indications sont plus larges. Grâce à l'entraînement acquis au laboratoire (nous avons les locaux, le matériel, mais peu ou pas de fonds pour le faire tourner), la réimplantation est à la portée de l'interne. Elle reste un acte opératoire difficile, même si ses succès ont quitté la première page des journaux et le journal télévisé. Normalement banalisée, à l'heure du cœur artificiel et de la greffe cœur-poumons, elle reste une activité spectaculaire, dangereuse et dotée d'à-côtés folkloriques.

Un campagnard robuste de quarante-cinq ans se coupe net le pied à la tronçonneuse. Il est reçu par Vladimir Mitz. Les tentatives de réimplantation de segments des membres inférieurs sont assez rares. Il faut sacrifier à chaque extrémité des tissus pour réaliser une soudure fiable. Ce sacrifice entraîne un raccourcissement qui est vite intolérable. Mieux vaut une prothèse de jambe qui permet certains sports et la danse qu'une jambe trop courte condamnant à une boiterie insupportable. Or la section est si nette que le sacrifice est ici très limité. Mitz arrive à sauver l'articulation de la cheville qui restera mobile.

Pendant l'hospitalisation de notre tronçonneur, le ministre de la Santé d'Arabie Saoudite m'est envoyé par la Direction de l'Assistance Publique pour une visite d'études. Je fais faire un tour du service à mon hôte qui me demande : « Faites-vous des greffes? », au moment où nous passons devant le pied accommodé à la sauce Boucicaut. Je lui montre alors les photographies avant, montrant le pied reposant sur une surviette blanche et le membre entier hors du pansement. « Vous faites de “ grosses ” greffes », fut le commentaire de mon visiteur. Le réimplanté danse.

Un architecte barbu se sectionne malencontreusement quatre doigts à la main droite. Seul le cinquième doigt reste intact. Il est hospitalisé au début de notre expérience. Les réimplantations à cette époque durent longtemps et sont des interventions très fatigantes. L’équipe de nuit examine les doigts posés sur les glaçons. Le pouce disséqué s’avère inutilisable : c’est de la purée. Pour tenir le rôle du pouce, pivot indispensable de l’opposition, les chirurgiens choisissent le quatrième doigt. Il est peu nécessaire pour la pince. Raccourci, il fera un bon pouce.

Cette première réimplantation faite, l’équipe choisit de ne réimplanter qu’un des doigts restants, compte tenu des difficultés, du temps déjà passé sur la table, de la fatigue des participants. Pour donner toutes ses chances à l’autre membre de l’opposition, on choisit le meilleur doigt et la meilleure base d’implantation, c’est-à-dire les tranches les moins abîmées. Au petit matin, l’index se trouve réimplanté sur la base du médius, en bonne place pour permettre la saisie des objets et pas trop loin du seul doigt restant le cinquième. On s’apprête à jeter le médius quand arrive, pour la réunion du matin, Mitz. Il envoie l’équipe se reposer et, frais et dispos, replante alors le médius sur la base de l’index. Tous les doigts survécurent à ce jeu des quatre coins. Notre architecte a repris ses crayons. Nous avons baptisé cette technique « le tiercé dans le désordre » ou si vous préférez dans un ordre différent.

Un adulte jeune est victime de la scie circulaire. Sa main est sectionnée au poignet. Il se présente sans elle à l’hôpital régional qui nous l’adresse immédiatement. Mais où est donc passée la main qui habituellement vit en compagnie du bras? Les gendarmes, les voisins retournent sur les lieux du drame. Il ne saurait s’agir d’une battue, mais plutôt d’une recherche attentive qui dure longtemps. Enfin la main est retrouvée dans la haie où elle avait été projetée. Elle est replantée avec succès. La publicité faite autour de ce cas permet une rapide promotion du vendeur. Tous veulent voir la main de retour au bercail. Ses affaires prospèrent. Cette éventualité est rare. En cas de métier manuel, le reclassement professionnel est en général, comme le dit Dominique Leviet, un déclassement.

Constantin Sokolov replante une nuit une main sectionnée au niveau des métacarpiens. C'est une zone « maudite ». Les artères sont déjà divisées pour aller nourrir les doigts. Que de sutures à faire! Il apprend les jours suivants les circonstances de l'accident. Voyant sa main sectionnée, tombée dans la sciure comme le faisaient les têtes des condamnés à mort, ce menuisier de cinquante ans est pris d'une irrésistible envie de se suicider. Ses copains de travail ont tout juste le temps de l'empêcher de se jeter du haut du pont voisin dans la rivière. La main a survécu. Le menuisier a repris son travail.

Parfois les résultats fonctionnels sont décevants, malgré des secours immédiats. Nadine Dabos replante un bras sectionné chez un jeune Breton de Quimper. Grâce à un avion de la marine, le blessé et son bras sont six heures après à Boucicaut. Le bras est vivant mais fonctionnellement peu performant.

Ailleurs, le transport prend des traits kafkaïens. Venu de Bretagne rapidement par ambulance, patient, bras et ambulancier perdent un temps précieux dans le Paris nocturne qu'ils ne connaissent pas. Un blessé à la main coupée est évacué de Creil en hélicoptère jusqu'à l'héliport situé très près de Boucicaut. L'équipe est prête à admirer ce tour de force. Mais l'ambulancier refroidit son enthousiasme : « C'est moi qui ai conduit le blessé de l'usine à l'hôpital de Creil, puis de l'héliport à Boucicaut. Je ne comprends pas les règles qui président à l'évacuation sanitaire. » Mais ces incidents sont rares et plus folkloriques que préjudiciables. Il n'en reste pas moins vrai que les blessés d'outre-mer arrivent plus vite à Boucicaut que certains de la grande banlieue. Un ouvrier d'un chantier pétrolier d'Arabie Saoudite, employé d'une compagnie française, se coupe le pouce en plein milieu de la péninsule. Le médecin qui vole à son secours avec les glaçons indispensables est victime d'un accident de voiture. On le soigne, il repart. Le blessé et son doigt rafraîchi prennent deux avions des lignes intérieures. Puis le Ryad-Paris est retardé d'une heure. Il nous amène le couple désuni en un peu moins de dix-sept heures. Jean-Luc Mériaux repose le pouce. L'ouvrier pourra reprendre son travail.

Mais à ces sagas spectaculaires peuvent succéder des suites psychologiquement difficiles. Telle patiente, qui avait perdu son bras posé sur le rebord de la fenêtre ouverte de sa voiture, l'avait récupéré sur un arbre, avait fait de l'auto-stop avec, était arrivée à l'hôpital maghrébin, dans l'évanouissement général. Elle a mal supporté la réimplantation et les complications mineures des suites opératoires. Elle est depuis en profonde dépression et réclame l'amputation. En revanche, une suicidée qui s'était jetée sous le métro lancé à pleine vitesse va bien, attentive aux progrès de son bras réimplanté. Tout se passe comme si elle avait trouvé une raison de vivre.

De très grands progrès ont été faits aussi bien dans la technique chirurgicale que dans le domaine de l'anesthésie-réanimation. Sous la houlette scientifique des docteurs Monique Aubert et Yveline Tourtier, les volumes transfusés ont considérablement diminué. Nous n'asséchons plus les réserves de l'Assistance Publique et parfois de l'Armée. La plus grande partie de la réimplantation se passe sous anesthésie régionale, le patient pouvant suivre les progrès de la résurrection de la chair. Restent les échecs qu'il faut déceler rapidement. Les reprises chirurgicales doivent être rapides mais présenter de réelles chances de succès. Sinon, il faut se résoudre à amputer pour ne pas aggraver la situation organique et psychologique. Après quinze ans de fonctionnement, le service de Vladimir Mitz, responsable de la microchirurgie, peut répertorier plus de cinquante réimplantations de gros morceaux (mains, avant-bras, bras et pieds) dont les suites lointaines ont été publiées à l'Académie de chirurgie en collaboration avec Dominique Leviet, et plus de trois cents réimplantations digitales. Le taux de succès est de 60 %. Il serait plus élevé si les cas étaient triés. Or la règle veut que tout soit tenté à partir du moment où il y a des raisons d'espérer. Très vite nos collègues des grandes villes de Faculté ont créé des centres identiques. Ils sont regroupés dans une fédération internationale dont J.-P. Lemerle est actuellement le secrétaire.

A côté des réimplantations est apparue une nouvelle urgence : la dévitalisation et le déshabillage des membres. Aucun chirurgien dépourvu d'expérience en chirurgie plastique ne se lancera dans le traitement d'une vaste brèche accompagnée d'une destruction des vaisseaux. Mais l'arrêt de la circulation sanguine peut être le fait d'une blessure plus discrète. Le seul signe mais combien important est l'absence de vascularisation à l'extrémité (téguments froids et blancs). Ces blessés doivent être hospitalisés aussi vite que ceux qui ont subi une amputation complète, dans les vingt-quatre heures et plus tôt si cela est possible. Ce n'est pas toujours le cas.

S.O.S. Main Réimplantation

Hôpital Boucicaut

Fondé en 1972 par le Dr Vilain.

Direction :

J.-P. Lemerle, Professeur agrégé, Vladimir Mitz, Chirurgien des Hôpitaux de Paris

Chirurgiens de garde 1972-1987

D. Leviet, P. Saffar, A. Mignot, J. Rigot, N. Dabos, C. Sokolov, J.-P. Ringuier, F. Gasnier de Longchamp, S. Staub, J.-L. Mériaux, J. Bérès, J.-P. Rengeval, K. Guelmi, J. Richard, Durand, X. Latouche, de Normandie, Anzalone, Lorenceau, J.-C. Dardour, Verzeaux, A. Bzowski.

Anesthésistes de garde sous la direction de Mmes les docteurs Aubert et Tourtier :

Fould, Delort, Cazaban, Berl, Bouchayer, Heloïse, Benaceur, Noël, Philippe, Verget-Judet, Hassan, Ragot, Farah et Sasson.

Nous remercions tout particulièrement Madame Bernadette Chirac, marraine de S.O.S. Main, de sa sympathie agissante pour notre activité.

POUR CONCLURE

La chirurgie réglée, celle qui est programmée après accord entre le chirurgien d'un côté, le patient et son médecin de famille de l'autre, est presque toujours d'excellente qualité en France. Certes, l'acte chirurgical est en principe autorisé à tout docteur en médecine. En réalité, la plupart de ceux qui utilisent un bistouri ont la culture et l'entraînement nécessaires. Cet état de fait a bien failli être mis en danger par des lois qui veulent à tout prix l'« égalité » et cherchent à supprimer l'élitisme. Au moment où les vins de consommation courante rêvent de devenir au moins des vins de pays, où le camembert conquiert enfin sa spécificité normande, où les grandes écoles et les universités piaffent pour voir s'établir une concurrence active accroissant la réputation des unes et démonétisant les diplômes des autres, l'administration cherche à confondre sous un même label tous ceux qui œuvrent à l'hôpital. Comment le public, déjà très ignorant de nos filières, peut-il faire une distinction entre des internes qui portent la même blouse et le même nom ? Cela part d'un bon principe : le patient doit avoir le sentiment que tous les diagnostics, tous les bistouris et tous les soins postopératoires se valent. Je me garderai bien de répondre à cette angoissante question pour ne pas attirer les foudres du Conseil de l'Ordre et celles de certains syndicats. Mais il existe une protection réelle des patients contre les réputations usurpées et les résultats détestables. Le patient va bien rarement consulter un chirurgien directement. S'il a choisi et mérité un médecin de famille, espèce considérée comme en voie de disparition mais assez facile à rencontrer pour qui veut s'en donner la peine, il connaîtra avant l'acte opératoire un réel parcours éventuellement dissuasif.

Le médecin de famille n'a aucune raison de pousser son patient vers la chirurgie. Cette réticence a même parfois été source d'inconvénients. Pensons au début de l'indication opératoire d'urgence dans les appendicites aiguës. Cet inconvénient tend à s'estomper du fait d'une circulation accrue et rapide de l'information médicale. Tous les médecins (et tous les patients ou presque) connaissent les indications et les limites du cœur artificiel. Il n'en reste pas moins vrai que le médecin n'enverra pas l'aïeule devenue légume au chirurgien cardiaque. Un soupçon pouvait naître dans l'esprit du patient informé quand existait encore la dichotomie, c'est-à-dire le reversement d'une partie des honoraires du chirurgien au médecin du patient. Les derniers soubresauts de cette pratique, compréhensible en milieu commercial mais formellement condamnée par nos instances, subsistaient lorsque j'ai commencé à opérer. Un radiothérapeute m'adressa un jour une cicatrice boursouflée à retirer pour qu'il puisse ensuite l'irradier. Mais il me fit connaître discrètement par son fils ses conditions. Je devais lui reverser 33 % des honoraires. Je lui envoyai 33 % de la pièce opératoire et nos rapports en restèrent là.

Si le médecin de famille a de légitimes doutes sur l'intérêt d'une solution chirurgicale, il n'hésite pas à adresser son patient à un spécialiste médecin. Le médecin gastro-entérologue confiera éventuellement le patient à son correspondant chirurgien digestif, le rhumatologue à son ami orthopédiste, le neurologue au neurochirurgien, le médecin gynécologue au gynécologue chirurgien, le spécialiste des vaisseaux au chirurgien des artères périphériques et le cardiologue au chirurgien cardiovasculaire. Nous pourrions ainsi multiplier les exemples qui prouvent que le patient est presque toujours bien protégé contre une indication chirurgicale portée par un chirurgien de bonne foi, mais activiste en diable.

Il est malheureusement deux situations où le patient est parfois dépourvu de ce parachute : les situations d'urgence et la chirurgie plastique et esthétique.

Le délicat problème des urgences

Les urgences médicales sont bien assurées. La liste des services de soins intensifs ou de réanimation médicale est connue des médecins et des ramasseurs. J'ai des amis qui se sont retrouvés plus couverts de fils et de capteurs que Gulliver à son réveil chez les nains, à l'occasion de malaises sans gravité. Mais j'en connais encore plus qui doivent leur vie à un transfert médicalisé rapide, des soins éclairés et une surveillance de tous les instants. Les urgences chirurgicales abdominales ne posent en général pas de gros problèmes d'acheminement, de réception et de traitement. Tout chirurgien présent actuellement à un poste de responsabilité a reçu un enseignement correct qui lui permet de traiter complètement les lésions du tube digestif ou au moins d'assurer la vie immédiatement, quitte à laisser la main en cas de maladies rares ou d'interventions exceptionnelles.

Il n'en est pas de même dans les urgences traumatiques. Tout concourt à compliquer les problèmes thérapeutiques. Les accidents de la route surviennent n'importe où, à n'importe quelle heure et sur n'importe qui, du nourrisson envoyé s'écraser à l'avant à la grand-mère assise par déférence à la place du mort. Accidents de la route, accidents domestiques, accidents de travail font n'importe quoi, créant des dégâts qui franchissent allégrement les limites des spécialités. Tel morceau de tôle va déchirer l'intestin puis remonter vers le thorax et abîmer le poumon : ce n'est pas trop grave, car qui sait réparer l'un peut réaliser même sans entraînement intensif un traitement correct de l'autre. Mais les fractures s'accompagnent de lésions de la peau et des muscles, pis encore des vaisseaux, et peuvent ainsi condamner la partie distale du membre à une rapide gangrène.

Il ne faut pas croire que l'enseignement officiel a immédiatement pris le virage nécessaire pour former des praticiens capables d'assumer cette pathologie guerrière. Un célèbre service d'orthopédie parisien s'est trop longtemps consacré uniquement à la chirurgie orthopédique réglée, négligeant ses contraintes traumatiques et nocturnes. Le patron ne se levait pas la nuit. Cette activité pour internes nyctalopes était abandonnée aux plus jeunes et ne menait à aucune promotion. Fort heureusement, la demande est devenue telle que les services d'orthopédie d'urgence ont fleuri rapidement. Une nouvelle spécialité, la traumatologie, est devenue adulte avec ses publications, ses journaux et son enseignement.

Lorsque j'ai été nommé chef de service (je me répète, mais cela est important), la garde n'était assurée qu'une fois sur deux par un orthopédiste. L'autre jour était celui des... impairs possibles. Il existe des hôpitaux et des cliniques où la garde (« permanente », sinon elle n'a aucun intérêt) est assurée par un orthopédiste compétent à pied d'œuvre. Mais les contraintes sont trop fortes (argent, personnel médical et infirmier, radiologie, laboratoire...) pour qu'un tel service puisse être réellement assuré partout. Les urgences sont confiées à l'interne. Lorsqu'il s'agit d'un interne obligatoirement surveillé par un chef de clinique responsable, cela n'a aucun inconvénient. Lorsqu'il s'agit d'un interne simple étudiant un peu âgé engagé à l'amiable et qui se trouve là pour s'instruire et survivre, des complications peuvent survenir. Elles sont heureusement rares, car les chefs de service de ces hôpitaux de deuxième catégorie ne dorment que d'un œil et demandent à être informés de toute urgence dépassant la cuite ou l'entorse. Mais, quoique marginales, des erreurs sont possibles.

Pour faire un bon diagnostic préopératoire chez un traumatisé, il faut « de la bouteille ». Comprenez qu'il faut connaître l'anatomie traversée par le couteau, le morceau de verre, la pale de ventilateur. Il faut subodorer les difficultés thérapeutiques pour savoir si on peut assumer localement ou s'il faut passer rapidement la main dans de bonnes conditions. Nous avons vu arriver ainsi quelques patients endormis pour que nous continuions l'intervention. La cause de cette évacuation critique et critiquable était simplement un endormissement réclamé par le chirurgien réveillé à son domicile. Mais, à l'arrivée, en présence des lésions de son patient endormi, le pronostic optimiste de l'« interne » se révélait aussi vrai que les vaticinations d'Élisabeth Tessier dans ses horoscopes.

Le prodigieux développement de la microchirurgie, mais aussi celui de la chirurgie plastique d'urgence, vient ajouter d'autres problèmes. Les orthopédistes formés depuis quelque temps n'ont pas été entraînés à suturer des vaisseaux même un peu gros ni à mobiliser des lambeaux libres ou pas qui transforment les fracas de jambe en fractures simples. Si l'artère et la veine ne sont pas suturées ou garnies de greffons perméables, survient rapidement la gangrène de la partie distale du membre. Si le foyer de fracture où l'os est plus ou moins pulvérisé n'est pas immédiatement recouvert, le chirurgien plasticien, appelé presque toujours trop tard, ne peut refermer. Son lambeau ne saurait recouvrir une vaste plaie vouée pour un long temps à la suppuration ouverte.

Nous sommes donc passés assez rapidement de la conception d'une urgence réservée à la main à celle, plus générale, des lésions post-traumatiques. En fait, une lésion de la main plus ou moins bien traitée ne se complique que d'amputations inutiles ou d'enraidissements articulaires et de déficits fonctionnels parfois évitables. Mais l'avenir d'un membre entier est d'une autre importance. Lorsque les SAMU nous ont adressé les cas de fractures aggravées par des pertes de substance tissulaire importantes et des lésions artérielles irrémédiables (sauf secours dans les douze heures), je n'ai pu m'empêcher de penser que le destin m'offrait une petite revanche.

Lorsque le service d'orthopédie m'échut en mai 1968, il me fallut déjouer une cabale très active. Comment! Un plasticien à cette place! Mon maître Robert Judet voulut bien m'aider à ne pas rater cette occasion pour des raisons surtout affectives. Or la cohabitation amicale entre les orthopédistes et les plasticiens de mon service s'est à la longue révelée comme créative d'une exceptionnelle formation. Tous mes orthopédistes savent suturer un vaisseau si petit soit-il et mobiliser un lambeau contre l'armée microbienne. Tous mes plasticiens savent fixer les fragments osseux par des ostéosynthèses solides. Le blessé peut ignorer superbement les frontières des spécialités chirurgicales. Il trouvera toujours l'homme de la situation.

L'avenir est assez simple. Il faut organiser cette nécessaire collaboration entre ces deux spécialités et ne pas profiter de mon futur départ de l'hôpital public pour faire rentrer les choses dans le rang. Le diagnostic de dévitalisation et la nécessaire couverture plastique doivent être faits en urgence. Ne vous y trompez pas : le patient saura vite l'exiger. L'alternative sera alors simple. Soit le chirurgien aura bénéficié de la double formation et assumera le traitement seul, soit il adressera dans les meilleurs délais celui qui a besoin à celui qui sait.

Pour les patients, notre bel optimisme est incompréhensible. Comment prendre son temps en urgence alors que chaque minute compte! Cette idée est fausse. Dans l'Hexagone, et même outre-Méditerranée, le blessé a tout son temps pour être conduit dans un centre public ou privé où des soins adéquats peuvent lui être prodigués. Mais, dans ce domaine, les paradoxes pullulent. Les compagnies françaises qui ont des chantiers à l'étranger assurent leur personnel. Les transporteurs ne transfèrent pas leur précieux chargement n'importe où, mais dans des services où se trouvent avec certitude jour et nuit les équipes compétentes. A l'inverse, si vous êtes blessé en France, vous avez quelques chances de perdre votre temps chez le pharmacien et d'être soigné par un non-spécialiste pour une plaie qui nécessiterait au contraire un maximum de compétence. Nous rencontrons souvent des musiciens qui, ayant cédé aux angoisses de l'urgence, ont reçu sur leurs mains patriciennes des traitements plutôt plébéiens. Nous ne sommes *en France* jamais éloigné de plus de douze heures d'un thérapeute valable.

Le « splendide » isolement du chirurgien plastique et esthétique

Contrairement à ses collègues des autres spécialités, le chirurgien plastique et esthétique pose seul les indications thérapeutiques et suit ses patients jusqu'à guérison. Il est seul à décider. Il ne rencontre en face de lui aucun confrère réellement capable de discuter le bien-fondé de ses décisions, sauf bien entendu un autre chirurgien plastique et esthétique qu'on peut *a priori* soupçonner de sentiments anticonfraternels. Cette situation est certes grisante et très stimulante, mais elle conduit parfois à des excès chirurgicaux ou à des interventions inadaptées.

Telle perte de substance sera refermée par un lambeau complexe dont la prise laisse des cicatrices importantes et dont l'aspect en place est plus satisfaisant dans les congrès que dans la vie de tous les jours. Telle articulation ankylosée sera remplacée par une articulation libre, transplantée de l'orteil au doigt avec ses vaisseaux nourriciers pour le plus grand malheur du patient qui ne se servira plus du doigt. Tel maçon amputé à moitié de la dernière phalange du pouce se voit proposer une greffe libre d'ongle dont il n'a nul besoin et qui le mettrait en arrêt de travail pour de longs mois. Tel autre se retrouve avec deux orteils greffés en bout de doigt et se lamente de leur aspect inesthétique.

Les accidentés de la main en perpétuelle quête d'amélioration fonctionnelle se voient proposer des interventions répétées sur les tendons, les articulations, alors qu'une reprise impérative du travail permettrait au blessé de reprendre le plein emploi de ce qui lui reste et le mettrait à l'abri des aggravations obligatoires dues à des traumatismes opératoires itératifs.

Pis, la présence d'une cicatrice douloureuse induit une chasse à courre destinée à retirer le névrome douloureux. Or aucune cicatrice (excepté celle où un nerf est comprimé) n'est douloureuse. Mais certains blessés ou opérés souffrent de leur cicatrice pour de multiples raisons événementielles ou existentielles qu'un interrogatoire rapide permet de connaître et qu'une psychothérapie rapide et intensive traite au mieux.

Devant toutes ces petites misères des parties molles, de la main et du pied, le chirurgien plastique décide seul. Il ne peut compter sur le médecin rééducateur spécialisé surtout dans le rhumatisme et le traitement à long terme des réimplantés et des polytraumatisés. Certains proposeraient les multiples thérapeutiques parallèles qui font dans les applications pseudo-scientifiques (soft et mid laser, ionisation, magnétisme...) ou dans la magie pure, si utiles pour rançonner les sportifs amateurs ou de haut niveau.

En chirurgie esthétique, le problème est le même. Si le

chirurgien est un activiste, la patiente venue en plein désarroi effectuer son psychodrame devant l'homme des arts plastiques se retrouvera dès le lendemain sur la table d'opération avec un programme complet dépassant ses besoins exprimés. Les médecins esthétiques qui font dans la micro-aspiration, l'algue moussante et amaigrissante, la multi-piqûre vitaminée et régénératrice, les régimes déments, les injections de produits embryonnaires ou de cellules vivantes ne sauraient être des interlocuteurs valables. Les sexologues qui font dans l'érection prothétique ou vasculaire branchée, l'orgasme fonctionnel et le petit bonheur des dames sont dangereux quand ils posent des indications en chirurgie esthétique : ils surestiment nos possibilités. D'où des naufrages postopératoires. Il est bien difficile d'empêcher tout abus.

La très grande majorité des chirurgiens plasticiens-esthéticiens a désormais une formation chirurgicale satisfaisante. Dans les services hospitaliers, ils ont été, au cours de leur internat et de leur clinicat, mis au parfum des malfaçons et des abus d'indications. Côté patient, les garde-fous sont rares pour ceux qui n'ont pas facilement accès aux moyens de connaître la compétence à partir du curriculum vitae. Le médecin de famille peut se renseigner et serait de bon conseil... s'il était consulté. Il n'y a pas de moyen commode de distinguer un bon chirurgien d'un moins bon. Même le montant des honoraires ne met pas à l'abri d'une mauvaise surprise. Le Français et la Française connaîtront toujours mieux les étiquettes des bouteilles de vin que celles des chirurgiens. L'information donnée par les médias est également parfois trompeuse : elle est, en ce qui concerne une publicité pour une clinique ou un chirurgien, moins surveillée que celle des grands crus. Sachez donc mériter un bon médecin de famille.

TABLE DES MATIERES

Cet ouvrage a été réalisé sur
Système Cameron
par la SOCIETE NOUVELLE FIRMIN-DIDOT
Mesnil-sur-l'Estrée
pour le compte des Editions Arthaud
le 24 septembre 1987

Imprimé en France
Dépôt légal : octobre 1987
N° d'édition : 1860 – N° d'impression : 7456

